WILLIAM KENNEDY

Billy Phelans höchster Einsatz

ROMAN

Aus dem Amerikanischen
von Walter Hartmann

ROWOHLT

Die Originalausgabe erschien 1978 unter dem Titel
«Billy Phelan's Greatest Game»
im Verlag The Viking Press, New York
Schutzumschlag- und Einbandgestaltung Manfred Waller
Umschlagbild Hans Hillmann

1. Auflage August 1985

Satz Janson (Linotron 202) Clausen & Bosse, Leck
Druck und Bindung Franz Spiegel Buch GmbH, Ulm
ISBN 3 498 03440 5

Die großen archetypischen Tätigkeiten der menschlichen Gesellschaft sind alle von Anfang an vom Spielerischen durchdrungen.

Johan Huizinga

Das «ewige Kind» im Menschen ist eine unbeschreibliche Erfahrung, eine Ungereimtheit, ein Nachteil und ein göttliches Privileg; ein Gefühlswert, der letztendlich den Wert oder Unwert einer Persönlichkeit bestimmt. *Carl Jung*

Für Brendan Christopher Kennedy,
einem Prachtjungen

1

Martin Daugherty, fünfzig Jahre alt und bei diesem Match Führer der Spielliste, verfolgte jede Bewegung Billy Phelans, während dieser, gerade im Begriff, es bei dieser Serie zur Perfektion zu bringen, mit der Arroganz eines unerprobten Jungadlers zum Kugelrücklauf stelzte und seine schwarze Lochkugel herausnahm, die er wie ein Jongleur behende von der Rechten in die Linke wechseln ließ und dann auf der Handfläche balancierte, als sei sie gewichtslos. Er rieb die Innenfläche seiner rechten Hand an dem hohlen Kreidekegel, der in einer Messingschale auf dem Bord des Rücklaufs stand, umfaßte mit ihr das obere Ende des daneben aufgehängten Handtuchs und wischte die überschüssige Kreide mit einer Abwärtsbewegung ab. Er wandte sich der Bahn zu, faßte den strategischen Punkt dort vorn ins Auge, eine Stelle etwa sieben Bohlen von der rechten Bande, da, wo das Parkett der Bahn die Farbe wechselte. Dann – auf Martin wirkte er jetzt wie ein pures Energiebündel auf zwei Beinen – scharrte er mit dem linken und dem rechten Fuß, setzte sich, den Wurfarm nach vorn gestreckt, in Bewegung, erster, zweiter, dritter Schritt, der Wurfarm schwang dabei nach hinten wie ein Pendel; am Ende dieses Bogens gab er dem Handgelenk eine leichte Drehung. Martin meinte, die personifizierte Konzentration in Hemdsärmeln zu sehen, als der Wurfarm dann nach vorn schwang, und die Kugel glitt nahezu geräuschlos über die polierte Bahn, rollte über den dunklen Fleck an der siebten Bohle und bekam einen minimalen Drall, der zunahm, je näher sie den Kegeln kam; sie schlug genau zwischen Vorderkegel und Dreier ein und brachte sie alle hüpfend und durcheinanderpurzelnd zu Fall.

«Bravo, Billy», lobte sein Bewunderer Morrie Berman und klatschte zweimal in die Hände. «Die hast du ganz schön aufgemischt.»

«Läuft wie geschmiert, diese Kugel», sagte Billy.

Schmal und langbeinig stand Billy da und wartete darauf, daß ihm Bugs, der schielende Kegeljunge, die Kugel zurückschickte. Als sie von unten aus der Biegung des Rücklaufschachts hervorschnellte, nahm er sie in Empfang und wandte sich den neu aufgestellten Pins auf Bahn Nr. 9 zu; er machte seinen Anlauf, setzte die Kugel auf die Bahn und landete schon wieder einen Strike: acht hintereinander waren es jetzt.

Martin Daugherty vermerkte das Ergebnis auf der Spielliste, auf der noch keine Zahlen standen, nur die acht Kreuze der Strikes – denn es bringt Pech, wenn man die Zahlen einsetzt, bevor jemand sein Spiel beendet hat. Martin trug sich bereits mit dem Gedanken, in seiner nächsten Kolumne über dieses Spiel zu schreiben; vorausgesetzt, daß Billy es gewann. Er würde einmal aufzeigen, wie manche Männer durch den Morast ihres Alltags stapften, dann mit einem Streich den ganzen Sumpf hinter sich ließen und eine Verwandlung durchmachten. Doch was dann aus ihnen wurde, war nicht das Resultat einer spontanen Handlung, es war die Kulmination von alldem, was sie je bisher geleistet hatten; ein Triumph ihrer persönlichen Entwicklung, das Ende des Allgemeinen und der Anfang des Besonderen, Markanten.

An diesem frühen Donnerstagmorgen im späten Oktober 1938 kam Billy Phelan Martin bereits markanter vor als so mancher andere Mann. Mit seinen 31 Jahren schien er genau zu wissen, worauf es ankam (im gleichen Alter hatte sich Martin von seinem Vater sagen lassen, daß er ein Versager sei).

Beim Bowling war Billy gar nicht mal übel: sein Durchschnitt bei den Kegelbrüdern der *K. of C.*, wo Martin mittwochsabends immer mit ihm bowlte, lag bei 185 Pins. Doch er war kein ernst zu nehmender Gegner für einen Scotty Streck, mit 206 Durchschnitt Vereinsbester in der City League, der schnellsten Truppe in der ganzen Stadt. Scotty lebte mit seiner Bowlingkugel, als hätte er ein drittes Ei. Und als er an einem der Billardtische im *Downtown Health and Amusement Club* – dem einzigen rund um die Uhr geöffneten Spielerpalast der Stadt, Frauen kein Zutritt, und bitte auch keine gemischten Vereinsmannschaften, Bierausschank bis vier oder gar fünf Uhr früh, Whiskey freilich war verpönt hier – Billy und Martin beim Achter-Spiel traf, nun, da lautete Scottys Frage: Lust, um paar Dollars zu bowlen, Billy? Aber gern, wenn du 20 Pins Vorgabe raustust. Ich geb dir 55 für drei Spiele, bot ihm Klein-Scotty an. Kommt zwar nicht ganz hin, aber ist gebongt, sagte Billy, fünf Mäuse? Fünf Mäuse sind geritzt, sagte Scotty. Damit konnte es dann losgehen; die Bahngebühr von 20 Cents pro Spiel ging auf Rechnung des Verlierers.

Scotty brachte es bei seiner ersten Serie auf 212. Billy kam auf lausige 143 bei fünf Splits – er hatte sich zu sehr auf den Vorderkegel konzentriert, das warf ihn 69 Pins zurück, und damit war die Vorgabe schon im Eimer.

Beim zweiten Spiel fand Billy dann die richtige Gasse und schaffte 226. Aber Scotty hatte sie ebenfalls entdeckt und warf 236, was seinen Vorsprung auf 79 erhöhte. Jetzt, beim achten Frame des letzten Spiels, glichen sich die Ergebnisse allmählich an, Scotty schob dauernd Spares und Doubles, doch angesichts der Perfektion, die Billy bei seinem Endspurt vorlegte, schwand sein Vorsprung rapide dahin.

Das Gemunkel von einem Spiel, bei dem einer 300 Pins abräumen wollte, worauf bereits eine Wette stand, lockte die Barfliegen und die Bowler, die immer bis zuletzt aushielten, den Manager und die Kegeljungen von der Nachtschicht, ja sogar den Mann mit dem Kehrbesen hin zu den Bahnen 9 und 10 in diesem höhlenartigen alten Bau, um Zeuge zu sein bei diesem Wunder. Keiner verlor ein Wort gegenüber Billy über die ununterbrochene Kette von Strikes, denn auch das brachte Pech. Von der Wette zu sprechen war freilich legitim: um 200 Dollar hatten Morrie Berman und Charlie Boy McCall miteinander gewettet; das Bedeutsame hieran war die geheiligte Gegenwart von Charlie Boy, einem sanften, sympathischen jungen Mann, der schon in frühem Alter unnatürlich aufgedunsen war. Dessen ungeachtet galt er als der mächtigste junge Mann in der Stadt; er war der Sohn des Mannes, der alles, absolut alles kontrollierte, was in Albany mit Glücksspiel zu tun hatte, und der Neffe jener beiden Politiker, die diese Stadt regierten, und zwar die gesamte Stadt, und ebenso Albany County, den ganzen Regierungsbezirk – irisch-amerikanische Potentaten, Herrscher über Tag und Nacht.

Die Gebrüder McCall kannte Martin, er war mit ihnen zur Schule gegangen und hatte zugesehen, wie sie in der Welt aufwuchsen und sich Macht über sie verschafften. Sie alle, einschließlich des jungen Charlie Boy, dem einzigen Erben, wohnten heute noch in der Colonie Street in Arbor Hill, der gleichen Straße, in der Martin und sein Vater und früher auch Billy gewohnt hatten. In dieser Stadt gab es rein gar nichts, was Charlie nicht jederzeit hätte kriegen können, und als er mit Scotty in der alten Bowlingbahn im *Downtown* auftauchte und Scotty rasch seinen Partner in Billy fand, hatte Charlie seinen ebenso rasch in Morrie Berman gefunden, einem dunkelhäutigen Ex-Zuhälter und eingefleischten Spieler, der auch noch auf die Flugroute einer Hummel gewettet hätte. Vor acht Tagen hatte Martin gesehen, wie er in *Brockleys Bar* am Broadway einem Nassauer, der seine am Dartboard verlorenen 300 Dollar nicht ausfahren wollte, mit einem Schnapsglas die Stirn aufgeschlitzt hatte. Mit seinen Einsätzen war Morrie nie zimperlich, aber er löhnte, wenn er verlor, und forderte von anderen das gleiche. Den Ruf, der Morrie vorausging, kannte Martin besser als den Mann persönlich: er hätte sich einst mit Jack Diamond hier in den Bars rumgetrieben, hieß es, und daß er Ganoven zu Freunden hätte. Doch Morrie selbst war eigentlich kein Ganove, soweit Martin das beurteilen konnte. Er war der Sohn eines Juden mit radikalpolitischer Gesinnung und der Enkel eines erstklassigen alten Schneiders von der Sheridan Avenue. Mit Morrie war die ehrbare Linie der Bermans ein wenig auf die schiefe Bahn geraten.

Begonnen hatte die Wette zwischen Charlie Boy und Morrie mit einem Einsatz von 100 Dollar, die von Martin verwahrt wurden. So blieb es auch die ersten beiden Spiele, doch als Morrie dann gegen Ende des zweiten Spiels mitbekam, daß Billy zweifellos seine Gasse gefunden hatte, schlug er vor, die Wette um 100 Dollar zu erhöhen, was töricht erscheinen mochte, lag doch sein Billy um 79 Pins zurück. Schon richtig, aber zog man die 55 von der Vorgabe ab, lag er eigentlich bloß mit 24 im Keller, und das Eisen muß geschmiedet werden, solange es heiß ist. Der Erhöhung hatte Charlie Boy sogleich zugestimmt, was ist schon ein zweiter Hunderter, und dann stellte sich Billy hin und schob seine acht Strikes, die bei Charlie Boy die Stimmung merklich drückten und Scottys erprobten Wurfarm auf Revanche brennen ließen.

Martin kannte Scotty Streck und bewunderte sein Talent, ohne den Mann selbst zu mögen. Scotty war ein gedrungener, muskulöser Typ mit krummen O-Beinen und Bürstenhaarschnitt, der aus Cabbagetown stammte, dem Deutschenviertel im West End, und im Eisenbahnausbesserungswerk in West Albany arbeitete. Er war jetzt 26 Jahre alt und spielte Bowling, seit er alt genug war, eine Duckpin-Kugel zu heben. Mit sechzehn galt er als frühreifer Bowling-Star und verblüffte jedermann mit seinem Durchschnitt von 195; heute verbrachte er so gut wie jeden Abend auf der Bowlingbahn, nahm an Turnieren im ganzen Land teil und war eindeutig scharf auf den Nationalmeister. Aber zum Champion fehlte ihm, wie Martin fand, der Stil: er war ein Hitzkopf und zeigte Großmut weder sich selbst noch anderen gegenüber. Den Spitznamen Scotty trug er, weil er ein Geizkragen und bekannt dafür war, daß er nie mehr als 5 Dollar auf sich selber setzte. Richtig in Schwung aber kam er erst bei einem Wettkampf, und er reiste in Begleitung eines Sekundanten; und das war meist Charlie Boy McCall, Freund noch aus Kindertagen. Abgesehen davon, was er tat und nicht tat, war Scotty Streck immer noch der beste Bowler in dieser Stadt, und die Bowlingfans, von denen es in Albany jede Menge gab, scharten sich um ihn und schauten zu, sobald er zu einem Match auftauchte.

Die Bowlingfans hockten jetzt auf Klappstühlen und Bänken hinter dem einzigen Spiel, das noch in Gang war auf diesen betagten Bahnen, die schon in zwei anderen Bowlinghallen gedient hatten, bevor man sie hier in dieser ehemaligen Tanzschule aufbaute, die in der State Street lag, einer Querstraße vom Broadway. Es waren ehrwürdige und wunderliche Bohlen, deren Geschichte jetzt zu Martin sprach. Er ließ seinen Blick über die Männer schweifen, die da im kalten weißen Licht der nackten

Birnen beisammenhockten, mit der Hand bedeutungsvoll ihr Bierglas umklammert hielten, umgeben von Spucknäpfen, die auf dem ungefegten, mit Zeitungsfetzen und Zigarrenstummeln übersäten Boden standen; ein Haufen Nachtschwärmer in Hemdsärmeln und ausgebeulten Klamotten, fixiert auf ein uraltes Spiel mit Ursprüngen in frühchristlichen Ritualen, ein Spiel, einst vor Jahrhunderten von namenlosen alten Holländern in diese Stadt gebracht, heute fester Bestandteil dessen, was man hier als Hallensport betrieb. Das Spiel lebte fort in fensterlosen, rauchgeschwängerten Hallen wie dieser, wo es nach schalem Bier, kaltem Zigarrenrauch und dem Wachs der Bahnen roch, eine ungesunde Umgebung, die nichtsdestoweniger raffinierte nächtliche Fertigkeiten nährte.

Diese Männer, Angehörige der Zocker- und Spielerszene vom Broadway, denen das leichte Geld für ein Spielchen locker in der Tasche saß, studierten mit Bedacht solche Könner wie Scotty mit seiner hochgradigen Beständigkeit oder Billy, der nahe daran war, es heute abend mit einer ungeahnten Zielgenauigkeit zur Perfektion zu bringen, und machten sie zum Gegenstand gemeinschaftlicher Zuneigung und Bewunderung. Der Mob vom Broadway machte solche Könner dann zu Helden auf der Sportseite, nahm sie auf in jene bescheidene Ruhmeshalle, die allein im Geist des Mob existierte, der jedem Gewinner mit Ehrfurcht huldigte.

Nach Billys achtem Strike nahm Scotty Aufstellung, machte seinen armpendelnden Tanz zur Grenzlinie und setzte mit einer Korkenzieherdrehung des Wurfarms seine Kugel auf die Bahn; sie traf Haken schlagend und rotierend in die Gasse zwischen Einer und Dreier. Ein perfekter Stoß, aber irgendwie zu wenig Dampf dahinter, ein Split: Achter und Zehner blieben stehen, pervers, ein nahezu unmögliches Manöver.

«Scheiiißdinger, verdammte!» schrie Scotty zu den zwei störrischen Pins hinüber, worauf das Stimmengewirr hinter ihm verstummte und ein allgemeines *Oh, oh* durch die Reihen der Zuschauer ging, die nur zu gut wußten, wohin es führt, wenn ein Mann nach einem mißglückten Wurf die Motten kriegt.

«Sieht aus, als würd ich dem Burschen Feuer unterm Arsch machen, was meinst du?» sagte Billy flüsternd zu Martin.

«Der kriegt wohl schon Zustände, wenn er bloß einen lumpigen Fünfer verliert?»

Scotty nahm sich den Split vor, haute den Achter weg. Die Zehn blieb stehen.

«Die nächsten *kriegen* wir, Scotty», sagte Charlie Boy. «Die bombst du weg.»

Scotty nickte ihm zu, holte seine Kugel aus dem Rücklauf und baute sich vor den neu aufgestellten Pins auf, machte seine Schritte und die Korkenzieherdrehung, wechselte diesmal in die Gasse zwischen Einer und Zehner, ein Jersey Hit, bei dem der Fünfer stehenblieb. Den Fünfer kappte er spielend mit dem zweiten Wurf, aber mit Spares sind keine Pins zu holen, wenn man es mit einem aufgekratzten Gegner wie Billy zu tun hat.

So gut in Form wäre Billy möglicherweise Abend für Abend gewesen, hätte er sich so ausnahmslos diesem Sport verschrieben wie Scotty. Billy jedoch, das wußte Martin, war ein Generalist, ein Mann, der die belebende Frische der Abwechslung brauchte. Am besten war Billy beim Pool-Billard, doch hier würde er es genausowenig zum Meister bringen; er dachte einfach nicht in solchen Kategorien und kannte die Zwangslage nicht, die ein besessenes Spezialistentum mit sich bringt. Billy war überall zu Hause, wo mit Anstand und Würde gespielt wurde; hier Freisasse, dort Geselle, ein Maestro im kleinen, außerstande, als Spieler noch als Kartengeber, beim Würfeln oder am Pool-Tisch über sich hinauszuwachsen. Als junger Mann hatte er bei der Twilight League, die in sämtlichen Stadtvierteln zu Hause war, einen passablen Shortstop abgegeben. Er war ein Champion im Saufen, der drei Nächte lang durchsaufen konnte, ohne ein Auge zuzutun, Spezialist für die Doppel-20 am Dartboard, ein risikofreudiger Buchmacher im Kleinformat und so weiter und so fort; und wieso, Martin Daugherty, bist du eigentlich so besessen von diesem Billy Phelan? Warum einen gewöhnlichen Dummkopf zum heroischen Picaro hochstilisieren?

Nun, antwortet Martin darauf, hab ich den nicht schon gekannt, als er kaum 'ne Handvoll war? Hab ich denn nicht zugesehn, wie er knirschend und knackend zu einem jungen Mann heranwuchs, während ich innerlich immer tiefer absacke, ins

Moribunde der mittleren Jahre reinrutsche? Den kannte ich doch schon, als er noch einen Vater hatte, auch den habe ich gekannt, und ich kannte Billy zu der Zeit, als dieser Vater abdankte, und es schmerzte mich um diesen Jungen und tut es bis heute. Denn ich weiß, was es heißt, in der unentrinnbaren Präsenz väterlicher Abwesenheit zu leben.

Martin hatte miterlebt, wie Billy sich nach dem Verschwinden seines Vaters an den Straßenecken herumzutreiben begann und Stammgast in Ronans Zockerclub wurde, hatte mitgekriegt, wie Billy das Würfelspiel organisierte, das sonntags nach der Neun-Uhr-Messe in Bohens Scheune stattfand, und wie er sich, um ein bißchen Taschengeld zu verdienen, bei den Kolumbusrittern als Kegeljunge verdingte. Dort bei den *K. of C.* hatte Billy auch bowlen gelernt – indem er sich heimlich Gratisspiele genehmigte, wenn Aufseher Duffy ins Kino ging.

Martin war dabeigewesen an dem Nachmittag, als die Kegeljungen außer Rand und Band gerieten, sich oben und unten an den Bahnen postierten und sich gegenseitig die Kugeln zuspielten. Ihr jugendlicher Überschwang fand ein jähes Ende, als Billy versuchte, eines von diesen Geschossen abzufangen wie einen Baseball, der über den Boden gesaust kommt, und sich dabei zwischen der heranschießenden Kugel und einer zweiten, die unbeachtet auf der Bahn lag, den Ringfinger quetschte. Der Finger sah schlimm aus, alles war voll Blut, da griff Martin ein und brachte Billy (vierzehn war er damals, genauso alt wie Martins eigener Sohn heute an diesem frühen Morgen) ins homöopathische Hospital in der North Pearl Street. Er ließ nicht lokker, bis der Assistenzarzt einen Chirurgen herbeiholte. Der hatte die Quetschwunde zusammengeflickt, ohne was zu schienen, den Finger einfach rundherum vernäht und das Ganze mit Heftpflaster an Billys kleinem Finger festgepappt. Ist das Beste, was man mit so einem zermatschten Finger machen kann, sagte er, da gibt's nichts mehr zu schienen. Und er heilte wieder; Billy schrieb es dem Einfluß des gesunden kleinen Fingers zu. Eben hat sie Martin wieder vor Augen, Billys denkwürdige Mißbildung, diese wulstig deformierte Fingerkuppe mit ihrem schief nachgewachsenen Nagel. Doch wozu braucht ein schneidiger Kerl wie Billy einen makellos geformten Ringfinger? Die

Entstellung verleiht der Hand Charakter, wenn sie das Kartenspiel umfaßt hält, wenn sie die Bowlingkugel in der Handfläche wiegt, mit dem Rechen am Craptisch hantiert oder beim Pool die Brücke baut für die geübt geführte Queue.

Wenn es nach Martin ginge, so würde er gern ein bißchen von dem narbengezeichneten Schneid des Billy Phelan seinem eigenen Sohn einimpfen, der ihm zu zahm geraten schien, zu unterwürfig vor den Priestern. Martin könnte gar selbst davon profitieren, wenn er seinem eigenen ergebenen Wesen ein bißchen Schneid verpaßte.

Man stelle sich vor: ein schneidiger Martin Daugherty.

Nee, das wär dann doch ein bißchen unwahrscheinlich. So was eignet man sich nicht von heute auf morgen an.

Billys angeborene Überheblichkeit hätte gut eine Beigabe muffiger Gene sein können, zu glänzender Präzision gelangt durch die Prüfungen, denen eine Straße wie der Broadway einen jungen Mann unterwirft, der es hier zu etwas bringen will – Prüfungen, die dazu da sind, eine Rasse zu veredeln, einen Kodex durchzusetzen, die Halbgaren und Nieten auszusieben und dem urbanen Treiben einen Mann zu überantworten, der es würdig ist, in einer Epoche zu wirken, in der die Nacht dem Tag den Rang abläuft. Männer wie Billy Phelan, denen der Broadway seinen Schliff gab, senden in ihren Glanzzeiten telegrafische Bekenntnisse ihrer Mission aus: Schaut her, ihr Penner, ich bin ein Gewinner. Und diese Botschaft, so sehr ihr auch jedes christliche Hinhalten der anderen Backe abgehen mag, verdammt die verzagten Scottys der Nacht, die weiterwaten müssen in ihrem Schlamm und nie wissen werden, wie es sich anfühlt, wenn man überfließt vor Schneid, als falle einem Kleingeld aus der übervollen Tasche, und was für ein Gefühl das ist, wenn man es einfach auf dem Boden liegen läßt für den Mann mit dem Besen. Denn wo das herkommt, Freundchen, da gibt es noch genug.

Billy ging seine Kugel holen, gab ihr einen Kuß, massierte sie, rieb mit der Rechten über den Kreidekegel und wischte sie am Handtuch ab. Dann spie er in den Spucknapf, als würde es seine Bürde erleichtern. Den Oberkörper vorgebeugt, kam er in Bewegung, schob seine Kugel und landete, den Jungs blieb die

Spucke weg, seinen nächsten Strike, ach was, nicht bloß einen weiteren Strike, sondern eine Bombe von Wurf, der sämtliche Pins in den Schacht fegte, ein sauberer Wurf wie keiner zuvor, das Tadellose geriet zur Perfektion und ließ die Macht ahnen, die in sich selber schwelgt, die hochgezüchtete Beherrschung.

Billy schaute keinen an.

Neun Strikes nacheinander, doch immer noch gab keiner der Männer mehr als ein «Hey!» oder «Hm!» von sich, lediglich das Klatschen war ein bißchen lauter. Billy stand vor der Anlaufbohle und wartete auf die Rückkehr der Kugel, scharrte dabei selbstversunken mit den Schuhsohlen im Staub wie einer, der sich seiner Sache sicher ist, nahm schließlich seine Kugel auf und kehrte zurück an die neunte Bahn. Sein letzter Frame. Er machte seinen Wurf, man hört es rumsen dort unten, und weg sind sie, die Scheißdinger, Strike Nummer zehn, und jetzt kommt Jubelgeschrei auf, aber noch immer kein einziger Kommentar, zehn Strikes, das sind (auch wenn Martin die Zahlen noch nicht in die Liste geschrieben hat) 280 Pins für Billy, der noch zwei Kugeln zu schieben und 20 Pins abzuräumen hat. Ist Billy reif für eine solche Perfektion? Kannst du überhaupt damit umgehen, Kid? Was willst du denn damit, wenn du sie erreichst?

Das Match hatte Billy bereits gewonnen; eingerechnet der Vorgabe hatte Scotty keine Chance mehr, ihn einzuholen. Nun sah es aber ganz danach aus, als würde Billy ihn sogar ohne die Vorgabe schlagen, und dies, verbunden mit der exzellenten Spieltechnik, würde sich bestimmt ein paar Tage später im Sportteil wiederfinden.

Scotty stand auf. Er ging zum Ende des Kugelrücklaufs, stand herum, tat sich Kreide auf die Hände und rieb sie aneinander. Er fummelte am Handtuch herum, während Billy sich vorbeugte und seine Kugel aus dem Rücklauf hievte.

«Hast du schon jemals irgendwo 300 Pins abgeräumt?» fragte Scotty.

«*Hier* noch nicht», sagte Billy.

Also hat er es schon mal geschafft, dachte Martin. Scotty wurde sichtlich nervös. Sein Kinn zitterte, als er nun Billy zuschaute. Bedeutete seine Frage eben, daß der Mann überhaupt keinen Charakter hatte? Wurde sein Wesen einzig und allein bestimmt vom rücksichtslosen Streben nach dem Sieg? War ihm die Angst vor dem Verlieren Grund genug, dem anderen sein Glück zu verderben? Nun, Martin, zweifellos war sie das. Zweifellos war sie es.

Billy machte seinen Wurf, aber es war ein Jersey Hit, und das erste Mal in diesem Match, daß er die Gasse wechselte. Trotzdem triumphierte die durchschlagende Wucht der Kugel über die mangelnde Präzision, als die torkelnden und durcheinanderrollenden Kegel auch den störrischen Zehner zu Fall brachten, was Billy seinen elften Strike bescherte. Scotty zog am Handtuch und nahm wieder Platz.

«Du Arschloch», sagte Morrie Berman zu ihm. «Warum hast du das gesagt?»

«Was gesagt?»

«Wenn ein Mann Klasse hat», entgegnete Morrie, «merkt man ihm das auch noch auf dem Scheißhaus an. Und du hast nicht die Spur.»

Billy holte seine Kugel und nahm ein letztes Mal Aufstellung vor der Bahn. «Der Vierer steht nicht richtig», rief er dem Kegeljungen zu und deutete hin. Martin sah, daß er recht hatte, und Bugs rückte den Kegel ein Stück zurück an seinen Platz. Billy küßte die Kugel, machte sein Tänzchen und warf. Die Kugel sauste elegant und schnurgerade davon, ein perfekter Break, genau in die Gasse zwischen Einer und Dreier. Neun Pins flogen davon. Der Vierer bewegte sich nicht von der Stelle.

«Zwoneunundneunzig», sagte Martin laut und vernehmlich, und die Zuschauer johlten und klatschten laut Beifall, standen auf und verrenkten sich die Hälse über der Spielliste, die Martin nun endlich ausfüllte, 30 Punkte pro Frame, beim letzten nur 29. Er legte den Stift hin und schüttelte Billy die Hand, der über den Tisch gebeugt stand und seine hervorragenden Ergebnisse beäugte.

«Reife Leistung, Billy», sagte Charlie Boy McCall, der aufgestanden war und seinen Babyspeck streckte. «Ich sollte allmählich lernen, nicht mehr gegen dich zu wetten. Weißt du noch, letztes Mal?»

«Die Partie Billard bei den *K. of C.*?»

«Da hab ich 20 Kröten auf jemand anderen gesetzt.»

«Man lebt und lernt, Charlie, man lebt und lernt.»

«Du warst immer gut, ganz egal bei was», sagte Charlie. «Wie erklärst du das?»

«Ich tu jeden Tag beten und wähl die richtige Partei.»

«Das reicht nicht in dieser Stadt», sagte Charlie.

«Ich komm aus der Colonie Street.»

«Das ist es», sagte Charlie, der nach wie vor in der Colonie Street wohnte.

«Scotty hat noch zwei Frames zu spielen», verkündete Martin den Anwesenden, denn Scotty stand bereits an der zehnten Bahn und machte sich auf die schwere Bürde gefaßt, zweitbester zu sein. Die Männer nahmen höflich Platz und schauten zu, wie er einen Strike landete. Er wechselte hinüber auf die neunte Bahn, wo er es mit einem Jersey Hit zu einem Split brachte. Er fluchte tonlos und erledigte den Split. Mit seiner letzten Kugel schob er einen tadellosen Strike und kam bei diesem Spiel auf 219, insgesamt auf 667. Billy hatte 668.

«Billy Phelan gewinnt das Match mit einem Pin Vorsprung, ohne von der Vorgabe Gebrauch zu machen», verkündete Martin erfreut, und er verlas die Treffer der einzelnen Spiele und die Gesamtpunktzahl der beiden. Dann überreichte er Morrie Berman das gewonnene Geld.

«Ich hab nicht mal 'n schlechtes Gefühl dabei», sagte Charlie Boy. «Einfach 'ne Wucht, da zuzuschauen. Wenn man schon verliert, ist's immer nett, gegen einen zu verlieren, der sein Handwerk versteht.»

«Ja, du warst ganz schön auf Draht», sagte Scotty und reichte Billy einen Fünf-Dollar-Schein. «Wirklich auf Draht.»

«Auf Draht? Daß ich nicht lache», sagte Morrie Berman zu Scotty. «Du hast ihm diesen Schnitzer eingebrockt, du Bastard. Der hätte das fehlerlos durchgehalten bis zum Schluß, wenn du dein Maul gehalten hättest. Du hast ihm sein Glück kaputtgemacht mit deinem Gequatsche.»

Die Zuschauer entfernten sich bereits, zogen sich wieder an die Bar zurück, und der Mann mit dem Besen nahm sich nun endlich die Zigarrenstummel vor. Neue Leute kamen, Kellner und Barkeeper, die sich um die Nighthawk League kümmerten, die sich hier um drei Uhr früh einfand. Jetzt war es halb drei.

«Hör mal, du Großmaul», sagte Scotty, «ich hab's nicht nötig, mich von dir anquatschen zu lassen.» Er war puterrot, hatte die Fäuste geballt, und sein Kinn bebte. Wenn Martin später an Scottys Farbe und Verfassung in diesem Moment zurückdachte, hatte er stets einen großen leuchtendroten Knallfrosch vor Augen.

«Genug jetzt, genug», lenkte Charlie McCall ein. «Reg dich ab, Scotty. Kein Mensch hat dir was getan. Reg dich ab, mach keinen Ärger jetzt.» Charlie stand etwa acht Fuß von den beiden Männern entfernt, zu weit, um etwas zu unternehmen, als Morrie sich unvermittelt nach vorn stürzte. Martin, der es kommen sah, sprang dazwischen, warf dem dreißig Pfund leichteren Morrie sein ganzes Körpergewicht entgegen und stieß ihn damit rückwärts gegen einen Klappstuhl, auf dem er unfreiwillig Platz nahm. Andere umringten Scotty und beschützten ihn vor weiteren Attacken, während Billy Morrie mit beiden Händen fest auf den Sitz drückte.

«Immer mit der Ruhe, Mann», sagte Billy. «Mir ist das schnurz, was der da gemacht hat.»

«Dieser armselige Knilch», sagte Morrie. «Der würde nicht mal 'ner kranken Nutte 'ne Haarnadel schenken.»

Martin mußte lachen. Andere lachten ebenfalls. Morrie grinste. Das war ein Spruch, der in die Annalen des Broadway eingehen würde. Ein Epitaph für den Scotcheroo: aus verläßlicher Quelle wurde zu seinen Lebzeiten berichtet, daß er nicht mal 'ner kranken Nutte 'ne Haarnadel schenken würde. Vielleicht war es diese zusätzliche Schmach, die Scotty nach dem Gelächter ins Bewußtsein drang, vielleicht war es auch ein Resultat *seiner* ererbten Gaben, oder einfach bloß das verlorene Match und die unerträgliche Selbstzerfleischung, die damit einherging. Was auch immer der Auslöser sein mochte: Scotty krümmte sich, keuchte und gab einen Rülpser von sich. Er umklammerte mit beiden Armen seine Brust, kam ins Straucheln, stolperte und fiel aufs Gesicht, wobei er sich an einem Spucknapf die linke Wange aufriß. Er rollte auf die

Seite, die Arme noch immer um den Leib geschlungen, die Lider so fest zugedrückt, als befreie es ihn von der Pein in seiner Brust.

Die Männer gafften, und Morrie stand auf, um einen Blick auf ihn zu werfen. Martin beugte sich über den am Boden Liegenden, hob ihn auf und bettete ihn auf die Bank, von der er zuvor aufgestanden war, um Billy sein Glück beim Spiel zu verderben. Mit einem Hemdzipfel, der Scotty heraushing, tupfte er ihm die Wunde ab, dann schob er Scottys linkes Augenlid hoch. Martin blickte zu den vor Schreck wie gelähmten Männern hoch, fragte: «Jemand Arzt hier?» und gab sich die Antwort darauf selber: «Nee, natürlich nicht.» Er sah nach dem Manager und sagte: «Ruf einen Krankenwagen, Al», obgleich er wußte, daß für Scotty bereits jede Hilfe zu spät kam. Scotty hatte ausgespielt.

Wie sonderbar für Martin, hier das Ende eines Champions mitanzusehen, der erdrosselt wurde von seiner Schmach, von Egotismus und der panischen Angst, ein Versager zu sein. Martin erschauderte bei dem Gedanken, womöglich selbst einmal von solchen Kräften niedergeworfen zu werden, erdrückt von einer Schmach, die zu groß war, um sie zu ertragen, und dann kam der Augenblick, wo man sich zusammenkrümmte und starb. Martin sah den eigenen Vater vor sich, wie versteinert unter seiner Schmach, und die Mutter, die das zweifach lähmte: die eigene Schande und die ihres Mannes. Und Martin selbst hatte es völlig durcheinandergebracht, ihn zu einem schweigsamen und scheuen Mann gemacht (doch war dies der wahre Grund?). Hoppla, jetzt reiß dich aber mal zusammen. Du erforschst hier die Ursprünge deiner Schüchternheit, und da auf der Bank liegt ein Toter. Dein Sinn für Prioritäten, Martin, man hat dies schon deinem berühmten Vater nachgesagt, kommt so krumm daher wie ein Paar O-Beine.

Martin legte Scottys Arm hoch, starrte auf das geschlossene rechte und das halboffene linke Auge, setzte sich auf den Stuhl des Spielführers und lauerte vergebens auf ein Lebenszeichen bei dem Toten, der eben noch ein Held gewesen war. Und schließlich drückte er ihm mit dem Daumen das linke Auge zu.

«Der ist tatsächlich abgenippelt», sagte er gegen alle gewandt, und man hörte, wie ein leiser, erschrockener Japser durch die Reihen ging. Worauf sie sich dann wahrhaftig alle miteinander verkrümelten, bis auf den kreidebleich gewordenen Charlie Boy, der sich neben Scottys Füßen auf die Bank setzte und mit großen Augen auf etwas starrte, das zu Ende war. Dann sagte er, auf seine eigene urwüchsige Art: «Heilige Mutter Gottes, das war aber ein schneller Entschluß.»

«Gibt es jemand, den wir benachrichtigen müssen, Charlie?» fragte Martin den jungen Mann, dem sichtlich der Schock in den Gliedern saß.

«Seine Frau», sagte Charlie. «Er hat zwei Kinder.»

«Das ist hart. Beinhart. Sonst noch jemand? Was ist mit seinem Vater?»

«Der ist tot», sagte Charlie. «Die Mutter lebt in Florida. Da wäre also seine Frau.»

«Die will ich gern anrufen», sagte Martin. «Andererseits solltest aber vielleicht lieber du es tun, Charlie. Du stehst ihr ja erheblich näher.»

«Ich erledige das schon, Martin.»

Martin nickte und entfernte sich dann von dem toten Scotty, der bis zum Schluß die Schmach bestätigte, die in seinem Spitznamen mitschwang: Ein Geizhals bis aufs Blut, eine knauserige Zwergenseele.

«Daß ich einen totgebowlt hab, ist mir bisher noch nicht passiert», stellte Billy fest.

«Keine Witze jetzt», entgegnete Martin.

«Ich hab's dir immer schon gesagt, das ist 'n Saftneger», sagte Billy.

«Schon gut, aber bitte nicht jetzt.»

«Der Teufel soll den Scheißkerl holen», sagte Morrie leise zu den beiden, ging dann hinüber zu Charlie und sagte: «Ich weiß, er war dein Freund, Charlie, und es tut mir leid. Aber ich hab ihn all die Jahre nie gemocht. Wir sind nie miteinander ausgekommen.»

«Bitte sag jetzt nichts mehr», erwiderte Charlie mit gesenktem Kopf.

«Ich wollte dich bloß wissen lassen, daß es mir leid tut. Ich weiß doch, wie eng ihr zwei befreundet wart. Ich hätt ihn ja gemocht, wenn ich das nur gekonnt hätte. Herrgott noch mal, ich will einfach nicht, daß *du* auf mich sauer bist, Charlie. Du verstehst, was ich meine?»

«Ich verstehe. Ich bin nicht sauer auf dich.»

«Freut mich, daß du das sagst. Weil es ja manchmal vorkommt, daß man mit einem Burschen im Clinch liegt, und seine Freunde einen dann anfeinden, obwohl sie persönlich gar nix gegen einen haben. Du weißt, was ich meine?»

«Ich weiß. Ich hab nichts gegen dich, Morrie. Du bist eben ein Strolch, und du bist immer schon einer gewesen. Um die Wahrheit zu sagen, ich hab dich nie ausstehen können, und im Moment finde ich dich unerträglicher denn je. Gute Nacht, Morrie.»

Damit ließ ihn Charlie Boy stehen und richtete sein Augenmerk wieder auf den Leichnam seines Freundes.

Martin Daugherty, den all diese Ereignisse mit neuer Weisheit erfüllten, nahm meilenweit über die Stadt hinweg Verbindung auf mit seinem altersschwachen Vater in einem Bett des Pflegeheims. Siehst du, Papa, sagte er ins Mikrofon dieser Leitung zwischen Vater und Sohn, jetzt ist mir alles völlig klar. Das Geheimnis von Scottys Tod liegt in der simplen Wahrheit, die uns Morrie Berman enthüllt hat: daß Scotty nicht mal 'ner kranken Nutte 'ne Haarnadel schenken würde. Deshalb sag ich dir, Papa, wir alle müssen kranken Nutten Haarnadeln schenken. Das ist das A und O. Hörst du? Verstehst du, was ich meine? Wir müssen kranken Nutten Haarnadeln schenken, wann immer sie danach verlangen. Was könnte ein Mann Besseres tun?

2

Martin Daugherty saß in Bademantel und Pantoffeln am Küchentisch und blutete aus zynischen Wunden. Im Namen des Vaters, im Namen des Sohnes, wer huldigt dem Vater, wenn der Sohn von dannen geht? Er salzte seinen Haferschleim und spickte ihn mit Rosinen, diesen kümmerlichen, runzligen Symbolen seiner trüben dahinwelkenden Jahre. Er kaute auf einer einzelnen Rosine, dachte daran, daß Scotty tot war, dachte an seinen eigenen Sohn, der von zu Hause fortgezogen war ins katholische Priesterseminar. Doch sein Junge war am Leben und frei, beizeiten seine Ansichten zu ändern, und bei diesem Gedanken sickerte es Martin bittersüß über die Zunge: zwischen den verschrumpelten Falten schlummert ein Schatz.

«Jetzt bist du vollkommen durchgedreht», sagte Mary Daugherty, als sie ihn mit seinem irren Lächeln grimmig vor sich hin kauen sah. Sie brach in Gelächter aus, und diese fröhliche Melodie aus Connacht zeigte an, wie unbeeindruckt es sie ließ, in aller Frühe einen Verrückten an ihrem Küchentisch vorzufinden.

«Da kannst du deinen süßen irischen Arsch drauf wetten, daß ich das bin», sagte Martin. «Ich hab von Peter geträumt, wie er von Päderasten im Priestergewand durch die Stadt gekarrt wurde.»

Das machte ihrem Lachen jäh ein Ende.

«Jetzt hast du's wieder mit den Priestern, stimmt's? Warum mußt du immer wieder damit anfangen? Vielleicht findet er ja doch keinen Gefallen daran.»

«Die werden schon dafür sorgen. Ihn bis zur Halskrause abfüllen mit ihrem windigen Geschwätz von Gott und Berufung, komm zu uns, oh, Engelsköpfchen aus der Main Street, leiste Dienst an deinem Nächsten, lerne mit den Vögeln reden und schlag dir eine Brücke in die nächste Welt. Weshalb hat Gott dich sonst erschaffen, wenn nicht dazu, all die bedauernswerten armen Schweine zu retten, die nicht erhaben und elitär genug sind, ihr Leben als bettelarme Seelenretter zu fristen?»

«Es grämt dich also, daß er arm sein wird, hab ich recht?»

«Mich grämt, daß sein Seelenheil ausschließlich diesen Priestern überlassen bleiben soll.»

Sein Sohn Peter hatte in einem beutelähnlichen Geflecht aus Seilen gesessen, das unter dem vorspringenden Flachdach ihres Hauses hing. Gleich neben Peter, in einem zweiten solchen Netz, saß Billy Phelan; beide hockten zurückgelehnt in diesen Seilen, die frei dort oben hingen, und schauten Martin an. Martin war erstaunt über die Konstruktion dieser geflochtenen Gebilde, die der Schwerkraft trotzten. Dann war Peter aus seinem Netz herausgesprungen und kopfüber zwei Stockwerke tief hinabgestürzt. Sein Körper schlug als erstes auf, gleich danach sein Kopf, zwei Aufschläge kurz nacheinander, dann lag er still. Zwei Priester in Kutten aus Sackleinen schippten ihn mit ihren Schaufeln in eine Schubkarre, und einer von den beiden schob mit ihm davon, hinaus auf die belebte Straße. Billy Phelan blieb in seinem Netz sitzen, ohne sich zu mucksen. Martin fand sich plötzlich auf der Straße wieder, wie er der Schubkarre durch Schutt und Trümmer zu folgen suchte, verlor sie aber aus den Augen. Auf einem leeren Grundstück sah er sich mit einer Schar von Kindern in Peters Alter konfrontiert. Sie trotteten in einem ominösen Kreis, aus dem Martin nicht entkommen konnte. Ein kleines Mädchen warf einen Stein, der Martin am Kopf traf. Ein kleiner Junge kam im Galopp auf ihn zu, hatte ein Messer in der hocherhobenen Hand, und der Kreis schloß sich enger. Martin beeilte sich, dem messerschwingenden Angreifer zu begegnen, und sprang ihm mit beiden Füßen auf die Brust.

Er wachte auf und schaute blinzelnd zum Fußende hin, wo er auf einem Stuhl neben seinem Bett die Gestalt eines Halbwüchsigen sitzen sah, der einen raffiniert gemusterten Sweater trug und seine Füße auf Martins Bettdecke liegen hatte. Aber vielleicht war diese Gestalt längst übers jugendliche Alter hinaus. Sie hatte einen Tierkopf mit einer spitzen Schnauze. Ein Fuchs? Ein Reh? Der Kopf eines Lamms? Martin richtete sich halb im Bett auf, stützte sich auf den Ellbogen und sah genauer hin. Der Körper der Gestalt war deutlich zu erkennen, ihr Kopf jedoch blieb verschwommen. Er rieb sich die Augen. Die Gestalt hatte den Stuhl nach hinten gekippt, die Füße übereinandergeschlagen und betrachtete Martin in aller Ruhe. Dann verschwand sie – nicht wie ein Traum, der beim Aufwachen allmählich verblaßt, sondern wie der Zaubertrick eines Filmers: sie war von einer Sekunde zur nächsten gänzlich verschwunden.

Martin saß halb aufgerichtet im Bett und hörte Mary rufen, daß sein Haferschleim auf dem Tisch stünde. Ihm fiel die illustrierte Bibel ein, in der er geblättert hatte, als er nach Scottys Tod nach Hause kam und wie unter Zwang im Alten Testament nach einem Gegenstück zum Tode dieses Mannes suchte. Doch er hatte nichts Zufriedenstellendes gefunden, und später, nachdem er das Licht gelöscht hatte, mußte er wieder an den Kupferstich denken, auf dem Abraham dargestellt war, mit dem gefesselten Isaak und dem Widder, der aus dem Gebüsch hervorbrach. Und er hatte Isaak gleichgesetzt mit seinem Sohn Peter, der dem Glauben anderer geopfert wurde – erst beim Abendmahl und seiner Firmung Priestern und Nonnen in die Hände getrieben, dann erstickt unter den Ängsten einer Mutter, die noch immer glaubte, ein Liebesakt im Stehen führe zur ewigen Verdammnis.

Sollte der Besucher an Martins Bett etwa der Widder gewesen sein, der Isaak vor dem Messer gerettet hatte? Der in seinem Skipullover? Was hatte das Ganze mit Peter zu tun? Martin schlug die Bibel auf der Seite mit dem Stich auf. Das Tier im Sweater wies keinerlei Ähnlichkeit mit dem lebensrettenden Widder auf. Martin las wieder die Zeile, die er vor Jahren nach seiner ersten Lektüre der Geschichte über die Abbildung geschrieben hatte: Wir alle haben uns verschworen gegen unseren Nächsten. Er wußte sich in diesem Moment nicht recht zu erklären, was er eigentlich mit diesem Satz gemeint hatte.

Es war Jahre her, seit Martin das erste Mal in seinem Leben mit dem Unerklärlichen in Berührung gekommen war. Und während er nun seinen Haferschleim löffelte, überprüfte er diese neue Vision, versuchte, eine Verbindung herzustellen zu seinem Traum von Peter, wie er aus seinem Seilgeflecht herausstürzte; zu dem Gesicht des Jungen bei seiner Abreise vor zwei Tagen – ein Vierzehnjähriger kurz vor dem Eintritt in die High-School, der sich von den heiligen Sendboten Gottes hatte verführen lassen, statt dessen ein stinkfrommes Priesterseminar zu besuchen. Peter, der Mittelpunkt seines Lebens, sein einziges Kind. Insgeheim kochte er vor Wut über diese Priester, die ihm seinen Peter gestohlen hatten, über diese Pfaffen, die dem Jungen beibringen würden, wie man bei der Kohlensammlung ein Vermögen scheffelt und den Armen den Marsch bläst, weil sie so gleichgültig und träge sind. Vor kurzem erst hatte der stellvertretende Pastor der Sacred Heart Church von seiner Kanzel herab über die Torheit menschlicher Gelüste nach goldbraunem knusprigem Toast gepredigt, und über die Albernheit des Liedtextes von «Tea for Two». In einem Vorort gab es einen Priester, der sich eine Ente als Haustier hielt und sie an der Leine ausführte. In Troy hatte einer ein Mädchen im heiratsfähigen Alter durchs ganze Gemeindehaus gehetzt. Priester im Suff, Priester in der Bettelkutte, Priester im Eunuchengewand. Es gab Heilige unter ihnen, Männer, die erfüllt waren von reiner Liebe, und so einer hatte Peter inspiriert, hatte ihm die Lebensgeschichte des heiligen Franziskus zu lesen gegeben, ihn angespornt zu Selbstlosigkeit, Fanatismus und Armut, ihn ermutigt, mit den Vögeln zu sprechen.

Vor Monaten, als der Entschluß in ihm reifte, hatte der Junge selbst hier am Küchentisch gesessen, die Rosinen aus dem Haferschleim gepickt und dabei die Güte der Priester gerühmt. Da hatte Martin ihn gefragt: Kennst du denn auch gute Menschen, die keine Priester sind?

Dich, hatte der Junge geantwortet.

Wie mache ich das, wo ich doch gar kein Priester bin?

Weiß ich nicht, aber vielleicht bist du manchmal auch kein guter Mensch. Bist du immer gut?

Keineswegs.

Und hast du je einen Menschen gekannt, der so voller Güte war, daß er mit den Vögeln sprechen konnte?

Eine ganze Reihe. Neil O'Connor sprach den ganzen Tag mit seinen Enten. Und Marty Sheehan pflegte nach vier Glas Bier immer lange Gespräche mit der Gans von Lackey Quinlan zu führen.

Aber haben die Vögel auch mit ihnen gesprochen?

Die konntest du gar nicht mehr zum Schweigen bringen, erwiderte Martin, wenn die erst mal am Schnattern waren.

Ausgewogenheit, das war es, was er in Peter fördern wollte. Auch dann Ehrfurcht zu zeigen, wenn Gott nur durch seine Abwesenheit präsent ist.

«Ich will einfach nicht, daß die ihn in ihrem Weihwasser ersäufen!» sagte Martin Daugherty zu seiner Frau. «Und ich will nicht, daß er Angst davor hat, denen klipp und klar zu sagen, daß sie sich ihren Weihrauch in den Abendmahlskelch schieben sollen, wenn er dort die Nase voll hat und lieber wieder nach Hause will. Es wird in diesem Haus keiner verpatzten Priesterkarriere nachgetrauert wie bei Chickie Phelan.» (Und in diesem Augenblick spürte Martin ohne ersichtlichen Grund, daß er bald, vielleicht an diesem Morgen noch, einen Anruf von Chick bekommen würde.) «Seine Mutter und Schwestern wollten von Chick, daß er ihnen ein Stück Himmelreich ins Wohnzimmer holt und daß er das nicht geschafft hat, haben sie ihm nie verziehen. Und noch etwas. Es ist seit jeher mein Wunsch gewesen, daß Peter hier aufwächst, hier bei uns aufwächst und Vater wird. Ich will die Linie der Daughertys hier nicht enden sehen, nachdem wir uns durch die Widernisse von Jahrhunderten geschlagen haben bis zum heutigen Tag.»

«Du willst noch einen Daugherty? Einen zweiten Sohn? Ist es das, was du mir sagen willst?»

«Mir widerstrebt es mitanzusehen, wie eine Linie zu Ende geht. Ganz egal welche. Denk an all die Daughertys vor Patrick. Du weißt ja, wie der von Piraten verschleppt und zum Sklaven gemacht wurde. Auf die Weise ist der in diesen heiligen Tingeltangel geraten.»

«Ach», sagte Mary, «du bist ein redseliger Mensch.»

«Das bin ich.»

«Bist du jetzt fertig?»

«Bin ich.»

«Warum bist du bei dem Jungen nie so redselig?»

«Bin ich doch gewesen.»

«Du hast ihm all das erzählt?»

«Hab ich.»

«Und was nun?» fragte die Frau und Mutter der Familie. «Nun?»

«Ist ja schon gut», sagte Martin.

Das Reden hatte ihn besänftigt, und die realen Dinge der Gegenwart lenkten seine Aufmerksamkeit auf sich: seine Frau und ihr wackelnder Hintern, während sie gerade mit dem Umrühren der Eier zugange war – diese prächtigen Backen von alter irischer Tradition, diese anheimelnden Rundungen, die ihm bildlich entgegenrollten unter dem schwarz-gelb gemusterten Kimono, den er ihr einst bei ihrem Urlaub in New York geschenkt hatte. Wenn er zurückdachte an den Beischlaf damals in ihrer Kabine auf der Nachtfähre und an den vom letztenmal – war das nun drei oder vier Tage her? –, dann kam er zu dem Schluß, daß seine Frau ficken aufs gleiche hinausläuft, als wolle man den Ball zurück zum Pitcher schlagen. Trotzdem war Martin der Ansicht, daß es wenig Sinn machte, mit einer anderen zu vögeln. War dies nun ein moralistischer Entschluß, der von seinem Trauma mit Melissa Spencer herrührte, oder war es lediglich eine Entschuldigung für die apathische Beständigkeit seiner Ehe? Da ging ihm Melissa doch schon wieder durch den Kopf. Inzwischen mußte sie bereits in der Stadt sein, mit ihrer auf skandalös getrimmten Show. Anrufen würde sie ihn nicht. Und er würde sie auch nicht anrufen. Trotzdem hatte er das Gefühl, daß sie sich mit großer Wahrscheinlichkeit begegnen würden.

Das Telefon läutete, und die Miss Irish Ass von 1919 ließ ihr himmlisches Hinterteil durch die Küche wackeln und hob ab. «O ja, gewiß doch, Chick, er ist da. Stell dir vor, eben hat er grad von dir gesprochen.»

«Nun, Chickie», begrüßte ihn Martin, «alles fertig für den großen Schachzug heute? Hast du den Bleistift frisch gespitzt?»

«Ein Mordsding, Martin, ein dicker Hund ...»

«Ist es schon, ganz ohne Zweifel», sagte Martin, denn Chick hatte ihm als erster von dem Coup berichtet, den Patsy McCall, der Ortsvorsitzende der Demokratischen Partei, ausgeheckt hatte, um heute am letzten Tag der Registrierung zur Wahl die Ortsgruppe der American Labour Party unter Kontrolle zu bekommen: Loyale Demokraten wie Chick einer war würden sich als Mitglieder der ALP in die Wahlliste eintragen, deren Reihen infiltrieren und die üblen Bolschewiken und gottlosen Sozialisten aus der Partei kippen, die mit ihrer Radikalität die Stadt verpesteten. Damit würden Patsy McCall und seine Demokraten die Stadt endgültig von diesem roten Gesocks befreien.

«Nee, Martin, das meine ich nicht», sagte Chick. «Es geht um Charlie Boy. Soeben ist die Polizei bei denen drüben. Und Maloney ist ebenfalls da. Der und die halbe McCall-Familie marschieren hier schon die ganze Nacht bei uns rein und raus. Der ist verschwunden, Martin! Charlie ist verschwunden! Sieht ganz so aus, als hätten sie sich den geschnappt.»

«Geschnappt?»

«Entführt! Seit halb fünf heute morgen hängen die hier bei uns in einem fort am Telefon. Eine regelrechte Parade. Sie kommen garantiert gleich wieder anmarschiert. Aber ich dachte, ich ruf dich schnell mal an, weil dich das bestimmt interessiert. Das bin ich dir schuldig.»

«Bist du dir da sicher, Chickie?»

«Eben kommen sie wieder. Ich seh Maloney, wie er grad die Vordertreppe runterstiefelt. Martin, die haben Charlie Boy heute früh so gegen vier aus seinem Auto rausgeholt. Seine Mutter ist nachts mal aufgestanden, da hat sie das verlassene Auto mit offener Tür vor dem Haus stehen sehen. Auf dem Trittbrett lagen ein paar Zigaretten verstreut, und Charlie Boy ist verschwunden. Ich hab's mit eigenen Ohren gehört, wie sie das sagten. Aber von mir hast du nichts erfahren, kein Sterbenswort, und bete für den Jungen, Martin, bete für ihn. Mein Gott, es passieren Sachen heutzutage.»

Und damit legte Chick auf.

Martin starrte geradeaus auf das verschmutzte Bernsteingelb der Küchenwand. Die hatte einen frischen Anstrich nötig. Sie war schäbig, diese Wand. Und die Geschichte, die er da eben gehört hatte, die war mindestens genauso schäbig. Charlie Boy entführt. Der Verlust, der Diebstahl von Kindern. Nun war Charlie zwar kein Kind mehr, doch sein Vater würde ihn nach wie vor als solches betrachten.

«Worum ging es denn?»

«Wir haben über 'ne Story gesprochen.»

«Wer oder was ist denn geschnappt worden? Ich hab gehört, wie du ‹geschnappt› sagtest.»

«Das Wort gefällt dir wohl, wie?»

«Irgendwo klingelt da was, wenn man es hört.»

«Du mußt nicht warten, bis es klingelt, um geschnappt zu werden.»

«Na, das hab ich ja Gott sei Dank schon sehr früh gelernt!»

Und da schnappte sich Martin den königlichen Hintern, mit dem er schon sechzehn Jahre lang zusammen lebte, massierte ihn kurz durch den Kimono hindurch und ging dann mit schnellen Schritten aus der Küche in sein Arbeitszimmer. Er setzte sich in den Schaukelstuhl, in dem er zu lesen pflegte, gleich neben einem säuberlich aufgeschichteten Stapel von Lokalblättern, der größer war als ein kleiner Junge, und griff zum Telefon. Er sah bereits die Aufmacher, den Rummel und das Aufsehen, das traurige Tamtam der Schlagzeilen. Die Extrablätter. Die Fotoseiten. Dies sind die Gebrüder McCall; hier ein kurzer Abriß über die siebzehn Jahre, in denen sie in bemerkenswerter Weise die Geschichte Albanys lenkten. Hier ihr schlichtes Zuhause. Und nun das. Hier Charlies Auto. Der Tatort. Auf diesem Trittbrett fand man die Zigaretten. Hier einige Kidnappingfälle, die in der Vergangenheit Schlagzeilen machten. Meine Güte. Nicht auszudenken.

Martin wählte.

«Ja», meldete sich das unverwechselbare Reibeisenorgan von Patsy McCall gleich nach dem ersten Läuten.

«Patsy, hier ist Martin Daugherty.»

«Ja.»

«Wie ich höre, hat's bei euch Ärger gegeben.»

Schweigen.

«Stimmt das, oder liege ich da falsch?»

«Hier gibt es keinen Ärger.»

«Ich höre, bei euch sei ein hektisches Kommen und Gehen, und daß da vielleicht was Schlimmes passiert ist.»

Schweigen.

«Stimmt das, Patsy, oder täusche ich mich da?»

«Hier gibt es keinen Ärger.»

«Bist du noch 'n Weilchen da? Stört's dich, wenn ich mal kurz vorbeischaue?»

«Wenn du willst, komm vorbei, Martin. Einen wie dich würden ja nicht mal scharfe Bulldoggen von der Haustür fernhalten.»

«Richtig, Patsy. Bin in 'ner Viertelstunde da. Zehn Minuten!»

«Hier ist nichts los.»

«Alles klar, Patsy. Bis gleich.»

«Bring niemand mit.»

In seinem Schlafzimmer war Martin im Rekordtempo aus seinem mit Eigelb und Kaffeespritzern gesprenkelten blauen Flanellbademantel, zog eilends seine Hose über die Unterhose, in der er geschlafen hatte, und beschloß, seiner Frau nichts von der Neuigkeit zu erzählen. Sie war eine entfernte Cousine von Charlies Mutter und hätte darauf bestanden, der unglücklichen Familie nach Kräften zur Seite zu stehen, doch ihr aufopfernder guter Wille wäre in dieser Situation nur lästig gewesen.

Der Verlust der McCalls verstärkte bei Martin das Empfinden seines eigenen. Doch während seiner nur schmerzlich war, enthielt der ihre eine tragische Komponente. Ließ Unheil ahnen. Martins unerklärliche Visionen waren oft eingetreten, kurz bevor einem Menschen aus seinem Bekanntenkreis oder der Familie Unheil widerfuhr. Zehn Jahre lang waren diese Vorahnungen ausgeblieben; jetzt waren sie auf einmal wieder da: Martins Gewißheit, daß Chick anrufen würde; der bizarre Besucher an seinem Bett, ein Vorbote des Unbekannten; auf den Tod von Scotty folgte die Entführung von Charlie. Koinzidenz des Unheils.

Das Unerklärliche war Martin zum erstenmal vor zweieinhalb Jahrzehnten begegnet. Im Oktober 1913, eben von einem sechsmonatigen journalistischen Streifzug durch England und Irland zurückgekehrt, folgte Martin zielbewußt, doch wider alle Logik, der North Pearl Street nach Norden, statt in die State Street einzubiegen, die nach Westen führte zum Capitol, wo ihn ein Namensvetter, Martin H. Glynn, zum Interview erwartete – der neue Gouverneur von Albany, ein Zeitungsmensch, Redner und Politiker, der sich für die Probleme Irlands interessierte. Ein unbekannter Impuls zwang ihn dazu, auf der Pearl Street weiterzugehen zur Pruyn Library, wo er seinem Neffen begegnete, der auf der Familienkalesche saß; die Zügel des alten Gauls hatte er locker auf den Knien liegen. Er war Feuerwehrmann auf dem Löschwagen Nr. 8, und die blaue Strickmütze auf seinem Kopf, die er beim Bereitschaftsdienst der Feuerwache zu tragen pflegte, war Martin wohlvertraut. Als sich ihre Blicke trafen, lächelte der Neffe, hob die Hand, die einen Revolver umklammert hielt, aus dem Schoß, richtete ihn zuerst auf das Pferd, kehrte ihn dann gegen seine Schläfe und drückte ab. Er war auf der Stelle tot, ohne der Familie eine Erklärung für seine Tat zu hinterlassen, und er hatte noch gelächelt, als Martin die Zügel des scheuenden Pferdes zu fassen bekam und sich über seinen Neffen beugte.

Martin war nichts derartiges mehr zugestoßen bis 1925, dem Jahr, in dem er seinen Band mit Kurzgeschichten veröffentlichte. Doch er erkannte ihn wieder, den irrationalen Impuls, der ihn dazu drängte, ohne besonderen Anlaß den Anwalt aufzusuchen, der die Verleumdungsklage seines Vaters gegen eines der Lokalblätter bearbeitete, das die skandalträchtige Affäre des Alten mit Melissa wieder aufgewärmt hatte. Mit dem vor Gesundheit strotzenden Anwalt traf sich Martin dann in seiner Wohnung, und sie sprachen über Martins Vater, der zu dieser Zeit in New York lebte. Zwei Stunden nach dieser Unterredung hatte der Anwalt mitten auf der Maiden Lane einen Herzschlag gekriegt, und Martin fiel die Aufgabe zu, seinem Vater einen neuen Anwalt zu suchen.

Im selben Jahr hatte Martin eines Morgens das Radio angestellt, eine für ihn höchst untypische Geste, und die Meldung vom Untergang des Ausflugsdampfers ‹Sweethearts› auf dem Hudson River gehört. Später erfuhr er, daß mit dem Schiff ein

Mädchen in die Tiefe gerissen wurde, in das er einmal verliebt gewesen war. Danach begann er, auch Dinge vorauszuahnen, die nichts mit Unheil zu tun hatten. Den Sechshundert-Dollar-Gewinn, den ein Fotograf der *Times-Union* im Baseball-Toto von Albany machte, hatte Martin ihm schon eine Woche im voraus prophezeit. Um einen Tag nur verschätzte er sich bei dem Termin, für den er den Sieg seines Vaters in der Beleidigungsklage ankündigte. Daß sich zwischen der Nichte seiner Frau aus Galway und einem Barkeeper aus Albany eine Liebesaffäre anbahnen würde, wußte Martin schon zwei Monate, bevor die Nichte aus Irland in Albany eintraf. Er hatte Gewitterschauer vorhergesagt für den Tag, an dem diese Liebe zum erstenmal erblühte, und er behielt recht.

Einsichten wie diese erschienen Martin in Form kruder Bilder, ähnlich denen, wie sie Radiowellen auf Fotografien sichtbar machen können. Er begann sich als mystischer Naturalist zu betrachten, nicht ohne sich selber und anderen zu versichern, daß er nicht im Ernst an Geister, Wunder, Auferstehung, Himmel oder Hölle glaubte. Sprach er von seinen Überzeugungen oder seiner bizarren Intuition, so milderte er sie stets ab mit einem Zitat, das er seiner Mutter zuschrieb: Es gibt keinen Nikolaus, und es gibt keinen Teufel; das ist beides dein Vater. Er machte sich Gedanken über seine Visionen, die er als angenehme Bereicherung empfand, selbst dann, wenn sie sich als falsch erwiesen, ihn nirgends hinführten und nichts enthüllten. Er spürte, daß sie ihn mit Bereichen in Tuchfühlung brachten, die ihm bisher verschlossen gewesen waren, und daß er hier im Besitz einer Kraft war, für die nicht einmal sein berühmter und berüchtigter Vater, in dessen erniedrigendem Schatten er all die Jahre gestanden hatte, eine Erklärung wußte. Sein Vater war, was die Iren in der Neuen Welt betraf, eher von konkreten Visionen besessen: ihrem mühsamen Ringen, herauszukommen aus dem Sumpf von Armut, Not und Erniedrigung, dem Aufstieg zu einem höheren Lebensniveau, wo sie gleichgestellt waren mit all jenen arrivierten Amerikanern, die in der Politik, in der Finanzwelt und der Kultur dieses Landes das Sagen hatten. Was den Einwandererhorden als erstrebenswert galt, langweilte Martin, er sehnte sich nach Abstrakterem:

sich selbst zu lieben und seinen Gegenspieler. Ihm persönlich bedeutete individuelle Einsicht mehr als soziale Gerechtigkeit, auch wenn er sowohl das eine wie das andere zum Thema seiner Kolumne machte, die aus einem Mischmasch aus Radikalismus, spirituellem Forschertum und Clownerei bestand. Er war ein Komödiant, der mit Heywood Broun, Tom Mooney und allen Wobblies sympathisierte, der mit John McCormack Champagner trank, Bier mit Mencken, und mit Damon Runyon zur Rennbahn ging, der öffentliche Liebesbriefe an Marlene Dietrich schrieb, sooft einer ihrer Filme in Albany lief, und Amerikas Gleichgültigkeit hinsichtlich des spanischen Bürgerkriegs als Paradebeispiel einer Unterlassungssünde brandmarkte.

Auch schrieb er endlos an einem Roman, mit dem er seine Lesart von Sinn und Bedeutung des skandalträchtigen Lebens seines Vaters zu vermitteln hoffte. Er hatte maximal zweihundert Seiten anvisiert, inzwischen war er bei zwölfhundert und fand kein Ende. Jetzt mit fünfzig, nachdem er zwei Sachbücher veröffentlicht hatte, eins über den Krieg, das andere ein persönlicher Rechenschaftsbericht über die Probleme der Iren, den Band mit Short Stories und zahllose Artikel für Zeitschriften mit landesweiter Verbreitung, betrachtete Martin sich selbst als Rätsel, als dessen Lösung ein Wortspiel herauskommt, als einen, der sich außerstande sah, sein Engagement klar zu umreißen oder auch nur das Geheimnis seines eigenen Bauchnabels zu ergründen, als literarischen Zwerg. Er selbst maß so gut wie nichts von dem, was er schrieb, irgendeinen Wert bei, mit Ausnahme des unvollendeten Romans.

Von den Lesern der *Times-Union*, die fünfmal wöchentlich seine Kolumne druckte, wurde er als weltlicher Dichter, als Philosoph mit erhobenem Zeigefinger und provokanter Halbradikaler angesehen, den man nicht ernst nehmen mußte, denn er nahm sich selbst nicht ernst. Er pries die Anwendung von Alphabettafeln bei spiritistischen Sitzungen und den Gebrauch von Wünschelruten, und er gab sich alle Mühe, den berühmt gewordenen Bürger Albanys und Swedenborgianer Henry James senior zu rehabilitieren. Männer wie James seien zu allen Zeiten als verschrobene Spinner angesehen worden, behauptete Martin, und er machte sich zu ihrem Fürsprecher, indem er die *Internationale Bruderschaft absonderlicher Persönlichkeiten* gründete, die über zweitausend Mitglieder anlockte.

Es kam nicht selten vor, daß Zeitungen im ganzen Land seine Kolumne nachdruckten, doch hatte sich Martin entschieden, sie trotzdem lieber nicht zur gleichzeitigen Veröffentlichung in mehreren Zeitungen zu schreiben, denn er befürchtete, seine Stärke – den Zuschnitt auf sein lokales Publikum in Albany – zu verlieren, wenn er sich Themen von nationalem Belang zuwandte. Über seine Sehergabe schrieb er nie.

Das wirkliche Ausmaß dieser Gabe war niemandem bekannt, und nur seine Familie und einige Freunde wußten überhaupt von ihrer Existenz. Ihr Ursprung weckte argwöhnische Verwunderung bei seiner Frau; als gebürtiger Irin hatte man ihr zu Hause in der felsigen Einöde von Connemara beigebracht, daß selbst heute noch Druiden das Land durchstreiften.

Die Sehergabe verließ ihn dann 1928 nach dem ausschweifenden Gelage, das er anläßlich seines vierzigsten Geburtstages mit Melissa, der Schauspielerin und einstigen Mätresse seines Vaters, der Frau, die beim Skandal des Vaters als Stein des Anstoßes galt, zelebriert hatte. Von dieser Ausschweifung kam Martin nach Hause, stank nach Simonie und war ernstlich erkrankt an etwas, das der Arzt ohne Umschweife als Vollrausch diagnostizierte. Innerhalb der nächsten acht Tage spürte Martin deutlich, daß er sein mystisches Talent verloren hatte. Nach einer weiteren Woche hatte er sich von der darauffolgenden Depression erholt, den simonischen Gestank jedoch wurde er erst los, als er den Vorschlag seiner Frau befolgte und nach einem ganzen Jahrzehnt, in dem er sich nicht nur geweigert hatte, sich als Katholik, sondern überhaupt als Christ zu betrachten, den Priester der litauischen Kirche aufsuchte, der die englische Sprache ebenso gebrochen sprach wie er sie verstand, eine Beichte absurder Sünden («Ich habe dreimal die abgeschnittenen Fußnägel meiner Frau verbrannt») hervorstieß, anschließend zum Abendmahl in die Sacred Heart Church ging und mit einem Akt ritueller Entweihung den Gestank der Simonie vertrieb.

Martin fuhr mit den Armen in das frische Hemd, das ihm

seine Frau gebügelt hatte. Jeden Tag ein frisches Hemd, beharrte Mary Daugherty, sonst treibst du uns mit deinem Mief glatt zum Fenster raus. Er stieg flink in seine schwarzen Schuhe, ein Paar schrundige, abgewetzte Dinger, die seit Monaten nicht mehr geputzt worden waren, warf sich einen locker gebundenen Schlips über den Kopf, ohne den Knoten straff zu ziehen, und schlüpfte in seine arg mitgenommene Anzugsjacke. Ein *Sughan*, sagte Mary immer, du hast sie zu einem *Sughan* gemacht. Na wennschon, letzten Endes kommen sich alle Dinge gleich, die reinen und die unreinen, die gebügelten und die, die sich davon nicht im geringsten beeindrucken lassen.

Im Badezimmer schrubbte sich Martin den Nachgeschmack der Haferflocken aus den Zähnen, platschte sich ein bißchen kaltes Wasser ins Gesicht, drückte mit der Haarbürste seinen Wirbel glatt, eilte dann, mehrere Stufen auf einmal nehmend, die Treppe hinunter und rief Mary zu, als er durch die Küche rannte: «Sieht aus, als hätte ich da 'ne Bombenstory, Mary. Ich ruf dich später an!»

«Und was ist mit deinem Kaffee? Deinem Rührei?»

Aber da war er schon zur Tür hinaus, dieser in die Jahre kommende Leuchtkäfer, der, wie seiner Frau schien, nie ganz erwachsen geworden war wie andere Männer, und hetzte hinter einer neuen Story her.

Martin hatte einst in Arbor Hill gewohnt, dort, wo auch die McCalls und die Phelans wohnten. Doch das Haus seiner Kindheit und Jugend war einer Feuersbrunst zum Opfer gefallen; Katrina Daugherty, seine Mutter, hatte sich mit einer Rauchvergiftung ins Freie retten können, wo sie auf dem Trottoir der Colonie Street in den Armen ihres Mannes starb, dem sie noch Verlaine zitierte: «... du hast mich so geliebt!»

«Das mag schon sein – ich bin vergeßlich.»

Das Feuer war nebenan in der Christian Brothers School ausgebrochen; von dem alten Bruder William ließen die höllischen Flammen nur einen verkohlten, knienden Leichnam übrig, schlugen über die schmale Gasse und äscherten das Haus der Daughertys ein, wo sie nicht nur mit Martins Mutter ein zweites Todesopfer forderten, sondern auch alles vernichteten, was sein Vater ein Leben lang angesammelt hatte: Bücher, Zeitschriften und Zeitungsausschnitte, die seinen Ruf und seine Verrufenheit dokumentierten, sowie zwei unvollendete Stücke. Nach diesem Brand kehrte Edward Daugherty Arbor Hill den Rücken und ließ sich im North End nieder, wo er das ehemalige Haus seines Vaters bezog, dessen Mieter er höflich an die Luft setzte.

Dieses Haus hatten die Eltern von Edward Daugherty ein Jahr vor Martins Geburt am Ufer des Erie Canal gebaut und bis an ihr Lebensende bewohnt. Nach Edwards erstem Schlaganfall zog Martin mit Frau und Kind ebenfalls dort ein, um den Vater zu pflegen, bis er wieder selbst zurechtkam. Aber der alte Daugherty sollte sich nie wieder erholen, und so wohnte Martin noch heute in diesem Haus, nun Kurator all dessen, was er das Daugherty-Museum nannte.

In der Colonie Street parkte Martin seinen Wagen vor dem leeren Grundstück, auf dem einst sein Elternhaus gestanden hatte, ehe es ein Raub der Flammen wurde. Er stieg aus, auf den Bürgersteig, auf dem er einst Pennies geworfen und *Election Cards* verhökert hatte; unter seinen Füßen wanden sich die versengten Wurzeln seiner Kindheit. Aus dem Erkerfenster im Obergeschoß des angrenzenden Hauses lugte Chick Phelan zu ihm herunter, aber Martin unterließ es, ihm zu winken. Im Vorbeigehen warf er einen flüchtigen Blick auf die Umrisse des alten Fundaments, das im Laufe der Jahre immer mehr unter wucherndem Gras und Unkraut verschwand.

Das Haus von Patsy McCall stand schräg gegenüber. Martin überquerte die Straße und erklomm die Vordertreppe. Auf diesen Stufen hatten sie unzählige Abende beisammengehockt, er, die Phelans, die McCalls (Bindy wohnte zwei Häuser weiter als Patsy) und die ganzen anderen Jungens aus der Colonie Street, und sich, wie ihm heute schien, stets über die gleichen drei Themen unterhalten: Baseball; die Unerreichbarkeit von Myriaden knospender Brüste, die sich jedem Jungen in der Colonie in die Augen und die nassen Träume bohrten, und Politik: Würdest du für Billy Barnes arbeiten? Nie im Leben. Packy McCabe? Klar. Hey, wer macht es nun bei dieser Wahl? Schon gehört, wie die Wally-Os im fünften Bezirk eine Wahlurne geklaut haben und Corky Ronan denen hinterher ist, ihnen die Urne wieder abnahm und einem von ihnen das Ohr abgebissen hat?

Martin blickte auf seine Uhr: 8 Uhr 35. Er läutete an der Türglocke, und es öffnete Dick Maloney, der Bezirksanwalt von Albany, ein kleiner, untersetzter Mann mit streitsüchtigem Mundwerk.

«Bist ja schon früh auf den Beinen, Dick, alter Junge.»

«So?»

«Hast du irgendwelche Neuigkeiten für mich?»

«Wüßte nicht, was es Neues geben sollte.»

Und Maloney deutete zum Eßzimmer, wo Martin Patsy und Matt vorfand, seit siebzehn Jahren die führenden Männer in Albanys Kommunal- und Bezirkspolitik. Zwei alte Kumpane der Brüder saßen bei ihnen an dem großen, runden Tisch, auf dem leere Kaffeetassen und überquellende Aschenbecher standen; die weiße Tischdecke war übersät mit Kaffeeflecken und herabgefallener Zigarrenasche. An der Wand reiften die gemalten Früchte in ihrer Schale, und das Volk stand immer noch auf dem Hügel von Golgotha. Daneben hingen gerahmte und signierte Fotos von Jim Jeffries, Charlie Murphy von Tammany Hall, Präsidentschaftskandidat Al Smith und von James Oliver Plunkett, der einen seiner denkwürdigen Sprüche unter das Bild geschrieben hatte: «Regierung des Volkes, durch die Vertreter des Volkes, von ihm gewählt, es zu regieren.»

«Morgen, Gentleman», sagte Martin zurückhaltend, mit unheilschwangerem Unterton.

«Kaffee servieren wir keinen», sagte Patsy, der so überfettet aussah wie eh und je. Mit seinem militärischen Stoppelhaarschnitt, den feisten Hängebacken und der Stahlrandbrille sah dieser irisch-amerikanische Häuptling ganz aus wie ein Preußenbovist in Zivilkluft.

«Dann besten Dank für keinen», erwiderte Martin.

Die zwei Kumpane, Poop Powell, ein ehemaliger Hurling-Spieler und Ex-Cop, der für die McCalls Chauffeur spielte, und Freddie Gallagher, ein Freund Matts noch aus Kindertagen, der im Glauben war, diese Freundschaft sei das ganze Geheimnis, wie es sich in der Welt überleben ließ, erhoben sich von der

Tischrunde und verzogen sich ohne ein Wort, ohne auch nur mit dem Kopf zu nicken, nach nebenan in den Salon. Martin setzte sich auf einen freien Stuhl und sagte: «Wie ich hörte, ist da eine üble Geschichte passiert.»

«Nee, gar nichts», sagte Patsy.

In den übernächtigten, verkniffenen Gesichtern der McCalls stand unbeugsamer und gravitätischer Ernst. Trotz all ihrer Macht schienen sie angesichts dieses persönlichen Verlusts mit einemmal machtlos. Aber es waren schon etliche Männer in der Versenkung verschwunden, weil sie unterschätzt hatten, wie die McCalls mit ihrer Macht umzugehen wußten. Patsy hatte das erstmals demonstriert, als er 1919 in seinem Matrosenanzug für den Posten des kommunalen Steuereinschätzers kandidierte und ihn, welch Wunder, auch tatsächlich bekam. Dies war der Keil, der den eisernen Griff sprengte, mit dem die hundsföttischen schwarzen Republikaner die Stadt seit 1899 umklammert hielten. In dieser Kerbe, die Patsy in den alten Apparat schlug, etablierten die Demokraten dann zwei Jahre später einen neuen, der seinesgleichen suchte, und den steuerten jetzt die McCalls: Patsy, der Retter und Wegbereiter, wurde Parteivorsitzender mit Patronatsrecht; Matt, der Anwalt, wurde zum politischen Strategen und Wortführer; und Lebemann Benjamin, genannt Bindy, wurde Albanys Bürgermeister für die Zeit zwischen Abendrot und Morgengrauen.

In einer Allianz mit einer Handvoll protestantischer Yankee-Aristokraten, die das Formalbürokratische erledigten, entfalteten die drei Brüder auf Stadt- und Bezirksebene eine frappierende Omnipotenz, deren Fäden gar bis ins Weiße Haus reichten. Alle vier Jahre kam der demokratische Präsidentschaftskandidat nach Albany gepilgert, um den unerläßlichen Kniefall in der Kathedrale der McCalls zu machen und hier um wohlwollende Unterstützung zu bitten. Der Apparat der McCalls berührte das Leben eines jeden Bürgers vom Säugling bis ins Greisenalter. George Quinn erzählte oft von dem Tag, als er, noch in Uniform und gerade aus Frankreich heimgekehrt, in der Van Woert Street vom Trittbrett der Tram sprang und John Kelleher ihn um 5 Dollar zugunsten von Patsys Kampagne für das Amt des Steuereinschätzers bat. George spendete nicht 5 Dollar, sondern 15, und damit hatte er etwas, womit er sich sein ganzes Leben lang brüsten konnte.

«Ich muß es wohl zur Sprache bringen», sagte Martin und schaute dabei auf Patsy, seinen engsten Freund unter den drei Brüdern: «Es geht da ein Gerücht um, daß Charlie letzte Nacht entführt worden ist.»

Das nahm den Gesichtern nichts von ihrem gravitätischen Ernst, noch änderte es etwas an ihrer unverbindlichen Miene.

«Da ist nichts dran», erwiderte Matt, ein großer, kräftig gebauter Mann, dem man noch den Football-Verteidiger von einst ansah, ganz das Gegenteil zum fettgewordenen Patsy und mit seinem kurzen schwarzen Haar hübsch wie ein Filmschauspieler. Als er an der Macht war, hatte Matt seinen ehemaligen Football-Trainer vom College auf einen Richterstuhl des Supreme Court gehievt.

«Ist Charlie hier?»

«Der ist nach New York gefahren», sagte Matt.

«Wann denn?»

«Das geht doch dich nichts an, verdammt noch mal», sagte Patsy.

«Hör zu, Patsy. Ich sag dir eins, dieses Gerücht macht längst die Runde. Wenn das nicht stimmt und ihr es nicht entschieden dementiert, werden dir die Zeitungsfritzen hier zum Fenster reingeklettert kommen.»

«Hier klettert mir keiner zum Fenster rein. Und wozu soll ich was dementieren, das überhaupt nicht passiert ist? Für was hältst du mich eigentlich, verflucht noch mal, meinst du vielleicht, ich hab nicht alle Tassen im Schrank?»

Der brauste immer gleich auf; das kannte Martin. Der Mann konnte zu einem Ausbund an Raserei werden, wenn man ihn in die Enge trieb. Die Unvernunft in Person. Als der arme Jigger Begley einmal betrunken bei einer Kundgebung aufgekreuzt war, hatte Patsy ihn derart zur Schnecke gemacht, daß er in Tränen ausbrach. Eine Woche später hatte Jigger, seit Lebzeiten mit Patsy befreundet, seinen Job in der Seifenfabrik gekündigt und war nach Cleveland gezogen, und soweit bekannt, lebte er dort heute noch. Es lag Macht in dieser Stimme.

Martins persönlicher Standpunkt war der: Ich habe keine

Angst vor den McCalls. Dies hier ist genauso meine Stadt wie ihre, und wegen einem von denen würde ich sie niemals verlassen. Die Verbundenheit Martins mit Albany rührte zum Teil auch von den McCalls her, von der Verheißung nämlich, in einer Stadt zu leben, die von seinen Freunden aus der Kindheit regiert wurde. Doch er war 1921, nach zwei Jahren bei den Expeditionary Forces in Übersee und anschließendem anderthalbjährigem Aufenthalt in England und Irland, auch deshalb in seine Geburtsstadt zurückgekehrt, weil er spürte, daß er nichts war ohne seine Wurzeln – und als ihm diese Tatsache zur Gewißheit wurde, reiste er 1922 erneut nach Irland, holte sich Maire Kiley aus ihrer gälischen Einöde in Carraroe, heiratete sie in Galway und kam mit ihr nach Albany, um für immer hierzubleiben; zumindest kamen ihm diese sechzehn Jahre nun wie eine Ewigkeit vor. Patsy mit seiner großen Klappe, der ganze McCall-Klüngel mitsamt seiner Omnipotenz konnte ihm also den Buckel runterrutschen. Martin Daughertys Selbstwertgefühl war erhaben über jeder Art von Knute, die sie über seinem Haupt schwingen mochten. Andererseits freilich, alter Junge, besteht keinerlei Anlaß, sich unnötig Feinde zu machen oder sich vom Ton eines Mannes ins Bockshorn jagen zu lassen.

«Gestattet mir noch eine Frage», sagte Martin nun so behutsam er konnte, «dann will ich keine weiteren mehr stellen.»

Die Brüder warteten in eisigem Schweigen.

«Ist Bindy in der Stadt?»

«Der ist in Baltimore», sagte Matt. «Ist mit seiner Frau zum Pferderennen hingefahren.»

Martin nickte, schwieg einen Augenblick und sagte dann: «Patsy, Matt. Ihr sagt, es sei nichts vorgefallen, und ich muß das akzeptieren, selbst wenn mir Maloney hier den Eindruck macht, als würd er jeden Augenblick mitten auf dem Teppich Zwillinge kriegen. Da ist also ganz offensichtlich was im Busch, und ihr wollt es nicht an die große Glocke hängen. Nun, mir soll es recht sein. Ich gebe euch mein Wort, und ich verbürge mich für das von Em Jones, daß die *Times-Union* keine Zeile über diese Sache bringen wird, ganz egal, worum es sich dabei handeln mag. Weder das Gerücht noch ein Dementi, noch irgendwelche Spekulationen. Wir werden weder Charlie, Bindy noch sonst einen von euch in irgendeinem anderen Zusammenhang erwähnen als dem historisch bekannten, bis ihr eure ausdrückliche Genehmigung erteilt. Ich verrate keine Geheimnisse, wenn ich nicht einen triftigen Grund dazu habe, und das wißt ihr von mir ja schon seit eh und je. Und ich sage euch noch was. Emory wird alles in seiner Macht Stehende tun, um euch mit der Zeitung in einer Situation wie der hypothetischen, über die wir hier kein Wort verloren haben, Beistand zu leisten. Ich wiederhole. Kein Wort verloren haben. Wir haben unter keinen Umständen heute morgen über irgendwas gesprochen. Doch falls euch die Zeitung in irgendeiner Weise behilflich sein kann, dann wird sie das tun. Dafür bürge ich, so wahr ich hier sitze und kein Wort über diese Sache rede.»

Die Gesichter blieben ernst. Dann verzogen sich Patsys Mundwinkel zu einem andeutungsweisen Lächeln.

«Du bist in Ordnung, Martin», sagte er. «Für einen aus dem North End.»

Martin erhob sich und schüttelte Matts Hand, dann Patsys.

«Falls sich irgendwas ergibt, lassen wir es dich wissen», sagte Matt. «Und danke.»

«Ist nur recht und billig», sagte Martin, und dachte, als er vom Tisch aufstand: Auf die Gabe meines Mundwerks kann ich immer noch zählen. Denn eines stand auf jeden Fall fest: Mit seinem Süßholzgeraspel hatte er zweifelsfrei verifiziert, daß man Charlie in der Tat entführt hatte.

«Wißt ihr, ich hab Charlie gestern nacht noch gesehen, auf der Bowlingbahn im *Downtown*. Wir waren beide dabei, als Scotty Streck plötzlich tot umfiel. Ich nehme an, ihr habt davon gehört.»

«Daß er dort war, ist uns bekannt», sagte Patsy. «Aber noch nicht, wer sonst noch alles dort war.»

«Wir sind gerade dabei, das herauszufinden», ergänzte Matt.

«Ich kann euch jeden einzelnen nennen, der dabeigewesen ist», sagte Martin und zählte die Namen sämtlicher Anwesenden auf, außer dem Mann mit dem Kehrbesen und einem Gast an der Bar, den er dem Äußeren nach beschrieb. Matt notierte sich alles.

«Was hat Berman dort getrieben?» fragte Patsy.

«Ich weiß nicht. Der tauchte einfach irgendwann an der Bar auf.»

«War er schon da, als Charlie hinkam?»

«Kann ich nicht mit Sicherheit sagen.»

«Glaubst du, der hat davon gewußt, daß Charlie zur Bowlingbahn kommt?»

«Schwer zu sagen.»

«Kennst du Berman?»

«Ich bin ihm hier und da mal begegnet, aber näher kennen wir uns nicht.»

«Mit wem ist er denn näher bekannt?»

Martin schüttelte den Kopf, als er ein paar Gesichter vorüberziehen ließ, ohne daß sich eines hätte mit dem Mann näher in Verbindung bringen lassen, und sagte dann: «Billy Phelan scheint ihn zu kennen. Bei dem Bowlingmatch gestern nacht hat Berman auf Billy gesetzt, und das hat er schon mal gemacht, als Billy Billard spielte. Er scheint Billy zu mögen.»

«Hast du Vertrauen zu diesem Phelan?» fragte Matt.

«Dem würde zwar kein vernünftiger Mann seine Frau anvertrauen, ansonsten aber ist das ein Goldjunge und so zuverlässig, wie man sich's nur wünschen kann.»

«Wir möchten diesen Berman gern im Auge behalten», sagte Patsy.

«Ihr meint, er hätte etwas mit dieser Sachlage zu tun?»

Mit ihrem Schulterzucken gaben Patsy und Matt zwar zu verstehen, daß sie Berman nichts anlasten wollten, bestätigten damit jedoch eindeutig die Existenz einer solchen Sachlage.

«Wir behalten eine ganze Reihe von Leuten im Auge», erklärte Patsy. «Kannst du den jungen Phelan bitten, daß er sich mal ein bißchen an Bermans Seite hält, sagen wir mal die nächsten paar Tage, und uns dann wissen läßt, wohin der geht und was er so von sich gibt?»

«Ohhh», sagte Martin, «das dürfte nicht einfach sein, aber ich kann ihn ja mal fragen.»

«Meinst du, er macht das?»

«Keine Ahnung, aber das ist 'ne heikle Angelegenheit. Informant zu spielen ist nicht gerade Billys Stil.»

«Informant?» erwiderte Patsy gereizt.

«So könnte er es zumindest sehen.»

«So seh ich es aber nicht.»

«Ich werd ihn fragen», sagte Martin. «Gewiß, fragen kann ich ihn schon mal.»

«Wir werden uns erkenntlich zeigen, falls er uns hilft», sagte Matt. «Darauf kann er sich verlassen.»

«Ich glaube, daß er auch darauf nicht besonders scharf ist.»

«Das sind doch alle», konterte Patsy.

«Billy hat seinen eigenen Kopf», sagte Martin und erhob sich ein zweites Mal.

«Ich auch», sagte Patsy. «Laß von dir hören.»

«Bulldoggen sind ja keine vor der Tür», sagte Martin.

3

Martin fuhr ins Zentrum, parkte wie gewohnt am Broadway in der Nähe vom *Plaza* und schlug, wie er meinte, den Weg zum Verlagsgebäude der *Times-Union* ein. Anstatt freilich in die Beaver Street einzubiegen, folgte er dem Broadway nach Süden bis zur Madison Avenue. Er bog in die Madison, und da wurde ihm bewußt, daß er auf die Bar von Spanish George zusteuerte. Er hatte weder Durst auf einen Drink noch sonst einen Grund, George oder einen von dessen Gästen zu treffen, und schon gar nicht um diese Tageszeit. George war eine bekannte Figur im South End, er führte eine Bar und ein Pennerasyl in dem zweistöckigen Gebäude von Shanks ehemaligem Mietstall. Er war aus Spanien eingewandert, hatte sich beim Bau des Barge Canal verdingt, anschließend hier niedergelassen und im Bodensatz der Stadt sein Reich geschaffen, wo die stockbesoffenen Tramps dafür bezahlten, hinaufstolpern und auf seine Asylpritschen im ersten Stock sinken zu dürfen, wenn sie an dem in seiner Bar ausgeschenkten Fusel beinahe abgekratzt wären.

Ein säuerlicher Mief stach Martin in die Nase, als er die Bar betrat, doch er verstand den Impuls, der ihn trieb, und machte keinen Rückzieher. Es schien, als handle er aus freiem Willen, doch der hatte vorübergehend ausgesetzt. Er wußte, daß er statt dessen etwas anderem gehorchte, das seinen Sinn und Zweck offenbaren mochte oder auch nicht. In früheren Jahren, als ihn dieser Impuls noch regelmäßig heimsuchte, hatte er oft festgestellt, daß er auf einer Kirchenbank saß, vor einem Lebensmittelladen stand oder mit der Tram unterwegs war und einer Offenbarung harrte. Doch oft geschah es, daß die Tram an der Endstation ankam und ihn wieder an den Ausgangspunkt seiner Reise zurückbrachte, ohne daß sich etwas gezeigt hätte, und er nahm seinen gewohnten Tagesablauf wieder auf und fühlte sich von seinen nutzlosen Eskapaden genasführt. Trotzdem handelte es sich bei den Begegnungen, wenn sie etwas enthüllten oder gar Unheil oder einen Glückstreffer prophezeiten, stets um Dinge von so schwerwiegender Bedeutung, daß Martin nichts übrigblieb, als diesem Impuls, hatte er ihn als solchen identifiziert, zu folgen. Er kam zu der Überlegung, daß die Trips, die ergebnislos verliefen, nicht derselben Quelle entsprangen wie jene von wirklicher Bedeutung, sondern auf Fehleinschätzungen seiner eigenen Stimmung und seiner Vorstellungskraft basierten, wenn er sich mit falschen, geheuchelten Erwartungen in die eigene Tasche log. Fünf solcher ergebnisloser Trips binnen vier Tagen hatten ihm nach seiner Orgie mit Melissa klargemacht, daß seine Gabe ihn verlassen hatte. Jetzt, als ihn der säuerliche Geruch nach erbrochenem Wein, der Verwesungsgestank von toten Ratten und ungewaschenen, vor sich hinfaulenden Körpern, den man mit jedem Atemzug in sich aufnahm, in der Kehle würgte, war sich Martin sicher: einerlei, ob es nun zu einem Ergebnis führte oder enttäuschend ausging, dies war der Impuls von einst, und hier gab er seiner mystischen Erneuerung eine Chance, sich zu beweisen. Er bestellte eine Flasche Bier, und als George in die andere Richtung blickte, wischte er mit seinem Taschentuch den Hals der Flasche ab und setzte sie an die Lippen.

«Dich sieht man ja nicht oft», sagte George.

George trug wie gewöhnlich seinen speckigen Sombrero, das bestickte Lederhalfter mit dem Sechsschüsser und gab sich alle Mühe, wie ein mexikanischer *bandido* auszusehen. Sein Colt war vermutlich nicht geladen, das hatte ihm die Polizei wohl untersagt. Doch so ein Tramp, der im Muskatellerrausch aggressiv wurde, konnte sich da nie ganz sicher sein, und infolgedessen schaffte es George allein kraft seiner Kostümierung, in seiner Bar die Ordnung aufrechtzuerhalten.

«Stimmt, George», sagte Martin. «Ich hab oben in der Stadt alle Hände voll zu tun. In der Ecke hier ist nicht viel los in letzter Zeit.»

«Hab gesehn, daß du noch für die Zeitung schreibst.»

«Tu ich nach wie vor, stimmt.»

«Über mich bringst du überhaupt nix mehr.»

«Hab ich getan, George, mehr als einmal. Du bist nicht mehr aktuell. Solltest du dich dazu entschließen, deinen Laden hier zu renovieren und oben eine Suite für Frischvermählte einzurichten, würd ich vielleicht 'ne Story drüber schreiben.»

«Mit so was ist kein Geld zu machen.»

«Hast wahrscheinlich recht. Flitterwöchner haben heutzutage anderes im Sinn, als Geld zu verpulvern. Aber das Geschäft läuft gut, hoffe ich?»

«Beschissen wie immer. Willst 'n Sandwich? Soll ich dir 'n Spiegelei braten?»

«Danke, George, hab eben erst gefrühstückt. Das Bier reicht mir.»

«Okay», sagte George und schob Martin den Dollar wieder hin.

Da nahm Martin einen Schatten wahr, schaute zum Eingang und sah einen hochgewachsenen Mann in einer braunen Twilljacke mit hochgeschlagenem Kragen, der an die Theke geschlurft kam und sich eine Zigarette ansteckte. Ungeachtet all dessen, was die Jahre dem Mann angetan hatten, erkannte Martin in ihm sofort Francis Phelan, Billys Vater, und er wußte, daß seine eigene Anwesenheit hier nicht umsonst war. Ein forciertes Aufeinandertreffen von Martin und den Phelans: erst Billy, dann Chick, jetzt Francis, aber das war längst nicht alles. Auch die McCalls gehörten dazu. Und Martins Vater in seinem Bett im Altersheim; ebenso Melissa, die jetzt in der Stadt gastierte mit dem Stück aus der Feder des Alten. Ein Labyrinth.

«Francis!» sagte Martin, und Francis drehte sich um und schielte unter müden, halb geschlossenen Lidern zu ihm hin. Eine bedauernswerte Visage. Martin erinnerte sich lebhaft an das Original: Franny Phelan, seinerzeit Albanys größter Baseballer, und auch an den verhängnisvollen Tag im Jahre 1901, als Streikbrecher und Miliz vor der Union Street versuchten, einem einzelnen Tramwagen einen Weg durch die Menge auf dem Broadway zu bahnen, und wie Franny, der vor der Eisenbahnerherberge stand, ausholte wie mit einem Baseball und einen glatten, runden Stein warf, der dem Streikbrecher in der

Schaffneruniform ein Loch in den Schädel schlug. Als weitere Steine flogen, feuerte die Miliz blind in die Menge, und als Vergeltung für den getöteten Streikbrecher wurden zwei Männer erschossen, die mit den Ausschreitungen nichts zu tun hatten: ein Geschäftsinhaber und ein Mann, der gerade beim Einkaufen war. Franny tauchte unter, sein Exil erwies sich dann als fruchtbarer Boden für sein Talent. Er floh nach Westen, reiste unter falschem Namen und bekam in Dayton einen Job als Baseballprofi. Später, als er wieder in Albany lebte, war er stets den Sommer über zu seinem Vagabundenleben als Baseballer zurückgekehrt und hatte zuletzt drei Sommer lang als Big Leaguer für Washington gespielt. Franny Phelan, der unschlagbare Mann auf der Third Base, der Maestro mit dem unsichtbaren Balltrick.

So lange her. Und jetzt war Franny wieder da und der Suff linste ihm aus jeder Pore, als würde ihm das rote Fleisch durch die papierdünne Haut bluten. Er paffte an seiner Zigarette, ließ das brennende Streichholz zu Boden fallen, inhalierte und warf einen forschenden Blick auf Martin, der dem herabfallenden Streichholz nachschaute, das auf dem schmierigen Fußboden von Georges Bar langsam abbrannte.

«Ah, wie geht's dir, Martin?»

«Kann nicht klagen, Fran. Und wie kommst du zurecht?»

«Zurecht?» Er grinste. «Orangensoda mit Eis», sagte er zu George.

«Hast du auch orangenfarbenes Geld?» sagte George.

«Nimm den hier», sagte Martin und schob seinen Dollar wieder hin zu George. Worauf George Eis in ein Glas füllte und Franny den Orangensoda servierte. Es war ein Marmeladenglas mit geriffeltem Rand.

«Ist ja schon Jahre her», sagte Martin. «Jahrzehnte.»

«Glaub auch», sagte Francis. Er nippte ein, zwei Schlucke von seinem Soda. «Hab ich einen Brand. Meine Kehle ist wie ausgedörrt. *Cheers.*» Er hob das Glas.

«Auf dich», sagte Martin und hob seine Bierflasche, «und deine Rückkehr nach Albany.»

«Ich bin bloß wegen der Wahl hier.»

«Der Wahl?»

«Um mich in die Wahlliste einzutragen. Dafür zahlen die doch hier noch, oder?»

«Oh. Ja, natürlich. Verstehe. Ja, ich glaub schon, daß sie das tun.»

«Hab die Tour früher schon mal geritten. Da hab ich mich in einem Jahr vierzehnmal registrieren lassen. Brachte 28 Dollar.»

«Das ist jetzt auf fünf erhöht. Muß 'ne ganze Weile her sein, seit du das gemacht hast.»

«Weiß nicht mehr, wann das war. In der letzten Zeit erinnere ich mich an so gut wie gar nichts mehr.»

«Wie lange ist das nun schon her? Zwanzig Jahre sind's bestimmt.»

«Zweiundzwanzig. Das weiß ich noch. Neunzehnsechzehn.»

«Zweiundzwanzig Jahre. Besuchst du die Familie?»

«Nee, das spar ich mir.»

«Hab heut morgen grad mit Chick gesprochen.»

«Der Teufel soll ihn holen.»

«Na, ich komm immer ganz gut aus mit ihm. Und er hat nie schlecht von dir geredet.»

«Sollen sich alle zum Teufel scheren.»

«Deine Kinder besuchst du auch nicht?»

«Nee, ich besuch niemanden.» Er nippte am Soda. «Siehst du den Jungen ab und zu?»

«Ziemlich oft sogar. Aus dem ist ein stolzer Mann geworden, der macht was her. Ist auch ein bißchen auf dich rausgekommen. Bin gestern abend erst mit ihm auf Achse gewesen. Da hat er's bei 'nem Bowlingmatch auf 299 Pins gebracht.»

«Aha.»

«Willst du ihn mal sehen? Ich könnt das arrangieren.»

«Nee, bloß nicht. Bloß nix mehr von diesem alten Scheißdreck. Alles alter Scheißdreck. Damit hab ich nix mehr zu tun, Martin. Komm mir bloß nicht damit.»

«Wenn du meinst.»

«Sicher. Das ist aus und vorbei.»

«Bleibst du 'ne Weile hier?»

«Nee, bin bloß auf Durchreise, sonst nix. Laß mir die Kröten auszahlen und hau wieder ab.»

«Schon ein merkwürdiges Ereignis, dich jetzt hier zu treffen. Kann ich irgendwas für dich tun, Franny?» Franny, unter diesem Namen war er einst landauf, landab als Baseball-As bekannt. Jetzt war er völlig auf dem Hund.

«Könnte 'ne Packung Glimmstengel gebrauchen.»

«Was für 'ne Marke rauchst du?»

Francis schnaubte durch die Nase. «Old Golds. Wenn's recht ist.»

Martin schob George einen Vierteldollar über den Tresen, und George fischte nach der Zigarettenpackung und warf sie vor Francis auf die Theke.

«Damit steh ich doppelt in deiner Schuld, Martin. Und wie bringst du dich über die Runden?»

«Ich schreib für die Morgenzeitung. 'ne tägliche Kolumne.»

«Ein Schriftsteller – wie dein Vater.»

«Nein, so nicht. Damit kannst du das nicht vergleichen. Bloß 'ne Kolumne.»

«Du warst immer schon ein aufgeweckter Bursche. Hast immer irgendwas geschrieben. Lebt dein Vater noch?»

«O ja.»

Und uralte Zeiten wurden wieder wach, die Jahre vor und nach der Jahrhundertwende, als die Phelans und Daughertys Tür an Tür wohnten und Martins Mutter, die sich in exzentrischer Weise abkapselte, noch lebte. Francis war stets zur Stelle, wenn es im Haus der Daughertys etwas zu bosseln oder reparieren gab, denn Edward Daugherty fühlte sich himmelweit erhaben über jegliche manuelle Arbeit, und der kleine Martin studierte eifrig Frannys Zimmermannskünste, wenn der das Dach neu deckte oder den Schuppen vergrößerte, damit man statt einer Kutsche zwei einstellen konnte. An einem Sommermorgen war Francis gerade damit beschäftigt gewesen, an der Hintertreppe ein neues Geländer anzubringen, als über eben diese Treppe Martins Mutter splitternackt herabkam und mit der Einkaufstasche in der Hand zum Wagenschuppen wollte. Francis hüllte sie in ein Stück Abdeckplane und führte sie zurück ins Haus, und bei dieser Gelegenheit fiel es nach Edward Daugherty erstmals einem anderen Menschen auf, daß sie nicht ganz richtig im Kopf war.

Edward Daugherty hatte Francis als Prototyp für den Helden benutzt, der in ‹*The Car Barns*› die Flucht ergreift, diesem seinem Stück über den Straßenbahnerstreik, das den heroischen Francis als Streikbrecherkiller unsterblich machte. Legenden und Schicksale, wie sie gesponnen werden und wachsen beim Austausch über den Gartenzaun hinterm Haus. Oder über einer Flasche Bier und einem Orangensoda.

«Der ist jetzt in einem Altersheim», erzählte Martin. «Ziemlich tattrig, aber seine großen Augenblicke hat er, wenn wieder so ein Schub Vergangenheit hochkommt. Dann ist es immer am schlimmsten.»

«So geht's», sagte Francis.

«Bei manchen.»

«Ja. Andere machen es gar nicht so lang.»

«Ich habe das Gefühl, als sollte ich irgendwas für dich tun, Fran», sagte Martin. «Was anderes, als dir bloß ein Päckchen Zigaretten und ein Soda zu spendieren. Wie kommt das?»

«Will verdammt sein, Martin, wenn ich das weiß. Ich wüßte nicht, was ich von dir haben wollte.»

«Nun, ich bin da. Meine Nummer findest du im Telefonbuch. Ich wohne jetzt in der Main Street im North End. Und bei der *Times-Union* kannst du jederzeit 'ne Nachricht hinterlassen.»

«Okay, Martin, auch dafür hab Dank.» Und er streckte ihm die rechte Hand hin, der am Zeigefinger zwei Glieder fehlten. Dieser Mann wird keinen Baseball mehr werfen. Martin schüttelte die Hand mit dem Fingerstummel.

«Tritt das nicht breit, daß ich hier bin, Martin. Auf so ein Theater kann ich gern verzichten.»

«Es ist dein Leben», erwiderte Martin, doch noch während er es sagte, setzte er im stillen hinzu: Aber nicht deins allein. Das Leben ist nie eine Sache von einzelnen.

In Jerrys Zeitungsladen, nicht weit von der Redaktion, kaufte Martin sich den *Armstrong*, ließ sich drei Häuser weiter in *Farrell's Lunchroom* ein Eiersandwich und einen Kaffee einpacken, und mit seinem Frühstück und dem Rennsportblatt in der Hand überquerte er die Beaver Street, stieg die graue, ausgetretene und gewundene Holztreppe hinauf in die Redaktion der *Times-Union* und ließ sich an seinem Schreibtisch nieder, einem verschrammten, antiken Ding aus Eiche, an dem schon Albanys Zeitgenossen von Mark Twain gearbeitet haben mußten. Am anderen Ende des Raumes saß der einzige Mensch, der hier außer Martin auf Posten war: ein junger Gernegroß namens Joe Leahy, der mit dem Öffnen der Post zugange war und nebenher die ersten Anrufe entgegennahm. Das einzige andere Lebenszeichen bestand aus dem Geticke der Fernschreiber von Associated Press und International News Service, und dem von Hearst, der die Worte des *Chief* übermittelte: Editorials, interne Anweisungen und Exklusivstories über Marion Davies.

Wenn Martins Blick dieses Gerät streifte, mußte er immer an die Nacht denken, als Willie Powers, der gerade Nachtdienst hatte, zwischendurch zu einer Lunchpause verschwand, beschwipst wiederkam und das Fernschreiben mit der Anweisung des *Chief* übersah, derzufolge er seinen Kommentar über Roosevelt für die Titelseite der Morgenausgabe umwarf und von seiner moderaten Kritik auf kompromißlose Antipathie umschwenkte. Willie entging nicht bloß das Telex mit der Anweisung, sondern auch das nachfolgende neue Editorial in seiner drastisch geänderten Fassung. So kam es, daß die *Times-Union* am nächsten Morgen einen halbwegs anerkennenden Artikel des *Chief* über F.D.R. druckte, während in sämtlichen anderen Hearst-Blättern im Land eine gehässige Attacke auf den Präsidenten erschien, die weder vor seinen Vorfahren noch vor seiner Frau, seinen Kindern oder seinem Hund haltmachte.

Ob Hearst je den Redaktionsräumen der *Times-Union* einen persönlichen Besuch abgestattet hat, ist nirgendwo belegt, doch in der Woche darauf, als der Twentieth Century auf dem Bahnhof von Albany haltmachte, empfing der *Chief* dort im Abteil Emory Jones, der ihm die neueste Abendausgabe überreichte, nach örtlichem Standard ein besonders gelungenes und aktuelles Produkt. Der *Chief* warf einen Blick auf die Zeitung, ließ sie dann wortlos auf den Boden seines Privatabteils gleiten und trampelte mit beiden Füßen so lange darauf herum, bis Emory erschrocken das Weite suchte.

Martin griff nach dem Tütchen mit Pfeffer und Salz, nach

Saccharin und Löffel, streute das eine auf sein Eiersandwich, das andere in den Kaffee, und studierte beim Frühstück die Nennungslisten im *Armstrong*. Da, beim dritten Rennen in Laurel sprang ihm ein Gaul ins Auge, an dem kam er nicht vorbei. Charley Horse mit sieben zu eins in der Vornotierung. Er machte einen Kreis darum, nahm den Hörer von der Gabel und wählte die Vermittlung. Die lebhafte alte Madge meldete sich.

«Jemand was für mich hinterlassen, Schätzchen?»

«Wer sollte dich schon anrufen, alter Bastard? Wart, ich schau mal. Ja. Chick Phelan hat angerufen. Gar nicht mal so lange her. Hat keine Nummer hinterlassen.»

«Hat Emory sich schon gemeldet? Kommt der rüber?»

«Nichts von ihm gehört bisher.»

«Dann gib mir 'ne freie Leitung.»

Martin rief zu Hause an, erzählte Mary die Neuigkeit und nahm ihr das Versprechen ab, Stillschweigen zu bewahren. Dann wählte er Chicks Nummer. Das Telefon läutete, doch keiner hob ab. Er rief zu Hause bei Emory an, bei dem Boss aller Bosse, dem Chefredakteur, dem diese Rolle auf den Leib geschneidert schien, ein heroischer Hearst-Mann fast schon so lange wie Hearst Zeitungen besaß, einer, der lebte und starb mit der großen Story, der auf den Pulitzer-Preis scharf war, ihn nie kriegen würde und die Speichellecker und Eierlutscher verhöhnte, die Jahr für Jahr mit ihm davonwalzten. Dem wollte Martin jetzt die Story über Charlie Boy unterbreiten und seiner morgendlichen Gelassenheit Feuer unter den Arsch machen.

Martin erinnerte sich noch an die letzte große Lokalstory. Abends war ein Tip gekommen, ein in Kanada wegen dreifachen Mordes gesuchter Mann aus Albany werde wahrscheinlich versuchen, in die Staaten zurückzukehren. Für welchen Grenzübergang der Mann sich entscheiden würde, war ungewiß, also studierte Em Jones die Landkarte und kam zu dem Schluß, der Bursche würde in Montreal rüberkommen. Für den Fall aber, daß er woanders einreisen sollte, alarmierte Emory auch gleich die Grenzpolizei in Niagara Falls, in Baudette, Minnesota, und Blaine, Washington, und setzte sie davon in Kenntnis, daß unser Mann möglicherweise im Anmarsch war. Als er seine vier Telefonate hinter sich hatte, pflanzte sich Emory hinter den Schreibtisch und steckte sich einen von seinen Stumpen an. Er hievte seine Füße auf die Platte, sagte: Den hätten wir umzingelt, und wartete auf den Fang.

«Em, bist du's?»

«Hm.»

«Ich hab eine Neuigkeit.»

«Hm.»

«Charlie McCall ist entführt worden.»

Emory gähnte. «Du Lump. Du bist besoffen.»

«Weder bin ich das, noch war ich es, noch hege ich die Absicht, es zu werden.»

«Du meinst das ernst? Du meinst das also ernst?» Emory fuhr hoch. Selbst am Telefon konnte Martin das sehen.

«Ich komme grad von Patsy und Matt, und Maloney war auch da, alle gluckten sie in Patsys Haus zusammen. Ich habe mich in deinem Namen dafür verbürgt, daß wir nichts darüber bringen.»

«Jetzt merk ich's. Du schwindelst.» Emory setzte sich wieder.

«Emory, du solltest lieber rüberkommen in die Redaktion. Diese Stadt macht sich darauf gefaßt, daß sich ihr Innerstes nach außen kehrt.»

Der glänzendste aller Chefredakteure schwieg.

«Du meinst das also wirklich ernst?»

«Genauso ernst wie die Ganoven, die Charlie entführt haben.»

«Aber das von wegen wir bringen nichts, das hast du nicht gesagt. So was würdest du nicht sagen.»

«Doch. Hab ich.»

«Du Spatzenhirn, du Arsch mit Ohren! Was zum Teufel hat dich denn dazu getrieben?»

«Meine keltische Weisheit.»

«Dir sitzt dein keltischer Arsch zwischen den Ohren, das ist deine Weisheit. Ich komme rüber. Und zu deinem eigenen Besten laß dir bis dahin etwas einfallen, wie du dein Gelübde wieder rückgängig machst. Ich will nur hoffen, die Geschichte ist echt. Ist sie das wirklich?»

«Em, sind deine Zähne echt?»

«Halb und halb.»

«Em, dann ist diese Story sogar noch echter als deine Zähne.»

Im *Armstrong* entdeckte Martin noch zwei vielversprechende Gäule, schaute nach, was er in seiner Brieftasche hatte, und setzte alles bis auf 10 Dollar *across the board* auf seine drei Favoriten, inklusive Parlay. So sicher wie bei denen war er sich noch bei keinem Tip gewesen. Er rief Billy Phelan an und gab ihm seine Einsätze durch; es war zugleich ein erster Vorstoß in seinen Bemühungen, Billy für die Sache der McCalls zu gewinnen. Aber den würde man wohl nicht lange überreden brauchen, oder? Schließlich war Billy einer aus der Colonie Street. War drei Häuser weiter aufgewachsen als Patsy, gleich nebenan von Bindy, und kannte Charlie Boy seit seiner Geburt. Doch Billy war ein Eigenbrötler, ein Einzelgänger allemal, aber sein Eigensinn unterschied sich von dem Martins. Billy war selbstbewußt, das war er als Junge schon gewesen. Aber das mußte er ja wohl auch sein, oder? Schließlich war er seit dem neunten Lebensjahr ohne Vater – seit Francis Phelan Haus, Frau, Sohn und Tochter für immer verlassen hatte; oder zumindest bis zu diesem Morgen.

Martins Problem lag ähnlich, nur war es bei ihm genau umgekehrt: zuviel Vater, zuviel Beeinflussung, zuviel Ruhm, zuviel Skandal, aber auch zuviel Abwesenheit, wenn der große Mann damit beschäftigt war, etwas für seine Größe zu tun. Und das, liebe Leute, sind Zwänge, die einen jungen Mann seines Selbstbewußtseins beraubten und sein Leben zu einem Fragezeichen machten, im Gegensatz zu den Zwängen Billy Phelans, die *sein* Leben als Ausrufezeichen definierten.

Nachdem er seine Wetten abgeschlossen hatte, trank Martin den Rest seines Kaffees aus und begab sich ins Archiv, wo er sämtliches Material über die McCalls herauskramte. Bei der ausführlichen Berichterstattung über das Leben der McCalls im Laufe der letzten Jahre hätten die einen Karteikasten für sich allein haben sollen, doch es gingen Diebe um. Über Patsys Sieg von 1919 gab es keine Presseberichte mehr, nicht mal über den haushohen Sieg der Demokraten 1921. Es fehlten die Artikel über die Untersuchung, welche die staatlichen Justizbehörden 1931 in Albany eingeleitet hatten, um Kungeleien bei der Steuerveranlagung aufzudecken. Ebenso sämtliche Meldungen über Patsys sechsmonatigen Gefängnisaufenthalt wegen Mißachtung des Gerichts bei dem Baseballtoto-Skandal.

Historischer Revisionismus per Diebstahl. Ob das freischaffende Journalisten geklaut hatten, die auf Materialsuche für einen weiteren Zeitschriftenartikel über die berüchtigten McCalls waren? Oder steckten McCall-treue Lokalreporter dahinter, die sich bei den Stadtoberen ein Zubrot verdienten, indem sie darauf achteten, daß vor der Tür des Hauses immer frisch gefegt war? Die Langfingerei hatte jedenfalls zur Folge, daß reformerisch gesinnten Journalisten griffbereite historische Belege entzogen waren ebenso wie solchen, die sich vom Rumschnüffeln eigenen Auftrieb versprachen, wie etwa dieser unsägliche Bezirksanwalt Tom Dewey, der Töne spuckte wie ein Gouverneur: Wählt mich, Leute, und ich sorge dafür, daß dieser McCall-Klüngel in der Jauche seiner schlüpfrigen Machenschaften untergeht.

«Was ist los bei denen?» wunderte sich Joe Leahy, als er Martin die Unterlagen über die McCalls durchblättern sah.

«Aaaach», seufzte Martin mit gespieltem Überdruß, «so ein Hintergrundartikel über die und die ALP. Etwas zu der großen Machtprobe, die heut abend ihren Höhepunkt erreicht, wenn die Wahlregistrierungen ausgezählt werden.»

«Die McCalls wollen die Roten kleinkriegen? Ob die das wirklich schaffen?»

«Die Macht der Gebete ist mit ihnen. Der Bischof steht hinter Patsy.»

«Schreibst du was für die Morgenausgabe?»

«Nicht für die nächste. Wenn es kommt, kommt es.»

Martin wandte sich wieder den Sammelmappen zu, und Leahy trottete davon, ein braver Katholenjunge, der Franco verehrte und alle Roten haßte. Diesem Kerl konnte man nichts anvertrauen, was irgendwie von Bedeutung war. Martin blätterte die Unterlagen über Charlie Boy durch, lauter belangloses Zeug. Zum Major der Nationalgarde befördert. Verlobt mit der anmutigen Patricia Brennan. Aufgenommen in die BPOE-Loge als Mitglied Nr. 49. Zum Vizepräsidenten der im Familienbesitz befindlichen Brauerei ernannt. Ein Foto, wie er in Chicago Jimmy Braddock vor seinem Fight mit Joe Louis in der Garderobe besucht. Hier auf seinem Lieblingsreitpferd, einem Vollblut namens Macushla, ein Geburtstagspräsent von Onkel Patsy, dem berühmten Politiker, der auf einer kleinen Farm in Virginia Pferde züchtet.

Da stand er in seiner Majorsuniform, der fette Charlie, mit seinem grinsenden Marshmallowgesicht und der Figur eines linken Außenstürmers, und schaute in die Gegend wie ein Sam Browne. Wo bist du jetzt, Charlie Boy? An ein Bett gefesselt? Mit einem Revolverlauf an deiner Schläfe? Auf wieviel Dollar haben sie den Wert deines Lebens veranschlagt? Oder haben sie dich schon kaltgemacht?

Martin erinnerte sich an Charlies Firmung: wie der Junge in der Kirche den Ring des Bischofs küßte, und wie der Bischof bei der Feier, zu der Bindy anschließend ins *Hampton Hotel* lud, dann Bindy den Fuß küßte. Das war in dem Jahr gewesen, als die McCalls der katholischen Diözese fast das alte Armenhaus gestiftet hätten, damit sie auf dem Grundstück ihre Christian Brothers Academy errichten konnte, eine militärische High-School, wo Charlie Captain im Kadettenkorps werden sollte. Martins Frau Maire, jetzt Mary genannt, eine Cousine dritten oder vierten Grades von Bindys Frau, sang auf der Firmungsfeier ‹*Come Back to Erin*›, am Klavier begleitet von Mrs. Dillon, der Organistin von der St. Joseph's Church, die einen geistig zurückgebliebenen Sohn hatte. Und als der Bischof Mary zu ihrer Stimme gratulierte und ihr die Hand tätschelte, da fühlte sie sich zum erstenmal, seit Martin sie aus ihrer irischen Heimat herausgerissen hatte, richtig zu Hause in Amerika.

Martins Erinnerungen an Charlie und an das, was an jenem Nachmittag geschehen war, wurden überschattet von denen an Bindy, Patsy und Matt, die er jetzt noch deutlich vor sich sah, wie sie an einem Tisch in einer abseits gelegenen Ecke beieinandersaßen, Albanys eigene Dreifaltigkeit, von allen verehrt.

Die Risiken, die es mit sich brachte, wenn man, wie er selbst, als Sohn eines so berühmten und berüchtigten Mannes geboren wurde, erweckten bei Martin Mitleid mit Charlie. Bindy war eine graue Eminenz, die Macht der Straße. «Berühmte, unternehmungslustige Persönlichkeit» und «Mitglied der Zunft, die sich am Broadway trifft» war das Gewagteste, was die Zeitungen je über seine Person verlauten ließen. Behutsamer Journalismus. Keiner erwähnte, daß er das illegale Glücksspiel in Albany höchstpersönlich kontrollierte. Kein Chefredakteur hätte einen Reporter so etwas schreiben lassen. Es war eine anerkannte Weisheit, daß kein Mensch sich um den Elefanten im Salon schert, wenn man seine Gegenwart gar nicht erst erwähnt. Und die eigene Entscheidung Martins, als er Patsy versicherte, daß kein Wort über die Entführung veröffentlicht werden würde: War das der Kniefall eines Mitverschwörers? Die Verehrung der Macht nimmt kein Ende, denn eines ist bekannt: Die McCalls schmeißen mit Donnerkeilen, wenn sie herausgefordert werden.

Ihre Konfrontation mit dem *Albany Sentinel* war noch frisch in Erinnerung. Der *Sentinel* hatte in den Anfangstagen ihres Machtapparats als Stimme der Opposition floriert, wobei der Erfolg des Blattes jedoch weniger auf seinem politischen Standpunkt beruhte als auf dem Klatsch, den es abdruckte. 1925 grub der *Sentinel* wieder die «Liebesnest-Tragödie von 1908» aus, Protagonisten Edward Daugherty und Melissa Spencer, nach dem angeblichen Fund von zwei Dutzend schlüpfriger Liebesbriefe des berühmten Bühnenautors an seine Geliebte, die heute ein beliebter Stummfilmstar war. Bei den Briefen handelte es sich um plumpe Fälschungen, und Melissa ignorierte das Ganze. Edward Daugherty jedoch kam ihrer Veröffentlichung mit einer gerichtlichen Verfügung und einer Verleumdungsklage zuvor. Patsy McCall sorgte dafür, daß der Richter, der den Fall verhandelte, mit den lokalen Gegebenheiten vertraut war und stellte sicher, daß eine handverlesene Jury Patsys ehemaligem Nachbarn aus der Colonie Street die entsprechende Beachtung schenkte. Der *Sentinel* gab die Fälschung öffentlich zu und wurde zu einer geringen Schadensersatzsumme verurteilt. Dann jedoch stellte das Blatt fest, daß ihm scharenweise die Inserenten davonliefen und seine neue Steuerveranlagung plötzlich fünfmal so hoch war wie zuvor. Es dauerte keine vier Wochen, da hatte die Schweinebande ihren Laden dichtgemacht und war mit Sack und Pack aus der Stadt verschwunden. Die McCall-Demokratie trug den Sieg davon, und es kehrten wieder Ruhe und Moral in Albany ein.

«Bist du heute morgen nicht ein bißchen früh dran?»

Die Artikel der Reporterin Marlene Whiteson waren so zuckersüß, daß man ein Zuckerkoma riskierte, wenn man sie sich regelmäßig zu Gemüte führte. Da stand sie nun vor Martins Schreibtisch, mit ihrem Hüftgürtel, den sie sich im Grunde sparen konnte, und verstrahlte selbst zu dieser Stunde eine Sehnsucht, wenn auch nicht ganz den Willen, nie so ganz den Willen, ihr steifes Korsett abzuwerfen, auf den Schreibtisch zu springen und mit ihm oder sonst einem aus der Redaktion ein geiles Tänzchen zu vollführen. Aber Marlene war eine Zauberin und ihr Sex das Kaninchen, das ruckzuck verschwindet: Eben noch zu sehen, und schon ist es weg. Man streckt die Hand aus, will hingreifen und merkt, es ist nicht mehr da, schon wieder drin in ihrem Hut. Es gab nicht wenige in der Redaktion, die sich Hoffnungen machten, Marlene irgendwann aufs Kreuz zu legen, doch wenn Martin sich recht erinnerte, war er ja selber schon mal nahe dran gewesen, diesen Hasen am Schlawittchen zu packen – damals vor sechs Jahren, als sie beide bis spätabends in der Redaktion zu tun gehabt hatten und er sie dann nach Hause fuhr. Natürlich auf Umwegen, und muß er denn groß erklären, wieso er unterwegs das Auto anhielt und ihr zärtlich über die Wange streichelte? Ganz von sich aus schenkte sie ihm da ein paar Küßchen und flüsterte ihm ins Ohr: O Martin, du bist der Mann, mit dem ich nach Pago Pago möchte. Worauf er mit beiden Händen in die Vollen langte, und prompt schob sie seine Hände weg, während sie weitermachte mit ihrem unergründlichen Geküsse. Renk mir die Zunge aus, aber deine Pfoten laß bei dir. Die war vielleicht verkorkst. Oh, ihr Koketten dieser Welt, schießt in den Wind; ihr habt nichts zu gewinnen außer Saliva.

«Na, was hast du denn heute Hübsches für uns?» fragte Martin.

«Ich soll dir was bestellen, ob du's glaubst oder nicht. Schon in die Morgenausgabe reingeschaut?»

«Die wollte ich mir gerade zu Gemüte führen.»

«Ist 'ne Story drin von mir über Melissa Spencer. Sie läßt dir Grüße ausrichten und hofft, daß sich eine Gelegenheit ergibt, dich mal zu sehen. Nach deinem Vater hat sie auch gefragt.»

«Aha. Und, geht's ihr gut?»

«Umwerfend sieht sie aus, absolut einmalig für ihre neunundvierzig. Und verdammt sexy, diese Dame.»

«Wie lange bleibt sie denn in Albany?»

«Nur eine Woche.»

Das war Martin längst bekannt. Seit Wochen wußte er schon, daß sie bei einer Tourneeproduktion von *‹The Flaming Corsage›* mitspielte, jenem großen Werk seines Vaters, in dem Edward Daugherty seinen melodramatischen Skandal mit Melissa und deren eifersüchtiger lesbischer Geliebter sowie den darauffolgenden Ruin seiner Karriere und seiner Ehefrau in die schmerzlich quälende Harmonie eines Theaterstücks umsetzte. Für die zwei weiblichen Hauptpersonen im Stück hatte er sich Martins Mutter Katrina und die junge Melissa zum Modell genommen, und es wird kaum verwundern, daß Melissa als junge Schauspielerin darauf erpicht war, jene Rolle zu verkörpern, die sie im wirklichen Leben inspiriert hatte.

Jetzt endlich, im Alter von neunundvierzig, längst nicht mehr glaubwürdig in der Maske der taufrischen Melissa aus dem Jahre 1908, trat sie zum erstenmal in diesem Stück auf, nun freilich in der Rolle der zurückgezogen lebenden und in die Jahre gekommenen Gattin des Helden. Diese Besetzung, Ergebnis von Melissas unermüdlichem Trachten nach dem Part, hatte etwas vom Wesen eines altmodischen Parfums: Die unzüchtige Tragödie von gestern wurde für ein Publikum zu neuem Leben erweckt, das sich an die flammende Sünde der Vergangenheit nicht mehr erinnerte, jedoch im Rollentausch der berühmten Melissa Spencer noch immer etwas sonderbar Skandalöses entdeckte. Bevor sie mit dem Stück auf Tournee ging, hatte sie es sechs Wochen lang am Broadway gespielt. Nach zehnjähriger Abwesenheit feierte sie jetzt ihr Comeback: einer der quirligsten und anmutigsten Stars aus der Ära des Stummfilms kehrte noch einmal zurück in die offenen Arme Amerikas, war nun leibhaftig zu sehen, zum Greifen nah.

«Sie ist wirklich interessiert daran, dich zu treffen», sagte Marlene und schlug in der Morgenausgabe die Seite mit ihrem Interview auf, das sie vor Martin auf dem Schreibtisch ausbreitete. «Sie hat an der Kasse eine Karte auf deinen Namen zurücklegen lassen, und sie möchte, daß du nach der Aufführung hinter die Bühne kommst.» Marlene lächelte und hob lasziv eine Braue. «Du Teufelskerl», sagte sie und entfernte sich von Martins Schreibtisch.

Martin konnte sich kaum ein Lächeln abringen für diese Weltmeisterin in sexueller Unbedarftheit. Die würde aus dem Staunen nicht mehr herauskommen, wenn sie wüßte, was Melissa, die über die gleichen anatomischen Vorzüge wie sie verfügte, damit anzufangen wußte. Er warf einen Blick auf das Zeitungsfoto von Melissa und sah, daß Marlene recht hatte. Melissa war noch immer eine Schönheit. Wenn die Zeit verblüht, behütet das Ego. Den Artikel konnte Martin jetzt nicht lesen. Er war im Augenblick zu sehr mit anderem beschäftigt, um alte Schande und alte Pläsierchen wiederaufleben zu lassen. Aber irgendwann im Laufe dieser Woche, Martin, wirst du abends in der Garderobe erscheinen, stimmt's? Vor seinem geistigen Auge beschwor er gerade eine nackte Melissa mit gespreizten Schenkeln, als das Telefon klingelte. Chick Phelan war dran.

«Hab gesehn, wie du drüben reingegangen bist, Martin. Was haben sie gesagt?»

«Nicht viel, außer daß sie bestätigt haben, was du gesagt hast.»

«Jetzt haben sie hier in der Straße alle Telefone abgeschaltet. Ich bin in Tony Loobys Laden in der Pearl Street.»

Chick, der alte Schnüffler, fühlte sich Martin zu Dank verpflichtet, weil er ihn mit Evelyn Hurley bekannt gemacht hatte, seiner großen Liebe, die er nie würde heiraten können. Solange diese Liebe anhielt, würde Chick sich für den Gefallen erkenntlich zeigen.

«Die wollen wahrscheinlich nicht, daß irgendwelche Naseweise sie auf Schritt und Tritt belauern und alles in der ganzen Stadt breittreten. Sonst irgendwas los?»

«Die Leute, die hier in den Laden kommen, wissen zwar, daß irgendwas im Busch ist, aber sie wissen nicht was.»

«Es dürfte zu Charlies wie auch zu deinem Besten sein, wenn

du alles, was du weißt, für dich behältst, Chickie. Ich glaube, die bangen um sein Leben. Und halt mich auf dem laufenden.»

Martin rief Walter Bradley an, den Polizeichef von Albany.

«Walter, ich höre gerade, in der Colonie Street sind alle Telefone tot.»

«Was geht mich das an? Ruf doch die Telefongesellschaft an!»

«Walter, wir haben erfahren, daß Charlie McCall was zugestoßen ist. Ich dachte mir, daß du wohl davon weißt.»

«Charlie? Davon weiß ich überhaupt nichts. Ich bin sicher, Patsy würde mich unterrichten, wenn da irgendwas vorgefallen wäre. Ich unterhalte mich jeden Morgen mit Patsy.»

«Ich habe selbst erst vor 'ner Weile mit ihm gesprochen, Walter. Und du sagst, es gibt nichts Neues? Keine Entführung, zum Beispiel?»

«Nein, nein, nein, keine Entführung. Donnerlittchen, nein! Keine Entführung, gar nichts. Nicht das geringste, Martin. Alles friedlich, und so soll es auch bleiben.»

«Hat dich sonst jemand angerufen wegen Charlie?»

«Nein, Herrgott noch mal, nein! Ich sagte doch, da ist nichts, und das ist alles, was ich dazu zu sagen habe. Und jetzt hab ich zu tun, Martin.»

«Ich unterhalte mich dann später mit dir, Walter.»

Nach wenigen Minuten klingelte Martins Telefon erneut. Freddie Dunsbach von Associated Press.

«Martin, wir haben einen Hinweis, daß der Neffe von Patsy McCall entführt wurde.»

«Tatsächlich?»

«Jawohl, und du weißt von der Sache.»

«Wer hat behauptet, daß ich davon weiß?»

«Ich hab bei Patsy angerufen. Der hat es abgestritten und gesagt, ich soll dich anrufen.»

«Mich? Wieso mich?»

«Ich dachte, das könntest du mir sagen. Im Augenblick haben wir acht Stunden Vorsprung vor euch, Martin, oder macht ihr ein Extrablatt? Eine Story wie die könnt ihr doch nicht allein für euch behalten.»

«Es gibt keine Story, Freddie.»

«Du hast wirklich nichts davon gehört?»

«Ich habe ein abenteuerliches Gerücht gehört, aber wir drucken keine Gerüchte.»

«Seit wann das denn?»

«Leck mich am Arsch, Fred.» Und Martin legte auf. Sofort klingelte es wieder.

«Tut mir leid, Martin. War bloß ein Scherz.»

«Ich akzeptiere deine duckmäuserhafte Entschuldigung. Was willst du?»

«Wieso hat Patsy zu mir gesagt, ich soll dich anrufen?»

«Ich will verdammt sein, wenn ich das weiß. Vielleicht um dich loszuwerden.»

«Als Berater des Chefredakteurs würde ich sagen, daß wir uns auf das Gerücht einlassen. Wir haben es aus guter Quelle.»

«Das ist unklug.»

«Wir können nicht darauf sitzenbleiben.»

«Das könnt ihr schon, wenn Charlies Leben auf dem Spiel steht.»

«Das ist 'ne zu große Sache. Menschenskind, das ist von nationalem Interesse.»

Martin schnaubte hörbar durch die Nase. Der kleine Freddie Dunsbach spielte den Bürochef. Arroganter Schnösel.

«Das ist es durchaus. Aber gestatte mir eine Frage. Wie lange bist du schon hier in dieser Stadt?»

«Fast ein Jahr.»

«Dann müßtest du wissen, daß es, wenn sich die McCalls in Schweigen hüllen und die Polizei ebenfalls, dafür wohl einen gottverdammten Grund gibt. Patsy hat dich wohl an mich verwiesen, weil ich ihm sagte, daß ich keine Gerüchte drucke. Ich sehe, dir entgeht die Absicht, die dahintersteht, aber Patsys Sorge gilt hier offensichtlich der Sicherheit von Charlie, falls Charlie tatsächlich entführt wurde. Was durch nichts zu belegen ist, wenn keiner es bestätigt.»

«Erwartet der, daß wir den Kopf in den Sand stecken und diese Story einfach ignorieren?»

«Was Patsy erwartet, weiß allein der Herr im Himmel. Aber ich weiß, was *ich* zu erwarten hätte, wenn ich die Story bringen und Charlie daraufhin eine Kugel in den Kopf kriegen würde. Kannst du dir vorstellen, was in so einem Fall passiert?»

Freddie schwieg.

«Kannst du dir das vorstellen, Freddie?»

«Du sprichst hier von Repressalien für das Berichten von Nachrichten.»

«Ist dir je zu Ohren gekommen, daß Bindy McCall mal einen Mann halb totgeprügelt hat, weil der seine Frau beleidigte? Was glaubst du, was der wohl mit einem machen würde, der den Tod seines einzigen Sohnes verursacht hat? Des einzigen Sprößlings in der ganzen Familie?»

«Auf der Basis kannst du keine Nachrichtenagentur und keine Zeitung machen.»

«Vielleicht nicht. Vielleicht sind es dir die fünf Minuten Vorsprung wert – und mehr hättest du nicht, weil wir das in dem Fall sofort über INS raustickern würden –, Charlies Leben aufs Spiel zu setzen. Kidnapper sind unberechenbar. Du weißt doch, wie es mit dem Kind von Lindbergh ausging, oder? Und das war bloß ein Baby, das hätte keinen von den Kerlen wiedererkannt.»

«Ja, da ist was dran.»

«Mehr als du denkst. Mit dem Gerücht hätten wir schon vor 'ner Stunde ein Extrablatt gedruckt haben können. Aber wem zum Teufel wäre damit denn gedient?»

«Seh ich ein, aber –»

«Hör zu, Fred, das ist hier nicht meine Zeitung. Rede mit Emory, wenn er in die Redaktion kommt. Der entscheidet, ob wir damit an die Öffentlichkeit gehen oder nicht. Und ich denke, ich weiß, was er tun wird. Nämlich gar nichts, bis ein wirklich triftiger Grund vorliegt, etwas zu drucken.»

«In ein paar Stunden weiß das doch ohnehin die ganze Welt.»

«Nur, wenn du es raustickerst.»

«Ich werde mit Emory sprechen.»

«Tu das.»

Martin wählte Patsys Nummer. Auch diesmal meldete sich die griesgrämige Reibeisenstimme gleich nach dem ersten Läuten.

«Hast du einen bestimmten Grund, Patsy, warum du die Leute an mich verweist?»

«Du wirst dafür sorgen, daß sie die Klappe halten.»

«Hey, diese Geschichte macht schon in der ganzen Stadt die Runde! Und manchen von diesen Vögeln ist alles scheißegal, Hauptsache, sie haben ihre Nachricht. Die werden das in alle Welt hinausposaunen, wenn man sie nicht davon überzeugt, daß es einen verdammt guten Grund gibt, das unter Verputz zu halten.»

Schweigen.

«Ruf in fünf Minuten Max in seinem Büro an.»

Exakt fünf Minuten später rief Martin bei Max Rosen an, dem Anwaltspartner von Matt McCall.

«Folgendes, Martin», sagte Max. «Ich habe vor einer dreiviertel Stunde hier einen Anruf bekommen. Eine Männerstimme befahl mir, Patsy und Matt auszurichten, daß sie ihren Neffen hätten und eine Viertelmillion Lösegeld forderten, was eine völlig überzogene Forderung ist. Vor einer halben Stunde kam ein Brief von denen, mit Charlies Unterschrift, in dem noch mal dasselbe steht. Sie behaupten, daß sie Charlie umbringen, falls wir die Polizei benachrichtigen oder das irgendwie publik machen. Patsy möchte, daß du die anderen Leute von der Presse darüber informierst. Er wird mit keinem reden außer dir, ich ebensowenig, und der Rest der Familie auch nicht. Bradley, dem Polizeichef, erzählen wir so gut wie gar nichts, den kannst du also in Frieden lassen. Ich brauche dir wohl nicht zu erzählen, was das bedeutet, Martin, dieses Vertrauen in dich?»

«Brauchst du nicht.»

«Wenn es etwas mitzuteilen gibt, wird man es dir mitteilen. Vorausgesetzt, du kannst die übrige Presse davon überzeugen, daß sie Stillschweigen bewahrt.»

«Werd tun, was ich kann, Max. Aber die Welt ist groß da draußen. Und voller aufdringlicher und verantwortungsloser Zeitungsfritzen.»

«Das ist der Familie bekannt.»

«Weiß sie auch, daß es im allgemeinen nicht mein Job ist, Wunder zu vollbringen?»

«Ich glaube, daß sie genau das jetzt von dir erwartet.»

Emorys Haar war weiß, und die vagen gelblichen Strähnen dazwischen deuteten an, daß er einmal irgendeiner Mutter blonder Junge gewesen sein könnte. Kam die Rede auf sein weißes Haar, dann erklärte er stets, dafür hätten diese Spatzenhirne von Reportern gesorgt, die nicht mal wußten, wo ein Doughnut sein Loch hat. Und wenn er sich nun schon seit Jahren mit denen herumschlug, so erklärte er weiter, dann nur deshalb, weil er im Grunde seines Wesens ein aufopfernder Mensch war. Er hatte sie fast alle überdauert, denn er besaß, so folgerte er weiter, die Geduld eines Jesus Christus angesichts des geifernden, schäumenden, an Dementia praecox erinnernden Gebarens, das man bei seiner unvergleichlichen Zeitung als Berichterstattung ausgab. Hörte man aus dem Kabuff von Chefredakteur Jones den allbekannten Aufschrei: «Dieser Gipskopf weiß ja nicht mal, wo ein Doughnut sein Loch hat!», dann bedeutete das stets für irgendwen das schnelle Ende seiner Reporterkarriere.

In diesen Kontext stellte Martin Daugherty den Mann jetzt, als ihm der weiße Haarschopf ins Blickfeld geriet und er Emory über den frischgefegten, schiefen Dielenboden der Redaktion auf sich zusteuern sah. Da kam er angewalzt: birnenförmig und breitärschig, er sitzt zuviel, der Mann, hat eine ungesunde Scheu vor sportlicher Betätigung. Und er rauchte vor Zorn, weil Martin mit diesem Gelübde seinem Chefwort vorgegriffen hatte, und freute sich zugleich wie ein Schneekönig über die unheilvolle Tendenz der Ereignisse, die seine kreativen Säfte bereits zum Sieden brachten; Martin sah es an dem irrationalen Geflacker in seinen Augen.

Martin erinnerte sich, daß er ihn in der Vergangenheit schon einmal in vergleichbarer Aufregung erlebt hatte: damals, als Jack Diamond in Albany eine stadtbekannte Persönlichkeit war und zum erstaunlichsten und sensationellsten laufenden Nachrichtenereignis in der jüngeren Geschichte Albanys avancierte. Emory, der wie ein Galeerenführer auf seine Sklaven einpeitschte, damit sie jeden möglichen Zentimeter Druckzeile aus der Story herausmelkten, hatte seinen prophetischen Triumph an jenem Abend gehabt, als Diamond von der Anklage wegen Kidnapping freigesprochen wurde. Er überwachte persönlich das Absetzen der faustgroßen Holzlettern, die er sich für größere Naturkatastrophen, Waffenstillstände und die Nieser des *Chief* aufsparte: DIAMOND VON FEINDEN ERMORDET, hieß es da, denn seit zwölf Stunden schon hielt sich in Albany jetzt ein Gerücht, das auch die Ostküste hinauf kursierte und westlich bis hinüber nach Chicago, demzufolge Diamond heute nacht auf der Abschußliste stand. Und Emory hatte seine Schlagzeile bereits volle sechs Stunden stehen, als Diamond in seinem Bett in der Dove Street in der Tat von zwei Killern erschossen wurde. Sie wurde dann für das Extrablatt benutzt, von dem 20000 Stück verkauft wurden.

Martin hatte bereits errechnet, daß man das gestorbene Extrablatt über Charlie Boy sogar noch mehr verkauft hätte. Wenn es zu einer Veröffentlichung der Kidnapping-Geschichte kam, würde die Diamond-Story neben ihr wie eine Lappalie erscheinen. Ein Ereignis von dieser Tragweite war ohne Beispiel in der neueren Geschichte Albanys, und Martin wußte, daß Emory das tief drinnen ebenso wußte, bis hinein ins visköse und nach Druckerschwärze stinkende Mark seiner Herausgeberknochen.

«Hast du dein verdammtes Gelübde rückgängig gemacht?» waren seine ersten Worte.

«Nein.»

«Dann klemm dich dahinter.»

«Emory, das geht nicht.»

Emory schob sich ein paarmal seinen Stumpen in den Mund und nahm ihn wieder raus wie ein mutloser Daumenlutscher. Er ließ seinen breiten Arsch auf den wackligen Stuhl neben Martins Schreibtisch fallen, blies diesem eine Rauchwolke ins Gesicht und fragte: «Wieso in drei Teufels Namen geht das nicht?»

«Weil ich nicht glaube, daß du der Chefredakteur sein willst, der den Finger am Abzug hat, wenn sie Charlie Boy eine Kugel in den Kopf jagen. Oder willst du das?»

Die Folge der Ereignisse, die Martin ihm da erklärte, zwang Emory, alles, was er sich den Morgen über an bevorstehenden Schritten zurechtgelegt hatte, zu rekapitulieren. Martin ließ ihn eine Weile schmoren. Dann sagte er: «Emory, es ist deine Aufgabe, dieses Schweigen durchzusetzen, ob dir das nun gefällt oder nicht. Du bist der Mann mit dem nötigen Ansehen und journalistischen Einfluß. Du bist der einzige in dieser Stadt, der die Nachrichtenbüros und die anderen Jungs, die sonst noch im Presseraum des Capitols rumschwirren, davon überzeugen kann, vorerst keine Silbe rauszutickern. Sie werden das nur tun, wenn du die Spielregeln festlegst und dich zum Vorsitzenden über das große Geheimnis machst. Vielleicht solltest du ein Zeitlimit setzen. Zwei Tage, vier? Eine ganze Woche?»

«Eine Woche? Machst du Witze?»

«Also dann zwei Tage. Sie werden es als Gentlemen's Agreement akzeptieren, wenn du ihnen deutlich klarmachst, daß da ein Menschenleben auf dem Spiel steht. Wenn du das schaffst, stehst du vor den McCalls als echter Held da, und das bedeutet bare Münze für diese Zeitung, wenn ich mich nicht täusche.»

«Behalt deinen giftigen Sarkasmus unter deiner dreckigen Weste.»

«Das ist kein Sarkasmus. Das ist zynischer Humanismus.»

«Lieber Gott, ich will doch keinen umbringen. Jedenfalls nicht Charlie.»

«Ich wußte, daß dir das einleuchten würde.»

«Aber was soll ich denen erzählen?»

«Emory, ich vertraue darauf, daß du dir etwas einfallen läßt. Wir wissen beide, daß du mehr Scheiß erzählen kannst, als die gesamte amerikanische Rinderzucht produziert.»

«Vielleicht hat Dunsbach schon was rausgetickert.»

«Vielleicht. Dann bist du alle Probleme los, und für den fangen sie erst richtig an. Aber ich bezweifle es. Ich hab ihn überzeugt.»

«Dann mach du es.»

«Ich kann es nicht machen, Emory. Ich bin nichts weiter als ein lumpiger kleiner Kolumnist, kein omnipotenter Zeitungschef.»

«Willard Maney wird mitmachen. Der ist aus Albany.»

«Und ein Bewunderer der McCalls.»

«Und Foley von der *News*.»

«Noch einer im Bunde.»

«Aber die Arschlöcher dort oben im Presseraum des Capitol,

die kenne ich nicht. Du kennst sie. Du spielst mit denen doch immer Karten, wenn du dich nach Stoff für die Zeitung umsehen sollst.»

«Laß dort meinen Namen fallen, wenn du willst.»

«Die Nachrichtenbüros könnten das ja dort oben breittreten.»

«Genau. Und die Boys werden mit großer Wahrscheinlichkeit mitziehen. Auch wenn du nichts von denen hältst, Emory, das sind patente Burschen. Und du bist wirklich nicht dafür verantwortlich, was Schreiber außerhalb von Albany tun. Das ist dann deren Problem und das ihrer Kinder. Herrje, und selbst wenn ein Berater des Schriftleiters wie Dunsbach das herumerzählt, wär das nicht ganz so schlimm, wenn diese Kerle ihren Klienten klarmachen würden, daß Charlies Leben auf dem Spiel steht. Was ja mittlerweile eine grauenhafte Tatsache ist.»

«Das arme Schwein. Was der durchstehen muß.»

«Er könnte möglicherweise schon tot sein.»

Martin blickte auf die Zeitungsausschnitte, die vor ihm auf dem Schreibtisch lagen; von einem sah das Gesicht von Charlie zu ihm hoch, gerade zu Gast bei einer Feier der Kolumbusritter. Fast jedesmal, wenn Charlie abends bei den *K. of C.* erschien, gab es jemand, der sich vor diesem sanftmütigen jungen Mann lächerlich machte, weil der seine Wohlgesinntheit vielleicht auch zu Hause bei seinem Vater und seinen Onkeln erwähnen würde. Reine Selbsterhaltung. Wie Geld auf der Bank für den, der seine Loyalität herauskehrt und die Hand des Sprößlings schüttelt, der sie jenen Männern schüttelt, die den Baum schütteln, von welchem die Früchte unseres Lebens fallen. Der arme Schlucker, und jetzt lag er irgendwo an ein Bett gefesselt. Werd ich diese Nacht überleben? Werden sie mich morgen früh erschießen? Wo bleibt mein einflußreicher Vater? Wo sind meine einflußreichen Onkel? Wer rettet den Sohn, wenn der Vater nicht mehr da ist? Zu Jesus beten, aber wo ist Jesus? Nun, Charlie, der sitzt hier neben meinem Schreibtisch in Gestalt eines Ausflüchte machenden, breitärschigen Weißkopfs, der nichts von Söhnen versteht, weil er nie welche gehabt hat. Aber er weiß um die Bedeutung von Geld und Nachrichten, von Macht und Anstand, und vielleicht werden Dinge wie diese uns helfen, den Jungen zu retten, wir nicht vergessen. Wir planen das jetzt auf unsere Art, Charlie, dein Leben zu erhalten.

«Ich war eben grad dabei, eine Hintergrundstory über Charlie zusammenzustellen», brach Martin nun das Schweigen. «Hast du sonst noch irgendwas für mich zu tun? Heute steht uns ja auch diese ALP-Sache ins Haus.»

«Der Krempel kann mir jetzt wirklich gestohlen bleiben.»

«Das ist eine Sache von ziemlichen Ausmaßen, weißt du. Eine recht eindrucksvolle Machtdemonstration.»

«Das sind doch bloß 'ne Handvoll Rote, weiter nichts.»

«Das sind keine Roten, Emory. Fall *du* nicht auf diesen Käse herein. Wahrscheinlich sind bloß zwei oder drei von denen echte Kommunisten.»

«Dann sind es eben rosarot Angehauchte. Wo liegt da der Unterschied?»

«Über diese feinen Farbnuancen können wir uns ein andermal streiten. Aber einen Bericht sollte das auf jeden Fall wert sein. Das ist interessante Kurzweil, ganz abgesehen davon, was sich hinter den Kulissen abspielt.

«Was auch immer sich da abspielt, ich will nicht, daß du dich damit befaßt. Du bleibst an Charlie dran.»

«Und was tue ich da?»

«Die Kidnapper ausfindig machen, was zum Teufel denn sonst?»

«Die Kidnapper ausfindig machen.»

«Schau dich am Broadway um. Dort treiben die sich garantiert rum.»

«Am Broadway umschauen.»

«Und komm mir nicht unter die Räder. Ruf mich stündlich an. Alle halbe Stunde.»

Und damit walzte der an seinem Stumpen saugende Emory Jones davon in sein Kabuff und schlug die Tür hinter sich zu. Er setzte sich hinter seinen Schreibtisch, nahm den Telefonhörer zur Hand und begann einen Mantel des Schweigens über eine Story zu breiten, deren Größenordnung selbst seine eigenen wiederkehrenden Wunschträume vom Triumph einer Nachricht, deren kolossale Tragik nicht zu überbieten ist, wie Kinderkram erscheinen ließ.

4

«Please don't talk about me when I'm gone», sang Mildred Bailey gerade auf WHN, untermalt von der Band von Paul Whiteman. Und Billy Phelan, der in Hosen, Socken und Unterhemd, aber ohne Gürtel und Schuhe in seinem, genauer gesagt, im Wohnzimmer seiner Schwester und seines Schwagers saß und seine Pferdewetten austüftelte, dachte wieder an damals, als sie mit Whiteman nach Albany gekommen und im *Palace* aufgetreten war. Für Billys Ohren hatte sie immer wie ein Vogel gesungen, eine ungeheure Stimme. Eine ungeheure Stimme, die sich nach einer fabelhaften Frau anhörte. Und dann steht die da und ist fett. Klein und rund, ein Butterfaß. Und Whiteman ebenfalls ein Fettwanst. Billy erinnerte sich noch gut an den Abend, als er mit Whiteman in Saratoga am Würfeltisch gezockt hatte. Das war 1931, da arbeitete er in *Riley's Lake House*, er war in der Saison damals der jüngste Dealer in der ganzen Stadt da oben, und klar doch, natürlich wußte er, wer Whiteman war, als der Fettwanst die Würfel rollen ließ und seine letzten Scheine verspielte.

«Dann laß mal 500 in Chips rüberwachsen, Sonny, und einen Schuldschein», sagte Whiteman.

«Wer zum Teufel bist du denn? Ich kenn dich überhaupt nicht», sagte Billy. Für dich bin ich noch lang kein Sonny, du Arschloch. Auch der verrückte Hubie Maloy saß an jenem Abend mit am Würfeltisch, der kam aus Albany und trug immer 'ne Kanone mit sich rum. Aber Billy mochte ihn. Und Hubie grinste, als Whiteman «Sonny» zu ihm sagte. Bloß weil der Kerl mit seiner Band dick im Geschäft ist, denkt er, er kann auf den Putz hauen, der Fettsack, und bildet sich ein, alle Welt kennt seinen Schnurrbart.

«Ich bin Paul Whiteman.»

«Wyman?»

«Whiteman. Whiteman.»

«Ohhhhh, ja, Whiteman. Du bist der Bursche mit der Hillbilly-Band, die drüben in Piping Rock spielt. Das hat für mich nichts zu sagen, Sportsfreund. Geh und frag den Manager, wenn du Chips willst.»

Zwanzig Minuten später war Billy gefeuert. Befehl von oben. Von denen, die sich den großen Paul Whiteman nicht zum Feind machen wollten. Lemon Lewis kam herüber an den Tisch und sagte: «Ich tu's verdammt ungern, Billy, aber wir müssen dich vor die Tür setzen. Ich werd mal drüben bei *Newman's* und im *Chicago Club* anrufen, ob's da was für dich zu tun gibt.»

Zwei Stunden später hatte Billy wieder Arbeit. Diesmal gab er Karten, flink und geschickt, und hatte immer eine unvorhersehbare Kombination auf Lager. Möglicherweise der beste Dealer in der ganzen Gegend, dieser Billy, nenn dein Spiel, und der dealt Schlag auf Schlag, dieser Billy ist verdammt auf Draht.

Nach Saratoga hinauf hatte es ihn in jenem Jahr verschlagen, weil er einen Monat zuvor in Albany abends zufällig am Broadway rumlungerte, als Bindy McCall des Weges kam, Bindy mit seiner bernsteingelben Fedora, die von weitem aussah wie ein umgestülpter Blumentopf. Bindy hatte Connections zu den Spielerclubs in Saratoga, hatte dort auch Gelder investiert, so was ergab sich ganz nebenbei, wenn man in Albany alles, aber wirklich alles kontrollierte, was mit illegalem Glücksspiel zu tun hatte: die Spielhöllen und Wettbüros, Zahlenlotto und Kartenspiele, einarmige Banditen und Lotteriebretter. Wenn man in dieser Branche in Albany ins Geschäft kommen wollte, hieß das, man holte sich erst das Okay von Bindy oder einem seiner Statthalter, und dann lieferte man regelmäßig seine Prozente ab, die Bindy jede Nacht in seinem Office in der Lodge Street zählte. Der Tribut floß nicht allein in Bindys Tasche. Der kam in den großen Topf, der den gesamten Machtapparat der McCalls finanzierte.

An jenem Abend also tippte Billy kurz auf Bindys Ärmel.

«Hey, Billy.»

«Hast du mal 'ne Sekunde Zeit, Bin? Ich bräuchte einen Job. Kannst du mir nicht für nächsten Monat was in Saratoga besorgen?»

«Was kannst du denn?»

«Alles.»

«Alles, was es gibt?»

«Würfel, Poker, Blackjack, Roulette. Ich kann Karten geben, und ich kenn mich aus beim Bakkarat.»

«Und wie gut bist du?»

«Davon hast du noch nie etwas gehört?»

Bindy gluckste.

«Werd mich nach einem umschauen, der davon gehört hat. Melde dich bei Lemon Lewis.»

«In Ordnung, Bindy, fein. Danke bestens. Sag mal, kannst du mir 50 Lappen pumpen?»

Wieder gluckste Bindy. Dieser Billy hatte Mumm. Bindy holte sein gerolltes Bündel hervor und pflückte aus der Mitte einen Fünfziger.

«Hier. Laß dich zu keinen ungesunden Dingen hinreißen.»

«Mir ist's nie besser gegangen», sagte Billy. «Und ich zahl meine Schulden stets zurück.»

«Weiß ich. Das weiß ich bei dir. Dein Vater hat das auch immer getan. Früher, als Kinder, haben wir immer miteinander Baseball gespielt. Dein Vater war ein verdammt guter Spieler. Hat er mal wieder von sich hören lassen?»

«Wir haben keinen Kontakt.»

«Nun ja. Das ist ein Kauz. Du meldest dich also bei Lewis. Von dem erfährst du alles weitere.»

«Alles klar, Bin.»

Eine Stunde später traf Billy Lewis in *Becker's Bar* und erfuhr: «Du dealst in *Riley's Lake House*.»

«Und wie komme ich da hin?» fragte Billy. «Wie zum Teufel komm ich jeden Abend von Albany rauf nach Saratoga?»

«Herrje, hast du denn kein Auto?»

«Auto? Ich hab nicht mal Rollschuhe gehabt.»

«Na schön. Kennst du Sid Finkel?»

Den kannte Billy. Ein Zuhälter und Ladendieb, und ein ganz

annehmbarer Croupier am Roulettetisch. Mit dieser Kombination brachte er seinen Sohn durchs Zahnarztstudium.

«Schau bei ihm vorbei. Ich sag ihm Bescheid, daß er dich mitnehmen soll.»

«Ich zahl ihm die Hälfte vom Sprit», sagte Billy.

«Das macht unter euch aus. Und vergiß nicht, wer dir das vermittelt hat», sagte Lemon und tippte sich mit dem Daumen an die Brust.

«Wer könnte dich jemals vergessen, Lemon?»

Zwei Wochen lang lief alles prächtig bei Billy, bis zu der Szene mit Whiteman, worauf Billy von *Riley's* in den *Chicago Club* wechselte. Dort ging es früher los. In den Nachmittagsstunden herrschte an den Spieltischen Hochbetrieb, und das, obwohl zur gleichen Zeit die Pferderennen liefen. Billy mußte sich also eine neue Mitfahrgelegenheit suchen, weil Sid Finkel immer erst abends fuhr. Ob Billy Glück hatte und eine fand? Und was für eine. Angie Velez sah ihn im *Chicago Club* beim Kartengeben, und als er eine Pause einlegte, bat sie ihn um Feuer.

«Du bist ja nicht lange arbeitslos geblieben», sagte sie.

«Wer hat dir denn erzählt, ich sei arbeitslos?»

«Ich war dabei, wie du Whiteman übers Maul gefahren bist. War das Ulkigste, was ich seit Jahren gehört hab. Stell dir vor, einer sagt so was zu Paul Whiteman: Du bist doch der mit der Hillbilly-Band! Ich hab laut losgelacht! Er hat mir einen bitterbösen Blick zugeworfen.»

Billy lächelte sie an, diese neue Puppe. Dann fragte er sie nach ihrem Namen, lud sie zu einem Drink ein und erfuhr, daß sie verheiratet war, was sie aber nicht allzu ernst zu nehmen schien. Hubby, ebenfalls ein Zocker, hatte sie eine Woche nach Saratoga mitgenommen, dann ließ er sie hier allein weiterspielen und fuhr nach Hause nach Rochester, um sich um seine dortigen Geschäfte zu kümmern. Nach Rochester! Das war mit Albany nicht zu vergleichen. Rochester, dahin würde man sich vielleicht verziehen, wenn man auf der Rolle war, wenn sie einem aus Albany rauswarfen, und auch dann nur vielleicht. Ein Leben außerhalb von Albany konnte Billy sich gar nicht vorstellen. Er liebte diese Stadt. Und war auch schon halb in dich verliebt, Angie, wo du nun schon mal hier warst. «Bist du 'ne Mestizin?»

«Ich bin Irin, genau wie du, Baby. Eine von den Gagen-Mädchen. Mein Mann ist 'n Kubaner.»

Inzwischen spielte sie unter dem Tisch schon Kniechen mit ihm.

«Wenn du so weitermachst, brauchst du dich nicht zu wundern, wenn du irgendwann vergewaltigt wirst.»

«Zimmer 246 im *Grand Union.*» Zum Beweis zeigte sie Billy ihren Zimmerschlüssel. Das war der Auftakt zu Billys privatem Taxi-Service zwischen Albany und Saratoga für den Rest dieses Monats. Und anderes nahm seinen Anfang während dieser Saison in Saratoga: Billys Ruf als der Jüngste unter den heißen Spielern an gleich welchem Tisch, ganz egal, was da für ein Spiel gemacht wurde. Billy, der große Gewinner. Er sahnte ab. Ich hab's immer schon gewußt, wie man an die Piepen rankommt, sagte Billy. Ich kenn mich eben aus mit Karten und mit Würfeln.

Am Ende der Saison war Billy dann natürlich pleite. Er hatte nicht nur auf der Gewinnerseite des Tisches gesessen.

Nun hatte Mildred Bailey aufgehört zu singen, und Clem McCarthy belferte auf WHN die Rennergebnisse herunter – und ist es denn zu fassen, was über Billy hier hereinbricht? Friar Charles gewinnt, dieser Scheißgaul, fünf zu zwei gewinnt er, der Scheißgaul, der *Scheißgaul*! Martin Daugherty, was in Gottes Namen hast du Billy da bloß eingebrockt?

Im Augenblick standen die Dinge folgendermaßen: Martin hat einen Zehner *across the board* auf Charley Horse gesetzt, der gewinnt und bringt vier zu eins; einen weiteren Zehner *across the board* auf Friar Charles; auch hier fährt er Gewinn ein. Bleibt also abzuwarten, was sein dritter Zehner *across the board* auf Hello Chuckie im sechsten Rennen in Pimlico bringt; bei der Vornotierung hatte Hello Chuckie zwei zu eins gebracht. Aber das ist noch nicht alles. Martin hat noch einen Zehner draufgelegt für einen Parlay und damit bei allen drei Gäulen die Gewinne bei den folgenden Rennen erneut gesetzt.

Nun weiß Billy ja, Martin ist ein absolut untadeliger Kunde, der nie einen Dollar schuldig bleibt und im allgemeinen mehr verliert als er gewinnt, was stets erfreulich gewesen ist für Billy, bei dem Martin die meisten seiner Wetten placiert. Aber, großer

Gott, wenn Martin jetzt mit Hello Chuckie ebenfalls gewinnt und dann obendrein bei allen dreien mit seinem Parlay, dann sieht es finster aus für Billy. Zwar hält Billy nicht jede Wette selbst, die er annimmt. Manche hält man, manche gibt man weiter an andere Buchmacher. Man hält eben so viel, wie man glaubt, abdecken zu können – vielleicht auch ein bißchen mehr, wenn man kühn genug ist wie Billy. Sonst gibt Billy ja immer ein paar von seinen Wetten weiter an seinen Kumpel Frankie Buchanan, das ist der größte Buchmacher hier in Albany. Aber für diesen Wagemut gehört Billy jetzt eine Rose ans Revers geheftet: alle drei Wetten, samt Parlay, hält Billy selbst, er hat nicht einen Cent davon an Frankie abgetreten. Warum nicht? Weil bloß ein völliger Hornochse oder ein ausgemachter Verlierer gleich bei drei Gäulen seine Gewinne erneut setzt. Diese Einsätze halte ich, Rennen für Rennen, hatte Billy sich gesagt – bis vor ein paar Minuten, als Clem McCarthy im Radio das mit Friar Charles durchgab. Und da hockt er nun an seinem Kartentisch, in dem Zimmer, dessen Fenster zur Straße hinausgehen. Vor sechs Jahren ist er hier bei seiner Schwester zum Thanksgiving Dinner erschienen, ist dageblieben und nie wieder zurückgekehrt in sein möbliertes Zimmer in der Innenstadt. Sein Geld hat er in der Dyke-Zigarrenkiste verstaut, die neben seinem Stuhl auf dem Boden steht. Dykes, das sind die Zigarren, die der geschäftstüchtige McCall-Apparat sämtlichen Lebensmittel- und Süßwarenläden in der Stadt aufdrängt.

Da hockt er, unter dem großen, scheußlichen, in Gold gerahmten Druck von ‹*Mo the Kid*›, seine Hand führt den Mongol-Bleistift Nr. 2 über den länglichen Notizblock, während die Augen zwischendurch immer wieder durch die Gardinen auf die Straße hinauspeilen, für den Fall, daß State-Cops die Vordertreppe heraufgestiefelt kommen. In dem Fall wäre Billy wie ein geölter Blitz im Klo, und die Pferdewetten würden in der Kanalisation zum Hudson schwimmen, und selbst ein zu allem entschlossener Polizeimensch könnte die nicht mehr zurückholen, um sie ihm als Beweismittel unter die Nase zu halten.

Stan Wie-heißt-er-doch-gleich, der Discjockey von WHN, erzählte was von Bob Crosby, und Billy wurde warm ums Herz, als er das hörte. Denn Crosby kannte er, er hatte ihn in

Saratoga gehört und mit Angie zu seiner Musik getanzt, und als Crosby im *Edgewood* drüben in Rensselaer auftrat, hatte er mit ihm ein bißchen über Musik palavert. Crosby spielte gerade ‹*Between the Devil and the Deep Blue Sea*›, da klingelte das Telefon, und Billy drehte leiser. Frankie Buchanan war dran und gab ihm die Ergebnisse vom fünften Rennen in Arlington Park durch, damit war Friar Charles jetzt offiziell Sieger. Und Billy erzählte Frankie von diesem komischen Heini namens Martin Daugherty, der gleich dreimal seinen Gewinn erneut gesetzt hatte.

«Der komische Heini bist du», entgegnete Frankie, der selbst ein *äußerst* komischer Heini war. Einer von den prächtigsten Burschen in ganz Albany, dieser Frankie, aber unter Leuten hielt der es einfach nicht aus. Nachts, wenn er aus seinem Loch herauskam, bestellte er sich in Morris' Schnellrestaurant Eier mit Schinken, und dann mußte man sich zu ihm draußen ins Auto setzen, das er hinterm Restaurant geparkt hatte, während er von seinem Pappteller aß. Es gab schon verrückte Hunde auf der Welt.

«Willste nicht den dritten Gaul oder wenigstens einen Teil von dem Parlay an mich abtreten?»

«Nee», sagte Billy. «Ich glaub einfach nicht, daß dieser Bastard sich drei Gäule rauspickt, die allesamt gewinnen, und dann auch noch mit seinem Parlay gewinnt. So was hat noch nie einer gebracht. Glück kann der Mensch haben, aber an Wunder glaub ich nicht.»

«Okay, Kumpel», sagte Frankie, «wie du willst.» Und als er aufgelegt hatte, fragte sich Billy, ob er denn noch ganz bei Trost war. Diesen dritten Gaul konnte er ja gerade noch verkraften, falls er gewann, seine Tageseinnahmen waren heute gut. Aber falls Martin auch noch mit seinem Parlay in die Vollen ging, dann schnellte das hoch in die siebenhundert, achthundert – selbst wenn dir deine Zigarrenkiste dann schon leer entgegengähnt und du beim besten Willen nicht weißt, woher du diese Piepen nehmen sollst, Billy Boy. Und warum, warum macht unser Billy so was? Nun, das ist eben Zocken. Und Billy ist nun mal ein Zocker. Das wird kein Mensch bestreiten. Und sie macht sich bereits bemerkbar, diese Spannung, Billy spürt es in seiner Kehle, er spürt es in der Magengrube und unter seinen Achselhöhlen, er spürt es in den Kiefernmuskeln und da unten zwischen seinen Beinen. Herrgott noch mal, denkt Billy, irgendwie erregt mich das, und die Piepen, die sind mir egal. Dieses Kribbeln, dieses Prickeln, jetzt war es wieder voll im Kommen.

Crosby spielte gerade die letzten Takte von ‹*Deep Blue Sea*›. Billy fiel wieder ein, wie er sich mit Angie dieses Stück angehört hatte, und er sah ihr Gesicht vor sich. Dann war Morey Amsterdam am Mikrofon. Kam wie üblich ins Studio reingeschneit und improvisierte mit Stan. Ich will rauf in die sechste Etage, sagte Amsterdam gerade, die verlegen dort oben 'n Teppich, das muß ich mir mal ansehn.

Telefon. Martin Daugherty.

«Ja, Martin, Friar Charles gewinnt, du bist voll am Ball. Das sind jetzt 7 Dollar, 4 Dollar, und dreiundvierzig, der Toto zahlt, Martin, heute klimpert's in der Kasse.»

Wenn dir meine Show stinkt, sagte Stan gerade zu einem Anrufer im Studio, dann schalt doch einfach ab, du Krücke, aber wenn du meinst, damit wär es nicht getan, dann kannst du gern um fünf zum Hintereingang vom Studio kommen und ich hau dich unangespitzt in den Boden. Und er gab die Adresse durch. Ein Hitzkopf, dieser Stan, dem durfte keiner dumm kommen. Sein Stil gefiel Billy.

Dann war erst mal Ruhe, keine Anrufer mehr, und jetzt kam Earl «Fatha» Hines – das ist doch im Grunde noch ein Kid, wieso nennen die ihn Fatha? – und spielte eine wilde Nummer, und als er in Fahrt kam, sich voll ins Zeug legte, hörte man, wie eine Stimme aus dem Chor kreischte: *«Play it, Fatha ... play it till nineteen ninety-nine.»* Ein Lächeln legte sich über Billys Gesicht, er klopfte mit dem Fuß den Takt, er spürte, wie ihm der Jazz in die Knochen fuhr, und er spürte auch, wie dieses wohlbekannte Kribbeln der Spannung zunahm und sich anschickte, der trägen Langeweile dieses öden grauen Tages einen kräftigen Tritt zu versetzen.

Simpson, dieser Penner, läutete an der Tür; der kam seinen Zehner abholen. Billy sah ihn bereits durchs Fenster, wie er auf die Haustür zukam, fischte einen Schein aus der Zigarrenkiste, den er in der Mitte faltete und in seine rechte Gesäßtasche schob. Wieder 10 Dollar in den Wind gepißt. Aber löhnen mußte er. Das war der Tribut an Pop O'Rourke, den Ortsvorsteher der Demokraten vom 9. Bezirk, der sich vor sechs Monaten, als Billy formell bei ihm vorsprach und ihn über seine Buchmacherpläne in Kenntnis setzte, mit diesem Vorhaben einverstanden erklärt hatte. Was er abführen mußte? Du zahlst pro Woche einen Zehner an Simpson, sagte Pop, der kann es dringend brauchen. Der wird alle acht Tage vorbeikommen und den Zehner bei dir abholen. Sehr entgegenkommend, sagte Billy, und was sollte er auch sonst sagen? Diesen wöchentlichen Zehner zahlte er bis heute.

«Hallo, Bill, wie geht's?» sagte Simpson, als Billy die Haustür gerade so weit aufmachte, um ihm klarzumachen, daß er hier nicht willkommen war. Sein fleckiges Sporthemd hatte Simp mindestens vier Tage nicht gewechselt, und der Sweater war an den Ellbogen durchlöchert. Der Suff schaute ihm aus den Augen, er hatte dringend eine Rasur nötig und stank aus dem Mund, daß es zwei Maulesel umgehauen hätte.

«Das Leben ist hart, wie eh und je», sagte Billy.

«Ich dachte, ich komm vielleicht 'n bißchen rein und setz mich zu dir», sagte Simpson, als Billy gerade hinter sich nach dem Zehner griff. Die Hand hielt jäh inne.

«Was?»

«Dir 'n bißchen Gesellschaft leisten. Ich hab eh nichts vor und hock doch bloß bei *Brady's* rum. Da kann ich auch mit dir 'n Schwätzchen halten, weißt du.»

«Nee, davon weiß ich gar nichts», erwiderte Billy. «Du kommst mir weder heute rein noch sonst irgendwann.» Er machte die Tür ganz auf, trat hinaus, packte Simpson vorn an seinem dreckigen Hemd und hob ihn rückwärts die Treppe runter. «Und jetzt verschwinde und laß dich hier nie wieder blicken. Wenn du noch einmal hier diese Treppe raufkommst, geb ich dir einen Arschtritt, daß du rüberfliegst bis auf die andere Straßenseite.»

«Reg dich doch nicht auf, Bill, ich will doch bloß reinkommen und mich 'n bißchen mit dir unterhalten.»

«Penner kommen mir hier nicht ins Haus. Du glaubst wohl,

du könntest mich verscheißern? Von jetzt an will ich dich nicht mehr auf dieser Straßenseite sehen!»

«Wo ist mein Zehner?»

«Den kannst du in den Wind schreiben, du Penner.»

Billy warf die Tür hinter sich zu und rief Pop O'Rourke an.

«Sagt der glatt, er will mir hier Gesellschaft leisten und 'n Schwätzchen mit mir halten. Hör zu, Pop, bei allem Respekt, den ich vor dir hab, dieser Penner legt es bloß drauf an, hier meine Wetten auszuspionieren. Und wenn ich zufällig mal 'ne gute halbe Stunde hab, kommt er und will 20 statt 10 Dollar. Schick mir den nicht noch mal her, Pop, ich meine das ernst. Ich hab den alten Schleimer nie riechen können. Wenn mir bei dem die Hand ausrutscht, dann fliegt der die ganze Treppe runter. Das sind fünf Stufen, und die nimmt er alle fünf auf einmal, wenn ich ihm eine vor den Latz knalle. Ich brech ihm beide Arme, Pop. Der soll hier bloß nicht mehr schellen.»

«Immer mit der Ruhe, Billy. Der wird nicht mehr kommen. Er hat sich danebenbenommen. Er ist ein gieriger Schleimer. Ich werd's ihm sagen.»

«Gut, Pop. Willst du, daß ich dir den Zehner zukommen lasse?»

«Nein, im Moment laß mal. Ich geb dir Bescheid, falls wieder ein bedürftiger Fall auftaucht.»

«Bin selbst einer, Pop.»

«Aber es gibt da gewisse Spielregeln, Billy.»

«An die halte ich mich.»

«So ist's recht. Aber reg dich nicht unnötig auf. Mit so was hab ich mir mal einen Herzanfall eingehandelt, und ich kann dir eines versichern: Sich aufzuregen ist das Schlimmste, wirklich das Allerschlimmste, was sich ein Mann bloß antun kann. Ich weiß, das überkommt einen völlig unerwartet. Ganz plötzlich, eh man sich versieht. Aber man schneidet sich bloß ins eigene Fleisch, Billy, wenn man sich übermäßig aufregt. Den Gefallen würde ich keinem mehr tun.»

«Bis dann, Pop. Danke.»

«Fein, daß du angerufen hast, Billy.»

Billy legte den Hörer auf und kratzte sich den Schmonzes aus dem Ohr.

Der erste von Billys Familie erschien um halb vier: Der zehnjährige Daniel Quinn, der in die vierte Klasse ging, kam aus der Public School Nr. 20 nach Hause, schaute ins Zimmer und sah seinen Onkel auf der Couch liegen, mit einer aufgeschlagenen Ausgabe von *True Detective* auf der Brust. Es brannte kein Licht, die Rollos waren tiefer herabgezogen als sonst, und auf dem Boden neben dem Kartentisch lagen der *Telegraph*, die *News* und der *Daily Mirror* aus New York und der *Armstrong*.

«Bist du das, Kid?»

«Ich bin's, Onkel. Arbeitest du heute nicht?»

«Mach dich dünne. Ich halt 'n Nickerchen. Wir sehn uns später.»

Der Junge verzog sich die Treppe hinauf. Aber Billy hatte wieder die Augen auf und starrte hinauf zu dem bescheuerten Druck von *‹Mo the Kid›*, genauer betitelt *‹Der junge Mozart›*, der in seinem ausladenden Goldrahmen über der Couch hing. Da saß der frühreife Komponist in betont aufrechter Haltung am Spinett und spielte ohne Zweifel eine selbst erdachte Melodie, in einem Barocksalon mit goldverschnörkelten Spiegeln, schweren Vorhängen und fransengesäumten Orientteppichen. Kleine Fußschemel und reichverzierte Paravents standen herum, über den Boden lagen Partituren verstreut. Zwei Damen in langen, geblümten Gewändern mit Stehkragen, jede ein Notenblatt in der Hand, und ein älterer Gentleman in Perücke, Kniebundhosen und Schnallenschuhen wie der Komponist, saßen und lauschten, während der kleine Mo seine belebende Musik ertönen ließ. Ihr Lächeln war gänzlich entrückt, ihr Blick glasig, die Lider schwer, als hätten sie alle Laudanum geschluckt.

Wäre es nach Billy gegangen, hätte der Druck weder an dieser Wand noch an sonst einer im Haus gehangen. Seine Schwester Peg hatte ihn von ihrer Tante Mary geschenkt bekommen, einer alleinstehenden und eigensinnigen alten Dame, die in dem alten Haus der Familie in der Colonie Street wohnte, wo sie Kanarienvögel züchtete und einen geheimen Vorrat an Goldstücken hortete, die sie an Geburtstagen zu verschenken pflegte. Das Bild erinnerte Billy immer an die miese Art, auf die man ihn in jenem Haus behandelt hatte, als sein Vater davonlief und ihn, seine Schwester und die Mutter sitzenließ, davonlief und achtzehn Jahre fortblieb, und weder Billy, Peg noch ihre Mutter hörten jemals ein Wort von ihm. 1934 tauchte er wieder auf, doch nicht hier bei Peg, wo Billy wohnte, sondern in dem gottverdammten Haus in der Colonie Street, bei seiner Schwester und seinem Bruder, wo sein Besuch zu einer unzureichend erklärten Abweisung führte und damit endete, daß er erneut die Flucht ergriff, und wieder hörte man nichts mehr von ihm. Aus diesem Grunde haßte Billy dieses Haus, und noch aus vielen anderen, die da bei ihm Laufe der Jahre als nie so ganz willkommener Neffe (der verpönte Sohn des verpönten Francis) zusammengekommen waren. Das Haus war so nichtswürdig wie dieses behämmerte Bild, auf dem Kid Mo seine bescheuerte, unsichtbare Musik einer Bude voller Opiumfresser vorspielte.

Das Bild ging Billy selbst dann nicht aus dem Kopf, als er die Augen zumachte, deshalb nahm er sein Magazin hoch und besah sich noch einmal das Modell, das im Begriff stand, vergewaltigt zu werden oder das zumindest vortäuschte; der hochgerutschte Rock enthüllte ein Stück vom Slip, Strumpfband und Nahtstrümpfe. Mit ihren Stöckelschuhen, den rotgeschminkten Lippen und der kunstvollen Frisur kauerte sie, gespielte Angst im Gesicht, auf dem Bett und duckte sich unter dem Schatten ihres fiktiven Vergewaltigers. Der visuelle Wechsel von Mo zur Vergewaltigung tat seine Wirkung, und Billy fiel in den unruhigen Schlaf eines Mannes, den Verluste plagen.

Als sich Pegs Schlüssel im Schloß drehte, wachte er auf.

Elizabeth Quinn, mollig, aber attraktiv, mit grauen Strähnen, doch alterslos, kam von ihrem Schreibtisch in der North End Tool Company nach Hause, wo sie als Privatsekretärin des Chefs arbeitete.

«Hier isses aber düster», sagte sie. «Was ist denn mit den Lampen los?»

«Nichts», sagte Billy, als sie die Tischlampe anmachte.

«Ist Danny zu Hause?»

«Oben.»

«Was gibt's Neues? Alles gut gelaufen bei dir heute?»

«Großartig.»

«Na fein.»
«Von wegen.»
«Hat Mama angerufen?»
«Ncc.»
«Der Hörer ist ja ausgehängt.»
«Ich weiß.»
«Wie könnte sie auch anrufen, wenn der Hörer ausgehängt ist.»
«Wie könnte sie.»

Peg legte den Hörer auf die Gabel, zog ihren schwarz-weiß karierten halblangen Mantel aus und nahm den schwarzen Schlapphut ab.

«Willst du ein Schweinekotelett?» fragte sie.
«Nee.»
«Lieber eine Scheibe Leber? Du kannst dir's aussuchen.»
«Nee, nichts.»
«Du willst nichts zum Abendessen?»
«Nee, zum Teufel damit.»
«Na, du hast ja eine wunderbare Laune.»
«Ich bin wunderbar ruiniert, das bin ich.»

Peg setzte sich auf die Kante des Schaukelstuhls und sah ihn durch ihre Brille an. Sie war eine beachtliche Erscheinung, wie sie da vor ihm saß in ihrem gelben, geblümten Kattunkleid, unter dessen Saum die rundlichen Knie hervorlugten. Ihr Haar lag in sanften Dauerwellen, ihr Lippenstift war frisch nachgezogen, die langen Nägel rot lackiert, und im Schein der Tischlampe funkelte der kleine, aber respektable Diamant an ihrem Ring, ein Geschenk von ihrem Ehemann George. Billys hübsche Schwester.

«Was sagst du da?»

Billy erzählte ihr die Geschichte mit Martin und seinen drei Pferden. Daß sie tatsächlich, ob sie das nun glaube oder nicht, alle drei gewonnen hatten. War das nicht einfach ein Witz? Holt das Sechsfache von eurem Einsatz heraus, Leute, und schließt eure Wetten bei Billy ab! Beim kühnen Billy Boy, der so lebt, wie wir das alle gern tun – meilenweit über unsere Verhältnisse.

Peg stand auf und sagte nichts. Sie drückte die Pendeltür

auf und wurde aufs Überschwenglichste von einem Collie begrüßt, der sich schier damit umbrachte, ihr seine Zuneigung kundzutun. Sie holte die Schweinekoteletts aus dem Kühlschrank und legte sie in zwei große Bratpfannen, die sie auf niedriger Flamme auf den Gasherd stellte. Dann kam sie wieder zu Billy herein, der sich gerade in seine fleckige Kaffeetasse, die einen eingetrockneten braunen Ring am Boden hatte, einen Schluck Wilson's eingoß. Das Telefon läutete, und Peg hob ab. Sie reichte den Hörer an Billy weiter, der die Augen schloß, als könne er damit alle Telefone zum Schweigen bringen.

«Ja», meldete er sich. Dann: «Nein, ich kann nichts mehr annehmen. Nein. NEIN, VERDAMMT NOCH MAL, NEIN! Ich sage doch, ich NEHME NICHTS MEHR AN! Ich bin bankrott, und du schuldest mir noch 54 Dollar, und die brauch ich heute abend, also sieh zu, daß du sie auftreibst! Ich komm vorbei.» Er knallte den Hörer auf die Gabel.

«War das nicht Tod?»

«Ja.»

«Du mußt *dem* doch nicht gleich den Kopf abreißen, bloß weil du ein bißchen Geld verloren hast.»

«Ein bißchen Geld verloren? Ich bin ruiniert! Pleite bin ich, weg vom Fenster! Begreifst du nicht, in welcher Lage ich bin?»

«Pleite? Das ist doch nicht das erste Mal. Pleite bist du doch meistens.»

«Ach, sei doch still. Diesmals sieht's *wirklich* schlimm aus.»

«Welcher Teufel hat dich denn geritten, daß du eine Dreierwette annimmst plus erneuten Einsatz des Gewinns? Diesen Fehler würde ja nicht mal ich machen.»

«Ich mache eine Menge Fehler, die du nicht machen würdest.»

«So was ist mir schleierhaft, bei deinem Budget.»

«Ich kann dir das nicht erklären.»

Billy goß sich seine Tasse Wilson's hinter die Binde, dann läutete das Telefon. Martin Daugherty. Peg gab ihm den Hörer.

«Jawohl, Martin, du bist ein verdammter Glückspilz. Kein Mensch, der halbwegs bei Verstand ist, würde eine Dreierwette mit Parlay machen. Weiß ich, Martin. Ja, natürlich bin ich heut abend in der Stadt. Einen Teil bring ich mit. Nee, hab ich im Augenblick nicht greifbar. Diesen Monat hapert's ein bißchen, es ist nix im Klingelbeutel. Aber dein Geld kriegst du, Martin. Billy Phelan bezahlt, was er schuldig ist. Ja, richtig, ich hab alles selbst gehalten und nichts abgegeben. Danke, Martin. Nett zu hören, daß es dir leid tut. Ich wollte, ich könnt wütend auf dich sein, du Bastard. Dir die Zähne einschlagen und dich den ganzen Gewinn dem Zahnarzt hinblättern lassen. Auf was ich komme? Auf wieviel kommst *du* denn? Richtig. Stimmt genau, Martin. 788 Dollar und 35 Cents. Ja, dann bis heut abend bei *Beckers* oder später beim Poker in Nicks Keller. Ja, du schläfst mit den Engeln. In welchem Hotel abgestiegen, sagst du?»

Aus der Küche drang der appetitliche Duft von gebratenen Koteletts. Peg kam heraus, hatte die Schürze um und eine lange Gabel in der Hand. Am Fuß der Treppe rief sie: «Dan-ny!», und als von oben unterm Dachboden ein «Ja?» zu hören war: «Abendessen!» Eine Tür fiel ins Schloß, und man hörte, wie Daniel Quinn aus seinem Adlernest herabgepoltert kam.

«Wieviel Bargeld hast du denn momentan?» wollte Peg wissen.

«Schätzungsweise 170», sagte Billy. «Kannst du was entbehren?»

Peg hätte fast gelächelt. Sie schniefte und schüttelte kurz den Kopf. «Muß ich erst mal schauen.»

«Bei George läuft's doch ganz gut, oder?» George mischte im illegalen Lotteriegeschäft mit.

«Blendend läuft's. Alles, was er gestern zu verbuchen hatte, waren 3 Dollar Miese.»

«Ja, wir haben alle unsere Problemchen.»

«Jeder von uns», ergänzte Peg. «George will mit dir reden wegen einem neuen Buchmacher. Einer namens Muller.»

«Bin ja im Hause, falls er mich braucht.»

«Wie steht's mit diesem Geld, das du jetzt schuldest? Wie willst du das aufbringen?»

«Ein paar Piepen reiß ich jederzeit auf.»

«Kannst du auch 600 aufreißen?»

«Was soll das heißen, kann ich? Ich muß. Was tut man, wenn man verliert? Man bezahlt.»

«Der *Spider* verliert nie!» rief Danny Quinn und landete mit einem letzten Sprung am Fuß der Treppe.

Billy ließ das Badewasser einlaufen, drehte so heiß auf, wie er's ertragen konnte, denn ihn plagten wieder seine Hämorrhoiden. Da mußt du was gegen tun, Billy, drei Bäder täglich und so heiß wie's geht, hatte ihm der Arzt befohlen, und auf Billys Stirn perlte bereits der Schweiß, als das dampfend heiße Wasser in die Wanne lief. Ob er Piepen hat, dieser Billy? Hämorrhoiden hat er! Und die bringen den Burschen nicht minder ins Schwitzen, als er nun mit ihnen baden geht. Baden geht wie heut mittag bei Martin. Siedendheiß konnte einem werden, wenn man daran dachte. Ruiniert. Aber so genau wußte man das schließlich nie bei einem Burschen wie Billy: der ist mal unten, mal oben.

Billy ließ sich ins Wasser gleiten und spreizte die Backen, damit die Hitze Zugang fand und an der Stelle dort hinten, wo dieser miese fette Wurm von einer Vene seine dreckige Nase rausstreckte und Billy mit seinem Gejucke glatt zur Verzweiflung trieb, die Durchblutung anregte. Ob so ein juckendes Arschloch erblich ist? Aber jetzt hat es aufgehört zu jucken. Die Hitze lindert ihn, den Juckreiz. Sie verschafft Billy Erleichterung, und er kann sich in der Wanne zurücklehnen, den störenden Knoten in seinem Arsch vergessen und seine Gedanken dem heutigen Abend widmen.

Billy wird seinen marineblauen Gabardineanzug tragen und das neue Seidenhemd, das ihm Harvey Hess bei Steefel's zugeschanzt hat. Ein schnelles halbes Dutzend für Billy und noch sechs drauf für ihn selber, die Harvey flugs in einem unbeobachteten Augenblick zusammenpackte und für Billy zum Abholen bereitlegte, mit dem Vermerk BEZAHLT, und Billy brauchte bloß reingehen in den Laden und das Päckchen abholen. Klappte wie am Schnürchen. Seinen Bedarf an Kleidung deckte Billy, soweit ihn Steefel's decken konnte, ausschließlich über Harvey, und warum auch nicht? War Harvey denn nicht schließlich Billys größter Fisch?

Harvey.

Wieso war Billy nicht gleich auf ihn gekommen? Harvey war

felsenfest überzeugt, Billy beim Billard schlagen zu können – auch heute noch, nach schätzungsweise zweihundert Spielen, von denen er nicht eines gewonnen hatte. Trotzdem ließ Harv es sich nicht nehmen, nach jedem Spiel zu behaupten: Irgendwann krieg ich dich, Billy. Ich lerne immer mehr dazu, das mußt du zugeben. Billy hätte alles zugegeben, solange der seine Fünfer und Zehner ausspuckte. Ein seltener Armleuchter. Billy fiel wieder ein, wie er und Tod eines Abends mit zwei superscharfen Showgirls aus dem *Kenmore* verabredet waren, und Tod plötzlich sagte: Billy, die zwei Girls werden wir wohl heut abend sausen lassen müssen. Wieso denn? fragte Billy. Heute, sagte Tod, ist doch Zahltag bei Steefel's.

Billy setzte ihn auf die Liste derer, die ihn der Lösung seines Problems näherbringen konnten. 170 Dollar hatte er in bar. Von Tod hatte er 54 zu kriegen. Bei Peg konnte er 10 abstauben, vielleicht auch bloß 5, wenn es bei George so mies lief, wie sie behauptete. Mußte es wohl, denn Peg erzählte keinen Scheiß. Zusammengerechnet hätte er damit 234. Und wenn er Harvey, mal niedrig geschätzt, 25 abknöpfte, waren es 259, sagen wir rund 260, und das bedeutete, Billy hatte noch rund 530 Dollar aufzureißen, um Martin auszuzahlen. Eine gewaltige Herausforderung, Billy, diese 530 Dollar, und das erste Mal in deinem Leben, daß du abends losmarschierst und definitiv fünf Riesen ziehen mußt. Irgendwann war es immer das erste Mal. Aber du weißt doch schließlich, wie man ein paar Piepen aufreißt, Billy, oder?

Im Spiegel des Badezimmerschränkchens sah Billy die obere Hälfte seines Torsos. Bei diesem Anblick fühlte er sich stets auf einen Leichnam reduziert, einen Leichnam, der im Keller eines Bestattungsinstituts gewaschen und gepudert wurde wie Johnny Conroy. Dann beeilte er sich immer, Leben in das Spiegelbild zu bringen, zog sich an der Brustbehaarung, bis es schmerzte; kniff sich in die Schulter und sah zu, wie erst das Blut aus der Stelle wich und sie dann leuchtend rot anlief. Er verzog den Mund, bleckte die Zähne und legte eine Lebendigkeit an den Tag, von der er nicht wußte, ob sie in gleicher Weise auch auf seinen Vater zutraf. Ist der Tod erblich?

Johnny Conroy. 1932 hatte er in der Leichenhalle bei Cronin's aufgebahrt gelegen – der war mit Billy zusammen in der Colonie Street aufgewachsen, ein wilder Range. Rannte mit Billy überall hin, wo es was irgendwas zu erleben gab, raste um die Wette mit ihm hinauf zu der Klippe am Ende der Ten Broek Street und sprang, sprang und fieeeel, verlor die Wette und fieeeel auf den großen Sandhaufen hinter Hogan's Ziegelei, krabbelte runter, unversehrt und quicklebendig.

Der tote, steife Johnny Conroy, in der Gosse verreckt wegen einer geklauten Schnapsladung, lag aufgebahrt in seinem Sarg in Cronin's Leichenhalle.

Billy und Toddy nahmen in dieser Nacht den verrückten Hubie Maloy von *Becker's Bar* mit nach Hause, und Hubie sagte, warum halten wir nicht kurz an und besuchen schnell meinen alten Kumpel Johnny? Aber da ist jetzt dicht, sagte Billy, es ist zwei Uhr früh. Ich will da rein, sagte Hubert, und er war nicht zu bremsen. Also hielt Tod den Wagen an, und Hubert stieg aus, schlich ums Haus, stieg hinten durch ein Fenster ein und öffnete ein paar Minuten darauf die Seitentür für Tod und Billy, und sie schlichen hinein, halb besoffen, sonst hätte es Billy gar nicht getan. Für 'ne Anklage wegen Einbruch reichte so was allemal. Und da lag Johnny dann im offenen Sarg, daneben stand ein Korb mit Blumen, bloß einer, bereit zum Einpflanzen nach der Beerdigung am Vormittag.

So schlimm sieht der ja gar nicht aus, sagte Toddy.

Für eine Leiche wirklich gar nicht mal so schlimm, meinte Billy.

Da fing Hubert an, Johnny den Schlips abzubinden. Billy schaute ihm zu und kapierte nicht, worauf Hubert hinauswollte. Dann hob Hubert Johnny im Sarg hoch, und zum erstenmal begriff Billy wirklich die Bedeutung des Wortes *steif*. Als Hubert dem toten Johnny die Jacke und das Hemd auszog, waren Billy und Toddy längst wieder zur Tür hinaus und saßen in Toddys Auto, das in sicherer Entfernung am Straßenrand parkte.

Hubert hat sie nicht alle, sagte Tod.

Spieltrieb, meinte Billy und wußte auch heute nicht zu sagen, was ihn auf dieses Wort gebracht hatte. Vielleicht weil er Hubert trotzdem mochte, selbst jetzt in diesem Augenblick; er mochte so verrückte Kerle einfach.

Mit dem mach ich kein Spiel mehr, sagte Toddy. Der hat kein Ehrgefühl.

Kann man wohl sagen, erwiderte Billy. Denn er mußte zugeben, daß Tod recht hatte. Fünf Minuten verstrichen, dann machte Hubert bei Cronins das Licht aus, kam heraus und hatte Johnnys komplette Garderobe unterm Arm: Anzug, Schlips, sogar die Schuhe. Der hat noch Schulden bei mir, der Bastard, sagte Hubert, und wenn ich noch länger gewartet hätte, dann hätte ich nicht einmal mehr das hier gekriegt. Hemd und Schlips behielt Hubert zum eigenen Gebrauch, Anzug und Schuhe verscherbelte er am anderen Nachmittag im *Parody Club* für 20 Dollar an einen Vagabunden, der mit einem Wanderzirkus auf Durchreise war. Am Broadway lachten sie noch wochenlang über den armen Johnny und, schlimmer noch, den armen Cronin, der einen Herzanfall kriegte und beinah gestorben wäre, als er am Morgen in seine Leichenhalle kam und die nackte Leiche mit den Einschußlöchern sah, die aufrecht gegen ihren Sarg gelehnt stand. Daß er auch die Unterwäsche geklaut hatte, davon hatte Hubert keinem was erzählt. Behauptete immer, er würde nie welche tragen.

Billy rasierte sich, befeuchtete sein glattes schwarzes Haar und bürstete es nach hinten. Mit einem Handtuch um die Hüfte stakste er barfuß hinüber in sein Schlafzimmer, da ging wieder das Telefon. Er hielt inne und lauschte, während Peg abnahm. Mama. Billy blieb oben an der Treppe stehen.

«Bei uns ist alles bestens, Mama, und wie steht's bei euch? Gut, jawohl, alles in Ordnung. Billy zieht sich gerade an und will ausgehen, und George kommt erst in 'ner Stunde. Im Büro, ja, da haben wir grad ziemlich zu tun, eine nette Abwechslung. Was hast du? Einen Apfelkuchen hast du gebacken? Oh, den würd ich gern mal probieren. Angebrannt isser? Ach, das ist aber schade. Aber schmecken tut er trotzdem. Und jetzt wollen Minnie und Josie auch Kuchen backen? Na, ich hoffe, von irgendwem krieg ich mal ein Stück ab. Deiner ist bestimmt der beste. Ja, Mama, Billy arbeitet. Heut abend geht er aus und kassiert ein bißchen ab. Ja, das ist recht so . . .»

In seinem Zimmer holte Billy den blauen Gabardineanzug aus dem Schrank, das Seidenhemd und seine nagelneue blaue

Schleife mit den weißen Punkten. Aus der Schublade fischte er die gediegenen blauen Socken mit ihren drei hellblauen Punkten an der Seite, und er holte seine spitzen schwarzen Schuhe hervor. Wenn er ausging, warf sich Billy immer tipptopp in Schale. Gar keine Frage. George hielt es ebenso, und Peg und Ma auch. Aber George hatte einen Hang zu ausgefallenen Sachen. Wenn man sich konservativ kleidete, war man immer gut angezogen. George zog sich an wie Jimmy Walker, seit er damals im Capitol für ihn gearbeitet hatte. Er sah Jimmy Walker auf einem Zeitungsfoto in einer Sportjacke mit aufgesetzten Taschen, und am nächsten Tag ging er los und kaufte sich auch so eine. Ich hab nie jemanden kopiert, dachte Billy. Nicht mal meinen Vater. Die konnten mir nicht einmal sagen, was er anzog, wenn er sich in Schale warf, außer daß Ma einmal geäußert hat, er sei ein stattlicher Mann gewesen. Aber George ist schon in Ordnung. George ist wie ein Vater. Ein guter Vater. Billy hoffte, daß der Buchmacherdeal, den er mit Muller vorhatte, hinhaute, doch er hatte keine Ahnung, wer dieser Muller war.

Billy holte seine staubfreie graue Fedora aus der Hutschachtel und dachte: Apfelkuchen. Und sah dabei Pete, den Tramp, vor sich, wie er zwei dampfende Apfelkuchen vom Fensterbrett einer Küche stahl, mit ihnen davonrannte, sich hinter einen Bretterzaun hockte und sie verspeiste.

Billy musterte sich von Kopf bis Fuß im Innenspiegel der Schranktür. Er sah gut aus. Vielleicht stattlich für manche. Nicht wie einer, der irgendwem 788 Dollar schuldete. Aber wo denkt ihr denn hin, bloß weil er jemand ein paar lumpige Piepen schuldet, soll Billy keine gute Figur machen können?

«Willst du *gar* nichts essen?» fragte ihn Peg, als er die Treppe herabkam.

«Ich eß unterwegs schnell was.»

Sie wartete nicht, bis er fragte. Sie griff in die Schürzentasche und reichte ihm den zweimal gefalteten Schein. 20 Dollar. Er gab ihr einen flüchtigen Kuß und tätschelte ihr Korsett.

«Ist alles, was ich dir geben kann», sagte sie.

«Mit soviel hätte ich gar nicht gerechnet. Du bist eine Klassefrau.»

«Klasse liegt hier doch in der Familie.»

5

An der Ecke Broadway und Clinton Avenue stieg Billy aus dem Linienbus Albany–Troy und schlenderte die Clinton hinauf, vorbei an Nick Levines Konfektionsgeschäft, wo später das Pokerspiel stattfinden sollte. Er ging bis zum Clinton Square, an dem es drei Filmtheater gab, und vorm *Grand* blieb Billy stehen. Charles Laughton in seiner größten Rolle – als Ginger Ted, ein abgerissener Pechvogel, ein menschliches Stück Strandgut, an Land gespült auf einer Südseeinsel, eine Rolle, mit der er seine Darstellungen von Captain Bligh, Henry VIII. und Ruggles noch übertrifft! Ein Erlebnis, das man sich auf keinen Fall entgehen lassen darf: ‹*The Beachcomber*›. Fats Laughton, mit einem Strohhut am Strand. Um diesen Scheiß, nahm sich Billy vor, würde er einen Bogen machen. Er ging am Kartenschalter vorbei, um sich im Foyer die Voranzeige anzuschauen. Ein Warner Baxter-Streifen. Und eine Kostüm-Schmonzette mit diesem putzigen kleinen Freddie Bartholomew in seiner Spitzenhose. Die lief jetzt schon das zweite Mal, die hatte sich Billy schon damals im *Palace* nicht angesehen. Damit war das *Grand* für die nächsten zwei Wochen gestorben. Billy machte sich auf den Weg ins Restaurant.

Rings um den Clinton Square gab es vier Schnellrestaurants, jedes etwa einen Block weit vom anderen entfernt. Billy ging wie gewohnt ins *Grand Lunch* gleich neben dem Kino, denn hier war der Haufen zu Hause, der sich nach Einbruch der Dunkelheit ein Stelldichein gab, jener Verein also, zu dem auch Billy gehörte. Dan Shugrue, ein allseits geschätzter Mann, führte den Laden tagsüber, ab sechs stand dann Toddy Dunn hinter der Theke. Toddy hatte den Vorzug, daß er die gleiche Sprache sprach wie seine nächtlichen Stammgäste, die sogar tagsüber herkamen wegen des stets frischen Kaffees und der knusprigen Mohnbrötchen, dem Markenzeichen des *Grand Lunch* – und weil man sich hier keine Öffnungszeiten zu merken brauchte: seit der Prohibition hatte das Restaurant durchgehend geöffnet. Außerdem gab es da noch Slopie Dodds, den einbeinigen schwarzen Koch – wenn er als Koch arbeitete, denn Slopie war außerdem noch Pianist, hatte in frühen Jahren sogar für Bessie gespielt und arbeitete jeweils in der Branche, die ihm der Markt diktierte. Das mit Bessie hatte ihm kein Mensch geglaubt, bis es dann in einem Magazin zu lesen stand; keiner außer Billy, der wußte, bei so was schwindelt man nicht, wenn man kein armseliger Penner ist, und Slopie war eine grundehrliche Haut, und ein guter Koch obendrein.

Der Laden war hell erleuchtet, die Kugellampen blitzblank gewienert wie immer, als Billy eintrat. Von der Theke her begrüßte ihn Toddy mit einem schwachen Grinsen, und durch die offenstehende Küchentür lächelte ihm Slopie zu. Daß Toddy grinste, überraschte Billy ein bißchen. Am Marmortisch in einer von den Nischen sah er seinen Onkel Chick sitzen, der sich mit Kaffee und Doughnuts stärkte, bevor er zur Arbeit in der Setzerei der *Times-Union* ging. Den hatte Billy monatelang nicht mehr gesehen und selbst jetzt, nach sechs oder acht Monaten, erschien ihm dies Wiedersehen noch zu früh.

«Hallo, Chick», grüßte Billy flüchtig im Vorübergehen, ohne dabei den Kopf zu wenden.

«Wie geht's denn, Billy, lange nicht mehr gesehen! Hey, wie geht's?»

«Gut, Chick.»

Billy wollte weiter, aber sein Onkel gaffte ihn so unverhohlen an, starrte auf seine Kleider, die so schick aussahen und deshalb so anders, daß Billy sich genötigt sah, etwas zu sagen. «Und wie steht's bei dir?» Schließlich mußte man die Formen wahren.

«Alles bestens. Setz dich doch.»

«Hab grad was Dringendes zu erledigen», sagte Billy, und die Geste seiner Hand drückte aus: Vielleicht komm ich dann noch mal her. Er ging zur Theke, wo Toddy ihm bereits einen

Kaffee einschenkte, schwarz wie üblich. Zusammen mit dem Löffel schob ihm Tod einen Umschlag hin.

«Hier sind 40», sagte Tod, dem sein schiefsitzendes weißes Käppi aus Gaze und Pappdeckel etwas Fesches gab. «Alles, was ich im Moment zusammenkratzen kann.»

Billy ließ das Kuvert liegen, wo es war. «Das heut mittag am Telefon», begann er.

«Vergiß es. Peg hat mich angerufen.»

«Sie hat dir erzählt, was passiert ist?»

«Alles bis auf die Quote.»

«788 Dollar und 85 Cents. Was sagst du dazu, Schlaumeier?»

«Da hast du allen Grund, muffig zu sein.»

«Ich bin weg vom Fenster, bis ich diese Piepen ausgezahlt hab. Und dann muß ich erst mal wieder Zaster anschaffen.»

«Du hast keinerlei Reserven?»

«Ich bin bankrott.»

«Und was gedenkst du zu tun?»

«Dachte, ich knöpf mir vielleicht mal Harvey vor. Willst du ihn mal anrufen?»

«Wann soll es denn steigen?»

«*Wann?* Meine Güte, jetzt gleich! Ich bin jedenfalls bereit, falls er dabei ist.»

Tod sah auf seine Uhr. «Fünf vor sechs. Dann ist er jetzt zu Hause, und ich muß hier malochen. Ich werd's also verpassen.»

«Ich erzähl's dir hinterher. Aber ich will rechtzeitig zum Poker bei Nick sein.»

«Wie willst du denn spielen ohne Geld?»

«Knappe 200 hab ich noch.»

«Und du hast diese 40 hier.» Tod schob das Kuvert näher zu ihm hin.

«Dann eben 240. Mit der Hälfte davon spiele ich. Mehr zu verlieren, kann ich mir nicht erlauben. Ich muß ein bißchen was für Martin reservieren, es sei denn, ich kann ihn erst mal abwimmeln.»

«Na, dann werd ich mal Harv anrufen, den guten alten Harv.»

«Hey, schon gehört, wie ich's gestern abend beim Bowling auf zwo-neun-neun gebracht hab? Hab ich Scotty Streck geschlagen, und der Scheißkerl kriegt glatt 'nen Schock und fällt tot um.»

«Hab den Nachruf in der Mittagsausgabe gelesen. Von dir stand nichts dabei. Zwo-neun-neun? Was blieb denn stehn?»

«Der Vierer. Machst du mir ein Sandwich mit Rührei?» Billy steckte das Kuvert ein, trug seinen schwarzen Kaffee hinüber zu Chicks Tisch und dachte: Bei Toddy brauch ich bloß mal kurz zu grunzen, und der weiß, was gemeint ist. Bei Chick kann man 'ne ganze Woche lang quasseln, und der fragt immer noch blöd: Was für ein Tag ist heute? Chick war nicht unbedingt ein Dummkopf, aber er war schwer von Begriff. Aber das wäre jeder gewesen, der in diesem gottverdammten Haus lebte. Als würde man mit 'ner Ziegenherde in 'nem Erdloch hausen. Vor Jahren hatte Chick von Jack Daley, dem Sportredakteur der *Times-Union*, regelmäßig Freikarten für Baseballspiele bekommen. Die Albany Senators kämpften seinerzeit gerade mit Newark um die Tabellenspitze, und Newark hatte damals Spieler wie Red Rolfe, George McQuinn und andere, die sich später bei den Yankees einen Namen machten. Chick hatte alle Freikarten für die Spiele gegen Newark dem kleinen Mahan geschenkt, einem stumpfen kleinen Fettsack, dessen Mutter Witwe war. Billy hatte sich nie der Annahme erwehren können, daß Chick bloß auf den Arsch dieser Alten scharf war. Zwei Wochen danach schenkte Chick dann Billy eine Freikarte für das Spiel, bei dem Albany gegen den Tabellenletzten antrat. Wen juckte schon ein Match gegen den Tabellenletzten? Billy konnte sich nicht mal mehr an den Namen des Vereins erinnern. Deine Freikarte, die kannst du dir in den Arsch stecken, hatte der vergrätzte Billy da zu seinem Onkel gesagt.

«Bist ja schwer in Schale», bemerkte Chick glucksend. «Gehst du zur Arbeit?»

«Nicht daß ich dir auf deine dämliche Frage unbedingt 'ne schnodderige Antwort geben will – aber was zum Teufel kratzt *dich* das? Soll ich mich vielleicht wie ein Penner anziehn? Rumlaufen wie du?

«Schon gut, Billy. Hab doch bloß einen Witz gemacht.»

«Den Teufel hast du.»

«Zieh dich an, wie 's dir gefällt. Wer sollte daran was auszusetzen haben?»

«Richtig, ich tu das, was mir gefällt.»

«Jetzt beruhig dich, Billy, und gib mir Antwort auf eine Frage. Hast du Charlie McCall in den letzten Tagen gesehn?»

«Gestern abend. Da hat er bei 'nem Bowlingmatch gegen mich gewettet.»

«Hast du irgendwas über den verlauten hören?»

«Seit gestern abend? Was denn, ob er gut geschlafen hat?»

«Nein, nein.»

«Was zum Teufel fragst du mich dann?»

«Kannst du ein Geheimnis für dich behalten?»

«Wenn ich das nicht könnte, wär ich längst ein toter Mann.»

«Ich hab gehört, daß Charlie was Schlimmes zugestoßen ist. Daß er womöglich letzte Nacht entführt wurde.»

Ohne darauf etwas zu sagen, fixierte Billy die Pupillen seines Onkels. Er rührte sich nicht, nur seine Augen folgten denen Chicks, wenn sie auszuweichen suchten. Chick mußte blinzeln. *Kidnapped*, dachte Billy. Mit Warner Baxter.

«Hast du gehört, was ich gesagt hab?»

«Ich hab's gehört.»

«Und? Sagt dir das gar nichts?»

«Doch. Es sagt mir, daß ich absolut nicht weiß, was ich davon halten soll. Hast du das irgendwo aufgeschnappt oder ist das auf deinem eigenen Mist gewachsen?»

«Ich sag dir doch, das ist geheim. Ich hätt lieber nix sagen sollen, aber ich weiß doch, daß du Charlie kennst, und dachte mir, vielleicht hast du was davon gehört.»

«Wer ihn gekidnappt hat zum Beispiel?»

«Hey, jetzt komm. Nicht so laut, Billy. Hör zu, vergiß es. Vergiß, daß ich was davon gesagt hab.» Chick biß in seinen Doughnut. «Hast du was Neues von deinem Vater gehört?»

«Augenblick mal. Wieso ist das mit Charlie ein Geheimnis?»

«Weil es noch nicht publik ist.»

«Und wie kommt es, daß du davon weißt?»

«Auch geheim. Nun vergiß es schon. Was gibt's von deinem Vater?»

«Nichts. Weißt du über den auch irgendwelche Geheimnisse?»

«Nein, keine Geheimnisse. Nichts, seit er uns besuchen kam.»

«Und ihr ihn rausgeworfen habt.»

«Falsch, Billy, wir wollten ihn ja aufnehmen; ich wollte, daß er dableibt. Dein Onkel Peter und ich, wir haben uns die Hakken abgelaufen und in der ganzen Stadt nach ihm gesucht. Du weißt, daß es deine Tante Sate war, die sich mit ihm in die Wolle kriegte. Die haben sich immer gezankt, schon als Kinder. Der war schon über alle Berge, bevor wir überhaupt merkten, daß er nicht mehr im Haus war.»

«Blödsinn, Chick.»

«Mit dir kann man nicht reden, Billy. Das hat noch nie einer gekonnt.»

«Nee, nicht wenn's um ihn geht.»

«Es gibt da vieles, was du nicht weißt.»

«Ich weiß, wie man ihn behandelt hat. Und wie man mich behandelt hat – wegen ihm.»

«Du kennst nicht mal die Hälfte der Geschichte.»

Eine Stimme rief: «Huah! Meine Mutter hat heut in der Lotterie gewonnen!» Billy drehte sich um und sah zwei Tische weiter einen etwa fünfzehnjährigen Jungen mit Bürstenhaarschnitt sitzen, dem ein Schneidezahn fehlte. Seine nackten Füße steckten in zerschlissenen Turnschuhen, er hatte keinen Gürtel in der Hose und trug eine schäbige Wolljacke über einem ärmellosen Unterhemd, das vorn ein ziemliches Loch hatte. Aus seiner Hand ragte die Klinge eines langen Schnappmessers.

«Der Saunders-Junge», sagte Chick leise.

«Wer?»

«Eddie Saunders», flüsterte Chick. «Wohnt bei uns in der Ecke, oben in der Pearl Street. Der ist nicht ganz dicht, die ganze Familie hat 'ne Macke. Sein Vater ist in der Klapsmühle in Poughkeepsie.»

«Einen Dollar hat sie gesetzt! Auf 447!» tönte der Junge. «Und jetzt kassiert sie 500 Dollar! Huah!» Mit dem linken Fuß schob er einen Stuhl am Nebentisch zurück und schlitzte mit zwei schnellen parallelen Schnitten das Kunstlederpolster auf.

«Ich werd mir ’n Paar Baseballschuhe kaufen!» verkündete er. «Dann werd ich Pitcher!»

Eine Frau, die allein in einer Ecke saß und zu dem Jungen hinstarrte, gab ein paar verschreckte kleine Japser von sich. Billy fand, daß sie eine entfernte Ähnlichkeit mit Peg hatte.

«Bei wem hat sie ihren Dollar denn gesetzt, Eddie?» fragte Billy den Jungen.

Der Junge drehte sich um und glotzte ihn an. Billy stand auf. Der Junge ließ kein Auge von ihm, als er zur Theke ging und Tod fragte: «Wo bleibt denn mein Rühreisandwich? Und gib mir noch einen Kaffee.» Dann wandte Billy sich wieder an den Jungen.

«Hab dich gefragt, bei wem sie denn ihren Dollar gesetzt hat, Eddie.»

«Beim Lebensmittelhändler.»

«Na, tolle Sache. Ich wette, daß sie sich mächtig freuen wird.»

«Und wie! Sie will sich ’n neues Kleid kaufen.»

Eddie hielt den Messergriff locker zwischen Daumen und Zeigefinger und ließ die Klinge wie einen Trommelstock auf der Marmorplatte auf- und abschnalzen. Billy nahm seinen Kaffeebecher und das Eiersandwich von der Glastheke und hielt auf den Tisch des Jungen zu. Als er neben ihm stand, sagte er: «Du solltest dieses Messer zumachen.»

«Nee.»

«Doch, solltest du.»

«Dazu wirst du mich nicht bringen.» Eddie stach dicht neben Billys Bauch kleine Löcher in die Luft.

«Wenn du das Ding nicht zumachst, schütt ich dir diesen heißen Kaffee in die Augen. Schon mal kochendheißen Kaffee in die Augen gekriegt? Da siehst du hinterher nichts mehr.»

Eddie linste zu Billy hoch, dann auf den Becher dampfenden Kaffees, den er in der Rechten hielt, nur wenige Zentimeter von seinem Gesicht entfernt. Er senkte den Blick und studierte sein Messer. Er sah sich das Ding ein Weilchen an, dann klappte er es zu. Billy stellte den Teller mit dem Eiersandwich auf den Tisch und streckte die Hand aus.

«Und jetzt gib mir das Messer.»

«Das ist meins.»

«Du kriegst es nachher wieder.»

«Nein.»

«Willst du lieber den Kaffee ins Gesicht? Willst du, daß ich dir erst den Arsch versohle und das Messer dann so oder so kriege?»

Eddie gab ihm das Messer; Billy steckte es ein und stellte dann seinen Kaffee auf dem Tisch ab. Er schob Eddie das Eiersandwich hin. «Hier, iß 'n Sandwich.» Er reichte ihm den Zuckerspender und angelte nach einem unbenutzten Löffel, der noch von einem Gast am Nebentisch lag.

«Und jetzt benimm dich.» Damit kehrte Billy wieder zurück an seinen Tisch. «Hey, wann krieg ich endlich meinen Rühreisandwich?» rief er zur Theke hin.

Der Tellerwäscher kam durch die Eingangstür mit Joe Riley im Schlepptau, dem Streifenbullen vom Clinton Square, der die Hand auf dem Griff seines Revolvers liegen hatte. Ein paar Gäste verließen schleunigst das Lokal. Tod kam hinter seiner Theke hervor und erklärte Riley die Sachlage. Der Cop ließ sich von Billy Eddies Messer aushändigen und nahm Eddie mit.

«War clever, wie du das eben gemacht hast», sagte Chick.

«Hab ich von Toddy gelernt. Hab zwei- oder dreimal zugesehn, wie er das bei Besoffenen gemacht hat, als sie pampig wurden.»

«Ganz egal, das war jedenfalls clever. Und gar nicht mal ungefährlich, mit diesem Messer. Bei so 'nem Bekloppten weiß man schließlich nie, wie der reagiert. Clever.»

«Ich bin nun mal 'n cleverer Bursche», erwiderte Billy, griff nach Chicks Bon und ließ ihn in seiner Jackentasche verschwinden. Eins zu null gegen dich, Chick, du sarkastischer Dreckschwanz. «Die Doughnuts gehn auf meine Rechnung, Chick.»

«Oh, danke, Billy, danke. Na, dann mach's mal gut.»

Tod kam hinter der Theke vor, in der einen Hand zwei Becher Kaffee, in der anderen Billys Eiersandwich. Er setzte sich zu ihm an den Tisch.

«Heiße Partie Kaffee, die du da gespielt hast.»

«Ich hatte eben einen guten Lehrer. Hast du Harvey erreicht?»

«Ja. Er kommt zu Louie.» Tod sah auf seine Armbanduhr. «Wird in 'ner Viertelstunde dort sein. Mist, und ich muß hier Thekendienst schieben. Dem schau ich immer wieder gern zu. Komm mir jedesmal wie ein richtiger Schlaumeier vor, wenn ich den alten Harv beobachte.»

«Du, hör mal her. Weißt du, was ich gehört hab? Charlie McCall soll entführt worden sein!»

«Was? Ist das dein Ernst?»

«Und dabei hab ich den erst gestern nacht noch gesehen, als er mit Scotty bei dem Match aufgetaucht ist und gegen mich gewettet hat.»

«Das wird ihm 'ne Lehre sein.»

«Die müssen ihn sich geschnappt haben, als er von der Bowlingbahn kam.»

«Mensch, das ist ja ein Hammer. Das wird die Meute ganz schön aufscheuchen heut abend am Broadway.»

«Zu dumm, daß ich zu dem Poker bei Nick muß. Bestimmt lustig, da heut abend einfach nur so rumzuschwirren.» Billy trank seinen Kaffee aus und steckte Toddy die beiden Bons zu, seinen und den von Chick. Toddy wußte, wie man so was verschwinden ließ. «Jetzt muß ich aber los und Piepen anschaffen.»

Als Billy am Broadway, gegenüber der Union Station, in Louie's Pool-Room einlief, stand Daddy Big neben einem Billardtisch und stützte sich auf seinen Queue. Er hatte seine Schirmblende auf, die Wechselschürze vorm Bauch und sah dem Lokalmatador Doc Fay zu, wie der seine Kugeln versenkte. Morgen abend würde Billy dem Doc hier im Finale eines seit sechs Wochen dauernden Turniers gegenübertreten: es waren vier Spieler in der Endausscheidung; die anderen zwei schlugen Billy und der Doc mit links. Aber Billy und Doc waren sich von ihrem Können her nahezu ebenbürtig, sie verloren ebenso oft gegeneinander, wie sie gewannen. Der Doc machte sein Spiel zur Kür, während Billy die Sache durch genaues Positionsspiel und sichere Stöße mit großer Selbstbeherrschung anging. Der Doc spielte wie gewöhnlich in Hemdsärmeln und Weste. Billy sah zu, wie er sich soeben auf den Rand des Tisches hockte, ein Bein ausstreckte, den Oberkörper vorbeugte und den linken

Arm so lang machte, wie er konnte, um die Nr. 14 ins Eckloch auf der anderen Seite zu befördern. Es war ein Stoß über zwei Banden, den er nie bei einem Match anwenden würde, höchstens wenn er zu tief ins Glas geschaut hatte oder es darauf anlegte, die Schau abzuziehen. Zum Schreien, wie er da quer überm Tisch hing, aber – *zong!* – und die 14 war im Loch. Ein Draufgänger, der Doc, den keiner so leicht in die Tasche steckte.

Nur einer von den zehn übrigen Tischen war besetzt. An ihm war Harvey Hess zugange, der sich warmspielte und mit jeder Faser darauf brannte, sich von Billy ausnehmen zu lassen. Billy fühlte, daß es ihn dort hinüberzog wie ein Saugnapf. Er widerstand und ging zum Tisch, an dem Daddy Big stand. Eigentlich war sein Name Louis Dugan, doch seit seinen frühen Tagen als Absahner war er auf Grund seiner Bereitschaft, bei jedem Spiel, das sich bot, den Risikofaktor zu überziehen (bei einem Match um 100 Punkte hatte er mal einem Gegner eine Vorgabe von 84 Punkten eingeräumt), nur als Daddy Big Ones bekannt, was sich im Laufe der Jahre abschliff zu Daddy Big. Mit zunehmendem Alter war er in die Breite gegangen, an einem Auge wucherte ihm ein grauer Star, den er keinem Arzt wegschneiden ließ. Mit dem nahezu erblindeten Auge konnte er längst nicht mehr haarscharf den Ansatzpunkt anpeilen, wie es ein Meisterstoß erfordert, mit dem Absahnen war es also für Daddy Big ein für allemal vorbei. Jetzt legte er mit dem Triangel die Kugeln auf für andere Abstauber und ihre Opfer, für die Möchtegerne, Halbprofis und Amateure, die hier in der verstaubten magischen Trostlosigkeit von Louie's Pool-Room ein und aus gingen.

Den Billardsalon führte Daddy Big seit seiner Entlassung aus dem Knast von Comstock, wo er zwei Jahre wegen eines Raubüberfalls auf ein Postamt gebrummt hatte. Den Überfall hatte eigentlich Georgie Fox verübt, ein verhärmter, syphilitischer Freak mit Räude auf der Seele. Und weil Georgie sich dazu Daddy Bigs registrierte Kanone geklaut und die bei einem Handgemenge am Tatort fallen gelassen hatte, kam es, daß Daddy Big die zwei Jahre brummen mußte an Stelle von Georgie, den die Polizei nie mit der Tat in Verbindung brachte. Das tat dann Daddys Neffe Bindy McCall, der die Losung ausgab: *Fox stinkt*, und ab sofort wurde Georgie überall der Einlaß verwehrt, wo sich die Szene vom Broadway traf – in sämtlichen Kneipen und Zockerclubs, Spielhöllen und Billardsälen, in den Restaurants und Nachtclubs und selbst in den drittklassigen, versyphten Bordellen, um die einen Bogen zu machen Georgie nie gelernt hatte. Zwei Jahre lang verkroch er sich dann wie ein Maulwurf, und eine Woche bevor Daddy Big, der bestimmt einen Weg gefunden hätte, ihn für die Zeit im Knast persönlich zu einer Wiedergutmachung heranzuziehen, nach Albany heimkehrte, erschien Georgie in Fobie McManus' Grillrestaurant an der Sheridan Avenue, bestellte an der Bar einen doppelten Whiskey für sich und einen für Eddie Bradt, den Keeper, und sagte zu Eddie: «Jetzt kann ich den Schirm zumachen.» Anschließend marschierte er zum Hawk Street-Viadukt, stieg übers Geländer und stürzte sich aus 70 Fuß Höhe auf das Granitpflaster. Dort kratzte man ihn auf, und damit war er Daddy Bigs Zugriff für immer entronnen. Zur Entschädigung für die zwei verlorenen Jahre machte Bindy dann Daddy Big zum Manager dieser Billardhalle, ein Posten, der Bindy in Daddys Abwesenheit als Tilgung einer Spielschuld zugefallen war. Und Daddy Big hatte von nun an ein Zuhause.

«Hey, Daddy», sagte Billy, «hat der Doc die Schau hier für sich gepachtet?»

«Er bildet sich ein, er wär Mosconi.»

«Denkt wohl, den könnte er sogar noch mit 'ner Vorgabe schlagen?»

«Ich kenn welche, denen kann ich eine geben und sie trotzdem schlagen», erwiderte der Doc und grinste in Billys Richtung. Ein angenehmer Kerl, der Doc. Den Damen hatten es seine Locken angetan.

«Dazu bietet sich morgen Gelegenheit, wenn du die Piepen hast, um auf deine Sprüche was zu setzen.»

«Ich werd mit allem fertig, was du mir auf den Tisch bringst. Das heißt, wenn du nicht schon beim ersten Match verlierst.»

«Wenn ich das verlier, such ich mir einen regulären Job und geh malochen», sagte Billy.

«Willst du hier am Tisch einsteigen, Billy?» fragte ihn Big Daddy. «Ich halt hier grad 'n Stecken warm.»

Daddy sprach mit schleppender Stimme, er hatte schon einen leichten in der Krone. Wenn es auf Mitternacht zuging, würde er sich kaum noch auf den Beinen halten können; dann gab es keinen Grund mehr, länger nüchtern zu bleiben. Außerdem hörte man beim Reden sein Gebiß klappern. Das hatten sie ihm im Knast verpaßt. Als sie ihn so weit hatten, daß er sich nicht mehr wehren konnte, hatten ihm diese sadistischen Schweinepriester sämtliche Zähne gezogen. Immerhin: Daddy Big lebte noch, und Georgie Fox war tot. In seinen letzten Tagen hatte Georgie, nur mehr ein wandelnder Kadaver, Billy oft um Geld für eine Tasse Kaffee angebettelt, und dann hatte Billy ihm einen Zweier oder einen Fünfer von seinem Bündel gepellt, auch wenn Georgie ein verkommenes Subjekt war. Georgie war längst tot gewesen, als er da aufs Pflaster schlug; Bindys Order hatte ihn regelrecht ausgedörrt. Warum hatten sie ihn nicht einfach ein bißchen durch die Mangel gedreht, fragte sich Billy, ihn 'ne Zeitlang eingelocht oder ihm abgenommen, was er besaß? Nein, sie hatten ihm die ganze Welt genommen, in der er lebte. Für Mißgeburten wie Georgie hatte Billy sonst nur Abscheu und Haß übrig, aber Georgie konnte er nicht hassen. Hab zwei Tage lang nix gefuttert – der Spruch war ihm heute noch gegenwärtig. Andererseits, Georgie, du weißt doch, was einer tut, wenn er verliert? Er bezahlt. Hast du das kapiert, du Mißgeburt? Er bezahlt.

«Ich werd schon zu 'nem Spiel erwartet», sagte Billy zu Daddy Big und nickte in Harveys Richtung.

Der Doc hörte das und hob den Blick von seiner Spielkugel. Er warf einen kurzen Blick auf Harvey, grinste Billy an und sagte: «Dann wirst du ja morgen nicht mit leerer Tasche antanzen.»

«Hier und da pickt ein hungriges Huhn schon mal ein verirrtes Korn auf. Um wieviel spielen wir denn morgen abend?»

«Sagen wir 50? Plus 50 extra, falls mein Kompagnon auftaucht.»

«50, gebongt. Bei denen extra muß ich erst mal sehen.»

Billy näherte sich Daddy Big und senkte die Stimme zu

einem Flüstern. «Hab was läuten hören, was dir vielleicht schon bekannt ist. Über Charlie McCall.»

«Charlie?» nuschelte Daddy Big.

«Daß ihn jemand entführt haben soll.»

«Was sagst du da?» fragte Daddy, jetzt mit nahezu voller Lautstärke. «Was zum Teufel?»

«Hab ich jedenfalls gehört. Ein Gerücht. Mehr weiß ich nicht.»

«Wer hat dir das denn erzählt?»

«Was bin ich, ein Märchenonkel? Ich hab's gehört.»

«Davon ist mir nix zu Ohren gekommen. Schließlich kenn ich Bindy besser als sonstwer. Du irgendwas davon gehört, Doc?»

Der Doc schüttelte kaum merklich den Kopf und spitzte weiter die Ohren.

«Mehr weiß ich auch nicht», sagte Billy.

«Ich glaub das nicht. Das ist kalter Kaffee», sagte Daddy Big. «Wenn so etwas passiert wär, dann wüßte ich davon. Ich ruf gleich mal bei Bindy an.»

«Erzähl's mir dann», sagte Billy.

«Hey, Billy», rief Harvey über die leeren Tische herüber. «Willst du Billard spielen oder quatschen?»

Mit einem schnellen Blick auf den Doc sagte Billy leise: «Mein Fisch wird schon zappelig», klopfte ihm auf die Schulter und sah Daddy Big nach, der zum Münzfernsprecher watschelte. Dann ging er hinüber an den Tisch zu Harvey, seinen Fang einholen.

Harvey Hess war ein Geck, der seine gutsitzenden Anzüge mit schreienden Krawatten und grellen Socken ruinierte; er hatte vor acht oder zehn Monaten angebissen, als er Billy eines Abends bei Louie spielen sah. Er bat ihn um ein Match, und Billy hatte ihn sofort als williges Opfer klassifiziert. Für die hatte Billy einen Blick, die erkannte er so sicher wie 'ne Katze, wenn ihm eine über 'n Weg lief. Dieses erste Spiel ohne Einsatz hatte Harvey um ein Haar gewonnen; vom zweiten an wurden dann 2 Dollar pro Spiel gesetzt, an den folgenden Tagen erhöhte man auf 5. Von den Gerüchten über Billys Talent, die ihm zu Ohren kamen, ließ Harvey sich nicht abschrecken. Er bat lediglich um eine Vorgabe. Erst zehn Punkte, später fünfzehn, und in letzter Zeit dann zwanzig, mit denen Harvey fast gewann.

Billy schaute zu, wie Harvey sich vor ihm produzierte mit den letzten zwei Kugeln, die er noch zu versenken hatte, beides kinderleichte Stöße. Dann rückte Daddy Big mit dem Triangel an, setzte die Kugeln auf, notierte die Zeit und teilte Billy mit, Bindys Telefon sei momentan besetzt.

«Gib mir 35 Punkte», forderte Harvey unverblümt, «und ich spiel mit dir um 25 Dollar.»

«Für was zum Teufel hältst du mich? Meinst du, ich bin Daddy Big und verschenk meine Spiele?»

«35», beharrte Harvey.

«30», sagte Billy. «35 hab ich noch nie einem gegeben.»

«35.»

«Ich geb dir 32, für 32 Piepen. Ein Dollar pro Punkt.»

«Du fängst an», sagte Harvey, und Billy spürte wieder das wohlvertraute Kribbeln. Harvey legte sich mit 20 Punkten in Führung und schien den Sieg schon in der Tasche zu haben, aber dann versenkte Billy in der zweiten Spielhälfte 32 Kugeln nacheinander und erledigte ihn mit 100 zu 92. Daddy Big kam wieder an den Tisch und meinte zu Billy: «Hab dir ja gesagt, das mit Charlie ist kalter Kaffee. Bindy meinte, er hätt auch von diesem Gerücht gehört, und ich soll klarstellen, daß da nichts dran ist. Er hat vor einer Stunde noch mit Charlie in New York telefoniert.»

«Was ist mit Charlie?» fragte Harvey. «Dem hab ich letzte Woche einen grauen Kunstseidenanzug verkauft.»

«Gar nix is mit dem», sagte Daddy. «Billy verbreitet hier die Nachricht, er sei entführt worden. Aber ich hab eben mit Bindy telefoniert, und der sagte, alles kalter Kaffee.»

«Mit dem hab ich bei den *K. of C.* den dritten Grad gemacht», sagte Harvey.

«Ich will dir sagen, wieso ich das für bare Münze genommen hab», erklärte Billy mit einem Achselzucken. «Ich hab im Sommer nämlich mal was läuten hören, daß Bindy entführt werden sollte. Deshalb erschien mir das mit Charlie jetzt glaubhaft.»

«Wer entführt? Davon hab ich nie was gehört», sagte Daddy.

«Das ging doch den ganzen Broadway rauf und runter.»

«Geh ich auch immer, aber davon hab ich nix gehört.»

«Ich aber.»

«Davon hab ich auch noch nie was gehört», sagte Harvey.

«Ihr Penner kommt eben nicht rum. Was ist, spielen wir hier Billard oder wollen wir uns alte Broadway-Kamellen erzählen?»

«Ich mach noch ein Spiel mit dir, Billy. Aber diesmal will ich 40 Punkte. Du bist auf Zack heute abend. Hab nie einen gesehn, der nacheinander 32 Kugeln ins Loch geschossen hätte. Du hast mir auf einen Schlag die ganze Vorgabe weggeputzt. Das nenn ich auf Zack.»

«Ich geb ja zu, daß ich gut in Form bin», sagte Billy. «Aber wenn die Vorgabe auf 40 steigt, gilt das gleiche für den Einsatz.»

«35. Mehr kann ich mir nicht mehr leisten.»

«Also gut», sagte Billy und eröffnete mit einem absichtlich miserablen Sicherheitsstoß, um Harv einen Angriffspunkt zu bieten. Harv schoß vier ins Loch und überließ Billy einen Tisch mit aufgestreuten Kugeln. Billy schoß zehn ab, setzte neu auf und schoß wiederum vier ab, führte jetzt mit 14 zu 4, verpatzte den nächsten Stoß mit Absicht und sagte: «Läuft wie geschmiert, Harv, ich kann's nicht anders sagen. Ich will mal ein bißchen für Ausgleich sorgen und dir noch acht Punkte dazugeben. Ich erhöhe die Vorgabe auf 48.»

«Du gibst mir noch acht dazu?»

«Sofern du noch acht Piepen drauflegst, Harv.»

Harvey überprüfte sein Budget. Er studierte die Lage der Kugeln.

«Nee, da halte ich nicht mit. Aber irgendwie hab ich das Gefühl, ich kann hier nicht verlieren, auch wenn du vorn liegst, Billy. Ich bin auch gut drauf. Mein Arm kriegt langsam Schwung. Den Einsatz lassen wir mal stehn. Dein Glück kann ja nicht ewig währen.»

Dein Glück? In Billys Kopf gab es eine kleine Explosion. Er wollte Harvey auch noch den Rest abknöpfen, aber die Zeit wurde knapp. Um halb zehn fing das Spiel bei Nick an, wo unter Umständen größere Scheine abzustauben waren, und vorher wollte er sich noch ein kühles Bier genehmigen. Trotzdem sollte keiner behaupten können, Billy hätte Glück, halt einfach Glück, und damit ungeschoren davonkommen. Billys erster Impuls war, Harv dieses Spiel gewinnen zu lassen, anschließend den Einsatz zu verdoppeln und ihm die Brieftasche auszuräumen, ihm sein Sparkonto, die Lebensversicherung, die Hypothek und auch noch sein Sparschwein abzuknöpfen. Aber die Chance, daß er von sich behaupten konnte: letzte Woche hab ich Billy Phelan geschlagen, durfte man so einem kein einziges Mal geben. Diese Chance gab man so einem Penner nie.

Harv stand grübelnd vor dem Tisch. Die Sieben hing knapp vorm Loch, war aber von anderen Kugeln umringt. Und die weiße Spielkugel, Billy, die liegt dort, wo du sie geschickterweise hingespielt hast: auf der anderen Seite des Pulks. Bis auf einen Sicherheitsstoß war da nichts zu machen. Tut mir leid, Harv, um diese Sieben dort. Aber Moment mal, hatte Harv etwa im Sinn, den Pulk zu knacken? Ist das die Möglichkeit? Wie will der da durchkommen? Das schafft er doch nie.

«Was hast du vor?»

«Die Sieben spielen.»

Billy lachte. «Machst du Witze?»

«Ich werd sie ins Loch bomben. Die Vier schnalzt die Sieben rein und der Haufen ist gesprengt.»

«Harv, du sagst an: die Vier auf die Sieben?»

«Ich sag die Sieben an, das reicht.»

«Aber an die kommst du nicht ran.» Wieder lachte Billy, studierte die Position der Kugeln und malte sich den Winkel aus, in dem sich die Vier vom Rand des Pulks lösen würde. Ganz egal, wo man den Haufen traf: die Vier würde nie so auf die Sieben klicken, daß sie ins Loch rollte. Ausgeschlossen. Und Harvey zögerte.

«Du willst nicht, daß ich diesen Stoß mache, nicht wahr, Billy? Weil du nämlich siehst, das es hinhaut. Und damit hab ich den Pulk gesprengt und kann sie eine nach der andern versenken. Stimmt doch, oder?»

Billy schloß die Augen und verbannte Harvey aus seinem

Blickfeld. War es zu fassen? Daß es solche Bettwanzen gab in einer zivilisierten Stadt? Als er das Klicken hörte, das den Pulk sprengte, machte Billy die Augen auf. Die Vier traf die Sieben, aber frontal, und die Sieben rollte nicht ins Loch. Die Kugeln lagen weit verstreut, ein Kinderspiel für Billy, sie nacheinander zu versenken.

«Nett von dir, Harv.»

«Hätt beinah hingehauen», sagte Harv kleinlaut. Die Arroganz in seiner Miene zerrann wie ein pochiertes Ei, das ganz langsam ins kochende Wasser sickert.

«Warum hast du keinen Sicherheitsstoß gemacht?»

«Wenn ich einen Treffer landen kann?»

«Einen Treffer? Das hätte nicht mal Willie Hoppe riskiert.»

«Ich hab selbst gesehn, wie du mal einen Haufen gesprengt und damit eine Kugel ins Loch geklickt hast.»

«So einen Stoß wie den hast du mich noch nie machen sehn, Harv.»

«Wenn du das hinbringst, werd ich es früher oder später auch hinbringen.»

Billy spürte, wie es in ihm brodelte. Dieser Grünschnabel. Das war der Abschaum in Billys Welt. So tief durfte man nie sinken: Nie den kürzeren ziehn, sich niemals einmachen lassen von so einem. Hinter Harveys Visage sah er das Gesicht von Chick hervorgrinsen. Gehst du zur Arbeit, Billy? Elende Bagage. So 'nem Scheißkerl mußte man eins reinwürgen.

«Selbst wenn man in Führung liegt, Harv, geht man auf Nummer Sicher. Hast du nichts gelernt bei all den Spielen, die du gegen mich gemacht hast?»

«'ne ganze Menge hab ich da gelernt.»

«Aber nicht genug.»

Und Billy machte sich über den Tisch her und räumte ihn ab. Er legte einen neuen Satz Kugeln auf, versenkte sie und einen Teil vom nächsten Satz. Bei einem kniffligen Stoß vertat er sich, und die folgenden acht Kugeln versenkte Harv. Dann legte Billy sich ins Zeug und beendete das Spiel mit 100 Punkten gegen Harveys 12, die auch mit 40 Vorgabe nur 52 ergaben. Billy stellte den Stecken ins Regal mit dem Gefühl, seine Pflicht erfüllt zu haben. Diese Armleuchter wollten eingemacht werden, und es war die Pflicht und Schuldigkeit von Leuten wie Billy, dieses Verlangen zu befriedigen. Die mußten gebeutelt werden, weil sie so ignorant waren zu glauben, im Leben falle einem alles in den Schoß. Die Armleuchter kapierten nie, daß ein Mann wie Billy jahrelang sechs Stunden täglich an den Billardtischen von ganz Albany gelernt hatte, wie man seine Ignoranz loswird.

Doc Fay, Zuschauer beim Finale, hatte nur den Kopf geschüttelt über das, was er aus Harveys Mund vernahm. Harvey gab Billy die 35 Dollar, setzte den Hut auf und schlüpfte in sein Jackett. In diesem Augenblick empfand Billy wahrhaftig so etwas wie Mitgefühl.

«Weiß du, Harv», sagte er und legte dem bedauernswerten Verlierer die Hand auf die Schulter, «mich wirst du niemals schlagen.»

«Du bist gut, Billy. Ich hab's durchschaut, wie du erst auf Nummer Sicher gehst, bis der Haufen gesprengt ist, und dann gehst du in die Vollen. Ich weiß, wie du's machst.»

«Harv, und wenn du Billard spielst, bis du 99 bist (spiel du nur, Alter!), wirst du nie begreifen, wie ich's mache.»

«Ich krieg dich, Billy», sagte Harv und machte einen Schritt rückwärts zur Tür. «Eines schönen Tages krieg ich dich.» Und dann war er fort, nur sein dämliches Grinsen hing noch dort an der Tür über dem verblassenden Orange und Violett seiner grellen Krawatte. Der Doc fing schallend an zu lachen.

«Einen Augenblick lang hab ich ja gedacht, jetzt bringst du dem Armleuchter endlich Vernunft bei.»

«Einem Armleuchter kann man keine Vernunft beibringen», erwiderte Billy.

«Du sagst es. Genau das hab ich auch gedacht, als Harvey meinte, er wüßte, wie du's machst. Doc, hab ich mir da gedacht, *du* weißt es, und *Billy* weiß es.»

«Was wissen wir?»

«Daß ein Armleuchter nicht ungeschoren bleibt, solange er auf Erden wandelt.»

«Richtig», sagte Billy. «Das hab ich schon in der Kirche gelernt.»

6

Der schnauzbärtige Red Tom Fitzsimmons, ein patenter Bursche, der in *Becker's Bar* täglich von vier bis zwei Dienst tat, stand mit aufgekrempelten Ärmeln und frischer Schürze hinter dem Tresen, hatte seine Arme vor der Brust verschränkt und wartete darauf, daß sich bei seinen vier Gästen neuer Durst bemerkbar machte. Martin Daugherty saß am Ende der Theke unter dem eingerahmten ersten Dollar, den der alte Becker eingenommen hatte, und gleich neben dem überdimensionalen Foto von dem Ausflug anläßlich von Beckers dreißigjährigem Jubiläum, das die Wand hinter der Bar schmückte. Der Fotograf hatte an jenem sonnigen Augusttag 1932 draußen in Picard's Grove 202 Männer auf die Platte gebannt, die, in Hemdsärmeln und mehr oder weniger betrunken, über eine Wiese verteilt saßen, knieten oder standen und sich an ihren Biergläsern festhielten, während sich hinter und über ihnen die Wolkenbänke türmten. Vom Negativ hatte Emil Becker eine riesige Vergrößerung anfertigen lassen, die sich über die ganze Wand erstreckte, und in wochenlanger Kleinarbeit die Namen sämtlicher Anwesender herausgefunden, die er dann auf einem Index zusammenfaßte und unter Glas gerahmt neben dem Foto aufhängte, das die Wand wie eine Tapete bedeckte.

Als Emil Becker im Jahre 1936 starb, machte sein Sohn Gus neben seinem Namen ein Häkchen und klebte dem Abgebildeten einen goldenen Stern auf die Brust. Daraufhin verlangten die Gäste, daß mit anderen verblichenen Getreuen ebenso verfahren werden sollte, und so kriegten dann mit der Zeit immer mehr ihren Stern weg. Von den gut zweihundert Männern waren in den letzten sechs Jahren neunzehn gestorben. Auch Martin Daugherty war auf dem Foto zu sehen, ebenso Red Tom, Billy Phelan, Daddy Big und Harvey Hess. Bindy McCall und Sohn Charlie waren auch unter den Abgebildeten. Auf Scotty Strecks Brust glänzte bereits der goldene Stern, und neben seinem Namen befand sich ein Häkchen.

Martin sah zu Red Tom hinüber, betrachtete seinen Schnäuzer in Natura und auf dem Foto. Dieser Schnäuzer hatte schon etliche Jahre auf dem Buckel, in denen man sich eingehendst mit ihm befaßt, ihn zärtlich gestrichen, gewachst, gekämmt und verhätschelt hatte.

«Dein Schnauzbart, Fitzsimmons», ließ Martin den Mann hinter der Bar wissen, «ist einfach exotisch. Ein gewagtes und protziges Ding.»

«Ach wirklich?»

«Reichlich vulgär. Aber zugleich auch ein Prachtstück, und auf eine zynische irische Art elegant. Aber nach einem Glas Tomatensaft sieht er garantiert verboten aus.»

«Gib's auf und trink lieber einen», erwiderte Red Tom und schenkte Martin noch einen Bourbon ein.

«Er hat etwas Pontifikales und Arrogantes an sich. Spricht ganz eindeutig für zügelloses Verhalten anderen Menschen gegenüber. Ich würde sagen, ein Schnäuzer wie der wirkt selbst an einem Barkeeper furchteinflößend.»

«Freut mich, daß er dir gefällt.»

«Wer sagt denn, daß er mir gefällt? Hör mal», fragte Martin jetzt, als Red Tom ihm seine ganze Aufmerksamkeit widmete, «was hast du über Charlie McCall gehört?»

Red Tom warf einen Blick auf die anderen Gäste und trat näher zu Martin hin. «Zwei Zivilbullen, Bo Linder und Jimmy Bergan, waren da und haben mir genau die gleiche Frage gestellt wie du.»

«Hast du ihnen irgendwas erzählt, was jemand wie ich wissen sollte?»

«Nur daß man überall hört, er sei verschwunden.»

«Inwiefern verschwunden?»

«Na, spurlos verschwunden halt.»

«Was ist mit Jimmy Hennessey?»

«Hennessey? Was hat der denn damit zu tun?»

«Möglicherweise schon irgendwas.»

«Den hab ich seit Monaten nicht mehr unter die Augen bekommen.»

«Was macht er denn so?»

«Das letzte, was ich gehört hab, war, daß er sich das Saufen abgewöhnt. Ist die Kirchentreppe runtergefallen und glatt Father O'Connor vor die Füße, und der sagte zu ihm, Hennessey, du solltest aufhören mit deiner Sauferei. Hennessey streckt dem Priester seine Hand hin und sagt: Ich warte auf Hilfe vom Heiligen Geist. O'Connor meint, der ist hier ganz in der Nähe! Frag doch den, ob er dir auf die Füße hilft. Steigt über den Suffkopp weg und läßt ihn liegen.»

«Dann muß er inzwischen wohl trocken sein. Die McCalls haben seinen Namen auf eine Vermittlerliste gesetzt.»

«Eine Vermittlerliste?»

«Steht in der Morgenausgabe. Wir haben daraus geschlossen, daß die McCalls versuchen, einen Unterhändler zu bestimmen, der mit den Kidnappern über das Lösegeld verhandeln soll.»

Martin legte die Liste auf den Tresen und las die Namen nacheinander vor. Joe Decker, ehemaliger Tänzer, heute Besitzer vom *Double Dot*, einem Nachtclub in der Hudson Avenue; Andy Kilmartin, Vorsteher der Demokraten im 5. Bezirk; Bill Shea, Strohmann Bindy McCalls und Geschäftsführer vom *Monte Carlo*, dem größten Spielsalon der Stadt; Barney O'Hare, ein Champion unter den Alkoholschmugglern, der vier Sitzungsperioden lang als Patsy McCalls Interessenvertreter im Repräsentantenhaus gesessen und es nicht mehr nötig hatte zu arbeiten; Arnold Carroll, Kneipenwirt im *Blue Elephant*; Marcus Gorman, der bekannteste Strafverteidiger Albanys, der schon Jack Diamond verteidigt hatte; Butch McHale, Ex-Weltergewichtler und wohl der beste Boxer, den Albany je hervorgebracht hat, er machte nach seinem Rückzug aus dem Boxring eine Flüsterkneipe auf, den *Satin Slipper*; Phil Lynch, der ein Süßwarenlädchen führte, das als Anlaufstelle für Bindys Lotteriegeschäfte und die Abrechnungen der Spielhöllengelder diente; Honey Curry, ein Ganove aus der Sheridan Avenue, der vier Jahre wegen eines Raubüberfalls auf einen Kolonialwarenladen gesessen hatte; Hennessey, ein ehemaliger Stadtrat, der in Patsys Auftrag Spendengelder für die Partei kassiert hatte, ehe er dem Alkohol verfiel; Morrie Berman, Ex-Zuhälter und Zocker; und Billy Phelan.

«Kilmartin läßt sich hier nicht mehr blicken», sagte Red Tom. «O'Hare kommt immer auf ein Gläschen vorm Schlafengehn rein, wenn er bei 'ner Nutte war. Gorman ist nicht mehr aufgetaucht, seit der alte Becker ihm und Diamond damals gesteckt hat, daß sie hier unerwünscht sind. Die meisten andern schauen hin und wieder mal vorbei.»

«Auch in letzter Zeit?»

«Bis auf Curry. Der ist schon 'ne ganze Weile nicht mehr dagewesen.»

«War Billy heut abend schon hier?»

«Der müßte eigentlich jeden Moment auftauchen.»

«Ich weiß. Dem hab ich heut empfindlich zugesetzt mit einem Parlay. Ich glaube, ich hab ihn ziemlich reingeritten.»

«Der weiß schon, wie er wieder auf die Beine kommt. Diese Liste erscheint in der Zeitung, sagst du?»

Martin berichtete, wie die verschlüsselte Liste bei der *Times-Union* als Kleinanzeige aufgegeben worden war und der Angestellten, die sie bearbeitete, sonderbar genug vorkam, daß sie sie an Emory Jones weiterreichte, weil sie vielleicht für eine Glosse gut war. Die Mitteilung war an einen CHISWICK gerichtet, die Namen ein einziges Gewirr von Zahlen. Emory hatte den Code im Nu geknackt: 1 gleich A, 2 gleich B, und so fort, der Idiotencode. Und als Martin sich das nächste Mal telefonisch bei ihm meldete, beauftragte ihn Emory, sich mit jedem auf der Liste in Verbindung zu setzen. Max Rosen hatte zugegeben, daß diese Liste etwas mit der Entführung zu tun hatte, mehr hatte er dazu nicht sagen wollen, und das war auch gar nicht nötig. Martin verbrachte eine Stunde in der Telefonzelle und stellte fest, daß keiner der Aufgelisteten erreichbar war. Nicht zu Hause. Gerade in Miami. Bis zum Ende des Monats verreist. Mit Ausnahme von Hennessey und Curry hob keiner ab, und Billy und Morrie, über deren derzeitige Aktivitäten war Martin im Bilde.

«Mit wem treibt sich eigentlich Curry dieser Tage rum?»

«Ist gut Freund mit Maloy, jedenfalls war er das. Und immer in Damenbegleitung.»

«Und Maloy?»

«Soweit ich weiß, hängt der bei 'ner Bande unten in Jersey rum. Genau wie Curry.»

In diesem Augenblick kam Billy herein. Martin beobachtete, wie er sich bei Red Tom einen Schein pumpte, offenbar einen Zwanziger, bevor er sich überhaupt im Lokal umsah. Dann setzte er sich neben Martin.

«Der Mann mit dem größten Glück in ganz Nordamerika.»

«Ein Feinschmecker, was Pferdefleisch betrifft.»

«Mit einem Hufeisen im Arsch.»

«Jedes Talent entfaltet sein Glück auf eigene Art, Billy. Andere schießen beim Bowling 299 Pins weg.»

«Ja. Ich hab hier 'ne Teilzahlung für dich.» Billy signalisierte Red Tom, Martin einen Bourbon nachzuschenken und ihm selbst ein Bier zu bringen. Dann legte er vor Martin ein Kuvert auf den Tresen. Er ließ die Hand darauf ruhen.

«Ich brauch ein bißchen Bares für das Spiel bei Nick heute abend. Wenn ich das hier einstweilen behalte und damit gewinne, zahl ich dir alles auf einmal aus.»

«Und wenn du verlierst, kann ich auch das hier in den Wind schreiben.»

«Du schreibst nichts in den Wind. Billy Phelan bezahlt seine Schulden.»

«Ich meine, diesen Monat.»

«Na schön, Martin, wenn du die Piepen brauchst, bitte. Ich streite mich nicht deswegen. Dann dauert's mit dem Anschaffen halt ein bißchen länger.»

«Behalt die Piepen, vielleicht kriegen wir damit beide unsere Schulden bezahlt. Aber ich hab eine Frage an dich. Hast du irgendwas von Charlie McCall gehört, abgesehen von dem, was wir beide von gestern nacht wissen?»

«Mein Gott, heute ist wohl mein großer Charlie McCall-Tag. Wieso glaubt jeder Mensch, ich wüßte, was Charlie macht?»

«Wer ist ‹jeder›?»

«Niemand.»

«Ein paar wichtige Leute hier in der Stadt sind offenbar der

Ansicht, du könntest ihnen auf die eine oder andere Weise behilflich sein, ihn zu finden.»

«Ihn zu finden? Er ist doch gar nicht verschwunden.»

«Hast du denn nichts davon gehört?»

«Ich hab gehört, er sei entführt worden, aber oben beim Billard hab ich eben grad erfahren, daß das gar nicht stimmt. Daddy Big hat's von Bindy persönlich. Charlie ist in New York. Was ich da gehört hab, war bloß ein Gerücht.»

«Das Gerücht stimmt.»

«Dann hat man ihn also doch entführt? Ja?»

«Richtig.»

«Daddy Big. Der mit seinem kalten Kaffee...»

«Was für kalter Kaffee?»

«Kalter Kaffee eben. Wie war das mit den wichtigen Leuten hier in der Stadt?»

«In der Zeitung, die heute abend erscheint, steht dein Name drin. In einer Liste mit zwölf anderen. Eine verschlüsselte Kleinanzeige, bei der es sich offenbar um eine Mitteilung an die Kidnapper mit Vorschlägen für Unterhändler handelt. Hat dir davon niemand was gesagt?»

«Bis jetzt nicht.»

«Als die Anzeige heute mittag gegen zwei aufgegeben wurde, war dein Name nicht auf der Liste. Vor 'ner halben Stunde etwa habe ich entdeckt, daß deiner hinzugefügt wurde.» Martin erzählte die Geschichte mit der Anzeige noch einmal, und die Namen auf der Liste waren Billy alle bekannt. Er bestellte sich ein neues Bier.

«Ich soll dir was ausrichten», sagte Red Tom, als er Billy das Bier brachte. «Deine Freundin Angie war heut hier. Sie ist im *Kenmore*.»

«Hat sie sonst irgendwas gesagt?»

«Sie meinte, sie bräuchte einen, der ihr den Rücken kratzt.»

«Das isses nicht, wo's bei ihr juckt.»

«Na, dafür bist du wohl der zuständige Experte», sagte Red Tom und entfernte sich wieder.

«Ich passe nicht auf diese Liste», sagte Billy zu Martin. «Das sind entweder Leute, die mit den McCalls unter einer Decke stecken, oder Ganoven. Ich führe meinen Obulus an den Bezirksvorsteher ab und wähle seine Partei, aber das ist auch alles, was mich mit diesem Clan verbindet. Und ich hab nie im Leben eine Knarre in der Hand gehabt.»

«Dann hältst du Berman also für einen Ganoven?»

«Das vielleicht nicht, aber ein Chorknabe ist er gewiß nicht.»

«Du kennst ihn ziemlich gut?»

«Seit Jahren, aber befreundet sind wir nicht.»

«Du kennst jeden am Broadway, und jedermann kennt dich. Vielleicht ist das der Grund, weshalb dein Name auf der Liste steht.»

«Nee, jetzt weiß ich's. Das hab ich Daddy Big zu verdanken. Wenn mein Name erst vor 'ner halben Stunde dazugekommen ist, kann nur er das gewesen sein. Weil ich da was erwähnt hab von einer geplanten Entführung. Du weißt schon, das Gerücht letztes Jahr.»

«Nein. Worum ging es da?»

«Ach Scheiße, so 'n Gerücht halt. Bin ich etwa der einzige, der das gehört hat? Gibt's denn so was? Das ham doch die Spatzen von den Dächern gepfiffen. Tom! Hast du von dem Gerücht über Bindy gehört letztes Jahr?»

«Was für ein Gerücht?»

«Muß im August gewesen sein, während der Saison in Saratoga. Daß ihn jemand entführen wollte. Hast du doch von gehört.»

«Nie gehört. Wer wollte ihn denn entführen?»

«Scheiße, woher soll denn *ich* wissen, *wer* das tun wollte?»

«Das Gerücht stammt doch von dir.»

«Ich hab 'n verdammtes Gerücht gehört, das ist alles. Ich hab ihm keine sonderliche Aufmerksamkeit geschenkt, ist ja auch nie was passiert. Und bloß weil ich letzten August ein Gerücht gehört hab, steh ich jetzt bei den McCalls auf der schwarzen Liste?»

«Das ist keine schwarze Liste», sagte Martin.

Als Red Tom von dannen ging, um einen neuen Gast zu bedienen, sagte Billy: «Die denken, ich hätte was damit zu tun.»

«Glaub ich nicht», sagte Martin. «Aber es wird dich jedenfalls heute abend in unserer kleinen Gemeinde hier zu einem recht prominenten Burschen machen. Zu einem ziemlich prominenten Burschen.»

«Weißt du, von wem ich das mit Charlie zuallererst gehört hab? Von meinem Onkel Chick, der sonst von Tuten und Blasen keine Ahnung hat. Wie zum Teufel hat der nur davon Wind gekriegt? Er fragt mich, was ich von Charlie weiß, und ich weiß bloß, daß er gestern nacht auf der Bowlingbahn war. Und dann kommst du mit deinem Charlie Horse! Da hast du bereits davon gewußt, stimmt's?»

«Kann sein.»

«Kann sein? Jetzt schlägt's aber dreizehn.»

«Dann laß es mal dreizehn schlagen.»

«Ich halte diesen Gaul namens Charlie Horse, und du weißt, daß sie den Burschen gekapert haben.»

«Und das erklärt, wieso ich gewonnen habe?»

«Klar erklärt es das, du Schlitzohr.»

«Bis jetzt hab ich noch gar nicht gewonnen», erwiderte Martin und schob das Kuvert zu Billy hin.

«Richtig. Zeit für die Pokerrunde. Erst mal die Piepen; um Charlie kümmern wir uns später.»

«Da pokert doch auch Morrie Berman mit, oder?»

«Hat er gestern abend jedenfalls gesagt.»

«Hör zu, achte mal ein bißchen drauf, was er sagt. Das könnte von großer Bedeutung sein.»

«Du weißt mehr über diese Geschichte als ich, stimmt's?»

«Auf diese interessante Frage können wir ein andermal zurückkommen, aber momentan kann ich dir allen Ernstes versichern, daß alles, was Morrie von sich gibt, von größter Wichtigkeit ist. Jedes Wort. Über die Einzelheiten unterhalten wir uns später, wenn wir ein bißchen mehr unter uns sind.»

«Was bist du, ein Bulle?»

«Nein, ein Freund von Charlie McCall.»

«Aha.»

«Und das bist du auch.»

«Aha.»

Billy trank sein Bier aus und stand auf. Sie gingen zum Ausgang, und gerade als sie die Tür erreichten, wurde sie von außen aufgezogen. Vor ihnen, mit seiner Schirmblende über der

Stirn und der Wechselschürze vorm Bauch, stand Daddy Big, der kam, um sich seinem abendlichen Suff zu ergeben. Billy packte ihn am Hemd.

«Du hast mich verpetzt, du Drecksack.»

«Was 'n in dich gefahrn, hast du sie nicht mehr alle?»

«Du hast Bindy gesteckt, was ich von dem Gerücht mit der Entführung erzählt hab.»

«Ich hab ihn danach gefragt. Und Bindy wollte wissen, wo ich das her hab.»

«Und da hast du mir das angehängt, du fette Ratte. Dabei weiß ich nicht die Bohne, was da überhaupt dahintersteckt.»

«Dann brauchste dir doch keine Sorgen zu machen.»

«Ich mach mir Sorgen, weil du ein Schleimer bist. Und für so einen hätt ich dich nicht gehalten.»

«Du stinkst mir genauso. Laß dich oben nicht mehr blicken.»

«Ich werde morgen abend Billard spielen, und davon wirst du mich nicht abhalten. Versuch's lieber erst gar nicht.»

«Wer in meinem Pool-Room nichts zu suchen hat, den laß ich auch nicht rein.»

«Immer schön mit der Ruhe, Alter. Du weißt ganz genau, daß du den kürzeren ziehst, wenn du dich auf 'ne Keilerei einlassen willst.»

Daddy Big befreite sich aus Billys Griff und versetzte ihm gleichzeitig mit weit ausholender Linker einen Schwinger, der wie aus dem Nichts kam und Billy rückwärts gegen die Eingangstür warf. Sie flog nach außen auf und Billy landete hintenüber auf dem Gehsteig; sein Hut rollte in den Rinnstein. Martin half ihm auf die Füße und holte dann seinen Hut.

«Nicht dein Tag heute, was die Beurteilung von Talenten anbetrifft», sagte Martin.

Billy setzte seinen Hut auf und tupfte sich mit einem Taschentuch die Lippe ab. «Der schlägt zu wie er Pool spielt», sagte er.

«Das ist neu. Du hast also was dazugelernt», erwiderte Martin und klopfte Billy den Staub vom Jackett.

Martin schlenderte an Billys Seite den Broadway hinauf zur Clinton Avenue und trug sich eine Weile mit dem Gedanken, in

Nicks Keller mitzukommen und dort beim Poker zuzuschauen, ohne freilich gegen sein eigenes Geld zu spielen. Doch allein die Vorstellung, an einem bösen Tag wie diesem als Zuschauer bei einem Pokerspiel zu sitzen, hatte schon etwas Verheerendes an sich. Seine Gedanken begannen, um Todesbilder zu kreisen: um Scotty Streck und wie er ihm das linke Auge zudrückte; um Charlie Boy, der vielleicht schon mit einer Kugel im Kopf irgendwo im Wald verscharrt lag.

Und als er an der Ecke Columbia Street am Gebäude der United Traction Company vorüberkam, sah er genau dort auf der anderen Straßenseite Francis Phelan stehen, wie er ausholte, um seinen glatten, runden Stein zu werfen; und wieder mußte er an den sterbenden, blutüberströmten Streikbrecher denken, der mit zertrümmertem Schädel und dem Gesicht nach unten auf dem Boden des Tramwagens lag, während sein Arm über die oberste Türstufe heraushing. Der Mann hatte den Tramwagen vom Depot in North Albany den Broadway entlanggesteuert, und als er zur Columbia Street gelangte, wurde er von einer aufgebrachten Menschenmenge empfangen. Francis und zwei andere junge Männer warfen ein altes Bettlaken, das sie zu einem Seil verknotet und mit Kerosin getränkt hatten, über die Oberleitung der Tram und setzten es in Brand. Der Tramwagen konnte das brennende Hindernis nicht passieren und mußte halten. Die Miliz griff zum Gewehr, weil sie befürchtete, die wütende Menge würde, wie schon am Tag zuvor, über den Tramwagen herfallen und den Fahrer bewußtlos schlagen. Berittene Miliz drängte den Mob zurück und machte die Schienen frei, und einer der Soldaten hatte Fiddler Quain, der sich gerade mit Streichhölzern am Bettlaken zu schaffen machte, mit dem Gewehrkolben zu Boden geschlagen. Doch während dies noch die ganze Aufmerksamkeit der Miliz auf sich zog und bevor man noch den Entschluß in die Tat umsetzen konnte, den Tramwagen rückwärts zurückzufahren, warfen andere hinter dem Wagen bereits ein zweites Laken über die Oberleitung und zündeten es an, und zwischen den beiden lodernden Flammensäulen saß der Tramwagen samt streikbrechenden Fahrgästen in der Falle.

In diesem Augenblick war Francis' Arm vorgeschnellt und

der Stein geflogen, war der Tramführer zu Boden gegangen und gestorben. So was war halt nicht zu vermeiden. Ein solcher Tod mußte einkalkuliert werden. Die Schüsse nach Francis' Tat, unter denen zwei unbeteiligte Zuschauer starben, führten dann zu einer schnellen Beilegung des Streiks. Genug der Gewalt. Und genauso wie Martin noch den fliegenden Stein vor Augen hatte, sah er die zwei Männer zusammenbrechen. Der erste wurde von der Kugel herumgeworfen und rückwärts gegen die Bahnhofswand geschleudert, an der er langsam herabrutschte. Der zweite preßte sich die Hände auf den Bauch, wie zuvor der Tramfahrer seine an den Kopf gepreßt hatte, und sackte zusammen, wo er stand. Der vom Gewehrkolben gefällte Fiddler Quain lag auf dem Pflaster des Broadway, doch der Mob umringte den Berittenen, der ihn niedergestreckt hatte, wie aufgescheuchte Ameisen, und Fiddler wurde emporgehoben, eilends davongetragen und in einen sicheren Schlupfwinkel verbracht. Wie bei Franny war auch seine Identität bekannt, doch er wurde nie angeklagt. Mit denselben Händen, die solche Gewalttaten verübten, gingen rechtschaffene Männer wieder zurück an die Arbeit. Damals wie heute war der Broadway voller Burschen, die zu rücksichtsloser Gewaltanwendung fähig waren, um ihre Ziele zu erreichen.

«Hör zu, Billy», sagte Martin, während sie nebeneinander hergingen, «diese Geschichte zwischen dir und Daddy Big ist nicht der wirkliche Grund, warum dich die McCalls auf die Liste gesetzt haben. Da steckt was anderes dahinter, und das hat mit Morrie Berman zu tun.»

Billy blieb stehen. Er schaute Martin an.

«Was Morrie von sich gibt, ist deshalb wichtig, weil er Leute kennt, die Charlie entführt haben könnten.»

«Das trifft auf mich genauso zu. Auf jeden am Broadway.»

«Dann ist auch wichtig, was du oder die anderen wissen.»

«Was ich weiß, ist meine Sache. Und was Berman weiß, ist seine Sache. Was zum Teufel wird hier eigentlich gespielt, Martin?»

«Patsy McCall macht das auch zu *seiner* Sache.»

«Woher willst du das wissen?»

«Ich hab heute morgen mit ihm gesprochen.»

«Hat er dich gebeten, Morrie Berman nachzuschnüffeln?»

«Nein. Er hat mich gebeten, dich darum zu bitten.»

«Mich? Der will mich zum Spitzel machen? Martin, was zum Teufel ist bloß mit dir los?»

«Ich wüßte nicht, was mit mir los sein sollte.»

«Ich bin keine von den politischen Huren der McCalls.»

«Hat auch keiner behauptet. Ich hab ihm gesagt, daß du von dieser Idee nichts halten wirst, aber ich weiß ebenso, daß du zeit deines Lebens ein freundschaftliches Verhältnis zu Charlie gehabt hast. Und der liegt möglicherweise in diesem Augenblick irgendwo an ein Bett gefesselt, und jemand hält ihm eine Knarre an den Kopf. Es könnte sogar sein, daß er schon tot ist.»

Billy sagte nichts. Martin sah ihn an und bemerkte die Bestürzung auf seinem Gesicht. Martin versuchte sich noch einmal das Bild Charlie Boys zu vergegenwärtigen, doch er sah nicht Charlie, sondern Edward Daugherty, mit vier Handtüchern an die Bettpfosten gebunden, alle viere von sich gestreckt, mit freiliegenden Genitalien. Was hatte diese Version nun zu bedeuten? Martin hatte seinen Vater nie in einer derartigen Verfassung gesehen, auch im Pflegeheim befand er sich nicht in solchem Zustand. Der alte Mann war bei Vernunft, fügsam und mußte keineswegs ans Bett gefesselt werden. Ein nackter Gefangener. Ein nackter Vater. So hatte Ham einst seinen Vater Noah erblickt, entblößt und weinselig, und Noah verfluchte Ham, während Sem und Japheth die Blöße ihres Vaters bedeckten und dafür gesegnet wurden. Der eine wurde verflucht, weil er dem Vater durch die nackten Poren in die Seele gesehen hatte, seine Brüder aber gesegnet, weil sie die Geheimnisse des väterlichen Körpers mit einem Kleid bedeckt hatten. Verflucht sei ein jeder, der mich in meiner Nacktheit erblickt.

Billy setzte seinen Weg fort. Er sprach jetzt, ohne Martin, der mit ihm Schritt hielt, dabei anzuschauen. «Der versyphte Georgie hat mal in der James Street 'ne alte Frau zu Boden geschlagen und ihr 4 Dollar aus der Handtasche geklaut. Ich kam gerade um die Ecke und sah das, und ich kannte auch die alte Frau, es war Marty Slyer, die Mutter von dem Elektriker. Sie wohnten beide in der Pearl Street. Georgie sah mich und rannte die Maiden Lane hinauf, und die alte Dame erzählte den Cops, ich hätte ihn gesehn, den Täter. Aber nicht mal einen Taugenichts wie den würde ich verpfeifen. Ich habe das erledigt, indem ich ihm das nächste Mal, als er mir über 'n Weg lief, einen Tritt in die Eier gab, bevor er einen Ton sagen konnte, ihm 20 Dollar abnahm und sie mit der Post an Mrs. Slyer schickte. Und Georgie mußte seine Klöten erst mal in Watte packen.»

«Das ist eine noble Geschichte, Billy, aber nichts weiter als eine Spielart des Schweigekodex, dem sich die Unterwelt verschrieben hat. Es hat nichts zu tun mit Moral oder Gerechtigkeit, Ehre oder gar Freundschaft. Es ist eine simplifizierte Version von alldem.»

«Mir egal, was es ist, ich laß mich jedenfalls nicht zum Spitzel machen.»

«Es geht hier einzig und allein um Informationen, sonst wird nichts verlangt.»

«Mag sein. Vielleicht wollen sie Morrie wegen irgendwas an den Kragen.»

«Nein, das glaube ich nicht.»

«Woher zum Teufel willst du wissen, was die wirklich im Schilde führen, Martin?»

«Wie du darüber denkst, bleibt dir überlassen, Billy. Man hat mich gebeten, diese Bitte an dich heranzutragen, und das habe ich getan.»

«Mir will das einfach nicht in den Kopf. Ein Mann wie du macht sich zum Laufburschen der McCalls? Das hätt ich nicht von dir gedacht.»

«Ich kann nicht mehr dazu sagen, als daß ich Charlie gern mag und Kidnapper nicht leiden kann. Außerdem gehöre ich zur Familie.»

«Ja. Wir alle gehören zu dieser Familie.»

«Überleg es dir. Ich komm später zu Nick rüber, damit ich dir die Daumen drücken kann mit unseren Piepen.»

«Was hat Patsy denn genau gesagt?»

«Er sagte, du sollst in Morries Nähe bleiben und die Ohren aufmachen. Das ist alles.»

«Das ist alles. Soso.»

Und Billy überquerte die Clinton Avenue und hielt auf die Seitengasse neben Nicks Kurzwarenladen zu, wo Nick, Footers O'Brien und Morrie Berman beisammenstanden und sich unterhielten. Martin ging auf der anderen Straßenseite weiter, an der Pruyn Library vorbei, wechselte dann hinüber zum *Grand Theater* und sah auf der Reklame überm Eingang, daß ein Laughton-Film lief. Er warf einen Blick zurück auf die Ecke an der Bibliothek und mußte an den Tod seiner Jugend denken: an den Selbstmord seines Vetters auf dem Bock der Kalesche. Eine unerwartete Tat, gefolgt von undurchdringlichem Schweigen. Aber es kam vor, daß auch Lebende kein Wort von sich gaben. Wie Francis Phelan, der spurlos verschwunden und bis heute eine Erklärung schuldig geblieben war. *The Beachcomber*. Daß sein Vater in der Stadt war, hatte Martin Billy verschwiegen. Doppelzüngigkeit und Schweigekodex. Wem tat man damit eine Ehre? Welche höhere Ethik gab es für Martin zu wahren, wenn er Billy eine Tatsache vorenthielt, die doch für ihn von außerordentlicher Bedeutung sein mußte? Wir haben uns alle gegen unseren Nächsten verschworen. Doppelzüngigkeit. Und Billy Phelan hat dich durchschaut, Martin: ein Laufbursche für die McCalls. Doppelzüngigkeit, wohin man blickt. Und Melissa ist in der Stadt, um dich daran zu erinnern, wie tief sie reicht. O ja, Martin Daugherty, du bist wahrhaftig ein doppelzüngiger Hundesohn.

Im Drugstore neben dem *Grand* rief Martin Patsy McCall an.

«Irgendwas Neues, Patsy?»

«Nichts passiert.»

«Ich habe die Verbindung aufgenommen, von der wir sprachen, und es entwickelt sich ganz so, wie ich mir dachte. Ihm gefiel diese Idee nicht. Ich glaube nicht, daß du aus dieser Quelle viel Informationen zu erhoffen hast.»

«Was zum Teufel hat er denn?»

«Er ist einfach empfindlich, was solche Dinge betrifft. Bei manchen Leuten ist das eben so.»

«Bei andern Dingen ist er doch auch nicht so empfindlich, oder?»

«Er tut das ungern, Patsy. Billy ist ein patenter Bursche, und es ist durchaus drin, daß er mit irgendwas rüberkommt. Es war kein endgültiges Nein. Aber ich dachte, du solltest wissen, wie er reagiert hat, und eventuell jemand anderen drauf ansetzen, wenn dir das wichtig ist.»

«Werd mich drum kümmern», sagte Patsy kurz angebunden und legte auf.

Martin rief bei der *Times-Union* an und ließ sich mit Emory verbinden. Ja, erfuhr er, von der Kidnapping-Story würde vorerst nichts an die Öffentlichkeit dringen. «Die spielen alle mit», sagte Emory, «sogar Dunsbach. Dem hab ich gehörig den Marsch geblasen. Der würde diese Story jetzt nicht mal mehr mit Gummihandschuhen anfassen.»

«Em, du bist ein Held. Ich wußte, daß du das schaffst.»

«Und, schon irgendwelche Kidnapper ausgeräuchert?»

«Du weißt doch, Em, ich bin Nichtraucher. Was hat sich bei der ALP ergeben?»

«Was kümmert mich der Scheißkram, wenn ich eine Story hab wie diese? Ich geb dir Viglucci, red mit dem.»

Von Lokalredakteur Viglucci erfuhr Martin, daß an die 1200 neue Wähler sich bei der Registrierung zur ALP bekannten, doppelt so viele wie Patsy McCall brauchte, um die junge Partei in seine Gewalt zu bekommen. Nein, Jake Berman hatte man bisher nicht erreicht, das Telefon im ALP-Büro war ständig besetzt. Martin erbot sich, selber dort vorbeizuschauen, es lag nur zwei Blocks entfernt. Fein.

Den ganzen Tag über war Jake Berman für Martin kaum mehr als ein vager Schemen im Hintergrund gewesen, weil seine ganze Sympathie den McCalls galt, wegen Charlie. Aber Jake konnte jetzt bestimmt ein bißchen Zuspruch gebrauchen. Martin kannte ihn schon viele Jahre, und er schätzte ihn als aufrichtigen Mann, der sich als Anwalt für die Armen einsetzte. Er hatte miterlebt, wie Jake auf Anordnung der McCalls, die sich mit den ortsansässigen Juden gut stellen wollten, als Richter im Amtsgericht eingesetzt wurde. Lange währte seine Zeit als Richter nicht, denn Jake weigerte sich, eine Mieterklage gegen einen betrügerischen Hausbesitzer abzuschmettern, der die Partei der Demokraten mit großzügigen Spenden unterstützte und daher als unantastbar galt. Jake hängte sein Richteramt an den Nagel, trat aus der Partei aus und wurde wieder praktizierender Rechtsanwalt.

Als die ALP 1935 gegründet wurde, um Roosevelt den Rükken zu stärken für seine Wiederwahl, war Jake der führende Kopf der örtlichen Fraktion und eröffnete eine Geschäftsstelle in dem alten Schneiderladen seines Vaters in der Sheridan Avenue, nicht weit von der North Pearl Street. Altgediente Sozis und Arbeiter, die mit den Demokraten nichts am Hut hatten, aber an Roosevelts New Deal Gefallen fanden, machten die Partei zu der ihren, und bis 1936 hatten sich der Ortsgruppe Albany 184 Mitglieder angeschlossen. Als Stiefkind der Demokratischen Partei wurde sie von Patsy geduldet, auch wenn er diesen aufgeblasenen Roosevelt nicht riechen konnte. Die katholische Kirche jedoch zeigte sich zunehmend beunruhigt über die neue Partei, deren Reihen sich immer mehr mit radikalen Franco-Gegnern und sozialistischen Intellektuellen füllten, die auf die Bibel spuckten. Obendrein versprach sie angesichts solchen Zuwachses eines Tages zum politischen Gegengewicht bei den Kommunalwahlen zu werden, und so beschloß Patsy, der ALP den Saft abzudrehen.

Es erging Weisung an die Stadträte und Bezirksvorsteher der neunzehn Stadtbezirke, daß sich in jedem Bezirk etwa sechzig Wähler der Demokraten bei der Wahlregistrierung als ALP-Leute eintragen sollten. Damit waren sie stimmberechtigt bei den ALP-Vorstandswahlen und würden so abstimmen, wie Patsy es von ihnen verlangte. Dieser Zustrom reduzierte Jake Bermans paar hundert regulären ALP-Mitglieder zu einer Minderheit und würde seinen Parteivorsitz ins Wanken bringen. Und irgendwann, alles zu seiner Zeit, würde Patsys Mehrheit, zu der nun auch Chickie Phelan gehörte, dann einen neuen Parteivorsitzenden wählen.

Zwischen den Wahlplakaten mit dem Motto LEHMAN FOR GOVERNOR, die an dem alten Schaufenster klebten, war immer noch die alte unbekleidete Schneiderpuppe zu sehen, die in Bermans Schneiderladen stand, solange Martin zurückdenken konnte. Nach dem Tod von Ben Berman hatte der Laden ein paar Jahre lang leergestanden. Der alte Berman, ein Sozialist aus der Zeit der Jahrhundertwende, hatte in New York eine maßgebliche Rolle im Arbeitskampf der Bekleidungsindustrie gespielt, bis er bei Auseinandersetzungen mit Streikbrechern einen Schädelbruch davontrug. Er kam nach Albany, wo er nach seiner Genesung von vorn anfing und unweit der Pearl Street diesen Schneiderladen aufmachte, an der Grenze zum Sheridan Hollow, einer alten irischen Slumgegend, wo Lackey Quinlan einst in der Zeitung ein Haus mit fließend Wasser zum Vermieten inseriert hatte und neugierige Bewerber entdeckten, daß er seine Hütte über einer engen Stelle des Bachs an der Canal Street gebaut hatte – das war das fließende Wasser, und in dem hielt Lackey seine Gans und seinen Gänserich.

In dieser Nachbarschaft hatte der alte Ben Berman seinen Schneiderladen, doch es kamen Kunden aus der ganzen Stadt zu ihm, bis er dann den größten Teil seines Augenlichts verlor und keinen Faden mehr einfädeln konnte. Bald danach starb er, und sein Sohn Jacob vermietete den Laden an einen anderen Schneider, der ihn ein paar Jahre lang weiterführte. Der aber wußte längst nicht so geschickt mit der Nadel umzugehen wie der alte Berman, und seine Geschäfte gingen zusehends schlechter. Bis die ALP den Laden dann wieder aufmachte, und nun sah es ganz so aus, als seien seine Tage wiederum gezählt.

Martin drückte die Tür auf und mußte wieder daran denken, wie Ben Berman einst, als es den Daughertys finanziell an nichts mangelte, Anzüge und Mäntel für seinen Vater geschneidert hatte. Er hatte noch lebhaft in Erinnerung, wie Edward Daugherty hier in diesem Raum stand und einen lohfarbenen, getüpfelten Anzug mit Knickerbockern anprobierte, dessen Jacke marmorierte Knöpfe und im Rücken ein aufgesetztes Gurtband hatte; die dazugehörige braune Weste war aus einem anderen Stoff geschneidert. Martin kam in den Sinn, daß er nichts von der Affigkeit seines Vaters geerbt hatte; er hatte nie einen maßgeschneiderten Anzug oder Mantel besessen, sondern trug Kleider von der Stange und gab sich mit Konfektionskleidung zufrieden. Bei seinem Eintreten kam eine Frau die Treppe herab, die ins Obergeschoß führte. Er kannte sie nicht, sie sah aus wie eine vierzigjährige Matrone. Sie weinte, und Martin bemerkte, daß ihr Hut schief saß.

«Ist Jake oben?»

Sie nickte, schniefte und wischte sich ein Auge ab. Martin spürte eine jähe Sehnsucht, sie mit sanften Liebkosungen zu trösten.

«Kann ich Ihnen helfen?»

Sie gab ein knappes Lachen von sich und schüttelte den Kopf, ging dann zur Tür und verschwand. Martin stieg die alten Stufen hinauf und sah Jake Berman, der zurückgelehnt auf einem Drehstuhl saß, die Arme hinterm Kopf verschränkt, die Füße hochgelegt auf einen geöffneten Rollschreibtisch. Jake hatte einen dichten grauen Schnurrbart und trug seine Mähne lang wie ein klassischer Musiker. Die Ärmel seines Pullovers waren bis zu den Ellbogen hochgekrempelt, die Krawatte hatte er abgelegt. Der Schreibtisch dominierte den Raum, der eigentlich aus zwei Zimmern bestand, deren Zwischenwand man herausgebrochen hatte. Überall standen Klappstühle herum, und an einem langen Tisch saßen zwei Männer, beide jünger als Jake, über ihren Spiralblocks und rechneten Zahlenkolonnen nach. Das Telefon auf Jakes Schreibtisch war ausgehängt.

«Wieso gehst du nicht ans Telefon?» fragte Martin.

«Bin zu beschäftigt», sagte Jake, der wie versteinert dasaß. Nur die Lippen und die Augen bewegten sich, wenn er sprach.

«Ich habe die Ergebnisse gehört.»

«Aha. Und haben sie dich überrascht?»

«Ein gewaltiger Zulauf. Ich hörte was von 1200, die sich neu eingeschrieben haben. Ist diese Zahl korrekt?»

«Deine Informationen sind so gut wie meine. Du kriegst deine aus dem Hauptquartier der McCalls.»

«Ich hab sie von der Redaktion.»

«Das kommt doch aufs gleiche raus, Martin, oder?»

«Würde ich nicht behaupten. Gewiß, die McCalls genießen dort ein bißchen Unterstützung.»

«Ein bißchen?»

«Ich für meinen Teil betrachte mich nicht als hundertprozentigen McCall-Anhänger.»

«Richtig, Martin, hin und wieder schreibst du ein paar gewagte Sachen. Du bist auf deine Weise ziemlich unparteiisch, was deine Ansichten anbetrifft. Aber ich habe weder von dir noch sonst einem einen Artikel darüber gelesen, wie man uns hier in die Tasche steckt. Hat davon keiner was gewußt bei diesem reaktionären Käseblatt?»

«Hast du es denn gewußt?»

«Heute morgen wußte ich's», entgegnete Jake. «Ich hab es erst gemerkt, als es passierte. Als die fetten alten Iren anmarschierten, die uns sonst nicht riechen können, als die besoffenen Penner aus der Gosse und die kleinen deutschen Hausfrauen anrückten, um sich als ALP-Mitglieder registrieren zu lassen. Bis dahin war dieses subversive Manöver ein wohlgehütetes Geheimnis.»

Jakes Gesicht sah mitgenommen aus. Die Augen waren asymmetrisch, eins stand tiefer als das andere. Sein Schnurrbart war auf einer Seite zu hoch gestutzt; im Zorn verzog sich seine Unterlippe nach links. Das Gesicht war so schief wie der angeschlagene und verstaubte alte Samowar seines Vaters, der hinter ihm auf einem Tisch stand und mit seinem kaputten Hahn, einem fehlenden Griff und einem abgebrochenen Bein einer angeknacksten Skulptur glich. Innerhalb von wenigen Stunden blickte Martin hier schon wieder in ein gebrochenes Antlitz: erst das von Charlie nach Scottys Tod, heute morgen Patsy und Matt, und jetzt Jake, ein Opfer der McCalls. Ein Unheil griff ins andere; was sie verband war Ironie. Martin empfand Sympathie mit allen Beteiligten, er hing an ihnen allen und fühlte sich keinem verpflichtet. Trotzdem beschuldigte man ihn nun schon zum zweitenmal während der letzten halben Stunde, ein Verbündeter der McCalls zu sein. Und war er das nicht auch? Bist du das denn nicht, du mit deiner Doppelzüngigkeit?

«Ich bin hier, um einen Kommentar von dir zu hören, Jake. Willst du einen abgeben?»

«Einen ganz kurzen. Die McCalls sollen in siedendheißer Leichenpisse schmoren.»

Am Tisch warf ein junger Mann, der schon mit fünfundzwanzig eine Glatze hatte, seinen Bleistift hin und erhob sich von seinen Zahlenkolonnen. «Und den Iren hier in dieser Stadt kannst du bestellen, sie sollen sich ins Knie pimpern.»

«Damit haben wir zwei zur Veröffentlichung ungeeignete

Statements», sagte Martin. «Aber aller guten Dinge sind drei. Haben wir noch ein drittes?»

«Du verlierst nie deinen Humor, Martin. Dir kommt immer alles wie ein Witz vor.»

«Manche Dinge sind nun mal komisch, Jake. Wenn mir ein Mann in vollem Ernst sagt, ich soll mich ins Knie pimpern, dann amüsiert mich das irgendwie, selbst wenn ich bloß Halbire bin.»

Der hemdsärmelige junge Mann mit der Ben Franklin-Brille, die er sich halb über die Nase herabgeschoben hatte, kam herüber zum Schreibtisch und schaute auf Martin herab. «Es ist eine Sache der Religion, hab ich recht?» sagte er. «Politisch engagierte Juden sind ein Affront für die McCalls und ihre Katholikenpriester, diese Priester, die keinen Deut besser sind als die katholischen Faschistenhunde, die Franco und Mussolini die Stiefel küssen.»

Martin kritzelte einen Schnörkel auf seinen Notizblock.

«Würdest du die McCalls als Faschisten bezeichnen, Jake?» fragte er.

«Ich kenne einen Juden, der beinah von Anfang an für die gearbeitet hat», erzählte Jake. «Heute kriegt er ein paar Pennies mehr als damals 1922, und der hat denen sechzehn Jahre lang die Stange gehalten für einen Hungerlohn, ohne ein einziges Mal um eine Erhöhung zu bitten oder gar zu drohen, daß er aufhört, wenn er nicht mehr Geld kriegt. ‹Wenn ich das täte›, hat er mal zu mir gesagt, ‹weißt du, was die dann sagen würden? Das gleiche, was sie auch zu Buchhalter Levy gesagt haben. Dann hau doch ab, du Judensau.› Ein Mensch, der in beständiger Furcht lebt, ein Mann ohne jeden Mut.»

«Leute, die einem Juden die Beförderung verweigern, sind das Faschisten oder sind das Antisemiten?»

«Das kommt aufs gleiche raus. Die Faschisten verdanken ihre Existenz doch gerade solchen biederen Leuten wie diesen Holzköpfen, die sich heute bei uns eingeschrieben haben, alle voller schwelendem Haß, der bloß auf einen Katalysator wartet, der ihn aktiviert.»

«Dein Standpunkt ist mir klar, Jake, aber ich warte immer noch auf ein Statement.»

«Dann druck folgendes: daß ich damit keinesfalls erledigt bin, mich nicht einmal als Unterlegenen empfinde, daß ich den Fall der Partei vor Gericht bringe und daß wir den Prozeß gewinnen werden. Wenn je das Recht der freien Wahl verletzt worden ist, dann mit diesem lächerlichen Manöver heut hier in Albany.»

«Die McCalls haben auch die Gerichte unter der Fuchtel», sagte der junge Mann. «Sogar das Bundesgericht.»

«Es gibt noch ehrbare Richter», sagte Jake. «Wir werden einen finden.»

«Wir werden uns nicht der Herrschaft des Pöbels beugen», erklärte der junge Mann.

«Er hat recht», sagte Jake. «Bestimmt nicht. Damals, in der Zeit des Bürgerkriegs, hat der irische Pöbel in New York meinen Großvater im dritten Stock aus dem Fenster geworfen. Sie haben da gegen ihren großen Feind, die Nigger, Randale gemacht, aber was sie getan haben, war, einen frommen alten Juden zu ermorden. Der hat versucht, mit diesem Mob zu diskutieren. Er dachte, sie würden auf seinen gesunden Menschenverstand hören, denn er war schließlich ein intelligenter Mann und hatte weder mit diesem Krieg noch mit den Niggern irgendwas zu schaffen. Er wohnte lediglich ein Stockwerk über dem Rekrutierungsbüro. Trotzdem haben sie ihn auf die Straße runtergeworfen und ihn dort liegen lassen; er zuckte noch ein paar Stunden, und dann war er tot. Die haben nicht zugelassen, daß jemand ihn wegbringt oder sich auch nur um ihn kümmert, und so ist er dann gestorben – bloß weil er im Stockwerk über dem Rekrutierungsbüro wohnte. Das war ein Augenblick in der amerikanischen Geschichte, wo die Wahrheit über die ethischen Verhältnisse ungeheuer deutlich zutage getreten ist, mein Lieber, die verfemten Iren werfen einen verfemten Juden aus dem Fenster, aus Protest gegen die Einberufung von Iren zu den Unionstruppen, wo sie für die Befreiung der verfemten Schwarzen kämpfen sollten.

«Aber die enorme Ironie, die darin liegt, hat nicht zur Weisheit geführt, lediglich zur Selbsterhaltung und zum Wissen um die Wahrheiten des Pöbels. Diese Geschichte hat mir damals mein Vater erzählt, nachdem ein anderer Mob auf unserer Veranda Papiertüten in Brand setzte, und als mein Vater rauskam und die Flammen austreten wollte, platzten die Türen auf und menschliche Exkremente spritzten durch die Gegend. Ein brillanter Streich des Mob. Sie haben draußen mit ihrem mitgebrachten Flammenkreuz gewartet, um meinen Vater im Feuer und in der Scheiße tanzen zu sehen. In Feuer und Scheiße, mein Lieber. Feuer und Scheiße. Daß wir bald danach fortgezogen sind, muß ich wohl nicht extra erwähnen.»

«Mit dem Klan, Jake, habe ich auch schon Bekanntschaft gemacht», sagte Martin. «Der hat vor meinem Haus ein Kreuz abgebrannt und mir eine Kugel durchs Fenster geschossen, weil ich einen Artikel geschrieben habe, in dem ich Al Smith unterstützte. Den Ku-Klux-Klan kannst du nicht den Iren in die Schuhe schieben. Die Iren mögen sich wie tolle Hunde aufgeführt haben, aber sie sind auch im Bürgerkrieg als Kanonenfutter verheizt worden. Ich könnte meine Großväter durchaus mit deinem vergleichen. Einer kam in Antietam um, wo er *für* die Nigger kämpfte.»

Jake hatte einen Brieföffner zur Hand genommen, den er wie ein Messer umklammert hielt. Er stieß mit seiner Spitze leicht gegen das hochgezogene Rollo des Schreibtischs. Dann wurde sein Arm steif. «Herrgott noch mal, Martin, es stinkt zum Himmel, dieses lausige und armselige Leben! Es stinkt zum Himmel! Zum Teufel mit allem!» Und mit jäher Wucht trieb er die Spitze des Brieföffners ins Holz der Schreibtischplatte. Die Spitze stak fest, aber die Klinge brach und drang in den Muskel seines Daumens.

«Perfekt», sagte er, hob seine Hand vors Gesicht und sah zu, wie das Blut herabrann. Der junge Mann sprang ins Badezimmer und kam mit einem Handtuch wieder, das er fest um den Daumen wickelte. Jake war in seinem Drehstuhl zusammengesunken.

«Gewalt löst alle Probleme», sagte Jake. «Ich habe kein Bedürfnis mehr, noch irgendwas zu sagen.»

«Wir können uns ja an 'nem anderen Abend unterhalten», meinte Martin.

«Das wird nicht minder bitter abgehen.»

«Vielleicht weniger blutig.»

«Und ungebeugt.»

«Da ist noch etwas, Jake. Es steht heute abend in der *Times-Union*, und du solltest davon wissen. Dein Sohn Morrie wird da als potentieller Unterhändler bei einer Entführung genannt.»

«Sag das noch mal, Martin.»

«Bindy McCalls Sohn Charlie ist heute früh entführt worden; als Lösegeld wird eine Viertelmillion gefordert. Die McCalls haben per Annonce eine simpel verschlüsselte Namensliste reingesetzt, mit den Namen von Männern, die sie als mögliche Unterhändler betrachten, damit sich die Kidnapper einen davon aussuchen können. Einer von den zwölfen ist Morrie.»

«Gott ist gerecht», sagte Jakes junger Wahlhelfer. «Jetzt kriegen die McCalls selber eins auf den Deckel.»

«Dämlich, äußerst dämlich, was du da sagst», schnauzte Jake ihn an. «Spar dir deine Bosheit auf, bis sie angebracht ist.»

«Ich hab Morrie grad vorhin gesehen», sagte Martin, «er war auf dem Sprung zu 'ner Pokerrunde.»

«Natürlich», entgegnete Jake.

«Vielleicht treff ich ihn später noch. Soll ich ihm was von dir ausrichten?»

«Wir reden nicht mehr miteinander. Ich habe drei Töchter, Goldstücke alle drei, und ich habe Morris, das ist ein falscher Fuffziger.»

In diesem Augenblick hatte Martin plötzlich eine Vision von Jake, wie er mit wallendem Bart auf dem Berg Morija stand, ein Messer in der Hand hielt und seinem Sohn das Herz aus dem Leib schnitt.

«Ich hatte grad eine Vision von dir mit diesem Brieföffner in der Hand», sagte Martin. «Du hattest da große Ähnlichkeit mit einem Stich von Abraham, den ich mir seit Jahren immer wieder in der Familienbibel anschaue. Dein Haar und die Stirn.»

«Abraham mit dem Messer.»

«Und unter ihm Isaak», ergänzte Martin. Er konnte sich nicht dazu überwinden, vom Hinschlachten des Isaak zu sprechen. «Deine Ähnlichkeit mit diesem Bild von Abraham ist verblüffend.»

Martin hielt inne, da er jetzt den Bibelstich klar und scharf vor Augen hatte und erkannte, daß es Abraham jeder Ähnlichkeit mit Jake mangelte. Im Gesicht Abrahams offenbarten sich Schwäche und der gequälte Schmerz des Gläubigen, doch keinerlei Bitterkeit oder Verachtung. Und das Messer berührte Isaak nicht. Dann war Abrahams Bart auf einmal verschwunden. Die Hand, die das Messer umschloß, hatte einen verstümmelten Finger. Isaak trug nun den Kopf eines Widders. Die Vision veränderte sich. Der Widder wurde zu einem plärrenden kleinen Kind, das sich in ein blökendes Lamm verwandelte. Martin kniff die Augen zusammen, um die Bilder zu verscheuchen. Er fixierte den Samowar.

«Isaak», hörte er Jake sagen. «Gott liebt die Isaaks auf dieser Welt. Aber er hätte sich bestimmt nicht die Mühe gemacht, Abraham zu bitten, einen so nichtsnutzigen Sohn wie meinen Morris zu opfern.»

«Jetzt weißt du also schon, was Gott sich wünscht», sagte Martin.

«Ich nehme meine Bemerkung zurück.»

Martin starrte so lange auf den Samowar, bis er ihn wieder restauriert hatte: mit neuem Bein, neuem Griff und einem neuen Hahn. Er dampfte wieder wie zuvor. Martin sah auf und bemerkte das Plakat von 1936 mit dem Aufdruck: Roosevelt, Präsident der Arbeiterschaft. Aus dem Hahn schoß das heiße Blut der Jahrhunderte.

7

Bump Oliver war ein schnieker kleiner Bursche, der beim Pokern seinen Hut aufbehielt. Billy sah ihn zum erstenmal, als er in Nick Levines Keller seinen Platz am Zockertisch einnahm, direkt unter dem Stromzähler und schräg gegenüber vom Heizungskeller mit der alten Kohlefeuerung, die mit ihrem Qualm den ganzen Raum verpestete und ihn doch nie genügend aufheizte, daß man die Jacke hätte ausziehen können. Ein neuer Mann am Broadway, das war alles, was Nick sagte, als er ihm Bump vorstellte, und was brauchte man auch mehr zu wissen?

Aber nachdem Bump zweimal Karten gegeben hatte, hätte Billy doch gern mehr über ihn gewußt. Weil er nämlich spürte, daß er hier einem Falschspieler gegenübersaß. Wie er darauf kam? So genau hätte Billy das nicht einmal zu sagen gewußt. Er hatte sich zehn Jahre lang Geschichten über Falschspieler angehört, auch selbst einige in Aktion erlebt, wie er hinterher jedesmal zu seinem Leidwesen feststellen mußte. Er hatte Ace Reilly zugeschaut, wie er stundenlang vorm Spiegel hockte und seinen Trick mit der zweiten Karte übte. Billy hatte diesen Trick einmal sogar selbst ausprobiert, weil er sehen wollte, wie das funktionierte, fand jedoch keinen Gefallen an der Sache – ihm fehlte dazu die nötige Geduld, und es entsprach nicht seiner Neigung. Denn als Falschspieler, nun, da wußte man ja schon im voraus, wie das Spiel ausging, und was zum Teufel sollte dann das Ganze? Auch hatte Billy mal gesehen, wie so ein Schummler auf frischer Tat ertappt worden war: Ein Handelsvertreter, der in Corky Ronans Zockerclub in der Van Woert Street spielte; und als Corky spitzkriegte, daß er mit einem Spiegel arbeitete, packte er die Hand des Betrügers und zeigte jedem am Tisch den winzigen Spiegelsplitter, den sich der Gauner unter einen langen Fingernagel geklemmt hatte. Joe Dembski lehnte sich über den Tisch und verpaßte dem Gauner einen Boxhieb an den Hals, und die anderen wollten ebenfalls tätlich werden, aber Corky sagte: Regt euch nicht auf, nehmt ihm einfach seine Piepen ab, der kommt garantiert nicht wieder. Damit hatten sie den Gauner dann ziehen lassen. Warum? Nun, Corky war der Ansicht, daß jedermann eben seinem Gewerbe nachging, und dieser Ansicht war Billy mittlerweile auch.

All dies hat Billy also erlebt und sich Gedanken dazu gemacht. Und weil er sehr gut weiß, wie es bei einem ehrlichen Spiel zuzugehen hat, glaubt er auch zu erkennen, wenn einer in der Runde davon abkommt, und sei es auch bloß um Fotzenhaaresbreite. Dafür hatte Billy ein sehr feines Gespür. Vielleicht lag es an der Art und Weise, wie Bump den Packen Karten in seiner Hand der Länge nach geknickt hielt und einen Finger darum krümmte, vielleicht lag es auch an seinem Blick und der Tatsache, daß er neu war am Broadway. Wie auch immer: Billy traute dem Kerl nicht über den Weg, selbst dann nicht, als Bump zwölf Runden nacheinander verloren hatte.

Man spielte «Five-Card-Stud», Ante ein Vierteldollar, nach obenhin kein Limit, Vierer-Flush schlägt Paar. Sie wechselten beim Geben im Uhrzeigersinn ab, und als Bump an der Reihe war, starrte Billy ihm ganz unverfroren in die Augen.

«Wo kommst du her, Bump?» wollte er wissen, ganz wie einer, den das interessiert.

«Drüben von Troy», sagte Bump. «Aus Albia. Kennst du das?»

«Klar kenn ich Albia. Wer zum Teufel kennt das nicht?»

«Ich hab ja bloß gefragt. Weil viele Leute zwar Troy kennen, aber Albia nicht.»

«Aber ich kenn dieses Kaff, Mann. Ich kenn Albia.»

«Na großartig, wirklich großartig. Gratuliere.»

Bump blickte Billy an, Billy blickte Bump an, und die anderen am Tisch schauten auf sie beide, weil sie so einen Stuß daherredeten. Doch Billy wollte den Gauner dazu bringen, daß er an etwas anderes denken mußte als sein Falschspiel; er wollte ihn nervös machen. Billy lächelte ihm zu. Bump erwiderte das Lächeln nicht. Gut.

Billy bekam einen Zweier, eine Vier, eine Acht, und stieg aus. Er hatte bisher 21 Dollar eingesackt, und das war nicht übel. Er hatte sich mit 315 Dollar plus Kleingeld an den Tisch gesetzt – seine ursprünglichen 170 Dollar, dazu 20 von Peg, 40 von Tod, noch mal 20 von Red Tom und die 67 Dollar des edlen Spenders Harvey Hess. Als Auslagen hatte er lediglich den Busfahrschein und die Drinks in *Becker's Bar* zu verbuchen. Grob überschlagen, fehlten ihm nun noch 455 Piepen, um Martin ausbezahlen zu können, aber hier war er ja gerade auf dem besten Weg, sich genau das zu holen, was er brauchte, oder? Hatte das je einer bezweifelt? Glaubte etwa jemand, es sei ein Problem für Billy, ein paar Piepen aufzureißen?

Morrie Berman gewann das Spiel mit drei Neunen. Morrie war noch dicker am Gewinnen als Billy.

«Hast wohl deinen Glückstag heute», sagte Billy zu ihm.

«Muß wohl sein», sagte Morrie. «Die Piepen rollen, und mein Name steht in der Zeitung.»

Davon, daß sie beide auf der Namensliste standen, hatte Billy ihm gleich berichtet, als sie sich vor Nicks Eingang trafen, doch Morrie hatte schon Bescheid gewußt. Max Rosen hatte ihn zur Abendessenszeit angerufen und ihn darum gebeten, die Stadt nicht zu verlassen und sich verfügbar zu halten. Rosen sei die Freundlichkeit selber gewesen, sagte Morrie. Wenn es Ihnen nichts ausmacht, Mr. Berman. Aber selbstverständlich nicht, Mr. Rosen. Sie brauchen bloß anrufen, falls ich Ihnen in irgendeiner Weise behilflich sein kann. Was sollte man auch sonst in so einer Situation einem Lakai der McCalls antworten? Weder Billy noch Morrie hatten das mit der Liste bei Nick jemand anderem gegenüber erwähnt. Billy hörte genau auf das, was Morrie sagte. Der gab auch nicht ein verdammtes Wort von sich, das es wert gewesen wäre, es irgendeinem Dritten weiterzuerzählen.

«Wer steht in der Zeitung?» fragte Nick Levine. Nick war sein eigener Hausspieler, machte damit seinen Schnitt, und wenn 40 Dollar im Pott lagen, zweigte er sich zwei davon ab. Und er wurde hellhörig bei jedem Tratsch, wenn er in seinem Keller etwas aufschnappte.

«Ach, nichts. Bloß so 'ne Geschichte.»

«Was für 'ne Geschichte?»

«Nicht der Rede wert.»

«Ich werd mir die Zeitung kaufen.»

«Genau, kauf dir die Zeitung.»

Aber damit gab sich Nick nicht zufrieden. Er war ein beharrlicher kleiner Mann mit doppelt starken Brillengläsern, und er hatte mehr Anzüge im Schrank hängen als sonst einer, den Billy kannte, außer vielleicht George Quinn. Andererseits war Nick ja auch der Inhaber eines Konfektionsgeschäfts, und George nicht, aber George sah in seinen Anzügen allemal besser aus als Nick. Manche Leute wissen eben nicht, wie man Kleider trägt.

Nick äugte über den Tisch zu Morrie hin und starrte ihn unverwandt an, bis alle am Tisch aufhörten zu spielen. «Ham dich die Bullen hopsgenommen?»

«Nee, nichts dergleichen», sagte Morrie. «Kommt, spielt weiter. Ich erzähl's dir nachher.»

Damit war Nick dann zufrieden, und er bot mit seinen Königen.

Lemon Lewis war ein kahlköpfiger Mann, dessen Schädel nach oben hin spitz zulief; daher auch der Spitzname. Am ganzen Körper wuchs ihm kein einziges Haar, nicht einmal eine gottverdammte Wimper. Daran, daß Lemon, der in Bindy McCalls Diensten stand, auf das mit Morrie in der Zeitung überhaupt nicht reagierte, merkte Billy, daß er nichts von dieser Liste wußte. Aber so gut war Lemons Draht zu Bindy nicht mehr, seit er es damals zu weit getrieben hatte mit den Schmiergeldern, die er als oberster Schirmherr von Albanys Spielhöllen wegsteckte. Seine Geldgier hatte schließlich dazu geführt, daß Bindy ihn degradierte und ins *Monte Carlo* abschob. Dort stand er dann mit einem Stück Kreide in der Hand und durfte an der Tafel die Quoten notieren, ein genauso mickriger Ganove wie alle anderen auch.

Lemon saß gleich neben Bump, und als Lemon jetzt mit Geben an der Reihe war, verlangte Billy einen neuen Satz Karten. Falls Bump, der nach Lemon dran war, die Karten durch Einknicken oder kleine Kerben am Rand gezinkt hatte und sich das zunutze machen wollte, wenn er sie wieder in den Händen hielt, würde ihm der neue Satz einen Strich durch die Rechnung machen. Und dadurch, daß Billy jetzt bei Lemon um neue Karten bat, lenkte er keinen Verdacht auf Bump. Er brüskierte freilich Lemon, doch das fand Billy immer amüsant.

«Neue Karten, wo du grad am Gewinnen bist?» fragte Lemon.

«Damit hab ich doppelt Glück», sagte Billy.

«Du meinst, Lemon hätte was dazugelernt?» fragte Footers O'Brien, und die ganze Runde lachte, nur Lemon nicht. Er war alles andere als ein ausgebuffter Kartengeber und gewiß der allerletzte in der Stadt, dem man hätte Falschspielerei vorwerfen können. Sein ganzes Leben hatte er sich in den Hinterzimmern dieser Haifischbranche rumgetrieben und doch nie gelernt, wie das Spiel gespielt wurde.

«Lemon mischt die Karten wie meine Mutter, wenn sie mit meinem zehnjährigen Neffen Schwarzer Peter spielt», frozzelte Billy.

Lemon teilte die ersten beiden Karten aus, eine verdeckt, die zweite offen, und Billy erwischte beidesmal ein As.

«As eröffnet!» sagte Lemon, und als Billy 5 Dollar setzte, stiegen Bump, Morrie und Nick nacheinander aus. Footers O'Brien, ein Varietédarsteller im Ruhestand, der einst bei lokalen Gastspielen von Minstrel-Shows mit Jolson-Songs aufgetreten war, hielt mit einem König. Lemon hielt mit einer Dame.

Mit der dritten Karte machte keiner große Fortschritte. Billy kriegte eine Acht und bot erneut mit seinem As. Lemon erhöhte, woraus Billy schloß, daß er zwei Damen hatte, denn Lemon bluffte selten. Footers blieb dabei und hatte seinen König und den Buben vor sich liegen, also besaß er aller Wahrscheinlichkeit nach ebenfalls ein Paar. Footers würde keinem Paar hinterherhetzen, dazu war er ein zu guter Spieler. Doch was diese beiden auch für ein Blatt haben mochten, Billy hatte sie übertrumpft.

Als vierte Karte bekam Billy eine weitere Acht und hatte damit jetzt zwei Paare: eins mit Achten, eins mit Assen. Weder Footers noch Lemon erweckten den Eindruck, als hätte sich bei ihrem Blatt etwas gebessert. Trotzdem hielten beide mit, selbst als Billy 20 Dollar in den Topf warf. Deine Achter können sie also schlagen, Billy.

Footers' letzte Karte war eine Sieben, die ihm nicht weiterhalf. Lemon hatte ein Pik und somit einen Dreier-Pasch vor sich liegen. Der Einsatz stand noch immer auf Billys Achterpaar, doch bevor er noch erhöhen konnte, drehte Lemon seine verdeckte Karte um und präsentierte einen Vierer-Flush.

«Habt ihr was, um den zu schlagen, Boys?» fragte er in die Runde und griente bis über beide Ohren.

«Höchstens meinen Stock», sagte Footers trocken, drehte seine offenen Karten um und gab zu verstehen, daß er ausstieg.

«Ich erhöhe auf 40 Lappen», entgegnete Billy ungerührt.

Sein offenes Blatt zeigte ein As, die Sieben, und das Achterpaar.

«Na, das ist ja 'n dicker Hund», sagte Lemon. «Wo ich mein Blatt umdrehe und dir einen Vierer-Flush präsentiere.»

«Richtig, hast du. Und dann hab ich 40 Lappen gegen dich gesetzt. Wenn du hier deine Karten offen rumzeigen willst, dann ist das deine Sache, Lemon. Aber das mit meinen 40 Lappen gilt nach wie vor.»

«Du bluffst, Phelan.»

«Das kannst du gern rausfinden.»

«Was sagst du zu so einem Burschen, Nick?» fragte Lemon.

«Sind die Regeln, Lemon. Wer zum Teufel hat dir gesagt, daß du vor dem Bieten dein Blatt aufdecken sollst?»

«Der blufft. Ich weiß genau, die Siebener sind alle ausgespielt. Hat er 'ne dritte Acht? Und die Asse», rechnete Lemon laut nach, «da hat Nick mit 'nem As gepaßt, und ich hab eins. Demnach hast du wohl das vierte As? Das ist es also?»

«40 Lappen, Lemon.»

Lemon stand auf und ging hinüber zu dem Tischchen, auf dem Sandwiches und Bier bereitstanden. Er biß in einen Mettwurstsandwich, schenkte sich ein Bier ein und kam zurück an den Spieltisch. Er studierte Billys Blatt. Da lagen immer noch das As, die Sieben und die beiden Achten.

Billy saß mit verschränkten Armen da, ganz ruhig nach außen hin. Aber in ihm drin kribbelte es nur so vor Spannung, und das tat es schon, seit er dies Blatt in der Hand hielt; meine Güte, dieses herrliche Kribbeln wurde immer stärker! Und als sei das nicht genug, stand ihm schon wieder ein Gewinn ins Haus! Das war so himmlisch, daß einem glatt einer abging. Menschenskind, Billy, das Leben machte doch einfach Spaß, oder? Ob man gewann oder verlor, man war mit jeder Faser dabei. Billy ließ seine Finger über den grünen Filz des Tisches gleiten, befingerte den Stapel Quarters vor sich, ließ sein Bündel Scheine am Daumen vorbeischnalzen und wartete darauf, daß dieser Lemon reif wurde zum Auspressen. Menschenskind, das war einfach ein Gefühl für die Götter.

Bump schielte boshaft und voller Mißgunst zu ihm hinüber.

Footers kaute grinsend auf seiner Zigarre, eine Headline zu 5 Cents. Der große Footers. Ihm konnte keiner das Wasser reichen. Ein Zechkumpan von Billy schon seit Jahren, und immer gut, wenn man sich was pumpen mußte. Auch Footers war ein Mann, der sich durchzuschlagen wußte. Er hatte Billy mal davon erzählt, wie er nach einer vier Tage langen Sauftour völlig abgebrannt und verlottert zu sich kam und dringend eine Rasur nötig hatte. Er rief den Nachbarjungen, gab ihm den letzten Nickel, den er hatte, und schickte ihn damit zum Kolonialwarenladen des Türken, eine Rasierklinge kaufen. Der Junge brachte ihm die Klinge, und Footers rasierte sich damit. Danach wischte er sie ab, rieb sie trocken und steckte sie wieder in das gefaltete Einwickelpapierchen. Er rief den Jungen erneut und instruierte ihn: Bring die zurück zum Türken und sag ihm, du hättest mich nicht richtig verstanden. Sag ihm, Mr. O'Brien wollte keine Rasierklinge, er wollte eine Zigarre. Und der Junge kam zurück und brachte ihm die Zigarre.

Billy schaute hinüber zu Footers und mußte von neuem über diese Geschichte lachen. Footers grinste ihm zu und schüttelte den Kopf über dieses Mauseloch in Lemons Charakterkostüm. Es waren fünf Minuten vergangen, seit Lemon sein Blatt aufgedeckt hatte.

«Ich geb dir noch dreißig Sekunden, Lemon», meldete sich Nick zu Wort, «dreißig Sekunden, und dann entscheidest du dich, oder der Pott ist gestorben.»

Lemon setzte sich auf seinen Stuhl und biß wieder in das

Mettwurstsandwich. Er fixierte Billy, während seine Frist verrann.

«Du hast das zu schnell gesagt, als du erhöht hast», sagte er mit vollem Mund, «demnach wirst du dieses As wohl haben.»

«Wird mir ein Vergnügen sein, dir mein Blatt zu zeigen.»

«Tja. Nun, Billy, du bist eben ein ausgefuchster Bursche. Alles, was recht ist.»

«Ahhhh», machte Billy, als er endlich das Geld aus dem Pott zu sich herzog. «Meine Mutter dankt es dir, meine Schwester dankt es dir und mein Neffe auch. Und am allermeisten, Lemon, dankt es dir der irisch-katholische Demokrat William-Francis Phelan.»

Seine verdeckte Karte schob Billy mit der Bildseite nach unten zwischen die abgelegten Karten.

Lemon machte eine Leichenbittermiene, aber das Leben ging weiter. Bump Oliver teilte die Karten aus, und Billy bekam zwei Könige. Und zum erstenmal vernahm Billy das unverwechselbare Ratschen, mit dem ein wirklich ausgebuffter Kartenprofi seine zweite Karte dealte. Billy sah ihm bewundernd zu; wenn ihm ein Talent begegnete, wußte er das stets zu würdigen. Keinem der anderen schien es aufzufallen, aber Billy schallte das Ratschen wie eine Blaskapelle in den Ohren. Als Wohlklang indessen empfand er diese Musik nicht. Billy hatte nichts gegen die Musik von Falschspielern, solange sie nicht ihn damit volltröteten. Mit den Augen fing er Bumps Blick ein und legte dann lächelnd seine zwei Könige ab.

«Nee, danke», mehr sagte er nicht, aber das genügte vollkommen. Bump würdigte Billy keines Blickes mehr und stieg nach der nächsten Karte selber aus. Noch zwei Spiele pokerte er mit, dann verließ er die Runde. Der Schummler verlor hier bloß sein Geld. Und keinem am Tisch hatte er auch nur einen Nickel abgeknöpft – das verdankten sie dem wackeren Billy. Keiner merkte, daß Bump im Grunde seiner Seele ein übler Gauner war. Und es bekam auch niemand mit, wie Billy ihn vollkommen neutralisierte.

Billy Phelan, du bist ein echtes Wunderkind in deinen schwarzen, glänzenden Lackschuhen.

Martin erschien gerade rechtzeitig, um zu sehen, wie Lemon Lewis das Kartenspiel quer durch den ganzen Keller pfefferte, und hörte, wie Nick ihn zurechtstauchte: «Entweder du hebst sie auf, oder du verschwindest hier. Wenn du das noch mal machst, brauchst du dich hier nicht mehr blicken lassen.» Lemon sammelte die Karten auf, als sei er der einzige Verlierer auf der ganzen Welt, senkte dann verdrossen den kahlen Schädel über sein neues Blatt und verlor weiter. Billy machte den Eindruck, als würde er gewinnen, aber das große Geld auf dem Tisch stapelte sich vor Morrie Berman.

«Scheint ja ganz gut gelaufen zu sein bei dir», sagte Martin, zog sich einen Stuhl heran und setzte sich hinter Billy.

«Ich kann mich nicht beklagen.» Neben seinen Gewinnen stand ein halbvolles Glas Bier, und sein Blick war mindestens sechs Glas schwerer, seit Martin ihm das letzte Mal begegnet war.

«Spielst du Berater bei dem?» fragte ihn Nick.

«Sieht nicht so aus, als ob er einen bräuchte.»

«Der hat das Glück, das diese scheißverdammten Iren immer haben», sagte Lemon.

«Vorsicht mit dem, was du über die Iren sagst», belehrte ihn Footers. «Hier sitzen auch Juden am Tisch.»

«Na wennschon. Ich bin auch Jude.»

«Du bist kein Jude, Lemon, ein Arschloch bist du.»

«Du mich auch», sagte Lemon und besah sich seine verdeckte Karte.

«Ein Mann von deiner Schlagfertigkeit, Lemon, der gehört auf die Bühne», sagte Footers und blickte auf seine Armbanduhr. «Die nächste Show startet in zehn Minuten. Beeil dich.»

«Spielt Karten», mahnte Nick.

«Ich erhöhe auf 80 Dollar», sagte Morrie.

«80», wiederholte Nick.

Morrie lächelte und sah ganz und gar nicht aus wie Isaak. Ihm haftete etwas Theatralisches an, das Martin vorkam, als sei es irgendwo abgeschaut – eine Spur Valentino, ein bißchen George Raft, dazu eine gehörige Portion Ricardo Cortez: als hätte Morrie ihn eingehend studiert, diesen dunkelhäutigen Latino-Macker mit dem glänzenden, glatten Haar, und auf diese

Weise sein Erscheinungsbild als Weiberheld vom Broadway, Möchtegern-Gigolo und leidenschaftlicher Spieler aufgepeppt. Morrie, der attraktive junge Zuhälter mit seiner Marsha, eine der pfiffigsten Huren am ganzen Broadway – auf den Strich ging sie noch heute, sie hatte sich jedoch vor fünf Jahren von Morrie getrennt und arbeitete heute auf eigene Rechnung. Der Sohn ein Zuhälter, das war genug, ein väterliches Haupt vor Gram zu beugen, aber Jakes abschätzige Bemerkung, er sei ein falscher Fuffziger, deutete auf einen viel tiefer greifenden Charaktermangel Morries hin, den Martin ihm nicht ansah.

Was ihm ins Auge fiel, war Morries Zuvorkommenheit und eine ominöse Reserviertheit hinter diesem Lächeln, wie es ein George Raft in seiner ärgsten Schurkenrolle nicht zuwege gebracht hätte; Raft war intellektuell zu verzagt und allzu bereit, die simple Lösung zu wählen. Wie Cortez, aber anders als der fügsame und unschuldige Isaak, ließ Morrie mit diesem beherrschten Lächeln durchblicken, worauf es im Leben ankam: auf Durchsetzungsvermögen, Esprit und Grips, auf Hochachtung vor der Macht und Sinn für Komik; die Dinge waren nie so einfach, wie es den Anschein erweckte, und Benimm war nicht gleich Handeln, sondern führte zur Einsicht, die das Handeln bestimmte. George Raft, du bist ein Champion, aber wie hättest du je zu dieser Schlußfolgerung kommen können?

«K-K-Katy, he's bettin' me eighty», sang Footers vor sich hin und stieg aus. Um so mehr blieb im Pott für Nick, Billy und Morrie. Der Pott war fetter geworden, und Nick zwackte den Anteil des Hauses ab.

Die Kellertür ging auf und ein junger Bursche erschien, kaum älter als zweiundzwanzig. Er wurde von Nicks Türsteher empfangen, dem breitschultrigen Bud Bradt, einem ehemaligen Football-Verteidiger, der in den Zwanzigern in der Mannschaft der Philip Schuyler High-School gespielt hatte. Die Männer am Tisch blickten kurz auf, sahen, wie Bud den Jungen passieren ließ, und widmeten sich wieder ihrem Blatt. Der Bursche kam die acht Stufen herunter, blieb vor der Tür stehen, die in Nicks Heizungskeller und Kohlenbunker führte, zog eine kleine handliche Pistole aus dem Strumpf und eröffnete der Pokerrunde: «Okay, das ist ein Überfall.»

«Cowboy», knurrte Morrie und machte Anstalten, sein Geld zusammenzuraffen.

«Pfoten weg, Mister», sagte Kid. «Das übernehm ich schon.» Er warf einen Leinenbeutel auf den Kartentisch, der mitten im Pott landete. «Tut eure Ringe und Uhren da rein.»

«Das kann sehr ungesunde Folgen haben in Albany, was Sie hier machen, junger Mann», sagte Footers. «Es gibt nämlich gewisse Spielregeln in dieser Stadt.»

«Tu, was ich sage, Alter. Legt die Schmucksachen ab, holt eure Brieftaschen raus und macht eure Taschen leer. Wer fertig ist, stellt sich dort drüben an die Wand.» Der Junge deutete mit seiner kleinen Pistole dorthin, wo die Mettwurstbrötchen standen.

Martin schätzte ihn auf knappe zwanzig, und vielleicht war das noch zu hoch gegriffen. Trotzdem war das eine unbestreitbar dreiste Tat, auf die er sich hier einließ. Ein Psychopath? Ein Selbstmörder? Ein frühreifer Krimineller? Oder die Verzweiflungstat eines Menschen, der eine Familie zu ernähren hatte? Auf jeden Fall ein abnormes Verhalten für sein Alter. Auf seinen Schultern waren Sprenkel von dem Nieselregen, der eingesetzt hatte, als Martin hergekommen war. Er trug einen schwarzen Hut mit herabgezogener Krempe, über den Schuhen hatte er Gummigaloschen. Da stand er, die Knarre in der Hand, und an den Füßen diese glänzenden Gummigaloschen mit ihren großen Laschen, damit er keine nassen Schnürsenkel kriegte. Da stimmte doch was nicht an diesem Bild!

«Los, los, bewegt euch», befahl der Junge, jetzt in schärferem Ton. Martin spürte, wie sein Körper sich straffte und bereit machte, Folge zu leisten – die Brieftasche abzulegen, seine Armbanduhr und auch den goldenen Hochzeitsring, einst in Galway erstanden und mit der Gravur versehen: MARTIN UND MAIRE, VEREINT. Ein unersetzliches Stück. Das einfach aufgeben? Nun, es gab Prioritäten, da mußte selbst die ergreifendste Sentimentalität zurückstehen. Leicht fiel es ihm nicht. Aber es blieb ihm wohl nichts anderes übrig.

Martin unterdrückte den Impuls, denn die anderen Spieler am Tisch starrten immer noch den Jungen mit seiner .22er Scheibenpistole an. Gentlemen, ist euch nicht bekannt, daß

Psychopathen unter Stress zu Kurzschlußhandlungen neigen? Wirst du im nächsten Augenblick ausrasten, kleiner Irrer? Nimmt die Pokerrunde heut abend ein blutiges Ende? Martin sah das Bild eines blutüberströmten Körpers vor sich und erschauderte bei dieser Aussicht.

Da griff Billy nach dem Beutesack, hob ihn von dem aufgehäuften Geld herunter und schleuderte ihn dem kleinen Pistolero vor die Füße. Er grapschte sich eine Handvoll Scheine aus dem Pott und stopfte sie in seine Jackentasche. Der Junge trat hinter den leeren Stuhl, auf dem Bump Oliver gesessen hatte, und seine Hand mit der Knarre schnellte vor in den Lichtkegel der Lampe, die überm Spieltisch hing. «Hey!» blaffte er Billy an. Doch Billy langte ein zweites Mal hin und holte sich noch eine Handvoll Scheine.

«Mit diesem Erbsenknaller da krümmst du mir kein Härchen», sagte er.

Martin dachte: Jetzt ist Billy ausgerastet; der Bursche wird ihn abknallen. Aber der Junge stand wie versteinert da, als sei ihm das Herz in die Gummigaloschen gerutscht. Und die unsichere Figur, die er dabei machte, war vollends dahin mit dem Schlag, den er von Bud Bradt ins Genick kriegte – denn Bud Bradt hatte nicht bloß Muskeln, er war auch listig genug, sich von hinten anzuschleichen, einen Satz zu machen und seine massive Faust mit voller Wucht auf dem strategischen Punkt zu landen. Der Junge sackte vornüber, riß im Fallen den Stuhl mit, seine Hand mit der Pistole schlitterte quer durch den Pott, und die Waffe fiel am anderen Ende des Tisches polternd zu Boden. Lemon zerrte den Kleinen vom Tisch hoch, verpaßte ihm ein paar kräftige Ohrfeigen und stieß ihn dann zu Boden. Anschließend deckten er und Morrie den leblosen Körper mit Tritten ein, als gelte es, eine gemeinsame Siegesfeier abzuhalten, bis Nick sagte: «Scheiße, das reicht.» Bud Bradt übernahm ihn, verpaßte ihm selber einen Tritt, packte den blutenden und schlaffen Körper an Kragen und Bein und schleppte ihn die Kellertreppe hinauf.

«Schmeiß ihn nicht bei uns oben in die Gasse», rief Nick ihm nach.

Bud war gleich wieder zurück. «Wo hast du ihn deponiert?» fragte Nick.

«In der Gosse zwischen zwei Autos.»

«Gut so», sagte Nick. «Vielleicht überfahrn sie ihn.»

«Ich könnte mir vorstellen, daß das für andere Leute sehr nach Mord aussieht», warf Martin ein. «Und das ist nicht nur kriminell, da wird man auch Nachforschungen anstellen.»

«Tja», gab Nick zu und klang ein bißchen geknickt. «Dann zieh den Kerl hoch auf den Bürgersteig.»

Als Martin mit Bud vor die Tür trat, sah er, wie der Junge sich gerade mühsam an der Stoßstange eines geparkten Wagens aus dem Rinnstein zog. Er richtete sich zu voller Größe auf, schaute mit seinem blutverschmierten und schmerzverzerrten Gesicht herüber zu Nicks Gasse. Als er Martin und Bud erkannte, drehte er sich um und rannte kläglich hinkend und mit der allerletzten Kraft, wie sie die Angst gebiert, über die Clinton Avenue und dann die Quackenbush Street hinunter, die in Richtung Wasserwerk führte, hin zu den Gleisen der New York Central. Dann war der humpelnde Schemen in der Nacht verschwunden.

«Die paar Tritte waren zu wenig», knurrte Bud. «Der Knilch schafft's immer noch davonzurennen. Aber das wird ihm jedenfalls 'ne Lehre sein.»

«Oder er knallt nächstes Mal erst einen ab, um sich Geltung zu verschaffen.»

«Ja, auch möglich.»

Footers war ihnen nachgekommen und sah gerade noch, wie der Junge in der Dunkelheit davonhumpelte. «Bei 'nem Würfelspiel», erzählte er, «hab ich mal erlebt, wie einer plötzlich völlig blank dasaß und sich einbildete, wenn er seine Kanone auf den Tisch legt, ist das so gut wie Bargeld. Auf den sind fünf Kerle losgegangen, von dem war hinterher nicht mehr viel übrig.»

Martin sah den Jungen davonhinken in die Mannesjahre, ein Opfer seiner unbändigen Gier, außerstande, seine Triebe hinreichend zu zügeln. Vor fünf Minuten noch hatte Martin hocherfreut zugesehen, wie er unter Buds Hieb zusammensackte – sein Hochzeitsring war gerettet. Nun empfand er nur Mitleid mit dem Opfer, den tiefen Kummer, der einherging mit dem Erbarmen für einen, der gezeichnet war von Schmerzen, jenem bösen Omen von Gehirnerschütterungen, Rippensplittern, die sich in die Lunge bohrten, inneren Geweberissen und dergleichen Schäden mehr, die zum Tode führten oder noch mal glimpflich abgingen. Opfer und Schurke sind austauschbar, ihr Burschen, sie sind Kehrseiten der gleichen Medaille. Weint um Judas, der röchelnd an seinem Strick verendet! Daß er so ein Ende nehmen würde, haben wir gewußt. Der arme Schlucker hat seinem Schicksal nicht entgehen können, und der Big Boy hat genau gewußt, was seiner harrte.

«Ich frag mich bloß, was ich jetzt mit diesem Pott mache», sagte Nick gerade, als sie wieder in den Keller kamen. Er war immer noch am Aufsammeln der Quarters, die über den Boden verstreut lagen.

«Gib ihn Billy», sagte Morrie. «Der hat ihn verdient.»

«Du bist ein echter Held», sagte Martin zu ihm. «Wie der Quarterback, den selbst ein Beinbruch nicht daran hindert, noch einen Touchdown zu machen. Ein solches Verhalten hat schon was von heroischer Stärke. Glaubst du, einem beherzten Aufrechten können Kugeln nichts anhaben?»

«Komischer Tag heute», sagte Billy. «Vor ein paar Stunden hab ich grad einem Bekloppten im *Grand Lunch* ein Schnappmesser weggenommen.»

Die anderen verstummten.

«Dieser Bursche hat mir mit dem Ding vorm Bauch rumgefuchtelt.» Billy machte es vor und erzählte von seinem Trick mit dem heißen Kaffee.

«Aber mit dem Kaffee hattest du eine Waffe», sagte Martin. «Und vorhin hattest du gar nichts. Du weißt doch, daß dich ein Geschoß vom Kaliber .22 genauso kaltstellen kann wie fünf MP-Salven. Oder besteht da eine Bildungslücke?»

«So hab ich dabei nicht gedacht», meinte Billy. «Ich war einfach nicht bereit, diesem miesen kleinen Bastard die Einnahmen eines ganzen Abends in den Rachen zu schmeißen. Seine Knarre sah ja nicht einmal echt aus. Mir kam's vor, als würd er mir mit 'nem Dauerlutscher vor der Nase rumfuchteln. Hat mich an so 'n Blechgewehr von meinem Neffen erinnert, das mit Korkstöpseln schießt. Als wär ein Korken im Ohr das Schlimmste, was ich mir dabei einhandeln kann. Was für mich zählte, Martin, war die Kohle, ich schulde Leuten Geld, und ich war scharf auf diesen Pott. Ich hatte Könige und Neunen, da konnte durchaus was Passendes dazukommen.»

«Billy steht ein Anteil an diesem Pott zu», sagte Morrie erneut.

«Er hat doch schon zwei Handvoll», sagte Nick.

«Das waren höchstens die Piepen von seinen Einsätzen, die da zurückgewandert sind. Was passiert mit dem Rest? Auch Bud sollte was davon abkriegen. Ohne diese beiden wär ich persönlich jetzt um einen ganzen Haufen Piepen ärmer.»

«Der Pott sollte unter allen gleich aufgeteilt werden», sagte Lemon. «Es hatte keiner ein Gewinnblatt.»

«Du am allerwenigsten», sagte Footers.

«Du hast gepaßt, Lemon», klärte ihn Morrie auf. «Für dich fällt kein Cent ab.»

«Fickt euch doch alle ins Knie», schimpfte Lemon.

«Jetzt halt bloß die Luft an, du Pfeife», sagte Morrie. «Wären Billy und Bud nicht gewesen, wärst du jetzt vielleicht ein toter Mann. Du hast wohl deinen Kopf im Arsch?»

«Da kannst du dich ja gleich mal nach Richter Crater umschauen, Lemon», sagte Footers. «Den hat man ewig nicht mehr gesehen.»

«Die einzigen, Nick, die beim letzten Spiel ein nennenswertes Blatt hatten», sagte Morrie, «waren Billy, ich und du. Alle andern waren raus. Also wird durch drei geteilt. Und meinen Anteil kriegt zur einen Hälfte Billy und zur andern Bud.»

«Ich hab selbst genug», erwiderte Billy.

«Ich nehm's gern», sagte Bud.

«Was noch da ist, macht durch drei geteilt für jeden 40 Piepen. Es sind 120 Dollar, plus ein paar Zerquetschte.» Nick zählte für jeden 40 Dollar ab und steckte seinen Anteil ein.

«Du willst die ganzen 40 für dich behalten, Nick?» fragte Morrie, der seine an Bud und Billy weitergab. «Nach dem, was diese Jungs für dich und deinen Zockerclub getan haben?»

«Was denn jetzt noch?»

«Das Haus lädt Sie ein zum Steakessen bei *Becker's.*»

«Da würde ich nicht nein sagen», meinte Billy.

«Ich hab schon gegessen», sagte Nick.

«Dann ißt du eben noch mal. Oder du tust die Spesen raus.»

Nick knallte ihm einen Fünfer auf den Tisch. Morrie sah erst den Fünfer an, dann Nick, und nahm das Geld nicht. Nick zupfte einen zweiten aus seinem Bündel.

«Zehn geb ich zum Essen dazu. Eure Steaks sollt ihr haben. Aber was ist denn, ist das Spiel hier gestorben? Was zum Teufel ist denn los mit euch, alle gehn Steaks fressen und kein Mensch spielt mehr Karten?»

«Für mich ist das Spiel gelaufen», sagte Morrie und nahm die zwei Fünfer an sich. Auch Billy und Martin hatten scheinbar anderes im Sinn, wie Nick mit einem prüfenden Blick feststellte. Footers schenkte sich gerade noch ein Bier ein.

«Ich denke, ich werd passen für heute, Nick, alter Junge», sagte Footers. «Dieses Ding von vorhin steckt mir jetzt noch in den Knochen.»

«Ich spiele weiter», sagte Lemon, der allein am Tisch saß.

«Dann spielst du mit dir selber», sagte Footers. «Wie üblich.»

«Also dann bis morgen abend um halb zehn», sagte Nick. «Gleiche Zeit, gleicher Ort.»

«Auf zum Steakessen, Boys», sagte Morrie.

Bevor sie aufbrachen, machte Billy Nicks Klo ausfindig und ging pinkeln. Während das verdaute Bier in die Schüssel plätscherte, konsolidierte er seine Barschaft. Er holte die zwei Handvoll Scheine aus der Jackentasche und zählte nach. Na prima. Er hatte mehr aus dem Pott herausgeholt als seine Einlagen. Die Scheine wickelte er um sein restliches Bündel. Damit hatte er jetzt 514 Dollar; um Martin auszuzahlen, fehlten ihm noch 275 Dollar.

Es summierte sich. Gar keine Frage. Man klemmte sich dahinter, und es summierte sich.

8

Keiner, der an diesem Abend auf Schuhsohlen durch Albany marschierte, fühlte sich wohler in seiner Haut als Billy Phelan, der nach der Pokerrunde bei Nick mit den beiden Gefährten über seinen alten Broadway zur Union Station schlenderte, um sich am Bahnhofskiosk die Zeitungen zu kaufen – einschließlich jener, die ihn heute nacht berühmt machen sollte. Und vielleicht geht es ihm sogar so prächtig, daß ihm die Tatsache, daß er überhaupt keine Angst gehabt hat, ein bißchen zu Kopf steigt. Martin hatte recht: so eine Kugel vom Kaliber .22 in den Schädel zu kriegen, das konnte einem höllische Kopfschmerzen bereiten.

Doch jetzt schaut Billy sich um, sieht seinen altvertrauten Broadway vor sich und weiß: er ist nicht wahnsinnig, denn hier ist ihm alles bestens vertraut, und hier hat alles seinen Sinn. So kennt er es schon seit dem Jahre 1913, als er mit sechs bei seinem Vater im Ruderboot saß und sie mitten auf dem Broadway miteinander durch Albany ruderten. Der Hudson war über die Ufer getreten, und sie ruderten zu Keeler's Hotel, um dort seinen Onkel Peter herauszuholen, der sich nach einem Streit mit Billys Großmutter einen ganzen Monat nicht mehr zu Hause blicken gelassen hatte und nun im Hotel festsaß mit seinem großen Koffer, mit dem er nach New York reisen wollte, fort von Albany, um einen Posten bei einem Verlag in Manhattan anzunehmen. Aber er konnte sich nicht den schweren Koffer auf den Rücken laden und durch das zwei oder drei Fuß hohe Wasser vom Hotel zum Bahnhof waten, und so kam denn sein Bruder Francis heldenhaft herbeigerudert, um ihn aus seiner Zwangslage zu befreien. An der Union Station hatte Francis

Billy ins Boot steigen lassen, und just in diesem Augenblick sieht Billy an der Ecke Steuben Street wieder die Stelle, wo er vom Randstein ins Boot geklettert war. Hier hatte das Wasser bis zur Bordsteinkante gestanden, zur State Street hin gewann es an Tiefe.

Billy war in das Boot gestiegen, das mit einem Dutzend anderer auf dem Broadway schaukelte. Die Häuserfronten ragten empor wie die Wände eines Canyons, als sein Vater mit ihm inmitten der Straße entlangruderte, und Billy erinnert sich an die Mütze, die er trug, und an den dicken Strickpullover mit dem Kragen. Man sah Francis nie in Jacke oder Mantel, ihm genügten stets Pullover und Handschuhe. Als er einen halben Block weit gerudert war, sagte er zu Billy: Eines Tages wird man diesen Mißstand hier endgültig abstellen.

Ich will aber nicht, daß sie ihn abstellen, sagte Billy.

Es bleibt ihnen gar nichts anderes übrig, antwortete sein Vater, denn so können die das nicht weitergehen lassen.

Ich hoffe, sie stellen das nie ab, sagte Billy, der auf der Heckbank saß wie ein Kapitän. Dann luden sie Onkel Peter mit seinem Koffer ein; der Onkel nahm Billy auf den Schoß, sein Koffer stand hochkant in der Mitte des Bootes.

Eine verdammte Schande ist das, beschwerte sich Onkel Peter, womit man sich hier rumplagen muß, aber ich nehme an, dir gefällt das, junger Mann. Billy erwiderte, er möge es lieber als Schnee. Sie ruderten zum Bahnhof, wo Onkel Peter in seinen Zug stieg und für immer entschwand.

Auch 1913 war für immer vorbei, doch wiederum läßt Billy sich den Broadway hinabtreiben, als säße er in einem Boot mit den zwei Männern, die ihn flankieren, und genießt die Aussicht auf den strahlend hellen Lichterstrom, der sich durch Albany zieht: Die Lichter vom *Famous Lunch*, der noch offen ist; das düster glimmende Rot der Neonreklamen von *Brockley's* und *Becker's*; der Neonpfeil überm Eingang des *American* Hotel; das helle Fenster von Louie's Pool-Room, wo sie noch die Billardqueues wetzen; die Lichter des *Waldorf Restaurant*, das sich die Zuhälter zur Operationsbasis erkoren haben und wo man auch zu dieser Stunde noch einen heißen Bratapfel serviert bekommt, wenn man Appetit drauf hat, die hellerleuchtete *Cadil-*

lac Cafeteria mit dem großen, runden Kuchen mit der Vanillefüllung im Fenster; das Licht hinter den Vorhängen im Obergeschoß des Cadillac Hotel, wo sich der Zockerclub des Griechen trifft und die hübsche, kaltschnäuzige, geschäftstüchtige und knorrige Broadway-Frances, eine alte Bekannte Billys, wohl gerade dabei ist, einem Freier das Fell über die Ohren zu ziehen. Dann der Lichtschein im Treppenaufgang zum *Monte Carlo*, wo gezockt wird, bis auch dem letzten der Dampf ausgeht oder das Geld; das Licht im Büro von Privatdetektiv Humphrey, wo der alte Chief zu später Stunde noch einen Fall von Ehebruch bearbeitet; das Licht in der Wohnung von Joe Mangione über seinem Obstladen; und ein Lichtschimmer im hinteren Teil von Reds Barbierladen, der durch den Türspalt fällt, hinter dem, wie Billy weiß, Red und Genossen jetzt beim Blackjack sitzen. Und sieh einer an, selbst in *Bill's Magic Shop* brennt noch Licht, harrt Bill noch aus in der Hoffnung, daß eine flügellahme Nachteule hereingeschneit kommt, die dringend ein Paar Würfel braucht, ein Kartenspiel, ein Lotteriebrett oder einen Zauberstab; und auch *Bradt's Drugstore*, wo Billy immer seine Gummis kauft, ist noch erleuchtet.

Überall ist Licht, schließlich ist es nicht einmal halb zwölf, in manchen Kinos läuft noch die Vorstellung, und in der Union Station drängen sich die Reisenden auf dem Bahnsteig, an dem der Zug einläuft, der die druckfrischen Zeitungen aus New York mitbringt und weiterfährt nach Cleveland und Chicago. Licht brennt noch in *Gleason's Grill*, wo man während der Prohibition nur Soda und Eiskrem kriegte; und auch in der anderen Richtung läuft die Lichterkette weiter wie am Broadway, doch nur einen Block weit, die Orange Street hinauf nach Little Harlem, wo jetzt die Schwarzen ihr Würfelspiel machen oder um den Kartentisch sitzen; wo das Hotel *Taft* seine Betten mit weißen Laken an schwarze Gäste vermietet. Und Prime & Ginsburg's Süßwarenladen hat noch auf, hier gibt es Flaschenbier, und im Hinterzimmer wird gezockt, dort debattieren sie auch über Politik, die Niggerpolitik der McCalls, denn hier sitzen die Demokraten beisammen, die in Little Harlem was zu sagen haben.

Helen's Lunch, wo die Schwarzen tagsüber ihren Hunger stillen, liegt im Dunkeln, doch *Martha's Bar*, wo die Schwarzen, aber nicht *nur* Schwarze, ihren Durst löschen, ist hell erleuchtet und, *play it Fatha*, bis spät in die Nacht von dröhnender Musik erfüllt. Licht brennt auch in der Carterer-Mission, wo schwarze Tramps die gleiche Behandlung und das gleiche Essen bekommen wie weiße, und in der Schwarzen-Pension von Mrs. Colored O'Mara, in der auch Slopie Dodds sein Domizil hat und seine Krücken stehen läßt, wenn er die Prothese trägt.

Auch das dreieckige Leuchtschild überm Eingang der Eisenbahnerherberge brennt noch, leuchtet den Heizern, Bremsern und Schaffnern, die heute nacht in Albany Endstation machen und ihren Kopf auf ein sauberes Kissen betten wollen. Und gleich nebenan ist auch ein Lichtschimmer im Stadtbad zu sehen, dessen Pforte verschlossen ist – hier hat Billy zugeschaut, wie seine acht Jahre ältere Schwester Peg schwimmen lernte, dabei von Onkel Chick untergetaucht wurde und eine Heidenangst bekam, als ihr Kopf unter der Oberfläche verschwand. Billy konnte damals längst schwimmen, er hatte es im Basin gelernt und draußen im Hudson River, in den Peg sich nicht reintraute. Billy hat sich immer alles selber beigebracht, was sich lohnte zu lernen. Er war damals den ganzen Sommer über im Fluß schwimmen gegangen, auch wenn seine Mutter ihm das verboten hatte. Im August war er dann auf die Eisenbahnbrücke an der Livingston Avenue geklettert und hatte den Sprung gewagt – das waren 40 Fuß von da oben, oder? –, wobei er einen Strohhut trug, um seinen Kopf zu schützen. Im Sommer darauf sprang Billy ohne Hut von der Überführung, und als er wieder hochkam, hatte er einen Fisch im Mund, und an seinem großen Zeh hatte sich eine Meerjungfrau festgebissen.

Er läßt seinen Blick über den Broadway streifen.

Da kommt die Tram von Pine Hills, und am Bahnhof fahren Autos vor, die Ankommende vom Zug abholen; Taxis stehen bereit und Pferdedroschken für Reisende mit außerhalb gelegenen Zielen.

Und da kommt Mike der Itacker, den anderen Fahrgästen weit voraus. Mike ist stets unter den ersten, die aus dem Zug steigen, denn er weiß: die Kids warten. Dreißig sind es mindestens, und sie gehören längst in die Federn, die frechen kleinen Rangen. Aber sie wissen: Mike muß jeden Augenblick kommen.

Mike hat die Wechselschürze voller Kleingeld um, die er tagsüber als Zuckerbäcker trägt. Mit dem Kleingeld kann er nichts anfangen; er hat ein dickes Bündel Scheine und will damit ins *Monte Carlo*, sich hinterher vielleicht noch ein Tête-à-tête mit Broadway-Frances genehmigen oder einer anderen aus ihrer Branche, aber in diesem Augenblick ist er der uneingeschränkte und gottgleiche Held für diese Bälger von Albany, die aufgeregt durcheinanderschreien: Er kommt! Er kommt! Und natürlich sieht Mike sie schon von weitem, während er die Bahnhofshalle durchquert, dies großartige und imposante Monument, das die New York Central ihrer Macht gesetzt hat, und vielleicht fühlt Mike sich jetzt so mächtig wie der alte Vanderbilt persönlich, wenn er seinen fetten Spaghettiwanst vor sich herschiebt zum Portal, das auf den Broadway hinausführt.

Dann drückt er die schwere, solide Außentür auf und tritt hinaus auf den Bahnhofsvorplatz, wo ihm von der Nordseite her Billy und seine zwei Kumpel entgegenkommen. Billy bleibt stehen, ruft Mike einen Gruß zu: «Hey, Mike!»

Mike dreht sich nach ihm um, läßt sich nur kurz ablenken von dem bevorstehenden Spektakel, bequemt sich immerhin zu einem «Eh, Billy!», wendet sich dann gleich wieder den Bälgern zu, holt aus und streut sein Kleingeld auf den Bürgersteig unter dem Bahnhofsvordach, einen Dollar, zwei, fünf, zehn, zwanzig – wer weiß, wieviel Dollars Mike der Itacker den Bälgern vom Broadway hier schon hingeworfen hat? Er gibt, und sie nehmen. Sie krabbeln über den Boden und grapschen danach, tragen sie nach Hause und kaufen davon Milch und Bier.

Ein Mann, ein ausgewachsener Mann, ein versoffener Penner und verkommenes Wrack, das es aus irgendeiner Gosse hierher verschlagen hat, kommt vorüber, sieht den spendablen Mike und bückt sich nach einem Dime.

«Zisch bloß ab, du Penner!» raunzt ihn Mike an, und als der Tramp nicht verschwindet, hebt Mike einen Fuß und gibt ihm einen Tritt, daß er vom Bordstein kippt, sich überschlägt und über die Straße rollt, wo er fast von einem Taxi, das mit einem Fahrgast und seinen vier Reisekoffern gerade nach Loudonville aufbricht, überfahren und um ein Haar von einem Tramwagen der Linie 4 enthauptet wird, der unterwegs ist nach Pine Hills.

Der Penner rappelt sich auf und trottet davon, seinen Dime in der geballten Faust.

Unter Mikes wachsamen Blicken klauben die Bälger jeden Nickel und jeden Penny vom Boden, den sie erspähen, und durchwühlen den Staub und Dreck im Rinnstein nach Dimes, die in die Gosse gerollt sind. Ein paar von ihnen werden morgen in aller Frühe wiederkommen und weitersuchen, wenn es hell ist, um sich die Münzen untern Nagel zu reißen, die am Vorabend keiner gefunden hat. Das Getümmel lichtet sich, mit ihrer wohlverstauten Beute im Sack stieben sie davon in die Nacht und sind wie der Blitz vom Broadway verschwunden.

Billy schaut den Davonflitzenden nach und sieht zu, wie Mike, der zu den Maestros zählt, die etwas gelten am Broadway, jetzt auf der Suche nach anderen irdischen Wonnen die Straße überquert, unter der strahlendsten aller Lichtreklamen hindurchgeht und das Zentrum des Gartens ansteuert.

Im Bahnhof herrschte noch Betriebsamkeit, Reisende eilten vorüber, am Eingang zum Männerklo schwirrten die Tunten ein und aus, und die Nachtschwärmer kamen sich schnell die Zeitung holen. Als Billy die *Times-Union* gekauft, die Annonce aufgeschlagen hatte und sich ans Dechiffrieren ihres Inhalts machte, den sie ohnehin längst alle kannten, sagte Martin zu Morrie: «Ich hab heut abend mal bei deinem Vater reingeschaut und ihm von dieser Geschichte erzählt.»

«Hey», wunderte sich Morrie, «und was hat er gesagt?»

«Ach, dies und das.»

«Bestimmt nix Gutes, da wett ich drauf. Das alte Arschloch.»

«Es war nicht gerade sehr schmeichelhaft, aber er interessierte sich dafür.»

«Von wem redet ihr?» fragte Billy und sah von der Zeitung auf.

«Von meinem Alten», sagte Morrie.

«Dein Alter ist 'n Arschloch?»

«Darauf kannste Gift nehmen.»

«Was hat er denn getan?»

«Nix, er ist nun mal 'n Arschloch. War er immer schon.»

Nun, immerhin *hast* du einen Vater, dachte Billy, doch das behielt er für sich.

Sie standen in der Rotunde vor dem umschwärmten Bahnhofskiosk mit seinen hüfthoch gestapelten Lokalblättern, den kniehohen Stapeln von *News* und *Daily Mirror* aus New York, den knöchelhohen von *Herald Tribune*, *Times* und *Sun*. Billy war gerade dabei, den Namen von Honey Curry in Klartext zu übersetzen. E-d-w-a-r-d C-u-r-r-e-y. Sie hatten ihn verkehrt geschrieben.

«Honey Curry», entfuhr es Billy, «wo zum Teufel steckt *der* denn eigentlich?»

Martin schwieg zu dieser Frage, und Morrie meinte: «Wer weiß, wo dieser Arsch sich rumtreibt.»

Billy mußte lachen. «Weißt du noch, bei dem Picknickausflug der Bande aus der Sheridan Avenue? Wie Curry durchdrehte und Healy, dem Cop, eins mit der Butterschale überzog, und der prompt über Bord ging und beinah abgesoffen wäre? Curry hat sich dünngemacht, ist nach Boston, und Maloy hat sich eines Abends dort mit dem getroffen, sie debattieren die Lage, und Curry hat so viel Schiß, daß er vor seinem eigenen Schatten davonläuft. In dem Moment läuft so 'ne Alte an den beiden vorbei, 'ne Nutte, und die macht Curry an und sagt zu ihm: ‹Hi, Honey, wie wär's denn mit uns beiden, mh?› Und Curry geht auf sie los, packt sie, drückt sie gegen einen Baum und schüttelt sie durch und fragt: ‹Woher weißt du, wie ich heiße?›»

«Typisch Curry», meinte Morrie.

«Wo steckt Maloy? Hab gehört, er ist in Jersey. In Newark, oder?» fragte Billy.

«Schon möglich», erwiderte Morrie.

«Verdammich!» sagte Billy. «Jetzt *weiß* ich wieder, wo ich das gehört hab!»

«Was?»

«Das Gerücht letzten Sommer, von der geplanten Entführung von Bindy. Wir haben damals in Tabby Benders Kneipe gesessen, du und ich. Weißt du noch?»

«Nee. Wann war das?»

«Herrgott noch mal, erinnert sich denn außer mir gar keiner mehr? Wir haben beide an der Bar gesessen, du und ich, und Maloy ist mit Curry dagewesen. Maloy fragt, ob ich von dieser Kidnappinggeschichte mit Bindy gehört hab, und ich sage, nee, nix von gehört. Dann haben er und Curry sich zu uns an die Bar gesetzt, wir haben uns unterhalten, bis Maloy plötzlich zu mir sagt: ‹Wir reißen uns hier jetzt die Kasse unter'n Nagel.› Erinnerst du dich wieder?»

«*Daran* erinnere ich mich», sagte Morrie. «Die Galgenvögel.»

«Richtig. Maloy sagt: ‹Wenn du willst, verdufte lieber vorher. Wir räumen jetzt den Laden aus.› Und ich sage zu ihm: ‹Mir gefällt's hier momentan ganz gut. Meinetwegen raubt ihn aus. Klaut die Bilder von den Wänden. Juckt mich nicht die Bohne.› Und du und ich, wir haben einfach weitergesoffen.»

«Stimmt», sagte Morrie. «Wir blieben einfach sitzen.»

«Genau. Dann sind sie raus, blieben zehn Minuten weg und kamen wieder, mit Taschentüchern vor der Visage! Darauf wär nicht mal mein kleiner Neffe reingefallen. Die hatten noch dieselben Anzüge an und die gleichen Hüte auf. Haben die Registrierkasse bis auf den letzten Cent ausgeräumt, und als sie wieder fort waren, sagte ich zu George Kindlon, dem Mann hinter der Bar: ‹George, jetzt gieß uns erst mal einen ein›, und schob ihm einen Fünfer hin. ‹Glaub nicht, daß ich den wechseln kann›, entgegnet er ungerührt, und die ganze Kneipe hat losgewiehert, weil ihn das völlig kaltgelassen hat. War ja schließlich nicht seine Kneipe. Es war Tabby Benders Problem und nicht das von George.»

«Stimmt», erinnerte sich Morrie, «und George hat uns einen gratis eingeschenkt.»

«Ja», sagte Billy. «Aber diesen Gratisdrink hatten wir ja wohl Maloy und Curry zu verdanken.»

«Da hast du recht, der ging auf Maloy und Curry», und Morrie lachte.

«Dieser George. Eiskalt.»

«Stimmt», sagte Morrie.

Billy hatte wieder das Bild vor sich, wie Morrie dem Jungen

bei Nick in die Rippen trat, und was für einen gemeinen Zug er dabei um seinen Mund bekam, richtig gemein und bösartig; trotz alldem war er kein unangenehmer Mensch, selbst wenn er ein Ex-Zuhälter war. Mit Marsha hatte er 'n braves Mädchen erwischt. Marsha Witherspoon, was ist das nur für 'n komischer Name? Billy hatte sie längst gevögelt, ehe sie auf Profi machte. Sie war todlangweilig im Bett. Vielleicht hatte Morrie sie deswegen fallenlassen – weil er mit ihr auf keinen grünen Zweig kam. Aber danach hatte er's nie wieder mit 'ner Nutte versucht. Morrie fackelte nie lange, wenn Billy mal blank war und schnell 20 oder sogar 40 Lappen brauchte. Morrie war mit Maloy dabeigewesen an jenem Abend vor zwei Jahren, als Billy fast ein Match gegen Doc Fay verloren hatte. Billy hatte jeden riskanten Stoß vermieden, bis es ihm förmlich unter den Nägeln brannte, dieses Spiel zu gewinnen. Und nachdem er dann gewonnen hatte und die Patte wegsteckte, kamen sie zu ihm, und Maloy sagte: «Keine Sorge, Billy. Wenn er tatsächlich gewonnen hätte, dann hätten wir ihm sowieso sein Scheißgeld abgenommen und es dir zurückgegeben.» Dieser verrückte Maloy. Und als Morrie das hörte, lachte er sich halb tot und fügte hinzu: «Billy, heut abend hättest du nicht mal dann verloren, wenn du das Spiel geschmissen hättest!» Morrie war zwei Jahre älter als Billy, er war Jude, und zwar einer, der auf Zack war, und Billy mochte den Burschen. Eigentlich komisch, denn es gab nicht viele Juden, die Billy mochte; er kannte überhaupt nur wenige. Aber für Billy war er ein Spieler, egal, ob Jude oder nicht. Morrie war ein Abstauber, der wußte, wie man Piepen macht. Einer aus Billys Branche, und der war in Ordnung.

Um Mitternacht, als Billy, Martin und Morrie gerade dabei waren, im Hinterzimmer bei *Becker's*, wo es auch Tische für Damen gab, an denen jetzt allerdings keine saßen, ihre Steaks zu verdrücken, da kreuzte George Quinn auf, nahm Billy beiseite und raunte: «Schon gehört, daß Charlie McCall entführt worden ist?»

«Hab ich, George.»

«Weißt du, daß heut dein Name in der Zeitung steht, in so 'ner verdrehten Geheimschrift?»

«Weiß ich.»

«Die Cops sind zu Hause gewesen und ham nach dir gesucht.»

«Mich gesucht? Wieso denn?»

«Ham sie nicht gesagt. Peg hat mit ihnen geredet. Sie hat gefragt, ob du was ausgefressen hättest, und die sagten, nee, aber mehr ham sie nicht verraten.»

«Wer war's denn?»

«Bo Linder und noch einer, der draußen im Auto sitzen geblieben ist. Vermutlich Jimmy Bergan. Mit dem isser immer auf Tour.»

«Hast du mit Bo gesprochen?»

«Er hat geklingelt und zu Peg gesagt, sie soll dir ausrichten, daß du bei ihnen auf dem Revier zurückrufen sollst.»

«Und warum, hat er nicht gesagt?»

«Er hat nicht mehr gesagt, als ich dir grad erzählt hab.»

«Ist gut, George. Peg hat gemeint, du wolltest mit mir reden wegen einem neuen Buchmacher.»

«Es gibt da diesen Burschen namens Muller, der in Huyck's Mill arbeitet und 'ne ganz schöne Stange Umsatz macht. Ich dachte, du kannst dich vielleicht mal kurz dazusetzen, wenn ich den ein bißchen abklopfe betreffs eventueller Zusammenarbeit. Mir sozusagen helfen, ein bißchen das Eis zu brechen. Ich kenn den Burschen nämlich überhaupt nicht.»

«Ist gebongt, George, mach ich. Wann bist du mit dem Burschen verabredet?»

«Heut nacht noch. Zwischen halb und dreiviertel zwei, wenn er fertig ist mit seinem Job. Er will dann hier herkommen.»

«Ich werd wahrscheinlich hierbleiben. Falls ich trotzdem noch irgendwo hingehe, werd ich zusehen, daß ich bis dahin wieder da bin.»

«Bist du in irgendwas reingeraten, Billy? Bist du in Schwulitäten?»

«Nein, George. Ich weiß wirklich nicht, was die von mir wollen.»

«Brauchste Geld? Peg sagte, du wärst heut reingerasselt.»

«Ich werd's überleben.»

«Ich kann was abzwacken, wenn du's nötig hast. Wieviel brauchst du?»

«Mach dir mal keine Sorgen, George. Du kannst's selber brauchen. Ich komm schon zurecht. Hab grad Glück gehabt beim Poker!»

«Du bist sicher, daß du nicht in Schwulitäten bist?»

«Das müßt ich doch selber als erster wissen.»

«Du brauchst nur was zu sagen. Ganz egal, worum es geht. Ich mein's ernst, auch was Geld betrifft, falls du in der Tinte sitzt. Wir finden einen Ausweg.»

«George, du bist ein Schatz. Setz dich doch, bestell dir 'n Drink. Ich bin noch nicht mit meinem Steak fertig.»

«Ist das dort nicht der Sohn von Jake Berman?»

«Richtig, das ist Morrie.»

«Der Vater von Jake hat mir den allerersten Anzug geschneidert, den ich je besessen habe.»

Vorn an der Bar hörte man die Stimme eines Mannes: «Richtig, genau das hab ich gesagt: Ich hoffe, sie kriegen sie nicht, ganz egal, wer's getan hat.»

Es wurde still am Tresen, und Red Tom sagte: «Schluß jetzt mit diesem Thema» und nahm dem Mann sein Bier weg. Billy erkannte den Sprecher, es war ein Loddel namens Rivera, ein Kubaner wie der Mann von Angie. Red Tom kippte Riveras Bier in den Ausguß und schob ihm sein Wechselgeld, das er auf dem Tresen liegen hatte, unter die Nase. «Auf dich kann ich verzichten», klärte Red Tom ihn auf. Rivera rührte sich nicht von der Stelle. Red Tom kam hinterm Tresen hervor und packte ihn beim Arm, aber Rivera stellte sich stur. Tom nahm das Wechselgeld vom Tresen und stopfte es ihm in die Tasche. Dann liftete er ihn mit einer Hand von seinem Barhocker, hob ihn runter wie einen vollen Müllsack und führte ihn zur Tür.

«Die McCalls halten die Leute bei Fuß wie verlauste Köter», rief Rivera über die Schulter zurück. «Alle kuschen, keiner macht das Maul auf.»

«Was 'n das für einer?» fragte George Quinn.

«Irgend so 'n drittklassiger Loddel. Der hat wohl 'n Floh im Ohr.»

Red Tom zog die Eingangstür hinter sich zu und begab sich wieder hinter die Bar.

«Ich will hier nix mehr hören über dieses Thema. Darüber könnt ihr euch draußen auf der Straße unterhalten», sagte er zu allen, die in Hörweite standen, ohne dabei jemanden besonders anzublicken. Er deutete zweimal mit dem Finger zur Tür und wiederholte: «Draußen auf der Straße!»

Als er fertig war mit seinem Steak, stand Morrie Berman auf und verkündete, er wolle jetzt los und sich ein Nümmerchen genehmigen. Billy dachte daran, sich ihm anzuschließen, verwarf diese Idee jedoch wieder, als er sich Angie ausmalte, wie sie dort oben in ihrer Koje im *Kenmore* lag und auf ihn wartete. Er wollte zu ihr. Er hatte genug vom Zocken, und er war dieser Leute überdrüssig. Vielleicht konnte er ja später noch mal wiederkommen und beim Blackjack einsteigen, falls das Spiel noch lief. Hinterher, wenn er bei Angie gewesen war. Falls er dann Bock hatte, noch mal wegzugehen. Also gut – er würde einen Besuch bei ihr machen, sie dann sich selber überlassen und noch mal runterkommen auf 'ne Partie Blackjack oder zwei. Schließlich war er noch jemand Geld schuldig. Und das ging vor.

«Ich hab 'ne Verabredung, Martin», sagte er und schob seinen Stuhl zurück.

«Hört sich nach Mattensport an. *Bon voyage.*»

«Mit den Piepen halte ich dich auf dem laufenden. Wir kommen schon klar.»

«Weiß ich, Billy. Was Patsys Anliegen betrifft, so hast du dich wohl entschlossen, nicht darauf einzugehen?»

«Ich hab den ganzen Abend lang die Ohren gespitzt. Er war stumm wie ein Fisch.»

«Und das mit dem Gerücht von der Bindy-Entführung? Er scheint sich da an nichts zu erinnern, du aber schon. Ist das nicht merkwürdig?»

«Das will nichts heißen.»

«Meinst du wirklich?»

«Ach», machte Billy, wischte diese Möglichkeit mit einer Handbewegung beiseite und ging zur Tür hinaus. Draußen lief er ein Stück den Broadway hinauf und bog dann in die Columbia Street ein, kam am Eingang des alten *Satin Slipper* vorbei, einer Flüsterkneipe, in der es während der Prohibition, als Butch McHale den Laden führte, immer hoch hergegangen war; jetzt hatte man Zwischenwände eingezogen und möblierte Zimmer daraus gemacht. Billy überquerte die James Street und war schon halb auf der North Pearl, als neben ihm ein Auto hielt. Bo Linder saß am Steuer, neben ihm Jimmy Bergan.

«Billy?»

«Bo?»

«Wir ham dich gesucht.»

«So?»

«Bindy möchte mit dir reden.»

«Bindy? Über was denn?»

«Das mußt du ihn fragen.»

«Wo ist er denn?»

«Zu Hause bei Patsy.»

«Welchem Patsy?»

«Du weißt, wer gemeint ist.»

«Wann will er denn mit mir reden?»

«Seit zwei Stunden schon.»

«Falls das irgendwas mit Charlie zu tun haben sollte, ich weiß nichts.»

«Erzähl das Bindy. Steig ein.»

«Nee, danke.»

«Steig ein, Billy.»

«Wollt ihr mich hopsnehmen? Mir irgendwas anhängen?»

«Ich würd bestimmt was finden.»

«Wenn das eine Festnahme ist, steig ich ein. Andernfalls nehm ich mir ein Taxi. Ich weiß schon, wo Patsy wohnt.»

«Na schön, dann nimm 'n Taxi. Wir fahren hinterher. Könnt ja sein, daß der Fahrer sich verfranst.»

Billy ging weiter bis zur Pearl Street. An der Ecke sah er hinauf zu den Fenstern des *Kenmore*, von denen eines zu Angies Zimmer gehörte. Sie bevorzugte die Straßenfront, weil sie immer gern auf die belebte Pearl Street runterschaute, wenn sie bis zur Erschöpfung miteinander gevögelt hatten. Hinter keinem Fenster war etwas von Angie zu sehen. Sie schlief jetzt sicher schon; sie ging nie allein aus. Halb eins war es jetzt, eine höchst ungewöhnliche Tageszeit für einen Besuch bei den McCalls.

Vor dem *Kenmore* parkten zwei Taxis. Billy gab einen kurzen Pfiff von sich, das erste der beiden wendete und hielt auf Billys Seite; er stieg ein. Bo Linder wartete mit laufendem Motor an der Ecke. Früher als Junge war Bo ein netter Bursche gewesen. Und ein guter Baseballspieler, der auf Second Base für die Little Potatoes (Motto: *Hard to Peel*) spielte. Aber was sollte man von so einem halten, wenn er als erwachsener Mann zu einem hinterfotzigen Bullen wurde? Auf Second Base hatte er immer fair gespielt. Als Bo dann seine Polizeimarke hatte, ging er eines Tages in Phil Slatterys Pinte, und als Phils Hund ihn anknurrte, schoß er ihn auf der Stelle tot. Der Hund hätte ihm lieber gleich in den Arsch beißen sollen.

«Conalee Street», sagte Billy zu dem Cabbie.

Billy hatte nie gelernt, den Namen auf die herkömmliche Weise auszusprechen. Aber die Leute verstanden es auch so. Der Cabbie fuhr in nördlicher Richtung die Pearl Street hinauf, und hinter ihnen bog Bo Linder aus der Columbia Street ab und machte eine kleine Parade daraus.

9

Billys Abscheu vor der Colonie Street bezog sich nicht auf die Straße schlechthin, denn dies hätte bedeutet, daß er auch seine eigene Mutter verabscheute, seine besten Freunde, wie Toddy Dunn beispielsweise, und sogar seine Vorfahren. Es hätte bedeutet, auch die Stadt zu hassen, die die Iren sich von Stützpunkten wie der Colonie Street aus erobert hatten. In dieser Straße war Billy geboren, hier hatte er gewohnt, bis er zum jungen Mann herangewachsen war, dann war er ausgezogen und hatte sich anderswo ein möbliertes Zimmer genommen. Der gleichen Straße hatten seine Schwester und auch die Mutter Lebewohl gesagt, als Peg George Quinn heiratete und mit ihrem Mann in ein größeres und neueres Haus im North End zog.

Billy ließ sich von dem Taxifahrer an der Ecke North Pearl absetzen und ging von dort zu Fuß den Hügel hinauf zum Haus von Patsy McCall. Er kam an dem alten Haus der Familie Burns vorüber, wo der betagte Joe Burns bestimmt schon seit zehn Jahren Tag für Tag mit verschränkten Armen im Fenster lehnte. Der alte Joe wohnte hier mit seinem Sohn namens Kid, der jahrelang Küster in der St. Joseph's Church gewesen war, bis Pater Mooney ihm das Totengräberhandwerk beibrachte. Gleich nebenan lebten die Dillons: Floyd war Kontrolleur bei der Central; er hatte Peg und Billy, als sie das erste Mal nach New York hinunterfuhren, um sich den Ozean anzuschauen, Plätze im Salonwagen gegeben, obwohl sie nur Fahrkarten zweiter Klasse hatten. Auf der anderen Straßenseite sah man das leere Grundstück, auf dem früher die Christian Brothers School gestanden hatte, das Haus der Daughertys gleich nebenan war ebenfalls verschwunden, und danach kam schließlich jenes andere Haus, das Billy jetzt keines Blickes würdigte, dessen Anblick ihm jedoch unauslöschlich im Gedächtnis stand; und dieses kurze Stück der alten Straße verabscheute er zutiefst, das war ihm ganz und gar verhaßt.

Eine alte Straße war es schon gewesen, als Billy hier zur Welt kam. Sie führte vom Basin aus, jenem geschützten Hafen, in den der Erie Canal mündete, in westlicher Richtung durch die Flußniederung, erklomm dann den Arbor Hill, die nördlichste der drei steilen Anhöhen, auf denen Albany erbaut war. Sie stieg eine halbe Meile weit an, kreuzte die Ten Broeck Street, in der die Holzbarone ihre Sandsteinhäuser erbaut hatten, führte, weiterhin ansteigend, noch eine halbe Meile weiter nach Westen und endete am Dudley-Observatorium, in dem die Astronomen von Albany die Sterne katalogisierten (8241 waren es an der Zahl, deren Daten sie seit 1883 für den Internationalen Katalog aufgezeichnet hatten), und das taten sie von der gleichen Hügelkuppe aus, auf der Mike Mulvaney seine zwei Dutzend Ziegen weiden ließ und jeden Abend zählte, bevor er sie nach Hause trieb.

Benannt war diese Straße nach The Colonie, jenem mittelalterlichen Landgut, das 1630 von einem Amsterdamer Perlenhändler namens Kiliaen Van Rensselaer begründet wurde, der als erster *patroon* in die Geschichte einging und selbst nicht auf seinem Besitztum lebte. Das rund 700000 Morgen große Stück Land, 24 Meilen lang und 48 Meilen breit, hatte er von fünf Indianerstämmen zusammengekauft; später wurden dann unter der Oberherrschaft der Yankees bescheidene 7000 Morgen enteignet, auf denen schließlich die Stadt Albany entstand.

Jeder Nachkomme Van Rensselaers, der im Laufe der nächsten zwei Jahrhunderte als *patroon* die Feudalherrschaft übernahm, beutete wie seine Vorgänger Tausende von Farmpächtern aus, die sich hier niedergelassen hatten in dem ausgedehnten Gutsbezirk, der anfangs noch Rensselaerwyck hieß und später in The Colonie umbenannt worden ist. Und jeder *patroon* richtete sich häuslich im Manor House ein, das im Norden der Stadt auf einer Wiese am Ufer eines Flüßchens stand, das noch heute den Namen Patroon Creek trägt. Mickey McManus aus der Van Woert Street, so wurde überliefert, ging eines Tages an diesem Flüßchen auf Hasenjagd und erlegte eine Kuh. Kaum jemand erinnert sich heute noch an diese Wiese oder gar daran, an welcher Stelle genau das Manor House gestanden hat. Im Jahre 1875, als hier die Witwe des letzten *patroon* starb, schloß es für immer seine Pforten, und als es später für die Bahngleise der Delaware und Hudson Platz zu schaffen galt, hat man es abgetragen und Stein für Stein in Williamstown als Verbindungshaus wiederaufgebaut.

Doch lange vor dieser Zeit war North Albany, der Stadtteil, in dem Billy Phelan und Martin Daugherty heute wohnten, und Arbor Hill, wo nach wie vor die McCalls sowie Billys Tanten und Onkel wohnten, Winkel um Winkel von den Siedlern in Beschlag genommen worden, die als Hausdiener, als Feld- und Farmarbeiter in den Diensten des *patroon* standen und sich hier ein Häuschen bauten. Der Urgroßvater von Billy Phelan, ein als Kämpfernatur bekannter Untersheriff namens Johnny Phelan, wurde persönlich mit dem Schutz des Manor House betraut, nachdem sich im Gefängnis vier rebellische Häftlinge in ihrer Zelle verbarrikadiert und gedroht hatten, sich mit einem gestohlenen Faß Schießpulver in die Luft zu sprengen, wenn die Gefängnisinsassen kein besseres Essen bekämen. Johnny Phelan hatte daraufhin heimlich einen Feuerwehrschlauch zu ihrer Zellentür verlegt, die Tür aufgestoßen und mit einem schnellen Wasserschwall ihr Pulver unschädlich gemacht, war dann über ihre Barrikaden gesprungen und hatte einem nach dem anderen mit dem Knüppel wieder Vernunft beigebracht.

Hanorah Sweeney, die Großmutter von Martin Daugherty, hatte in der Küche des *patroon* als Kuchenbäckerin gearbeitet und war berühmt für ihre Sodabiskuits und Früchtebrote, die, wie es hieß, ganz von selbst von den Tellern tanzten und im verwöhnten Gaumen des *patroon* und seiner Tischgäste landeten, unter ihnen der Prince of Wales, der Großneffe von George Washington und Sam Houston.

Die Bevölkerung von Arbor Hill und North Albany nahm weiter zu mit dem Anschluß ans Eisenbahnnetz, als die Eisengießereien entstanden und die Ofenfabrik, die Tabakfabrik und der berühmte Lumber District, der am Bassin begann und sich zwischen Fluß und Kanal zweieinhalb Meilen nach Norden zog. Die Verarbeitung der Stämme aus den Adirondacks zu Nutzholz war um die Jahrhundertmitte Albanys größte Einnahmequelle, und die Stadtväter verkündeten, Albany sei nun das Weltzentrum für den Umschlag der Weymouthskiefer.

Immer dichter drängten sich im North End und am Arbor Hill die Häuser der Holzarbeiter, Eisengießer, Eisenbahner und Flößer, und wenn Hudson und Kanal im Winter zugefroren waren, fanden hier viele Arbeit – allein in den letzten sechs Wochen vor der Jahrhundertwende haben 15 000 Männer und Jungen drei Millionen Tonnen Eis aus dem Hudson geschnitten.

Weil sie unter ihresgleichen wohnen wollten, ließen sie sich vor allem in Straßen wie der Colonie Street nieder, und diese Solidarität geriet zum offenkundigen politischen Vorteil. Einer, dem dies zwar nicht als erstem auffiel, der sich das jedoch zunutze machte und es damit in Albany zu Rang und Würden brachte, war der Besitzer der Beverwyck-Brauerei, der bärtige, beleibte Michael Nolan, ein gebürtiger Ire, der 1878 zum Bürgermeister der Stadt gewählt wurde. Und dies signalisierte, gerade drei Jahre nach dem Tod der Witwe des letzten *patroon*, einen deutlichen Klimawechsel in der Verwaltung der Stadt: die Holländer und Yankees verloren an Macht, während die der amerikanischen Iren, unter dem Beistand von Jesus Christus und kraft der Tatsache, daß sie 40 Prozent der Stadtbevölkerung ausmachten, kräftig zunahm. Damit schafften sie es acht Jahre vor ihren Landsmännern in Boston, einen Iren ins Rathaus zu bringen.

Nolan wohnte damals auf der sogenannten Millionaire's Row, der Ostseite der Ten Broeck Street, zweieinhalb Blocks entfernt von Patsy McCalls Haus in der Colonie Street. Patsy, der das Leben eines Millionärs hätte führen können, es aber nicht tat, hatte als irischer Erbfolger die politische Macht mit der gleichen Selbstverständlichkeit von Nolan übernommen, mit der sie einst vom ersten *patroon* bis zum letzten weitergereicht worden war, und mit der Macht hatte Patsy auch Nolans

Stil übernommen. Nach seiner Wahl hatte Nolan seine Bierwagen und die Zugpferde mit roten, weißen und blauen Girlanden geschmückt und dafür gesorgt, daß in jeder Kneipe der Stadt sein Beverwyck-Bier ausgeschenkt wurde. Nolans Beispiel blieb bei den McCalls nicht ohne Wirkung. Der auf das Amt des Gouverneurs spekulierende Tom Dewey hat enthüllt, daß im Oktober 1938 in 243 von den 249 Bars und Kneipen der Stadt das Stanwix-Bier der McCall-Brauerei verkauft wurde.

Patroon, das war für Billy Phelan ein totes Wort, und auch unter dem Namen Nolan konnte er sich nichts vorstellen. Doch im Hinterkopf seines gewitzten Irenhirns wußte er, daß sich hinter dem Namen McCall eine Machtfülle verbarg, die sein Vorstellungsvermögen weit überstieg.

Sie hatten sich von unten hochgearbeitet. Und wer einmal oben sitzt, der läßt sich die Zügel nicht mehr aus der Hand reißen. Man überrollt den Feind, man zermalmt ihn unter den Rädern.

Und wer war der Feind? Es erschien angebracht, dieser Frage einmal nachzugehen.

Billy drückte auf den Klingelknopf.

Bindy McCall machte auf. Er lächelte, ergriff Billys Arm und zog ihn freundlich herein, und Billy setzte zum erstenmal den Fuß in das Haus von Patsy McCall. Die Eingangshalle, von der eine Treppe nach oben und Türen in die vorderen und hinteren Räume im Parterre führten, erinnerte ihn an das verhaßte Haus auf der Straßenseite gegenüber, das man wahrscheinlich nach den gleichen Plänen erbaut hatte.

Ohne die Hand von Billys Arm zu nehmen, führte Bindy ihn in den vorderen Salon mit dem dicken Orientteppich, mit den schweren Vorhängen und den herabgezogenen Rollos, wo ein männlicher Vorfahre der McCalls eindringlich und mit finsterer Miene auf ihn herabstarrte: ein mächtiges Gesicht über einem hohen Stehkragen mit dünner Schleife, ein Gesicht, das Ähnlichkeit mit dem von Patsy aufwies, der unter diesem Bild zurückgelehnt in einem Ledersessel saß, ohne Hemd, in einem blauen Bademantel. Vor ihm stand ein Kartentisch, darauf ein Telefon, daneben hatte er Bleistifte und Schreibpapier bereit liegen. Der Raum wurde beherrscht von einem elektrischen Klavier, auf dem Patsy zweifellos die Liedchen spielte, die er, dafür war er berühmt, gern sang; Liedchen wie ‹*Paddy McGinty's Goat*› zum Beispiel.

Den Song hatte Billy ihn eines Sonntags vor Jahren im *Phoenix Club* im North End singen hören, als dort die politischen Persönlichkeiten von North Albany bei einer Wahlkundgebung auftraten. Billy war hingegangen, weil er sich dieses Spektakel nicht entgehen lassen wollte, sprach kaum mit einem von den Anwesenden, sagte auch nicht «Hallo, Patsy», was er hätte tun können, denn alle taten es dort, wenn der gewichtige Parteiführer sich ins Blickfeld hievte. Billy hatte sich damit begnügt, ihm bei seiner Darbietung zuzuhören, diesen Song nicht vergessen und ihn sich später selber beigebracht: *Patrick McGinty, Ire seit der Wiege, erbte 'n Vermögen und kaufte sich 'ne Ziege.*

Über dem Klavier hing ein goldgerahmtes Schlachtenpanorama aus dem Bürgerkrieg, bekanntermaßen eins der Hobbies Patsys. Auf dem Klavier, aufgereiht zwischen den Hinterteilen eines Eselspaares aus Messing, das als Bücherstütze diente, standen Werke von Dickens und Jefferson, eine Biographie von Jim Jeffries und die Verzeichnisse der Wahlberechtigten vom 5. und 8. Bezirk. Gegenüber von Patsy saß ein Mann auf einem alten Eichensofa, den Billy nicht kannte. Bindy stellte ihn als Max Rosen vor, den Anwaltspartner von Matt McCall.

«Gar nicht leicht, dich aufzustöbern», sagte Bindy. «Wir haben dich gesucht.»

«Ich hab mich nicht versteckt. Ich war bloß Karten spielen.»

«Wir haben von dem Überfall gehört, und wie du reagiert hast. Du bist 'n harter Bursche, Billy.»

«Wie habt ihr das erfahren? Das ist doch vorhin erst passiert.»

«So was spricht sich rum. Wir haben auch gehört, was du im *Grand Lunch* mit diesem durchgedrehten Jungen gemacht hast.»

«Das habt ihr auch schon erfahren?»

«Das auch», sagte Bindy.

«Hör zu, Bin», sagte Billy. «Mir tut das wirklich leid, diese Geschichte mit Charlie.»

«Wirklich?»

«Klar. Habt ihr schon irgendwas über ihn erfahren?»

«Ein bißchen was. Deshalb wollten wir auch mit dir reden.»

«Mit mir? Was hab ich denn mit dieser Sache zu tun?»

«Eines nach dem andern. Willst 'n Bier?»

«Klar trink ich 'n Bier mit dir, Bin.»

Ohne Krawatte, in Hausschuhen und Hemdsärmeln, die er bis über die Ellbogen hochgerollt hatte, mit seiner Brille auf der Nase und dem Suppenfleck vorn auf dem Hemd wirkte Bindy jetzt wie ein Fremder auf Billy, gar nicht wie Bindy McCall, der elegante Boss der Straße. Und er machte einen matten, abgespannten Eindruck, genau wie Patsy, der Billy von seinem Ledersessel aus anstarrte. Max Rosen, der im Jackett, mit straffgebundener Krawatte unter frischgestärktem Kragen drüben auf dem Sofa saß, starrte ebenfalls zu ihm herüber. Billy stand im Mittelpunkt; das war ein ganz neues Spiel. Er war froh, als Bindy mit der Bierflasche und einem Glas wiederkam.

«Hab gehört, du hast heut auf der Rennbahn 'ne Schlappe einstecken müssen», sagte Bindy, während er Billy ein Stanwix einschenkte.

«Am Ende kannst du mir auch noch sagen, was ich heut morgen zum Frühstück gegessen hab?»

«Nein. Aber ich könnte es rauskriegen.»

«Ich hab ganz allein gefrühstückt, ohne Zeugen.»

«Es gibt auch andere Methoden.»

«Ja.» Billy trank von seinem Bier.

«Weißt du, wo dein alter Herr steckt?» fragte ihn Patsy.

«Mein alter Herr?»

«Ja, deiner.»

«Nee. Keine Ahnung.»

«Ich hab gehört, er ist wieder in der Stadt», sagte Patsy.

«Mein Vater ist in Albany? Wo?»

«Wo, hab ich nicht gehört. Aber jemand hat ihn in der Stadt gesehn.»

«Ich krieg die Motten», sagte Billy.

«Willst du ihn sehn?» fragte Patsy.

«Klar will ich ihn sehn. Den hab ich zwanzig Jahre lang nicht mehr gesehn. Zweiundzwanzig.»

«Dann versuch ich mal, ihn aufzustöbern.»

«Das wär großartig, Mr. McCall.»
«Sag ruhig Patsy zu mir.»
«Patsy. Wär großartig, wenn Sie das tun könnten.»
«Vielleicht kannst du auch was für uns tun.»
«Wenn ich das kann.»
«Du hast da mal so ein Gerücht gehört, daß ich entführt werden sollte», sagte Bindy und setzte sich auf einen Klappstuhl am Kartentisch, Patsy gegenüber. Der Kartentisch, an dem Billy arbeitete, war immer noch besser in Schuß als dieses Ding.
«Das war letzten Sommer.»
«Und von wem?»
«Jessas, das weiß ich nicht mehr, Bin. War so was, das man irgendwo am Bartresen aufschnappt, wenn man schon ein bißchen beschickert ist, und dann vergißt man's wieder. Ich hab dem keinerlei Bedeutung beigemessen. Heute ist mir's dann wieder eingefallen.»
«Und dann bist du prompt auf Louie Dugan los, weil er mir davon erzählt hat.»
«Ich hab nicht damit gerechnet, daß es ausgeplaudert wird.»
«Wir haben das Gerücht im letzten Jahr auch gehört, und wir sind ihm nachgegangen. Das stammte von zwei Burschen hier in Albany. Und vielleicht, wenn auch bloß vielleicht, ergibt sich daraus ein Hinweis auf Charlie. Kannst du mir folgen?»
«Ich kann folgen.»
«Keiner von den beiden Burschen hält sich derzeit in Albany auf, und wir konnten nicht erfahren, wo sie stecken. Aber die haben einen Freund, der hier in der Stadt ist, und deshalb haben wir dich hergebeten.»
«Dieser Freund bin ich?»
«Nein. Du bist ein Freund von diesem Freund. Der Freund heißt Morrie Berman.»
Billy gab ein unverbindliches Grunzen von sich. Maloy und Curry, die beiden Kumpel von Berman. Curry stand mit auf der Liste.
«Wir nehmen an, Sie sind gut mit Mr. Berman bekannt», sagte Max Rosen.
«Wir pokern hin und wieder miteinander.»

«Wir nehmen an, Sie kennen ihn näher als nur vom Pokern her.»

«Ich kenn ihn schon 'ne ganze Weile.»

«Ja, das wissen wir alles», sagte Patsy, «und wir wissen auch, daß du dem Mann von Pop O'Rourke heut nicht seine 10 Dollar gegeben hast.»

«Ich hab Pop gesagt warum.»

«Wir wissen, was du zu ihm gesagt hast», sagte Patsy, «und wir wissen auch, daß dein Schwager Georgie Quinn im Lotteriegeschäft mitmischt und keinerlei Erlaubnis hat für die großen Sachen, auf die er sich jetzt einläßt.»

«Auch Georgie hat deswegen mit Pop gesprochen.»

«Pop hat ihm gesagt, daß er ein bißchen beim Zahlenlotto mitmischen kann, aber jetzt will er selbständig als Buchmacher einsteigen. Ein ehrgeiziger Mann, dein Schwager.»

«Was soll das alles, Bindy? Worüber reden wir hier eigentlich? Du weißt auch noch, was für 'ne Farbe meine Unterhose hat. Worauf wollt ihr hier hinaus?» Einzig mit Bindy konnte Billy unbefangen reden, aber Bindy schwieg.

«Sind Sie mit der Familie von Mr. Berman bekannt, Mr. Phelan?» fragte Max Rosen.

«Ich weiß lediglich, daß Morries Vater politisch aktiv ist, das ist alles.»

«Mögen Sie Morrie Berman?» fragte Rosen.

«Ich mag ihn, wie ich eine ganze Reihe Burschen mag. Ich hab nichts gegen ihn. Heut abend ist er auf die Idee gekommen, mich zu 'nem Steak einzuladen. Fand ich nett von ihm.»

«Magst du Charlie?» fragte Patsy.

«Ob ich Charlie mag? Klar mag ich den. Mit dem bin ich doch aufgewachsen. Charlie ist seit eh und je 'n guter Freund von mir gewesen, und das sag ich hier jetzt nicht bloß, um euch Honig ums Maul zu schmieren. Das ist mein Ernst.»

Bindy schenkte Billy Bier nach und lächelte ihm zu.

«Nun gut, Billy», sagte Bindy, «wir glauben, daß wir deine Haltung kennen. Würden wir dir nicht vertrauen, hätten wir dir damals nicht den Job in Saratoga verschafft. Wir kennen dich schon lange. Und du weißt, nach der Sache mit Paul Whiteman haben wir dir auch den andern Job verschafft.»

«Den im *Chicago Club*?»

«Richtig.»

«Ich dachte, das hätte Lemon Lewis gedeichselt. Ich dachte, davon hättet ihr gar nichts gewußt.»

«Haben wir aber. Wir kümmern uns um die Leute aus Albany.»

«Dann bin ich euch ja zwei Gefallen schuldig.»

«Bloß einen», erwiderte Bindy. «Wir haben dir damals vertraut, und wir vertrauen dir auch heute. Das heißt nicht, daß das ewig währt.»

«Wieso zum Teufel sollte man mir denn nicht trauen? Was soll ich denn wissen?»

«Wir wissen nicht, was du weißt», sagte Patsy.

«Für uns ist von Bedeutung, was Ihnen unter Umständen in den nächsten paar Tagen zu Ohren kommt», sagte Max Rosen. «Wir interessieren uns für Mr. Berman, und zwar für alles, was er sagt und tut. Alles.»

«Morrie pflegt mir keine Geheimnisse anzuvertrauen», sagte Billy.

«Das erwarten wir auch gar nicht», sagte Rosen. «Falls der Mann etwas mit der Entführung zu tun haben sollte – was wir ihm keineswegs unterstellen wollen –, dann wird er wahrscheinlich kaum ein Wort darüber verlieren. Aber Sie müssen wissen, Mr. Phelan, daß sich Menschen bisweilen unfreiwillig verraten. Sie enthüllen dann mit einer indirekten, unbeabsichtigten Bemerkung, was ihnen im Kopf herumgeht. Berman könnte zum Beispiel die betreffenden Männer in einem anderen Zusammenhang erwähnen, der mit dem Verbrechen nichts zu tun hat. Können Sie mir folgen?»

«Nein.»

«Du bist doch nicht dumm», kam es von Patsy. Seine Stimme hatte einen scharfen Unterton, er beugte sich in seinem Sessel vor und starrte Billy durchdringend an.

«Das hat auch noch nie einer von mir behauptet», erwiderte Billy und starrte ebenso durchdringend zurück.

«Billy», sagte Bindy, und seine Stimme klang besänftigend, «wir setzen hier auf jede Möglichkeit, die uns einen Schritt weiterbringen könnte. Ich will dir eines verraten: Manche Leute würden nicht mal ausschließen, daß Bermans Vater was mit dieser Sache zu tun hat.»

«Das ist doch lächerlich», erklärte Max Rosen. «Zu so etwas wäre Jake Berman nicht fähig. Ich kenne den Mann schon mein Leben lang.»

«Ich will ihm nichts unterstellen», sagte Bindy, «aber wir sind ihm jedenfalls ein Dorn im Auge. Ich stelle hier nur fest, daß für uns jeder verdächtig ist.»

«Möglicherweise werden die Leute sogar dich verdächtigen, weil dein Name in der Zeitung steht», sagte Patsy.

Billy schnaubte: «Mich?»

«Die Leute quatschen gern.»

«Da brauchst du nichts drauf zu geben, falls dir so etwas zu Ohren kommen sollte», sagte Bindy. «Wir wissen, daß du sauber bist. Wir wollten damit eines bezwecken: daß du und Morrie nun im gleichen Boot sitzen. Der weiß zwar nicht, warum du auch auf dieser Liste stehst, aber damit habt ihr zwei jetzt was gemeinsam.»

«Du meinst, das könnte ihn dazu veranlassen, mir irgendwas zu erzählen?»

«Wär möglich. Was hat er denn heut abend von sich gegeben?»

«Wir haben erst mal gepokert. Dann hat er dem Kerl, der uns überfallen wollte, ein paar Tritte versetzt. Er sagte, daß er mit Mr. Rosen hier gesprochen hätte, und er erzählte, daß er mit seinem Alten nicht auskommt. Dann haben wir uns drüber unterhalten, wie wir mal in einer Kneipe saßen und zusammen einen tranken.»

«Über wen hat er dabei gesprochen?» fragte Bindy. «Was für Namen hat er da genannt?»

«Tabby Bender. George Kindlon, der für Tabby als Barkeeper arbeitete.»

«Welche Namen noch?»

«Das sind alle. Sonst fällt mir keiner mehr ein.»

«Edward Curry, der mit auf der Liste steht – hat er den genannt?»

«Ich hab ihn erwähnt, weil er falsch geschrieben war. Und hab ihm 'ne Story über den erzählt.»

«Was für 'ne Story?»

«Wie ihn mal 'ne Nutte in Boston ‹Honey› nannte und er sie gefragt hat, woher sie seinen Namen kennt. Meint ihr, Curry ist in diese Sache verwickelt?»

«Und was sagte Berman, als du ihm diese Story erzählt hast?»

«Er lachte.»

«Sonst hast du über keinen geredet? Niemand sonst? Denk nach.»

«Ich hab über vieles geredet an dem Abend, aber nicht mit Berman.»

«Hat er irgendwas über Hubert Maloy gesagt?»

«Nein.»

Bindy lehnte sich zurück in seinen Sessel und sah Patsy an. Billy schaute von einem der beiden Brüder zum andern, und er fragte sich, ob er wohl mit dieser Lüge über Maloy durchkam. Er fragte sich, wieso er sich überhaupt bei so etwas Nebensächlichem die Mühe gemacht hatte zu lügen. Er blickte die zwei Männer an, die er sein Leben lang kannte, und sah in die Gesichter von zwei Fremden. Beide starrten ihn unerbittlich an und zuckten mit keiner Wimper, als wollten sie ihn aus der Fassung bringen. Der McCall-Ahne, der über den beiden an der Wand hing, hatte jetzt nichts Finsteres mehr im Blick, es lag nur mehr eine ernste, wissende Strenge in seiner Miene; jeder Zug in diesem Antlitz schien überzufließen vor Wissen und Macht. Billy traf in diesem Raum auf eine Verhaltenswelt, die er nicht mit der Klarheit begriff, mit der er beim Billard, beim Poker oder Würfelspiel agierte. Er wußte, wie er Abstand zur Familie wahrte, und er wußte, wie man einen draufmacht. Über andere Dinge als diese Bescheid zu wissen, lehnte er ab. Wenn man wußte, was die McCalls wußten, wurde man Politiker. Wenn man wußte, was George Quinn wußte, war man Familienvater. Beides hatte seine Vorteile, doch Billy war weder auf das eine noch auf das andere scharf. Damit legte man sich nur fest, es war eine Knebelkette, war ein Sarg. Ihm stand es frei, alles mögliche zu lernen und zu studieren. In die Politik hätte er schon vor Jahren gehen können, wer aus der Colonie Street konnte das nicht? Aber Billy hatte sich entschlossen, seinen Lebensunterhalt auf andere Weise zu bestreiten. Er hatte nie einen Politiker kennengelernt, mit dem er wirklich hätte reden können, und keinen Spieler oder Anschaffer, mit dem er's nicht gekonnt hätte.

«Nun denn, Billy», sagte Bindy und erhob sich. «Ich glaube, wir haben klargestellt, worum es uns geht. Du kannst uns jederzeit anrufen.» Er schrieb zwei Telefonnummern auf einen Notizblock, riß das Blatt ab und reichte es Billy.

«Solltest du uns einen Hinweis liefern können, der uns mit Charlie weiterhilft», sagte Patsy, «dann hast du in dieser Stadt eine sorgenfreie Zukunft vor dir.»

«Und wenn mir Berman nicht mehr über 'n Weg läuft?»

«Wenn er dir nicht über 'n Weg läuft, machst du ihn eben ausfindig und hängst dich an seine Fersen», sagte Patsy. «Solltest du in diesem Fall Geld brauchen, genügt ein Anruf.»

«Berman ist ein erwachsener Mensch. Der geht, wohin es ihm paßt.»

«Du bist auch ein erwachsener Mensch», entgegnete Patsy.

«Was Patsy im Hinblick auf deine Zukunft sagte», meldete sich Bindy, «möchte ich für meinen Teil bestätigen. Und zwar in dreifacher Hinsicht. Als erstes werden wir deine Schulden bei Martin Daugherty tilgen. Und du brauchst dir nie mehr irgendwelche Sorgen zu machen. Das gleiche gilt auch für deine Familie.»

«Und wenn Berman was spitzkriegt? Der ist zu smart, um sich irgendwas aus der Nase ziehen zu lassen.»

«Wenn du dir sicher bist, daß er was merkt, dann vergiß es.»

«Wir werden dich auf dem laufenden halten.»

Als Billy aufgestanden war, legte ihm Max Rosen väterlich eine Hand auf die Schulter. «Machen Sie sich da mal kein Kopfzerbrechen. Tun Sie, was Sie tun können. Wir befinden uns hier in einer Ausnahmesituation.»

«Tja. Das kann man wohl sagen.»

Bindy schüttelte ihm die Hand, Patsy nickte ihm zum Abschied zu, und dann war Billy wieder in der Eingangshalle, wo sein Blick auf das Treppengeländer fiel, das ziemlich genau dem Geländer in dem verdammten Haus gegenüber ähnelte, auf dem er immer heruntergerutscht war, bis ihn Tante Sate einmal abfing, ihm die Ohren langzog und ihn nach Hause schickte. Billy marschierte zur Tür hinaus und zog sie hinter sich ins Schloß. Als er auf der Vortreppe der McCalls stand, schaute er die Straße hinauf zum Haus der Dolans und mußte wieder an den kleinen Dolan denken, den man von dieser Straße weg gekidnappt hatte, als Billy noch ein kleiner Junge war. Ein Onkel hatte es getan. Man hatte den Kleinen dann unversehrt im Pine Bush gefunden, ihn nach Hause gebracht und ins Fenster gesetzt, damit jeder in der Straße sehen konnte, daß ihm nichts zugestoßen war. Der Kleine war erst vier Jahre alt gewesen. Den Onkel hätten sie am liebsten gelyncht, doch er war mit einer Gefängnisstrafe davongekommen.

Billy ging in Richtung Pearl Street, machte sich auf den Weg zurück zum Broadway. Er dachte an Georgie Fox, den man kaltgestellt hatte wegen dem, was er Daddy Big eingebrockt hatte. Es brauchte bloß ein Mensch am Broadway Wind davon zu kriegen, daß er Morrie bespitzelte, und dann war er genauso geliefert wie Georgie. Wer würde ihm dann noch über den Weg trauen? Ihm irgendein Geheimnis verraten? Oder ihm auch nur einen Nickel pumpen? Er hätte keinen einzigen Freund mehr auf dem ganzen Broadway – es würde den Zusammenbruch von Billys Welt bedeuten, das Ende von allem, für das er bisher gelebt hatte; und die McCalls forderten ihn auf, all dies aufs Spiel zu setzen. Ach was, auffordern; sie befahlen es ihm. *Kannst uns jederzeit anrufen.*

Auf halbem Weg zur Clinton Avenue stoppte Bo Linder neben ihm und fragte, ob alles in Ordnung sei. Billy bejahte, und Bo sagte: «Na wunderbar, Billy. Und jetzt sieh zu, daß du sauber bleibst.» Billy schaute den Scheißkerl sprachlos an, nickte dann schließlich, und war sich gar nicht mehr so sicher, ob er wußte, wie er das jetzt noch bewerkstelligen sollte.

Als Billy in *Becker's Bar* trat und in der Nische neben George Quinn Platz nahm, der bei Bart Muller am Tisch saß, aß George gerade ein Schinkensandwich und erzählte Muller von damals, als er in *Baumann's Dancing Academy* Tanzfeste veranstaltet und dafür King Jazz und sein Orchester angeheuert hatte. Er hatte auch welche in Scandanga Park mit dem Orchester von Zita organisiert, und natürlich hatte er bei diesen Feten auch selber mitgetanzt.

«Beim Preiswalzer kriegte jeder eine Stecknadel in den Schuhabsatz gesteckt», erzählte er. «Und wer die verbog, der war disqualifiziert. Ich hab da so manchen Preis auf meinen Ballen gewonnen, und ich hab die Pokale noch, ich kann's beweisen.»

«Du brauchst mir das nicht zu beweisen», sagte Muller.

«Manchmal haben wir auf dem Schiff nach Kingston getanzt oder auf dem Nachtschiff nach New York, aber meistens stiegen wir an der Maiden Lane für einen Nickel auf die Fähre rauf zum Al-Tro Park am Hudson; über den haben sie sogar einen Song gemacht, und das war ja auch phantastisch dort. Bist du dort oben mal gewesen?»

«Etliche Male», sagte Muller.

«Dann sind wir wieder mit der Fähre runtergeschippert zur Maiden Lane, manchmal sind wir auch, um den Nickel zu sparen, zu Fuß nach Albany zurückgelaufen. Eines Nachts war ich mit Giddy O'Laughlin unterwegs, da hielten auf der andern Straßenseite den ganzen Weg bis zur Clinton Avenue drei Burschen mit uns Schritt. Wir hatten keine Ahnung, wer das war, bis sie dann den Broadway überquerten – einer von den Jungs war Jack Diamond. Irgendwer hatte versucht, ihn in jener Nacht vom Dach des Hendrick Hudson Hotel runterzuschmeißen, aber da waren sie an den Falschen geraten.»

«Wieso erzählst du hier Stories vom ‹Langen› Diamond?» fragte Billy seinen Onkel.

«Ich erzähl hier nix vom ‹Langen› Diamond, ich erzähl hier, wie wir immer tanzen gingen. Bart wohnt drüben in Rensselaer. Wir sind beide immer rausgetigert zu den Tanzfesten im Pavillon am Snyder's Lake.»

«George, sitzt du hier an diesem Tisch, um alte Erinnerungen aufzuwärmen, oder was?»

«Wir haben uns bloß ein bißchen über früher unterhalten, ich und Bart», sagte George, «und das mit dem Geschäftlichen ist eh gebongt. Ich bin interessiert daran, einen Teil von Barts Wetten zu übernehmen, und Bart weiß, daß ich meinen Tätigkeitsbereich erweitern will. Er bedient seit neuestem als

Buchmacher die Spätschicht in Huyck's Mill, und er sucht jemand, der sich bei ihm beteiligt. Hab ich recht, Bart?»

«Richtig, George.»

«Dann ist der Deal also perfekt», sagte Billy.

«Ich denke schon», sagte George.

«Ich geb dir dann telefonisch Bescheid», sagte Muller. «Aber jetzt muß ich nach Hause, sonst sorgt sich meine Frau.»

«Alles weitere dann am Telefon, Bart», sagte George. «Hat mich gefreut, dich kennenzulernen.»

«Gleichfalls», entgegnete Muller, nickte Billy zu und ging.

George lehnte sich zurück, trank seinen Tee aus, tupfte sich mit der weißen Leinenserviette den Mund ab und faltete sie sorgfältig zusammen.

«Ich weiß wirklich nicht, was das nun sollte», beschwerte sich Billy. «Warum zum Teufel wolltest du mich eigentlich dabeihaben?»

«Um ein bißchen das Eis zu brechen.»

«Welches Eis denn? Da war doch gar keins. Du hast in einem fort gequasselt.»

«Ich wollte nicht gleich mit der Tür ins Haus fallen. Die Einzelheiten regeln wir, wenn er mich anruft.»

«Dich anruft? Der wird dir was husten. Du hast kein bißchen Eindruck auf den gemacht. Übers Finanzielle hast du überhaupt nicht gesprochen.»

«Er hat das nicht aufs Tapet gebracht.»

«Er ist hierhergekommen, um dich zu treffen, ja? Und meinst du etwa, er hat dann Lust, mit dir über Tanzfeste am Snyder's Lake zu quasseln, verdammt noch mal? Dieser Mann ist Buchmacher, er sucht einen Kompagnon und Protektion. Du hast ihm mit keiner Silbe zu verstehen gegeben, daß du auch nur weißt, was 'ne Lotteriezahl ist!»

«Der kennt mich.»

«Den Teufel tut er. Wie sollte er? Du hast weder mit ihm über das Okay von Bindy gesprochen noch davon, ob du die Knete hast, für seine Auszahlungen zu garantieren. Du hast mit keinem Ton erwähnt, bis um wieviel Uhr er dir noch 'ne Wette durchgeben kann oder ihm gesagt, daß er keine Angst zu haben braucht, daß er mit 'nem Einsatz in der Luft hängt, weil du kurz vor Schluß noch mal rückrufst und ihm was abnimmst. Einen Fliegenschiß hast du mit ihm ausgemacht! Meine Güte, George, was willst du in dieser Branche? Du solltest lieber in 'nem Sportgeschäft anheuern und Golfschläger verkaufen.»

«Du bist mir ja ein ganz Smarter. Von wem hast du denn das geerbt?»

«Ich bin nicht smart, George, sonst wär ich nämlich längst ein reicher Mann. Aber ich weiß, wie man anschafft. Und du weißt es nicht.»

«Ich steck nicht bis zum Arsch in Schulden.»

«Aber reich bist du genausowenig. Und dann sag ich dir noch was. Du hast nicht mal die Erlaubnis dazu.»

«Wer sagt das?»

«Patsy McCall. Ich hab mit ihm gesprochen, und er sagte, keiner hat dir je erlaubt, dich selbständig zu machen. Du hast lediglich die Erlaubnis, dir von 'nem anderen Buchmacher was abtreten zu lassen. 20 Prozent, nicht mehr.»

«Pop O'Rourke weiß, was ich vorhabe.»

«Patsy sagte, Pop weiß es *nicht*.»

«Ich werd Pop gleich morgen früh anrufen und die Sache klären. Wie kommst du dazu, dich mit Patsy McCall zu unterhalten?»

«Es ging da um 'ne andere Geschichte.»

«Hat es was damit zu tun gehabt, daß dein Name in der Zeitung steht?»

«Ja, damit hatte es was zu tun.»

«Oh, dann ist es also ein Geheimnis. Du hast Geheimnisse mit Patsy McCall. Entschuldigung, da halte ich mich raus. Dein Umgang ist zu betucht für meine bescheidene Herkunft.»

«Hör zu, George, bleib auf dem Teppich. Ich behalt kein Geheimnis für mich, wenn ich das nicht muß. Du weißt, was mit Charlie McCall los ist. Und du solltest mittlerweile wissen, daß ich auf deiner Seite stehe. Herrje, oder weißt du das nicht?»

«Mmmmmm», machte George.

«Du würdest gar nicht wissen *wollen*, was ich weiß, glaub mir, George.»

«Na schön, Billy. Aber du hast ein verdammtes Lästermaul.»

«Ja. Komm, trink einen. Ich lad dich ein.»

«Nee, ich hab grad erst 'nen Tee getrunken.»

«Trink doch einen, Herrgott noch mal. Wird dir guttun.»

«Ich will nichts trinken. Den Nickel nehm ich gern. Was hat Patsy über mich gesagt? War er wütend?»

«Fröhlich hat es sich nicht gerade angehört. Er kam halt auf dich zu sprechen.»

«Ich will keinen Stunk mit Patsy. Morgen werd ich gleich als erstes Pop anrufen. Zwischen den McCalls und mir hat es in meinem ganzen Leben kein einziges böses Wort gegeben. Ich hab John Kelleher 15 Dollar spendiert bei Patsys allererster Kampagne für das Amt des Steuereintreibers, und Kelleher hatte mich bloß um 5 gebeten.»

«Du wirst das schon in Ordnung bringen. Wahrscheinlich mußt du bloß mehr Prozente abführen.»

«Ich mach null Gewinn bisher. Ich *verliere* Geld!»

«Das Problem hast nicht bloß du allein.»

«Aber mehr kann ich mir nicht mehr leisten!»

«Du kannst dir's nicht mehr leisten, länger im Geschäft zu bleiben?»

«Pop wird das schon schnallen, daß ich momentan nicht gut bei Kasse bin.»

«Wie soll der das denn schnallen? Erwartest du von dem, daß er deine Wetten nachzählt?»

«Nein, das erwart ich ja gar nicht.»

«Wie zum Teufel soll er dann wissen, was du umsetzt? Der weiß lediglich, daß du dicker einsteigen willst ins Geschäft, und da mußt du auch mehr abführen, George. Du mischst jetzt seit fünfzehn Jahren in dieser Branche mit und bist schon dein Leben lang in dieser Stadt. Du weißt doch, wie der Hase läuft.»

«Wenn Patsy sagt, ich muß löhnen, dann löhn ich auch. Aber Patsy wird doch Verständnis haben, wenn ein Mensch mal Pech hat.»

«Jammer denen nichts vor und bettel bei denen um nichts. Wenn die sagen, du mußt zahlen, dann zahl und halt die Klappe.»

«Ich bettel bei niemandem.»

«Erzähl ihnen klipp und klar, was du vorhast, und heul ihnen nichts vor. Ich sag dir eines, George: Reiß dich zusammen.»

«Ich weiß, was ich zu tun hab. Ich weiß, wie der Hase läuft.»

«Na fein. Willst du jetzt 'n Drink?»

«Ich komm später auf dein Angebot zurück.»

George ging hinaus auf den Broadway, und Billy setzte sich an die Bar und bestellte sich ein großes Bier. Er dachte darüber nach, wie schwer George sich tat, wenn es darum ging, sich am Riemen zu reißen und einen Fuß in die Tür zu kriegen. Der konnte draufloshacken wie ein Kampfhahn, wenn man sich mit ihm anlegte – man durfte ihn nicht unterschätzen. Aber er ging es zu verbiestert an, wenn er um was kämpfen mußte. Er hatte sich sein Leben lang mit hartgesottenen Burschen und mit Politikern herumgetrieben und wußte bis heute nicht, wie man sich ordentlich die Nase schneuzt. Trotzdem mußte Billy zugeben, daß George nicht schlecht dastand für einen alten Knaben mit fünfzig. Er hatte sein Haus, seine Peg und seinen Danny, einen Prachtkerl von einem Sohn. Wie würde Billy mit fünfzig dastehen? Mutterseelenallein? Würde er für andere die Billardkugeln auflegen wie Daddy Big? Mit der Kreide an der Tafel stehen wie Lemon Lewis? Er hatte noch neunzehn Jahre Zeit, das herauszufinden.

«Deine Freundin Angie hat wieder angerufen, Billy», sagte Red Tom, als er Billy ein zweites großes Bier hinschob, diesmal umsonst. «Sie hat gemeint, es sei dringend.»

«Ich weiß, was bei der dringend ist.»

«Sie meinte, es sei nicht das, was du denkst. Was Wichtiges, hat sie gesagt.»

«Was Wichtiges, aha.»

«Es klang, als ob ihr's ernst wäre.»

«Werd nach ihr schauen, Tommy. Komm, trink einen auf meine Rechnung.»

«Spar dein Geld lieber, Billy. Der Winter ist im Anzug.»

«Billy Phelan weiß schon, wo er 'n warmes Plätzchen findet.»

«Da oben in Angies Zimmer?»

«Dort auch. Sicher. Dort ganz bestimmt auch.»

10

Ich werd dich vögeln, solange meine Stange hält, hatte Billy Angie einmal anvertraut, aber heiraten tu ich dich nicht. Diesen Ausspruch wiederholte sie ihm jetzt laut, als er sich von ihr herunterrollte. Er setzte sich auf und steckte sich eine Zigarette an, dann mixte er sich einen Scotch mit Leitungswasser. Er schlüpfte in seine weiße Unterhose; sie verhüllte die gezackte Narbe auf der linken Backe seines Hinterteils. Die Narbe hatte er sich mit zehn geholt, als er mit dem Arsch über die Markierung einer Second Base geschlittert war, die aus einer plattgedrückten Blechdose bestand. Was ihn fast den halben Arsch gekostet hätte, aber Doc Lennon nähte ihn wieder zusammen, und wenn Billy an die zwei Fläschchen Jod zurückdenkt, die der Doc zuvor in die Schnittwunde gekippt hat, beißt er noch heute die Zähne aufeinander. Dann hatte Billys Mutter die Wunde regelmäßig gebadet und wochenlang daran herumgemacht, und der Erfolg ihrer gemeinsamen Bemühungen war, daß Billy mit einem kompletten Hinterteil aufwuchs.

«Wieso bringst du das jetzt aufs Tapet?» fragte Billy. «Trägst du dich wieder mit Heiratsgedanken?»

«Bei dir denk ich immerzu daran.»

«Vergiß es, Ange. Als Ehemann würde ich eine verdammt schlechte Figur machen.»

«Und du könntest und würdest nie eine geschiedene Frau heiraten.»

«Mein Gott, jetzt hör aber auf.»

«Ist doch bloß Spaß, Billy. Ich neck dich eben gern.»

Angie stand auf und schlüpfte wieder in ihr dünnes weißes Seidennachthemd mit dem weißen Spitzendekolleté, das den

Spalt zwischen ihren Brüsten entblößt hätte, wäre sie besser bestückt gewesen.

Angie war ein großes schlankes und dunkelhaariges Girl mit südländischem Einschlag; sie war gescheit und sah mit ihren fünfundzwanzig Jahren wie dreißig aus, wenn sie sprach, bekam sie jedoch, wenn sich ein Gespräch emotionalen Dingen zuwandte, einen schmächtigen Zug und verfiel in jungmädchenhaftes Verhalten. Sie las melancholische Gedichte und ging in traurige Filme, um Tränen zu vergießen, denn Tragisches zu beweinen war, wie sie Billy gestand, fast so gut, als weine man vor Liebesglück. Es gab, so behauptete sie, auf der Welt so wenig Liebe, daß der Mensch auf Surrogate angewiesen war. Das sei auch der Grund, weshalb sich einsame alte Menschen Schoßtiere hielten. Billy war Angies Schoßtier. Ich kann mir nicht vorstellen, hatte sie einmal zu Billy gesagt, daß es irgendeinen Menschen auf der Welt gibt, der sich nicht schon mal aus Liebe hätte umbringen wollen. Billy, sagte sie, während sie ihn streichelte und ihm den Nacken kraulte, wenn du je stirbst, dann werd ich dafür sorgen, daß dein Grab jeden Tag mit frischen Blumen geschmückt ist, wie bei Valentino. Das ist natürlich genau das, was Billy braucht.

Doch Angie hatte mittlerweile ihren festen Platz in seinem Leben, seit ihr Ehemann ihr damals im Kasino von Saratoga ein paar saftige Ohrfeigen versetzt hatte. Billy hatte den beiden von der Bar aus zugesehen, wie sie wegen der Autoschlüssel lauthals zu streiten begannen. Gib sie her, du Miststück, fuhr ihr Mann sie an. Ich hab sie nicht, erwiderte Angie. Natürlich hast du sie, schrie er, du willst dich doch bloß hier rumdrücken und all den feschen Knaben schöne Augen machen. Der einzige, bei dem Angie das damals getan hatte, war Billy gewesen, und wenn ihr Mann in der Nähe war, hatte sie ihm nie auch nur zugenickt. Und als der Dreckskerl ihr jetzt so was ins Gesicht sagte, da ließ sie ihn stehen, worauf er sie am Arm zurückriß und ihr zwei Ohrfeigen verpaßte. Billy hätte ihm am liebsten sämtliche Zähne eingeschlagen, doch es blieb ihm nichts anderes übrig, als tatenlos zuzuschauen. Angie nahm die Schläge wortlos hin, was dem Bastard so zusetzte, daß er wutschnaubend aus dem Kasino stapfte, das Auto auf dem Parkplatz stehen ließ und zu Fuß zum Hotel zurückmarschierte. Auf halbem Weg merkte er, daß er die Autoschlüssel in der Jackentasche hatte. Billy lud Angie zu einem Drink ein, tätschelte ihr kosend die geschlagene Wange, setzte sie dann in ein Taxi und wettete beim nächsten Rennen auf ein Pferd namens Boxer, das ihm 8 Dollar einbrachte.

Danach kam Angie alle vier Wochen nach Albany, blieb für ein Wochenende, mitunter auch eine ganze Woche. Oder sie rief Billy an, und er kam sie besuchen. Hin und wieder steckte sie ihm auch Geld zu, wobei er sich wie ein Gigolo vorkam, aber so einer war er natürlich nicht. Er nahm es nur, wenn er es nötig hatte. Angie nannte Billy ihr kleines Glücksrad des Entzückens. Als ich noch klein war, erzählte sie, hab ich immer auf der Treppe vorm Haus gesessen und darauf gewartet, daß es die Straße runter auf mich zugerollt kommt. Aber es ist nie gekommen – bis ich dich getroffen habe.

Warum hast du diesen Lump geheiratet, fragte Billy einmal, und sie antwortete: Weil er wie mein Vater war und ich meinen Vater geliebt habe, aber du hast recht, er ist ein Lump, er ist kein bißchen wie mein Vater. Ein Lump ist er, ein Lump, und er hat selber seine Weiber nebenher. Eines Nachts kam er nach Hause und hatte noch den Geruch von Oralsex auf dem Gesicht. Statt ihn zur Rede zu stellen, packte Angie ihr Köfferchen und kam nach Albany. Aber er war gut im Bett, sagte Angie, da war er sehr gut. Zu Billy sagte Angie nie, daß er sehr gut war im Bett, andererseits bekam er auch nie Klagen zu hören. Wie sie so oft allein sein konnte, erschien ihm unbegreiflich. Billy war so gut wie nie allein. Mir macht das nichts aus, allein zu sein, sagte Angie zu ihm. Mit dem zusammensein, das ist, als sei man allein. Das bringt mich nicht um.

Billy sah hinab auf die Lichter der Pearl Street. Die Straße lag wie ausgestorben da.

«Hast du Aspirin?» fragte er Angie. «Ich hab Kopfschmerzen.»

«In der kleinen Tasche auf dem linken Schrankbord», sagte sie. «Wieso hast du denn Kopfschmerzen? Du hast doch nie Kopfschmerzen.»

«Was soll das heißen, ich hab nie Kopfschmerzen? Jeder

Mensch hat mal Kopfschmerzen. Woher zum Teufel willst du wissen, daß ich nie Kopfschmerzen habe?»

«Also gut, du hast Kopfschmerzen», sagte Angie, ließ sich auf dem Bett zurückfallen und schlug die Füße übereinander.

Im Schrank fiel Billys Blick auf den breitrandigen schwarzen Hut mit den zwei weißen Blumen dran. Er schnappte sich das Ding und wedelte damit zu ihr hinüber. «Wenn man ein Gesicht hat wie du, dann braucht man keine Blumen am Hut.» Er legte den Hut wieder zurück aufs Bord, tastete nach dem Aspirin und fand es. Da sah er ihr schwarzes Leinenkostüm mit dem karierten Wollschal hängen, daneben das Kostüm aus grauem Wollgarn mit dunkelgrau abgesetzten Seidenaufschlägen. Weiß Gott, diese Angie verstand sich zu kleiden. Wie ein Mannequin. Und einfach zu gescheit war die. Eine richtige Collegedame. Und dachte wie ein Mann.

«Du bist zu gescheit, verdammt noch mal», sagte er und ging ans Waschbecken.

«Was soll das heißen?»

«Zum Teufel damit.»

«Komm her, Billy. Komm und setz dich zu mir.»

«Gönn mir eine Pause.»

«Nein, das meine ich nicht. Du sollst dich nur zu mir setzen.»

Billy spülte das Aspirin runter, ging zum Bett und setzte sich zu ihr. Sie strich ihm übers Gesicht, ließ die Hand sinken und schlug die Augen nieder. «Ich muß dir was sagen.»

«Deine Katze ist überfahren worden.»

«So was Ähnliches. Ich hatte 'ne Abtreibung.»

«Ja?»

«Es war unser Kind.»

Billy rauchte schweigend seine Zigarette, dann schaute er sie an. Ihre Augen waren jetzt auf ihn gerichtet.

«Wann?»

«Vor drei Wochen ungefähr.»

«Und warum hast du mich nicht eingeweiht?»

«Was hättest du denn dann gemacht?»

«Weiß nicht. Dir geholfen.»

«Mir dabei geholfen? Ein braver Katholik wie du?»

«Dir beigestanden, meine ich. Das muß doch furchtbar für dich gewesen sein.»

«Von solchen Dingen willst du ja nie was wissen. Von nichts, was dich mit angeht. Du hast es nicht wirklich wissen wollen, oder?»

«Zur Hälfte ist das auch mein Kind gewesen.»

«Kein Kind, bloß ein Fötus. Und den gibt's nicht mehr und der gehört auch keinem mehr.»

«Verdammt noch mal, ich hatte ein Recht, das zu erfahren.»

«Ein *Recht*?»

«Allerdings. Teufel noch mal, ich soll nichts mitzureden haben bei meinem eigenen Sohn?»

«Und natürlich war es ein Junge. Du bist mir schon einer, Billy.»

«Irgendwas muß es ja wohl gewesen sein, zum Teufel!»

Billy blickte auf seine Hand und sah, wie die Zigarette bebte. Das war ja eine schöne Bescherung. Er hatte über die Sache mit Berman mit ihr reden wollen, auch darüber, daß sein Vater wieder in der Stadt war. Angie hatte gesunden Menschenverstand. Er hatte sie auch um Geld angehen, sich wenigstens etwas borgen wollen, aber sie waren zu schnell in der Falle gelandet. Aber man konnte keine Frau um Geld bitten, wenn man grad mit ihr in der Falle war. Und nach dieser Bescherung jetzt konnte er sie überhaupt nichts mehr fragen. Warum passierte plötzlich so viel auf einmal? Er dachte daran, wie er mal als Geber in der Zockerrunde bei Slicky Joyce neunzehn Straights hintereinander ausgeteilt und damit den Griechen, der den Pott hielt, fast in den Bankrott getrieben hatte. Wie ist so was möglich, neunzehn Straights hintereinander zu geben? Er drückte seine Zigarette aus, ging ans andere Ende des Zimmers und stieg in seine Hose.

«Warum ziehst du deine Hose an?»

«Weil mir kühl ist.»

«Nein. Du schämst dich für den Körperteil, der mich geschwängert hat. Deswegen ziehst du dir jetzt die Hose an und versteckst ihn.»

«Du weißt alles über mich. Daß ich nie Kopfschmerzen hab und warum ich meine Hose anzieh. Herrgott, jetzt *hör* aber auf!» schnauzte Billy sie an. «Keinen blassen Dunst hast du! Meinst du, ich bin genauso ein Blödhammel wie dein verdammter, bescheuerter Mann?»

«Ist ja gut, Billy. Jetzt werd nicht aggressiv.»

«Ich soll nicht aggressiv werden? Du bringst mein Baby um, ohne mich auch nur zu fragen. Wer hat dich auf diese Greueltat gebracht?»

«Jetzt werd nicht ausfällig, Billy. Tut mir leid, daß ich so ungeschickt davon angefangen hab.»

«Ungeschickt angefangen?»

«Ich bin schwanger.»

«Lieber Gott, was für ein Spiel treibst du hier eigentlich?»

«Ich wollte sehn, ob du das Baby haben willst.»

«Großer Gott, nein, ich will kein Baby.»

«Aha, jetzt ist das also was anderes.»

Billy zog sein Hemd an, außerstande, irgendwas zu sagen. Er legte seine Krawatte zusammen und schob sie in die Tasche des Jacketts, das über der Stuhllehne hing. Er ließ sich auf dem Stuhl nieder und starrte Angie an.

«Ich kann für das Baby sorgen», sagte sie. «Als ich merkte, daß ich schwanger bin, hab ich mit Joe geschlafen, damit ich ihm gegenüber so tun kann, als wär's seins. Aber mit dem würd ich es nie großziehn. Der will bloß eines ziehn, und das ist Zaster. Aber ich würde es behalten und alles dafür tun, daß es die besten Kindermädchen und Privatschulen kriegt, die es gibt. Bloß eines würde es nicht haben, einen richtigen Vater.»

Sie stand auf. «Oder ich könnte es zur Adoption freigeben.»

«Nein», sagte Billy.

Sie ging zu ihm und strich ihm zärtlich über das Gesicht. «Oder wir könnten es miteinander aufziehen. Ganz nach deinem Ermessen. Ich meine damit nicht, daß wir heiraten müssen. Ich könnte woanders hinziehen und es dort zur Welt bringen, und du könntest es besuchen kommen, wann immer du Lust hast. Das einzige Problem ist nur, falls mein Mann etwas davon erfährt, wird er uns wahrscheinlich alle drei abmurksen lassen. Aber das juckt mich nicht. Dich etwa?»

«Nee. Natürlich nicht. Was juckt mich der?»

Billy stand auf und setzte sich ein paar Schritte weiter in den

Sessel, schaute sie an, wie sie barfuß vor ihm stand. Unter dem seidenen Nachthemd blinzelte ihn das dunkle Dreieck an.

«Oder du kannst jederzeit deinen Vaterschaftsanspruch geltend machen, und dann könnten wir miteinander irgendwo hinziehen. Geld hätte ich genug. Ich wär nicht auf Alimente angewiesen.»

Billy schüttelte den Kopf. «Das behagt mir nicht. So 'ne Mußehe kann mir wirklich gestohlen bleiben.»

«Dann willst du, daß ich abtreibe?»

«Nein, das will ich keineswegs. Ich finde, du solltest das Kind zur Welt bringen.»

«Aber du willst nix mit ihm zu tun haben?»

«Werd ich schon.»

«Inwiefern?»

«Ich werd hin und wieder nach ihm schauen.»

«Wie nach 'nem Hund, den man in Pflege gibt? Warum soll ich's dann nicht abtreiben?»

«Ich will nicht, daß irgendwem ein Haar gekrümmt wird. Wenn du's trotzdem tust, ist das deine Angelegenheit und ich kann's dir nicht verbieten. Aber dann will ich auch nichts davon hören.»

«Soweit würdest du also gehen?»

«Wenn du es zur Welt bringst, werd ich die Vaterschaft anerkennen.»

«Das wirst du tun?»

«Tja, das werd ich tun.»

«Auch wenn Joe sagt, er legt dich um?»

«Wenn er mich umlegt, wird er einen Haufen Scherereien kriegen.»

«Das hätt ich nicht von dir erwartet.»

«Das würd ich bei jedem Kind tun. Wenn man ein Kind in die Welt setzt, muß man ihm sagen, wer sein Vater ist.»

«Dann tust du es also für das Kind, nicht für mich?»

«Vielleicht auch ein bißchen für dich.»

«Also richtig mit Geburtsurkunde, Taufe und allem?»

«Was du willst.»

«Hätt ich wirklich nicht gedacht, daß du das tust. Du hast dich mir gegenüber nie auf etwas eingelassen. Nicht mal meine Briefe hast du beantwortet.»

«Briefe? Weiß Gott, ich soll dir Briefe schreiben, damit du meine Rechtschreibfehler verbesserst?»

«Das würd ich nicht tun. Mein Gott, ich liebe dich. Du machst das Leben erst lebenswert, Billy. Du bist der rechte Mann für mich, aber aus dem falschen Material.»

«Dem falschen Material?»

«Du läßt dich nicht formen. Nicht durch Sex und nicht durch Geld. Nicht mal durch die Vorstellung, ein Kind zu haben. Trotzdem hast du gesagt, du würdest bei mir bleiben. Das ist schon allerhand.»

«Was meinst du damit, die *Vorstellung*, ein Kind zu haben?

«Es gibt kein Kind.»

Sie wippte vom einen Fuß auf den anderen, den Oberkörper halb zur Seite gedreht, und spielte mit ihren Haarspitzen.

«Du hast es abgetrieben.»

«Ich war nie schwanger», sagte sie und grinste Billy an.

«Was, was zum Teufel ist hier eigentlich los?»

«Ich mußte einfach wissen, was du empfindest, Billy. Denkst du wirklich, ich wär so dämlich, mich von dir schwängern zu lassen? Wir haben noch nie über Dinge von wirklicher Bedeutung gesprochen. Das war das erste Mal, daß wir uns über etwas Wichtiges unterhalten haben, ohne daß es um Geld ging oder um meinen verdammten Mann. Ich weiß so gut wie gar nichts über dein Leben. Ich weiß bloß eines: daß ich dich jetzt noch mehr liebe als vorhin, als du zur Tür reinkamst. Und nach dir hab ich mich schon gesehnt, bevor ich dich überhaupt kannte.»

Billy schüttelte den Kopf. «Das muß man sich mal vorstellen. Du hast mich ja ganz schön an der Nase rumgeführt.»

«Ja, ich weiß.»

«Und ich geh dir tatsächlich auf den Leim.»

«Ja, es war herrlich. Du warst wunderbar. Lädst du mich jetzt irgendwo zu 'nem Sandwich ein? Ich hab das Abendessen verschwitzt, weil ich die ganze Zeit auf dich gewartet hab.»

«Klar. Aber zuerst schnapp dir den Irrigator, und diesmal werd ich zuschauen. Damit du mich nicht noch mal mit so einem Humbug aufs Kreuz legst.»

«Ach, Romeo», sagte Angie und massierte ihm den Sack.

11

Martin stellte sich seinen Vater, Charlie Boy und Noah vor, wie sie auf ihren Betten lagen und alle viere von sich streckten, er sah die nackte Melissa mit gespreizten Beinen erschöpft am Boden ihrer Suite im Hampton Hotel liegen und fand keinen Schlaf. Er versuchte es damit, daß er seine rechte Gesichtshälfte ins Kissen drückte; das war ein Trick, der sich auf die Flüssigkeit im Hirn auswirkte und ihn sonst immer einschlummern ließ, aber heute funktionierte er nicht. Also drehte er sich auf den Rücken, bettete den Kopf schräg nach rechts und machte die Augen wieder zu. Er fixierte einen Punkt hinter dem Stirnbein, knapp oberhalb der Nase, und versuchte jeden Gedanken zu verscheuchen, der ihm in den Kopf kam.

Aber auch damit war ihm kein Erfolg beschieden. Er sah die einsame, gehetzte Gestalt in den rußgeschwärzten, stockfinsteren Tunnel hineinlaufen, der so eng war, daß ihr der Tod sicher wäre, wenn ein Zug in den Tunnel donnerte, bevor sie das andere Ende erreichte. Entweder würde der Mann unter den Rädern zermalmt oder an der Tunnelwand zu Brei gequetscht werden. Der Mann erreichte eine Überführung, die sich über einen abgrundtiefen Canyon spannte, und begann auf Händen und Knien Stück für Stück über die Schwellen zu kriechen, voller Angst herabzufallen, voller Angst, daß genau dann, wenn er die Hälfte des Weges hinter sich hätte, drüben der Zug aus der Kurve hinter dem Wald auftauchen und ihn überrollen würde. Er hatte weder eine Chance, zurückzulaufen, noch konnte er zur Seite ausweichen. Es blieb ihm nichts anderes übrig, als sich zwischen den Schwellen nach unten zu hangeln und sich mit den Fingern festzukrallen. Würde der Schwindel ihn dann übermannen und in die Tiefe reißen? Waren seine Finger stark genug, das Gewicht seines Körpers zu halten?

Martin setzte sich auf, knipste die Nachttischlampe an und begann wieder, die Vierecke im Muster an der Decke zu zählen. In horizontaler Richtung waren es elf, in vertikaler zwölf. Er multiplizierte sie miteinander und kam auf 132 Vierecke, einschließlich derer, die unvollständig waren. Er zählte sämtliche Kanten der Kommode; dann die Ecken an den sechs Schubladen: es waren 24. Er zählte die Kanten an der Schmuckleiste auf Mary Daughertys Kleiderschrank. Schließlich zählte er sämtliche Ecken und Kanten zusammen und kam auf 278. Dann zählte er die Biegungen in der Stuckeinfassung der Zimmerdecke. Er addierte die Rücken, die Deckelseiten und die Seiten mit dem Anschnitt an den Büchern auf seiner Kommode. Beim Errechnen der Gesamtsumme verlor er den Faden.

Behalten konnte er die Zahlen nie, aber darauf kam es ihm auch gar nicht an. Im Laufen zählte er gewöhnlich die Ritzen im Trottoir, beim Autofahren die Telegrafenmasten. Nur zwei von diesen Zahlen waren ihm je im Gedächtnis geblieben: die achtzehn Stufen hinauf in die Redaktion, und die zwölf Stufen, die ins Obergeschoß seines Hauses führten; und auch die erst nach jahrelanger Wiederholung. Verzählte er sich einmal bei den Stufen dieser beiden Treppen, zählte er sie auf dem Rückweg sorgfältig nach. Früher hatte er dieses Abzählen als seine ureigene Methode betrachtet, seinen Platz in der Welt abzustecken, indem er allen Begrenzungen eine feste Zahl zugrunde legte: jede Schublade hatte ihre vier Ecken, jede Kachel vier Kanten. Es war eine Handlung, die er ausführte, um sich seines inneren Zusammenhalts zu versichern – denn sollte Martin eines Tages aufwachen, und eine Schublade hätte plötzlich drei Ecken und eine Kachel fünf Kanten, dann wüßte er, daß die Regeln seiner Zivilisation außer Kraft gesetzt waren.

Er knipste die Lampe aus, schloß die Augen und fand sich am Fuß einer breiten Treppenflucht. Er stieg hinauf, und als er um die erste Biegung kam, stieß er auf eine alte Hexe, die sich auf den Stufen vor ihm in einem riesigen Spinnennetz wand, das sie vom Kopf bis zur Hüfte herab einhüllte. Unten, zwischen ihren Schenkeln, waren zwei Dutzend weißer Babyschuhe unablässig in Bewegung – die brütete sie gerade aus.

Mir gefällt das nicht, was man mir antut, sagte die Hexe.

Sie streckte eine Hand nach Martin aus, und als er entsetzt an ihr vorbei die Treppe hinauffloh, blieb ihm ein Fetzen Spinnweben am Ärmel hängen.

Ohne sich in seinem Bett zu rühren, riß er sich aus dieser Traumszene heraus und merkte, wie sein Herz in wilder Panik pochte. Er sprach ein Vaterunser, ein Ave Maria und ein Confiteor. *Erlöse uns von dem Übel. Gebenedeit sei die Frucht deines Leibes. Mea maxima culpa.* Er hatte seit 25 Jahren kein Gebet mehr gesprochen, abgesehen von den seltenen Gelegenheiten, wenn er bei einer Beerdigung einen flüchtigen Kniefall machte und schnell eines runterleierte, und auch jetzt glaubte er weder an diese noch an irgendwelche anderen Gebete. Trotzdem wurde sein Puls zunehmend ruhiger, während er betete, und seine Augen blieben geschlossen. Und als ihn nun der Schlaf übermannte, merkte er, daß die Überreste seines erschütterten Glaubens, trotz all seines ungläubigen Gebarens, noch immer Macht über sein Inneres hatten.

Er wußte, daß sein Bewußtsein kein Interesse an echtem, tiefem Glauben hatte; es nährte sich aus der Bilderwelt von Konflikten, die an den tiefsten Schichten seiner persönlichen Lebensgeschichte rührten. Vor Jahren hatte er wiederholt von Sechsecken, Parallelogrammen und Dreien geträumt, warum, wußte er bis heute nicht. Er verstand so gut wie keines von den fragmentarischen Bildern, die sich in seinem Unterbewußtsein formten, doch jetzt merkte er zum erstenmal, daß er sie überlisten konnte. Er hatte es geschafft. Zum erstenmal seit Peters Abreise sank er in friedlichen Schlummer. Und während er jetzt eindämmerte, begriff Martin die Botschaft seiner Traumbilder. Er würde in die Harmanus Bleecker Hall gehen und sich ansehen, wie Melissa auf der Bühne seine Mutter darstellte. Und dann, alles zu seiner Zeit, würde er auch einen Weg finden, wieder mit ihr zu schlafen, so wie sich ein Einbeiniger aus dem umgestürzten Baum, der ihm das Bein zerschmettert hat, eine Krücke schnitzt.

Die pinkelnde Puttenfigur auf dem Brunnen (‹*The Golden Bowlful*› von Henry Pease Lotz) begrüßte Martin mit ihrem *Psssss*, als er das Foyer der Bleecker Hall durchquerte. Er dachte daran zurück, wie er Bert Lytell, die Barrymores und Mrs. Fiske auf den Brettern dieses Kulturschreins gesehen hatte. Einen Auftritt des jungen Jolson hatte er hier miterlebt, den großen Isadora, und mit dreizehn hatte er bei einer Show mit dem Titel ‹*The Ten-Ton Door*› verfolgt, wie ein Mann, den man an eine wuchtige Tür geschnallt hatte, von einer gewaltigen Explosion quer über die Bühne geschleudert wurde, ein epischer Augenblick.

«Na, da bist du ja endlich», begrüßte ihn die hennarote Agnes, die kaugummikauend am Kartenschalter saß. «Wir haben dich bereits gestern abend erwartet.»

«Gestern abend war ich in Troy», sagte Martin, «und hab die Ente ausgeführt.»

«Welche Ente?»

Martin grinste und schaute auf sein Ticket: B-108 Mitte. Er betrat den Saal, ein Vierteljahrhundert nach der geplatzten Premiere: an Stelle von ‹*The Flaming Corsage*› hatte man hier 1913 Edward Sheldons ‹*Romance*› uraufgeführt, woraufhin Sheldons Ruf als Dramatiker blühte. Edward Daugherty aber hatten die Priester und die Grundys, die die Aufführung seines Stücks verhinderten und es das Werk eines lasterhaften Mannes mit skandalösem Lebenswandel nannten, auf Jahre hinaus in Theaterkreisen zum Paria gestempelt.

1928, so manchem noch als verhängnisvolles Jahr in Erinnerung, hatte Melissa den Entschluß gefaßt, aus dem Stück müsse ein Tonfilm werden, in dem sie die Rolle der Mätresse spielte – ein Wunschtraum, den sie schon seit langem hegte. Sie versuchte Von Stroheim, dessen Unverblümtheit in Sachen Sex sie schätzte, als Regisseur zu gewinnen, aber die Filmstudios hielten das Stück wie auch den Skandal für Schnee von gestern, und sie fanden, liebe Melissa, auch deine Idee mit der Melissa-Rolle ein bißchen angestaubt.

Ohne sich im geringsten um ihr zunehmendes Alter zu scheren, hatte Melissa kurzerhand etwas Neues aufgeboten: und zwar das Tagebuch von Edward Daugherty aus den Jahren vor bis kurz nach dem Skandal, in dem die ganze Dramatik und Erotik dieses aufsehenerregenden Ereignisses dokumentiert ist, falls einer von euch Filmfritzen davon im Stück selbst nicht genug zu finden meint.

Doch immer noch zeigte keines der Studios Interesse; Melissa galt dort als verblassendes Symbol einer ausgehenden Ära, ihre Stimme wurde als zu quirlig befunden für den Tonfilm und ihr herrisches, streitsüchtiges Wesen (im Zweifelsfall pflegte sie Klage einzureichen) empfanden die Filmbosse als Zumutung.

So kam es, daß ‹*The Flaming Corsage*› auch weiterhin weder auf der Bühne noch auf der Leinwand aufgeführt wurde, bis zu der Daugherty-Renaissance, die mit einer obskuren New Yorker Produktion von ‹*The Car Barns*› ins Rollen kam, einem Stück, das er 1902 geschrieben hatte. George Jean Nathan besuchte die Aufführung und schrieb in seiner Kritik, hier sei ein Autor, der um viele Stufen besser sei als Gilette, Belasco, Fitch und andere, ein Autor, der die irisch-amerikanischen Belange eingehender schildere und dabei aus tieferen Quellen schöpfe als Boucicault oder Sheldon, und all den pöbelhaften marxistischen Schulmeistern, die derzeit auf den Theaterbühnen Verwirrung stifteten, haushoch überlegen sei. War der vernachlässigte Autor nun ein amerikanischer O'Casey oder Pirandello? Gar ein neuer O'Neill? Das nicht, schrieb Nathan, er sei lediglich originell, und Originalität sollte einem ernsthaften Menschen genügen.

Der Wiederaufführung von ‹*The Car Barns*› folgte ‹*The Masks of Pyramis*›, der einzige Abstecher Edward Daughertys ins Reich der Symbolik. Das Publikum quittierte ihn mit einem gelangweilten Gähnen, und die Renaissance kam ins Stocken. Im Jahr darauf folgte ‹*The Baron of Ten Broeck Street*›; der Protagonist dieses Stücks, das den Kapitalisten als Bösewicht und tragische Figur schilderte, war dem Vater von Katrina Daugherty nachempfunden, einem Holzbaron aus Albany. Die Reaktion der Kritiker war positiv, aber damit wäre die Renaissance wohl zu Ende gewesen – hätte es da nicht das bohrende und drängende Bedürfnis Melissas gegeben, sich selbst auf der Bühne darzustellen.

Sechs weitere Jahre gingen dann ins Land, ehe ‹*The Flaming*

Corsage› erneut aktuell wurde. Und drei Jahrzehnte nach seiner Entstehung war jetzt ein ganz neues Stück daraus geworden, die Sünde von damals geriet zum Mythos, der antike Realismus zur beißenden Parodie auf Liebesschmerz und törichten Tod. Die New Yorker Produktion war ein spektakulärer Erfolg. Melissa gelang ihr Comeback, und Edward Daugherty fand die Anerkennung als Künstler, nach der er sich ein Leben lang gesehnt hatte. Nur nahm er sie jetzt gar nicht mehr so recht zur Kenntnis. Zwar strahlte der Autor über seinen durchschlagenden Erfolg, als Martin ihm die Neuigkeit berichtete, doch schon Minuten später hatte er vergessen, daß er dieses Stück oder sonst irgendeins je geschrieben hatte. Was er jetzt am allerliebsten hätte, sagte er zu Martin und druckste in seinem alten Haus an der Main Street unruhig in seinem Ledersessel herum, das wäre eine heiße Tasse Tee, mein Sohn, mit Zitrone und einem Zuckerplätzchen, wenn du so liebenswürdig wärst.

Schon zwei Drittel der Plätze im Saal waren besetzt, und noch immer kamen sie hereingeströmt, um die berühmte Schönheit in dem berüchtigten Stück über Albany zu sehen. Martin bezog oben am Mittelgang Stellung, hielt seinen ausgebeulten Hut in der Hand und drückte sich beiseite, um die Theaterbesucher vorbeizulassen, die ihren Plätzen zustrebten. Joe Morrissey nickte ihm zu, ein ehemaliger Abgeordneter des Repräsentantenhauses und ein Geizkragen, wie er im Buche stand, der unweit der Sacred Heart Church gewohnt hatte – bis ihn der Pastor angegangen war, sein Haus später einmal den Nonnen zu vermachen, worauf der alte Joe sein Haus auf der Stelle verkaufte und den Pfarrbezirk wechselte. Und da unten lief gerade der Dachdecker Tip Mooney durch die Reihen, seine Adoptivtochter im Schlepptau, von der alle mit leisem Glucksen behaupteten, sie sei seine Mätresse. Hu! Das war tabu! Aber der unerhörte Reiz des Verbotenen! Die Saalbeleuchtung wird abgedunkelt, und hier steht der Bursche, der seiner Erlösung harrt. Ich bin genauso ein großer Sünder wie du, Dad. Der Playboy aus dem North End, aber es bleibt ja alles in der Familie. Er ist schlicht und einfach hier, um sich die allseits beliebte Zuckerpuppe anzuschauen, die, wie die Reporterin Marlene schrieb, es darauf anlegt, der Welt zu beweisen, daß sie ebenso mit ihrem schauspielerischen Talent die Tiefen der menschlichen Seele auszuloten vermag, wie sie als Tänzerin die Lebensgeister der Menschen zum Glühen und schon allein durch die Sinnlichkeit, die ihre Gegenwart ausstrahlt, die Phantasie des Publikums zum Fiebern bringt etc.

Dann war es gänzlich dunkel im Saal, der Vorhang hob sich, und man sah das Wohnzimmer der Daughertys, genau wie einst vor dreißig Jahren in der Colonie Street, wie durch einen Zauber wiederhergestellt, mitsamt dem Edison-Phonographen und seinen Walzen, der Tiffanylampe aus dem Möbelgeschäft von Van Heusen Charles, dem Landschaftsbild mit dem Hudson an der Wand, und all den anderen penibel nachempfundenen Einzelheiten, wie der Autor sie in seinen Regieanweisungen forderte, denn diese Gegenstände waren untrennbar verbunden mit der Frau, die hier in ihrer Mitte saß: die täuschend nachgeahmte Katrina, in bemerkenswerter Weise wiedererweckt von einer bebrillten Melissa mit angegrauter blonder Perücke, das Haar hochgesteckt wie ihr Vorbild, mit einem lavendelblauen Schal über den Beinen in einem schwarzen Schaukelstuhl sitzend, im Schoß ein aufgeschlagenes Buch, auf dem über Kreuz gelegt ihre Hände ruhten.

«Wo willst du denn hin?» fragt sie den jungen Mann am Erkerfenster.

Und der junge Mann, in dem Martin nichts von seinem verstörten Ich des Jahres 1908 wiederfindet, entgegnet: «Irgendwohin, wo sie nicht gleich hämisch kichern, sobald mein Name fällt.»

«Du willst nach Paris gehen?»

«Vielleicht. Ich weiß noch nicht.»

«Es muß dort jetzt schrecklich öde sein, ohne Rimbaud und Baudelaire.»

«Die haben doch jetzt diesen Turm dort.»

«Dein Vater wird wissen wollen, wo du dich aufhältst.»

«Vielleicht fahre ich nach Versailles und schaue, wo der König sich seine Marie-Antoinette hielt.»

«Ja, tu das. Schick deinem Vater eine Postkarte.»

Melissa legte das Buch beiseite und stand auf, hob ihre Hand zum Hinterkopf und legte sie an die Perücke, als wolle sie das

Durcheinander in ihrem Kopf besänftigen. Eine Geste, die Martin von Katrina nicht kannte; es war eine von Melissa, was ihn in Verwirrung brachte. Während er das Geschehen auf der Bühne verfolgte, wurde er von einer nervösen Unruhe gepackt, und ihm bangte fast davor, ein paar Szenen später mitansehen zu müssen, wie sein Vater auf die Bühne kommen und sich der fürchterliche Dialog um Doppelzüngigkeit und Niederlage entspinnen würde, bei dem ihm eine halb wahnsinnige Katrina geistreich Paroli bot.

Im Dialog zwischen Mutter und Sohn steuerte die Handlung nun auf diesen Punkt zu, doch Martin verschloß seine Ohren vor allem, was gesprochen wurde, und beschränkte sich ausschließlich darauf, Melissas Gebärden zu beobachten, die nichts mit denen der authentischen Katrina gemein hatten, und er stellte sie sich wieder in ihrer Wollust vor, wie sie schweißgebadet vor ihm lag und sein Samen aus ihr heraussickerte. Die alten Olmeken hatten ein Standbild aus Stein gehauen, das einen heiligen Jaguar darstellte, der sich mit einem lüsternen Weib paarte. Ein männlicher Nachkomme, der aus so einer Vereinigung hervorging, wäre halb Jaguar und halb Menschenjunge, ein göttliches Geschöpf. Vielleicht eine Gestalt wie der Junge mit dem Tierkopf, der Martin morgens am Bett erschienen war? Sagt dir hier eine innere Stimme, daß du ein göttlicher Nachkomme bist, Martin, der aus einer heiligen Vereinigung hervorgegangen ist? Nur, aus welcher? Aus der deines Vaters mit deiner Mutter? Aus der deines Vaters mit Melissa? Oder aus deiner eigenen mit Melissa?

Die Verderbtheit, die er damals nach seinem Zusammensein mit Melissa empfunden hatte, kehrte nun mit voller Macht zurück: Als Lohn für seine Simonie hatte er die Wonnen sexueller Hingabe empfangen. Drei Tage lang war er mit Melissa zusammengewesen, und sie hatte ihren Kauf mit einer Lust besiegelt, die heftiger brannte als die seine. Den Körper derselben Frau, die soeben über die Bühne lief, hatte er durch den Salon ihrer Suite im Hampton gehen sehen, wo sie dann nackt am Fenster stand und hinter den Gardinen auf das Verkehrsgewühl auf dem Broadway und der State Street hinunterschaute. Er hatte sich zu ihr gestellt und ihr mit einer schon etwas ermüdeten

Zwanghaftigkeit die Hand zwischen die Schenkel geschoben, einfach um irgendwas zu tun. Sie hatten nebeneinander gestanden und hinuntergeschaut, durch ihre Blicke verbunden mit dem Verkehr auf der Straße, mit den Männern und Frauen, die dort unten geschäftig vor ihrer Lust hin und her eilten. Er war danach noch einen Tag bei ihr im Hotel geblieben, bis sie sagte: Jetzt will ich eine Frau. Da war Martin dann gegangen.

In den Jahren seither hatte er sich fest vorgenommen, sich ihr niemals wieder sexuell zu nähern. Doch in der Erkenntnis, daß ein neuer Schmerz, den man sich zufügen läßt, für Zerstreuung sorgt und den Schmerz der ersten und schmerzhafteren Wunde dämpft, nahm er sich nun vor: Jawohl, er würde mit Melissa schlafen, sobald sich dazu eine Möglichkeit bot. Er könnte sie darum bitten, dabei ihre blonde Perücke zu tragen. Vielleicht würde er sie sogar Katrina nennen. Und sie konnte Edward zu ihm sagen.

Sie würden so tun, als sei es 1887, als sei dies eine wahrhaftige Hochzeit zweier heiliger Gestalten. Er würde ihr von den Olmeken erzählen, und von göttlicher Nachkommenschaft. Er würde ihr von seinem Traum mit dem göttlichen Tier berichten, das neben seinem Bett gesessen hatte, und ihr zu verstehen geben, daß es sich bei dieser Gestalt womöglich um ihn selber handelte, auf einer neuen Stufe seines Daseins. Und während sie dann in wilder Ekstase miteinander vögelten, würden die Engumschlungenen sich in den Jaguar und seine lüsterne Partnerin verwandeln. Beiden wäre klar, daß aus dieser göttlichen Paarung ein neuer Martin Daugherty hervorgehen würde.

Das Trachten danach, sich selbst zu lieben, ist ein moralisches Unterfangen.

Wie einfach es doch ist, dieses Spiel mit dem Übersinnlichen, wenn man die Regeln erst einmal beherrscht.

12

Abends bei der Endausscheidung von Daddy Bigs Billardturnier spielte Doc Fay auf einmal wie ein Weltmeister. Anfangs hatte Billy mit 16 Punkten in Führung gelegen, dann schaffte sich der alte Doc rauf auf 26 und ließ Billy überhaupt nicht mehr zum Zuge kommen. Bei der letzten Kugel einer Runde hatte ihn dann sein Glück verlassen; sie lag so ungünstig, daß er sie nicht versenken und zudem anschließend mit der Spielkugel den Anstoß aufs neu aufgelegte Kugeldreieck machen konnte. Also hatte der Doc einen Sicherheitsstoß angesagt und die Kugel versenkt, die an der Spitze des Dreiecks wieder aufgesetzt wurde, das nun vor Billy auf dem Tisch lag.

Die weiße Spielkugel hatte der Doc so dicht an der Kopfbande liegen lassen, daß sie förmlich an ihr klebte. Billy stand der kniffligste Stoß bevor, den es beim Billard gab: der brachte *jeden* Spieler ins Schwitzen. Klaro, daß Billy erneut einen Sicherheitsanstoß ansagen mußte – die weiße Kugel so aufs Dreieck spielen, daß sich eine farbige, egal welche, daraus löste und dann ebenfalls die Bande anlief. Gelang ihm das nicht, dann war dies sein drittes Foul bei diesem Match, und das hieß 15 Strafpunkte zusätzlich zu dem einen für das letzte Foul. Sicher, dieses dritte Foul ließ sich umgehen. Er konnte statt eines Sicherheitsanstoßes eine Kugel ansagen. Aber als er jetzt von seiner Spielkugel auf das Dreieck am Fußende des Tisches schaute, konnte er sich nicht dazu durchringen, eine von denen anzusagen. Damit würde er als Feigling dastehen. Mehr noch, damit gab er dem Doc sogleich wieder die Chance, groß abzuräumen, und jeder wußte schließlich, daß so was nicht Billys Art war.

Während er sich nun über den Tisch beugte, fiel ihm wieder

ein, wie er Danny eines Nachmittags mit hierhergebracht hatte. Der Kleine wollte seinen ersten Stoß machen und stand kerzengerade am Tisch. Bück dich, hatte Billy ihn instruiert, los, den Kopf runter, dein Auge muß in einer Linie mit der Spielkugel liegen! Wie zum Teufel willst du denn sehen, welche Kugel du anspielst, wenn du nicht mal hinschaust! Runter mit dem Kopf, halt den Stecken locker in der Rechten, und der muß sicheren Halt haben an der Spitze, also wackel nicht mit den Fingern, mit denen du die Brücke machst! Der Kleine beugte sich über den Tisch und versenkte ein paar Kugeln. Ein Prachtjunge. Und bleib bloß weg von diesen Billardhallen, Kid, sonst kriegst du womöglich Spaß dran und legst den Stecken nicht mehr aus der Hand.

Billy gab der Spielkugel einen leichten Schubs. Er tippte sie so sachte mit dem Stecken an, daß ihm ein Schauer über den Rücken lief. Die Kugel rollte träge auf die rechte Flanke des Dreiecks zu und löste zwei Kugeln aus dem Pulk. Keine von beiden berührte eine Bande.

Foul.

Sein drittes Foul bei diesem Match, und jetzt sind 15 Strafpunkte fällig, zusätzlich zu dem einen für das Foul.

Damit liegt Billy um 26 Punkte zurück, und der Doc ist schwer in Form heute abend. Billy bezweifelt, daß er ihn jetzt noch einholen kann – selbst wenn er das wollte.

Er schlägt mit der Faust auf die Bande und rammt den Griff seines Queues auf den Boden, flucht über seinen letzten Sicherheitsanstoß und spürt, wie ihm schaudert.

Denn Billy simuliert. Er hat gerade begonnen, zum erstenmal im Leben ein Spiel mit Absicht zu verlieren.

Im gleichen Moment, als der Doc an den Billardtisch trat und seinen nächsten Stoß machen wollte, gingen im Pool-Room alle Lichter aus. Ich geh Kerzen holen, sagte Daddy Big, und daß mir keiner die Klicker anrührt. Wessen Klicker denn? fragte Footers O'Brien mit dünner Fistelstimme. Billy hatte ihn gerade an seinem grünen Lollipop lutschen sehen, ehe das Licht ausging, und er hatte bemerkt, wie Harvey Hess, die Daumen in die Taschen seiner Weste gehakt, dem Doc, der drauf und dran war, Billy das Fell über die Ohren zu ziehen, anerkennend zunickte. Auch Daddy Big, dem die Schnur seiner Wechselschürze so straff überm Wanst spannte, daß er aussah wie eine vollgesaugte, eingeschnürte Zecke, freute sich über diese Entwicklung. Gleich hinter Billy stand Morrie Berman, der ihn auch bei diesem Match wieder voll unterstützte. Morrie hatte ihm 50 Dollar zugesteckt, damit er seine Wette mit dem Doc machen konnte, und hielt auch sonst jede Wette, die irgend jemand gegen seinen Favoriten abzuschließen gedachte. Bei jeder Kugel, die der Doc ins Loch brachte, hörte Billy, wie Morrie hinter ihm leise «Unhhh» oder «Hmmm» machte.

An die hundert Männer waren es, die hier um den Billardtisch saßen und standen, als das Licht ausging. Als das Match bereits im Gange war, hatte Billy auch Martin hereinkommen sehen, der am Rand der Zuschauermenge stehenblieb, hinter den Stühlen, die Daddy Big um den Billardtisch herum aufgestellt hatte. Daddy Big zündete vier Kerzen an. Sie flackerten auf der Theke mit den Zigarren, auf der Kante eines Pooltisches, der mit einer Plane abgedeckt war, und drüben auf dem Wandregal neben der Tür zum Klo.

Viele Männer rauchten, und wenn die Glut an den Zigarren und Zigaretten aufglomm, warf sie sekundenlang ihren schwachen Schein auf die Gesichter, ehe sie wieder im Halbdunkel verschwanden. Hier war sie versammelt, die obskure, kollektive Macht. Wie werden diese Männer reagieren, wenn ich mich zum Spitzel mache? Und mein Vater, ob ich den jetzt wiedersehe?

Einige der schemenhaften Gestalten waren nach dem Stromausfall gegangen. Die meisten von denen, die auf Stühlen saßen, blieben da, aber schließlich standen auch dort immer mehr auf und gingen hinunter auf die Straße. Wenn es schon kein Licht gab, brauchten sie wenigstens ein Stück freien Himmel überm Kopf.

«Ein verdammt kniffliger Stoß», sagte Morrie zu Billy.

«Der härteste von allen.»

«Du holst das schon wieder auf. Du hast den Bogen raus.»

«Dieser Doc ist heut abend heiß wie 'ne Zehn-Cent-Nutte.»

«Den schaffst du schon.»

«Klar», sagte Billy.

Aber das hat Billy gar nicht vor, denn wie soll er sonst tun, was er nun mal tun muß, wenn schon kein Weg daran vorbeiführt? Corrigan will nach Kalifornien, vertut sich und landet an der Küste Irlands. Schätze, da hab ich mich wohl verfranst, meint Corrigan, und das Volk wiehert: Ach ja, schau an, er hat sich verfranst, der Gute, ist der Kerl nicht goldig?

13

Durchs Fenster von Louie's Pool-Room sah Martin, daß auch draußen auf der Straße und drüben im Bahnhof die Lichter aus waren. Er verabschiedete sich mit einem kurzen Wink über die Kerzen hinweg von Billy und ging hinunter auf die Straße. In beiden Richtungen lag der Broadway in völligem Dunkel. Er lief bis zur nächsten Ecke und schaute die Columbia Street hinauf. Ein Stück weiter tanzte hinter zwei Fenstern bereits flakkernder Kerzenschein, und oben in der North Street war alles finster. Er kehrte um, ging in *Becker's Bar* und steuerte auf die Telefonzelle zu, vorbei an den Gästen, die ihre Drinks im Schein einer alten Kerosinlampe schluckten, die seit ewigen Zeiten unbenutzt in dem Regal hinterm Tresen stand. Nun illuminierte sie Red Toms Schnäuzer. Einen waschechten Knebelbart erkennt man daran, daß man ihn auch von hinten sieht. Der von Red Tom bestand den Test nicht.

In der Redaktion erfuhr Martin, daß in ganz Albany die Lichter aus waren, teilweise waren auch Colonie, Watervliet und Cohoes betroffen. Sämtliche Spitäler waren eine Stunde vorher telefonisch davon verständigt worden, daß möglicherweise ein Stromausfall bevorstand und sie keine Operationen vorsehen sollten, sofern sie nicht über eigene Stromaggregate verfügten. Pflegeheime hatten ebenso einen Hinweis erhalten. Aber die Elektrizitätsgesellschaft behauptete, sie hätte diese Anrufe nicht gemacht. Wer hatte es dann getan? Keiner wußte es.

Martin kehrte zurück an den Tresen und bestellte sich einen Grandad mit Eis. Er sah hinauf zu dem Gruppenfoto hinter der Bar und entdeckte auf der Brust von Scotty Streck den neuen Stern, der heller glänzte als die anderen. Im Licht der Kerosinlampe schien es, als würde auf dem Bild die Zeit zurückgedreht. Alle lächelten und sahen jünger aus als zum Zeitpunkt der Aufnahme. Jetzt waren es lauter Halbwüchsige und junge Männer, die hier in der Sommersonne in Hemdsärmeln posierten. Keiner von ihnen war tot oder würde jemals sterben.

«In der ganzen Stadt brennt kein Licht», sagte Martin zu Red Tom.

«Ehrlich? Ich hab Radio gehört, als der Strom ausfiel. Da kam 'ne Ansprache von Dewey, und der hatte es grad mit Albany.»

«Mit Albany? Was hat er denn gesagt?»

«Er sprach von Patsy, aber dann war auf einmal der Saft weg.»

«Hat er was von Charlie Boy gesagt?»

«Hab ich nichts von gehört.»

Martin trank sein Glas leer und ging wieder hinaus. Unter dem Vordach am Bahnhofsportal standen Menschen dicht gedrängt beieinander, alle Taxis waren weg, und eine aus West Albany kommende Straßenbahn war zwischen Maiden Lane und Steuben Street liegengeblieben. Martin sah sie im Scheinwerferlicht der vorbeifahrenden Autos. Es herrschte tiefe, mondlose Nacht, und es standen kaum Sterne am Himmel. Eine Finsternis, daß man denken konnte, man sei irgendwo draußen auf dem freien Land, hatte sich über die Stadt gesenkt. Die Gesichter von Leuten erkannte man erst, wenn man sie drei Fuß vor sich hatte. Martin konnte sich nicht entsinnen, Albany jemals in so tiefer Dunkelheit erlebt zu haben. In seiner Jugend damals hatte es Gaslaternen gegeben, später wurden dann die ersten elektrischen Lampen aufgestellt, und inzwischen standen die Bogenlampen in jeder Straße. Heute abend aber fühlte er sich ins vorige Jahrhundert zurückversetzt, in jene lichtlose Finsternis, in der Straßenräuber leichtes Spiel hatten, in die pechschwarze Dunkelheit, die in den Kindertagen seines Vaters auf den unbefestigten neuen Straßen, die man ins Gestein der unwegsamen Hügel geschlagen und durch die grasbewachsenen Ebenen geführt hatte, geherrscht hatte. Eine Frau mit einem Bündel kam an ihm vorüber und verschwand eiligen Schrittes Richtung Clinton Avenue, als säße ihr die schwarze

Nacht im Nacken. Neben Martin flammte ein Streichholz auf. Er drehte sich um und sah Morrie Berman, der sich eine Zigarre ansteckte.

«Irgendwas Neues gehört?»

«Bloß, daß ganz Albany im Dunkeln liegt.»

«Ich meine, über den Sohn der McCalls. Habt ihr Jungs von der Zeitung irgendwas herausgefunden?»

«Ich habe gehört, es soll eine neue Nachricht bezüglich des Lösegelds eingegangen sein.»

«Ach ja?»

«Von Charlie Boy unterschrieben. Ich hab sie zwar nicht gesehen, aber nach dem, was ich daraus schließe, wird heute abend eine neue Unterhändlerliste in der Zeitung stehn.»

«Wir auf der ersten Liste haben denen wohl nicht zugesagt?»

«Scheint so.»

«Sonst irgendwas gehört?»

Hinter Morrie tauchten ein paar dunkle Schemen auf, und Martin verkniff sich die Antwort. Die Schemen blieben stehen.

«Vertreten wir uns doch ein bißchen die Beine», sagte Martin und machte einen Schritt in Richtung Steuben Street. Morrie schloß sich ihm an, und sie schlenderten nebeneinander den Broadway hinunter. Im *Waldorf* standen Kerzen auf den Tischen, und vorm *Monte Carlo* hatte sich eine Gruppe von Männern auf der Straße versammelt. Im Scheinwerferlicht eines vorbeifahrenden Autos machten sie einen Bogen um die Gruppe. Martin wollte erst weiterreden, wenn sie in der Steuben Street waren. Sie bogen um die Ecke; in der Steuben Street kamen sie an Hagamans Bäckerei vorüber und an Joes Buchladen, bei dem, wie Martin wußte, seit dem New Yorker Erfolg von ‹*The Flaming Corsage*› der frühe Roman seines Vaters, ‹*The Mosquito Lovers*›, und der Band mit seinen gesammelten Theaterstücken im Schaufenster standen, deren Schutzumschläge in all den Monaten schon ganz verblichen waren.

«Was gibt es denn für ein Geheimnis?» fragte Morrie.

«Kein Geheimnis. Ich weiß, du bist ein Freund von Maloy,

und ich schätze, es reicht, wenn du davon erfährst. Die Neuigkeit ist nämlich, daß sie nach ihm suchen. Und nach Curry.»

«Wieso erzählst du mir das? Die haben doch einen ganzen Schwanz von Freunden.»

«Du hast mich gefragt, was es Neues gibt. Und die beiden sind schon seit einer Woche nicht mehr in der Stadt gesehen worden.»

«Und das heißt gleich, daß sie was mit der Sache zu tun haben?»

«Das ist nicht gesagt. Aber nicht mal bei denen zu Hause weiß man, wo die zwei sich momentan aufhalten.»

«Herrje, Maloy hab ich vor zwei oder drei Tagen erst am Broadway gesehn. Die können doch überall sein. Dieser Maloy ist zwar ein verrückter Hund, und Curry ist dämlich wie sonstwas – aber auf so was würden die sich doch nie einlassen, und dann auch noch in der Stadt, in der sie zu Hause sind.»

«Jedenfalls suchen sie nach ihnen.»

«Die werden schon wieder auftauchen. Und was gibt's sonst für Neuigkeiten?»

«In dem Erpresserbrief stand, daß sie Charlie hungern lassen, bis das Lösegeld bezahlt ist.»

«Das ist hart.»

«Kann man wohl sagen.»

Ein Stück weiter oben in der Pearl Street splitterte Glas, eine Alarmanlage schrillte los und hörte nicht mehr auf. Martin sah, wie eine Silhouette auf sie zugerannt kam. Der Flüchtende streifte ihn kurz am Ellbogen und machte in der nächsten Sekunde einen Satz auf die Straße, ohne daß Martin sein Gesicht hätte erkennen können.

«Da hat wohl einer die Gelegenheit beim Schopf gepackt», sagte Morrie. «Ist das dort vorn nicht ein Juwelierladen?»

«Stimmt», sagte Martin. «Ungefähr an der Stelle hat die Großmutter von Henry James gewohnt.»

«Wer?»

«Jemand von der alten Garde.»

An der Ecke gegenüber hatte DeWitt Clinton gelebt. Und schräg gegenüber war Bret Harte zur Welt gekommen. Ein Stück weiter die Columbia hinauf stand ein Haus, in dem Melville einst gewohnt hatte, und ein weiteres gab es am Clinton Square. Als Martin an der Tür des Hauses in der Columbia Street geklopft hatte, war ein alter Mann erschienen und meinte, jau, irgendwie könne er sich an den Namen Melville erinnern, aber der hätte nebenan gewohnt, das Haus habe man dann abgerissen und ein neues an seine Stelle gesetzt. Melville, sagte der Alte, soweit ich weiß, soll der nach Troy gezogen sein. Keine Ahnung, was dann aus ihm geworden ist.

Martin und Morrie näherten sich der Pearl Street, und die vorüberhuschenden Lichter der Autoscheinwerfer rissen kurz das eingeschlagene Schaufenster von Wilsons Juweliergeschäft aus der Finsternis. Als sie das Schaufenster sahen, wechselten sie auf die andere Straßenseite. Martin schaute hinunter zur State Street und sah den Fackelzug heraufkommen, der für die Aufstellung des Kandidaten Millard Fillmore warb. Er erblickte das Kaufhaus von John G. Myers, dessen Einsturz dreizehn Todesopfer gefordert hatte, wobei der umherfliegende Mörtelstaub so manchem Mann eine Glatze bescherte. Und er sah Henry James vor sich, wie er eines Morgens, eingetaucht ins gleißende Licht der Sommersonne aus dem Haus seiner Großmutter trat, das Gartentor aufmachte und wie ein geblümter Ballon in ätherische Regionen entschwebte. Martin trat in die phosphoreszierenden Fußstapfen seines Vaters und seines Großvaters.

«Wohin zum Teufel gehn wir eigentlich?» fragte Morrie.

«Nur einfach ein bißchen spazieren», sagte Martin. «Willst du wieder zurück zum Broadway?»

«Nee, mir soll's recht sein.»

Sie schlenderten weiter in Richtung Clinton Square, und an der Biegung sahen sie noch zwei liegengebliebene Straßenbahnwagen. Hinter ihnen, aus der Richtung Steuben und Pearl Street, hörten sie eine aufjaulende Sirene, die dann jäh erstarb. Ihre Augen hatten sich mittlerweile an die Dunkelheit gewöhnt, und sie beobachteten das schemenhafte Gedränge am Eingang des *Palace*, vor dem ein paar hundert Menschen herumstanden und darauf warteten, daß sie wieder reingehen und sich den Rest von ‹*Boy's Town*› anschauen konnten, mit Spencer Tracy als Father Flanagan, ein Mann, der wahre Wunder vollbrachte. So etwas wie ein böser Junge existierte für den einfach nicht.

«Im *Grand Lunch* haben sie's ja einigermaßen hell», sagte Morrie. «Hast du Lust auf 'ne Tasse Kaffee?»

«Nee. Aber geh du nur. Ich werd mir die Panik anschauen.»

«Welche Panik?»

«Bei dieser Dunkelheit überall muß doch irgendwo 'ne Panik ausbrechen.»

«Wie du meinst. Ich komm dann zu deiner Beerdigung.»

Erst in der vergangenen Woche hatte es bei Hitlers Einmarsch im Sudetenland noch am gleichen Abend eine Selbstmordwelle gegeben.

Damals, 1918 an der Front in Frankreich, hatte Martin nach dem Einschlag einer Granate aus dem Dunkel unter den Trümmern eines eingestürzten Hauses einen Mann schreien hören. Hilfe, schrie er, o Gott, so helft mir doch, mein Gott, warum hilft mir denn keiner? Dann hatte er nur noch vor Schmerz gewimmert. Martin gab dem Corporal neben ihm einen Stoß in die Rippen, und gemeinsam arbeiteten sie sich durch die Trümmer vor zu der jammernden Stimme und fanden einen amerikanischen Soldaten, der zwischen zwei krepierten Kühen eingeklemmt war. Der Leib der Kuh, die obenauf lag, war aufgebläht, und Martin und der Corporal schafften es nicht, das Tier von der Stelle zu bewegen. So nahmen sie dann jeder einen Arm des eingequetschten Mannes und zogen, und dabei löste sich die obere Hälfte des Mannes vom Rest seines Körpers – er hörte auf zu schreien.

Martin überquerte die Pearl Street, betrat das Gebäude der *K. of C.* und rief bei Kerzenlicht in der Redaktion an. Nein, teilte ihm Viglucci mit, eine Erklärung für den Stromausfall habe man bisher nicht vorliegen, aber in der Harmanus Bleekker Hall war eine Panik im Publikum ausgebrochen, als plötzlich das Licht ausging, und im Geschiebe und Gedränge war Tip Mooney zu Boden geworfen und zu Tode getrampelt worden.

Das war die Strafe.

«Der Kerl ist ein Kubaner, und da kommt auch eines von seinen Weibern her», sagte Morrie, als Billy und Martin ihm an der steilen Vordertreppe des Hauses vorbei über zwei Schieferstufen zum Eingang ins Souterrain folgten. Morrie klopfte, die Tür ging einen Spalt auf, und der Zuhälter lugte heraus. Er trug ein rostbraunes Hemd, und in dem hellen Licht, das hinter ihm brannte, glänzten die spitzen schwarzen Schuhe an seinen Füßen so auffallend wie die Brillantine, die sein Haar in Form hielt. Seit einer Stunde gab es wieder Strom in Albany.

«Hey, Mo-ree», sagte er. «Was willst du denn?»

«Pussy», sagte Morrie.

«Dann bist du an der richtigen Adresse.»

Das Gesicht dieses Zuhälters, der gleiche übrigens, den Red Tom aus *Becker's Bar* hinausgeworfen hatte, war so spitz wie seine Schuhe und wies starke Ähnlichkeit mit der spitzen Schnauze von Martins tierköpfiger Traumgestalt auf. Ausgerechnet in so einem sollte ein Daugherty-Traum Gestalt annehmen? Nun, warum nicht. Schleim zu Schleim, und Rotz zu Rotz. Im Bett wurden sie alle Brüder.

Am Tisch in der Küche saßen zwei junge Ischen und tranken Limonade aus Marmeladengläsern. Im Spülstein stapelte sich schmutziges Geschirr, Gläser, Gabeln und Messer. Aus einer Lache von kaltem Wachs in einer Untertasse ragte ein abgebrannter Kerzenstummel. Der Loddel stellte die Girls als Fela und Margie vor. Fela, die mit der dunklen Haut und dem hüftlangen Haar, war allem Anschein nach die Kubanerin. Das Karottenrot von Margies Haar verriet ihre Abstammung noch deutlicher als der Rotschopf Mary Daughertys. Beide Girls trugen Büstenhalter Marke Woolworth, eine Nummer zu klein, dazu halblange Shorts mit Aufschlägen und Stöckelschuhe.

«Weiber mit Shorts», griente Morrie. «Das letzte Mal, daß ich 'ne Nutte in Shorts gesehen hab, war bei Mame Fay.»

«Mame kenn ich auch», sagte der Loddel. «Vor der hat man Respekt drüben in Troy.»

«Die rekrutiert ihren Nachschub aus den Verkäuferinnen im Supermarkt», sagte Billy. «Hat mal versucht, 'ne Freundin von mir zu ködern.»

«Die würde Vorträge in den High-Schools halten, wenn man sie ließe», sagte Morrie.

«Mame», sagte Margie, «die steht auf junges Gemüse.»

«Ja», stimmte Morrie zu und leckte sich mit der Zunge über die Lippen.

«Da wären wir beim Thema, *hombres*. Das junge Gemüse sitzt vor euch. Wer will?»

«Jetzt tu hier mal nicht drängeln», sagte Morrie.

Billy angelte sich einen Stuhl, nahm vor Fela und Margie Platz und musterte die zwei von Kopf bis Fuß. Martin spürte, daß er Durst hatte.

«Hast du ein Bier da?»

«25 Cents, *hombre*.»

«Immer her damit», sagte Martin, und der Loddel machte ein Fläschchen Stanwix auf.

«Die Nutten bei Mame», erzählte Morrie, «die haben sich immer den Büstenhalter aufgehakt und ihre Titten hergezeigt, wenn wir da reinkamen. Eine von denen hat sich mal an uns rangesägt und gesagt: Nehmt mich, ich bin die Beste hier. Und eine andere sofort: Du die Beste hier? Wie kommt's dann, daß dein Freund mit mir gebumst hat? Mit dir, fragt die andere ganz entgeistert, mit dir soll er gebumst haben? Der würde eher einen toten Hund pimpern, der an Syph verreckt ist, bevor er sein Ding bei dir reinsteckt. Und schon gehen sie aufeinander los und beißen und kratzen einander, daß hinterher alles voller Blut war, und die eine hatte ein Loch im Schädel. Ich und Maloy, wir haben uns schiefgelacht.»

«Wir beide zanken uns nie», sagte Margie. «Wir mögen uns nämlich.»

«Das ist aber nett», sagte Morrie und langte ihr in den Ausschnitt. «Schöne weiche Dinger hast du.» Er lachte, zog sich einen Stuhl herbei und setzte sich.

«Maloy», hakte Billy nach, «was zum Teufel treibt der jetzt eigentlich in Newark?»

«Wer hat denn gesagt, daß er in Newark ist?» fragte Morrie.

«Ich dachte, du hättest das erzählt.»

«Er ist aber nicht in Newark.»

«Wo denn?»

«Irgendwo anders.»

«Woher willst du dann wissen, daß er *nicht* in Newark ist? Ich hab jedenfalls gehört, daß er dort ist.»

«Was zum Teufel sollte er in Newark suchen?»

«Warum sollte er denn nicht dort sein?»

«Der kennt doch kein Schwein in Newark.»

«Das ist ein berühmter Mann», sagte der Loddel zu den Girls und legte seine Hand auf Morries Schulter. «Heute morgen stand sein Name in der Zeitung. Es heißt, das hätte was mit der Entführung zu tun. Hab ich recht, Mo-ree?»

«Billys Name steht auch drin.»

«Dann seid ihr sehr wichtige Männer in Albany, wenn die McCalls eure Namen in die Zeitung setzen», sagte der Loddel.

«Du hast doch was gegen die McCalls», erinnerte sich Billy. «Dich hat Red Tom doch an die Luft gesetzt, weil du über sie gelästert hast.»

«Ich hab sie gefressen. Erst machen sie mich zum Hausmeister im Schwimmbad, und dann feuern sie mich wieder.»

«Und weshalb bist du gefeuert worden?»

«Wegen nix und wieder nix. Eine Lappalie. Hab bloß mal bei den Ladies reingelinst und 'n bißchen Taschenbillard gespielt. Sie haben mich erwischt und mich sofort rausgeschmissen.»

«Daß du dich hinstellst und dir einen runterleierst, ist nicht verboten», sagte Morrie. «Du darfst dich bloß nicht dabei erwischen lassen.»

«Hier ist so was überhaupt nicht verboten!» erklärte Margie.

«Überhaupt», meldete sich jetzt Fela, *La Cubana*. «Seid ihr Kerls nur hier, um zu quasseln, oder wollt ihr bumsen?»

«Bumsen», sagte Morrie, «und zwar mit dir, Lady. Hopp, na komm schon.» Er stand auf und hängte ihr seine Zunge ins Ohr, worauf sie eines von den Marmeladengläsern vom Tisch stieß. Morrie schleppte sie hinaus in den Flur und verschwand mit ihr in einem Schlafzimmer.

«Hey, Mo-ree!» rief ihm der Loddel nach. «Die kaut Schwanz wie keine zweite in Albany!» Dann wandte er sich Martin und Billy zu und sagte: «Margie hier ist auch nicht schlecht.»

«Stimmt das?» fragte Billy. «Du bist auch nicht schlecht?»

«Hab diese Woche noch keine Klagen gehört», entgegnete Margie.

Billy ging zum Spülstein, wusch sich mit der Seife unterm Hahn ein Glas ab und schenkte sich Bier ein. Der Loddel kam auf Martin zu.

«Und Sie, Mister? Bißchen Blasen gefällig, von'ner Expertin?»

«Ich habe die Herrschaften nur herbegleitet, danke. Mir reicht das Bier.»

Er spülte ein Glas und schenkte sich ein. Dann nahm er wieder Platz und fixierte die Tür des Besenschranks. Schließlich machte er sie auf und sah an einem Nagel das Notizbuch von ‹*The Flaming Corsage*› hängen. Auf dem Umschlag stand eine Widmung: *Für meinen geliebten Sohn, der seinen Vater zum Narren hielt wie eine Hure.* Martin ließ die Tür wieder zuklappen und nippte an seinem Bier. Es schmeckte wie der Saft fauler Zitronen. Er stand auf und spuckte es in den Spülstein.

Nachdem er sich den Mund abgewischt hatte, inspizierte er Margie, die bereitwillig den BH abnahm. Die Warzen saßen tief unten an der Wölbung ihrer Brüste und zeigten ein wenig zur Seite. Martin dachte an die Nippelfetischisten der Weltgeschichte. Plutarch und Spinoza, Schubert und Kardinal Wolsey. *Klingelknöpfe der Ekstase*, hatte Curzio Malaparte sie genannt. Billy langte über den Tisch und wog eine in der Hand. Gesten, mit denen sich Menschen auf sexuelle Geplänkel einstimmen. Der Loddel sabberte ein bißchen und popelte sich mit dem Daumennagel in der Nase.

Wie hatte Martins Vater sich wohl auf das Vögeln vorbereitet? In seiner kurzen Unterhose, auf spindeldürren Beinen an der Schlafzimmerkommode stehend und Blake lesend, den er aufgeschlagen vor sich liegen hatte? Die Unterhose wirkte unnatürlich lang. Vielleicht waren seine Oberschenkel ein bißchen kurz geraten. Er sah aus, als hätte er für Sex gar nichts übrig, aber dieser Eindruck täuschte zweifelsohne. Auf den Zähnen hatte er einen dunklen Belag vom Pfeiferauchen. Einer von seinen Zehennägeln wuchs immer wieder ins Fleisch und mußte beschnitten werden, daß er wie ein V aussah, und am rechten Ellbogen stand ihm ein Knochen von einem alten Bruch hervor. Solche Dinge wirkten asexuell.

Wie sollte Martins Sohn sich jemals seiner eigenen Sexualität bewußt werden? Mit dreizehn zu den Priestern abgewandert, erstickt von repressivem Gebet und biblischem Tadel. Wie konnten die Tiger der Keuschheit weiser sein als die Pferde der lustvollen Ekstase?

Vor zehn Jahren hatte bei den Daughertys das Telefon geklingelt, als Martin gerade eine Nummer mit seiner Frau beendet hatte. Der Anrufer, ein Rechtsanwalt aus Boston, hatte gehört, daß sich das Notizbuch mit den Aufzeichnungen zu ‹*The Flaming Corsage*› in Martins Besitz befand. Ob dies zutreffe?

Ja.

War dieses Buch käuflich zu erwerben, oder handelte es sich hier um einen unveräußerlichen Bestandteil des Daugherty-Archivs?

Letzteres selbstverständlich.

Nun, vielleicht möchten Sie sich trotzdem meinen Namen und meine Adresse notieren. Für den Fall, daß Sie einmal Ihre Meinung ändern sollten, kann ich Ihnen versichern, daß ich von meinem Klienten ermächtigt bin, für dieses Notizbuch einen anständigen Preis zu zahlen. Denn wie das Stück, das an Hand dieser Notizen geschrieben wurde, so ist auch dieses Buch für meinen Klienten von außerordentlich tiefer Bedeutung.

Inwiefern von Bedeutung?

Bei meinem Klienten, sagte der Anwalt, handelt es sich um die einstige Mätresse Ihres Vaters.

«Alles klar», vermeldete Morrie, als er wieder aus dem Schlafzimmer herauskam. «Da fühlt man sich doch gleich ein bißchen besser.»

«Ging aber flott», meinte Billy. «Und, wie war's?»

«Kurz, aber ganz angenehm», sagte Morrie. «Wieviel?»

«Ein Dollar fünfzig.»

Morrie flippte einen Dollarschein aus seinem Bündel und kramte in der Hosentasche nach Münzen.

Margie legte ihren Büstenhalter wieder an. Fela griff sich die Limonadenflasche und sah sich nach einem Glas um.

«Bloß ein Dollar fuffzig?» erkundigte sich Billy verwundert.

«Einen Dollar und fünfzig Cents», bestätigte der Loddel.

«Muß ja 'ne heiße Ische sein, für anderthalb Dollar.»

«Kannst es gern mal mit ihr probieren.»

Fela setzte die Flasche an. Sie gurgelte, spuckte die Limonade in den Spülstein und schielte dabei auf Billy. Der Loddel nahm den Dollar fünfzig, den ihm Morrie hinhielt. Martin zog die Tür des Besenschranks auf und sah eine Kehrschaufel von dem Nagel hängen.

«Was zum Teufel soll die schon taugen für einsfuffzig?» fragte Billy.

«Hey, ich werd es ja wohl wissen», sagte der Loddel und entblößte beim Grinsen zwei rattenartige Eckzähne. «Ist doch schließlich meine Schwester.»

Billy versetzte dem Kubaner einen Kinnhaken. Er flog nach hinten und kippte einen Stuhl um, aber der Loddel schüttelte bloß den Kopf, ging dann auf Billy los und packte ihn an der Gurgel. Billy schüttelte ihn ab. Der Loddel wollte nach einem Fleischermesser greifen, das im Spülstein lag, doch Martin kam ihm zuvor, hatte es zuerst und warf es durchs offene Fenster hinaus auf die Straße. Billy versetzte dem Loddel erneut einen Hieb, der ihn lediglich am Kopf streifte, und wieder bekam er Billys Gurgel zu fassen. Diesmal hielt er sie fest umklammert. Martin versuchte, ihn von Billy wegzuzerren, die Nutten stahlen sich unterdessen geduckt vom Küchentisch zur Tür. Morrie drängte sich an Martin vorbei und schlug dem Loddel die Limonadenflasche auf den Schädel. Er sackte weg und lag still. Aus dem Zimmer draußen im Flur kamen die Nutten gelaufen, Kleider und Handtasche unter den Arm geklemmt.

«Der sieht aus, als wär er hinüber», sagte Billy.

«Na und, wen juckt's?» sagte Morrie. Er stieß den Küchentisch um, riß den Geschirrschrank auf und warf das Geschirr auf den Boden. Billy kippte den Mülleimer aus und warf einen Stuhl gegen's Küchenfenster. Die Nutten verdrückten sich zur Hintertür hinaus.

«So ein Scheißkerl, verkauft seine eigene Schwester», kam es von Billy.

«Sie war aber nicht übel», sagte Morrie, der gerade den Kühlschrank leermachte und dessen Inhalt quer über den Küchenboden beförderte. «Die Kleine hat hübsche Beißerchen.»

Martin bückte sich nach einer Flasche Stanwix und schenkte

sich ein eisgekühltes Bier ein. Er zog die Tür vom Besenschrank auf, damit Morrie ihn ausräumen konnte. Billy rannte ins Schlafzimmer und riß die Bettwäsche in Fetzen, in der sich Morrie eben noch mit Fela amüsiert hatte, trat dann so lange gegen das Bettgestell, bis der Rahmen auseinanderkrachte. Auf dem Nachttisch stand eine Lampe aus Spritzguß mit einem Relief von F.D.R. in Kapitänskluft, der über der Inschrift *Our Leader* am Steuer der Nation stand. Billy schnappte sich das Ding und schleuderte es durchs Schlafzimmerfenster. Martin hob zwei Küchenstühle auf, stellte sie nebeneinander, nahm auf dem einen Platz und benutzte den anderen als Tisch für sein Bier. Das hier schmeckte nicht wie faule Zitronen.

Billy kam wieder in die Küche und tippte mit der Fußspitze gegen den wie tot am Boden liegenden Kubaner.

«Ich glaube, den hast du gekillt», sagte er zu Morrie.

«Ach was», sagte Martin. «Ich hab gesehn, wie er die Finger bewegt hat.»

«Dann isser auch nicht tot», sagte Morrie. «Ein toter Mann bewegt keine Finger mehr.»

«Ich hab mal einen Burschen gekannt, der konnte seine Fußzehen nicht mehr bewegen», erzählte Billy, außer Atem noch, doch merklich ruhiger jetzt. «Seine Füße wurden zu Stein. Erst die Füße, und dann der ganze Kerl. Ist der einzige, den ich gekannt hab, bei dem erst die Füße steif geworden sind und dann der ganze Rest.»

Wer sich an seinem guten Ruf versündigt, überlegte Martin, der wird für sein Tun bestraft. Er erhob sich, knöpfte seinen Hosenlatz auf und pinkelte dem Loddel über die Füße. Die Simonisten sind unter uns.

«Was hältst du von der Antwort, die Morrie mir auf die Frage nach Maloy gab?» wollte Billy wissen.

«Kam mir vor, als versuchte er auszuweichen», sagte Martin.

«Ich glaube, er lügt.»

«Warum sollte er denn lügen?»

«Das frag ich dich», erwiderte Billy. «Ich weiß bloß eines. Er will auf keinen Fall, daß Maloy mit Newark in Verbindung gebracht wird.»

«Vielleicht gibt's ja auch keine.»

«Nee. Der hat gelogen. Das hab ich an seinem Gesicht gesehen.»

Sie schwiegen und hörten dem schwermütigen Blues zu, den Slopie auf dem Klavier spielte. Unter der niedrigen Decke hingen dichte Rauchschwaden, und Martin mußte die Augen zusammenkneifen, um bei dem trüben Licht in *Martha's Bar* etwas zu erkennen. Sie waren auf einen Schlaftrunk hereingekommen, nachdem sie sich von Morrie getrennt hatten. Die ganze Bude hockte voller Schwarzer, es gab nur vier Weiße im Raum: Martin und Billy, ein Fremder am anderen Ende der Bar, und Daddy Big, der allabendlich, bevor ihn sein Alkoholkonsum endgültig ins Koma sinken ließ, zum Negrophilen wurde. Im Augenblick hatte er nur Augen und Ohren für Martha, die er unermüdlich und mit allen Mitteln zu überreden versuchte, für Geld die Beine breit zu machen. Martha, eine milchkaffeebraune Schöne um die Vierzig mit schulterlangen Korkenzieherlocken, der eine Goldkrone am Eckzahn funkelte, wenn sie die schmalen Lippen aufmachte, wollte sich beileibe nicht als Hure verkaufen, aber Daddy Big, ganz beseelt von der Weisheit des Profis, daß jeder Mensch käuflich ist, wenn man erst seinen schwachen Punkt gefunden hat, akzeptierte das einfach nicht.

Slopie kam mit seinem Blues zum Ende, und als Martha sich nun einem anderen Gast zuwandte, fuhr Daddy Big auf seinem Barhocker herum und rief: «Slopie, spiel mir das Lied vom weißen Mann.» Slopie grinste, ließ zur Einleitung einen Ragtime-Triller los, und Daddy Big sang auf seinem Barhokker das Lied, das er, wie er sagte, von einem Niggersträfling gelernt hatte, der es damals im Ersten Weltkrieg gesungen habe: *«I don't care what it costs, I'll suffer all the loss. It's worth twice the money just to be the boss. 'Cause I got a white man workin' for me now.»* Die Melodie ging ähnlich wie die des *‹Broadway Rag›*, zu dem Slopie jetzt kommentarlos überleitete. Und während der Ragtime von den Wänden widerhallte, breitete Daddy Big die Arme aus, als wollte er den ganzen Raum umarmen, und verkündete: «Ich liebe alle Nigger.» Als er sich dann umschaute, in den schwarzen Gesichtern eine Reaktion suchte und keine fand, da fiel sein Blick auf Billy, der an dem

Tisch vorn in der Ecke saß, gleich am Fenster, in dem die Neonschrift hing.

«Was willst 'n du hier, Phelan», röhrte er, «du bist doch kein Nigger?»

«Ich bin 'n irischer Katholik», entgegnete Billy. «Für manche Leute kommt das aufs gleiche raus.»

Ein paar, die es hörten, grinsten. Daddy Big hievte sich schwerfällig von seinem Barhocker herunter und kam auf Billys Tisch zugeschwankt. Er bremste seinen Schwung, indem er mit beiden Händen nach der Lehne eines Stuhls griff, der am Tisch stand, und verkündete: «Heute abend hast du den Arsch vollgekriegt.»

«Der Doc war eben auf Zack», sagte Billy. «Der Doc ist ein guter Spieler, und heut abend war er auf Zack.»

«Und ob der Doc ein guter Spieler ist. Da kannste aber drauf wetten. Der macht dich nach Strich und Faden fertig.»

«Wie kommt's dann, daß er mich bei unseren letzten beiden Partien *nicht* fertiggemacht hat?»

«Von jetzt an wird er dich fertigmachen, bei jedem Spiel. Der hat dich durchschaut. Du weißt bloß, wie man auf Nummer Sicher geht, aber heut abend bist du reingerasselt. Jetzt hast du nix mehr auf dem Kasten. Falls du je was auf dem Kasten gehabt hast.» Daddy fuchtelte sich mit der Hand vorm Gesicht herum wie jemand, der lästige Fliegen verscheucht. Dann schlurfte er zum Ausgang, wobei er nur noch ein Wort hervorpreßte: «Penner!» Er stolperte zur Tür hinaus und ließ sie halb offenstehen. Martin ging hin und schloß sie, während Daddy Big in Richtung Bahnhof davontorkelte.

«Der hat'n ganz schön böses Mundwerk», sagte Martin.

«Ja», sagte Billy. «Neuerdings führt er sich auf wie der letzte Arsch. Der Knast hat ihn kaputtgemacht. Früher ist er ein ganz passabler Bursche gewesen, und am Pool-Tisch machte ihm keiner was vor. Niemand in Albany konnte ihn schlagen. Ich hab 'ne ganze Menge von ihm gelernt, während ich zusah, wie er die Armleuchter ausnahm, die sich einbildeten, sie wüßten, wie man mit 'nem Billardstecken umgeht.»

Der Weiße, der am anderen Ende der Bar gesessen hatte, kam an ihrem Tisch vorbei, blieb neben Billy stehen und meinte:

«Der Kerl reißt Sprüche, als könnte er's nicht abwarten, als Leiche in 'ner dunklen Gasse zu landen. Wenn er hier drin so weitermacht, wird's nicht mehr lange dauern, bis er sein Fett kriegt.»

«Er ist ein Neffe der McCalls», klärte Billy den Mann auf. «Dem wird keiner ein Haar krümmen.»

«Ist das wahr?» sagte der Mann ernüchtert. «Das hab ich nicht gewußt.»

«Dieser Loddel vorhin», sagte Billy, als der Mann zur Tür hinaus war, «ich kapier nicht, wieso der wieder hochgekommen ist. Ich hab ihn genau an der Kinnspitze getroffen. Sonst sind sie immer liegen geblieben, wenn ich sie da erwischt hab.»

«Meinst du, er wird versuchen, sich zu revanchieren?»

«Dann würde er noch schlimmer eins auf den Deckel kriegen. Morrie läßt sich so schnell nichts heimzahlen.»

«Dann meinst du also, daß Morrie 'n gefährlicher Bursche ist?»

«Wer mit Maloy und Curry gut Freund ist, ist 'n gefährlicher Bursche.» Billy dachte einen Augenblick über das nach, was er da gesagt hatte, und bekannte: «Aber ich mag diesen Morrie. Maloy mag ich genauso. Dieser Curry ist 'n Spinner, aber Morrie ist in Ordnung. Er hat mir heute abend den Arsch gerettet.»

Slopie beendete seine Ragtime-Nummer, und seine Tour de force brachte ihm Applaus ein. Mit einer Geste gab Billy Martha zu verstehen, daß er Slopie einen Drink spendierte.

«Kann ich dir was anvertrauen, Martin?»

«Alles.»

«Das muß aber unter uns bleiben.»

«Vertraust du mir nicht?»

«Doch, das tu ich. Für einen biederen Familienvater bist du nicht auf den Kopf gefallen. Wieso hast du dem eigentlich vorhin über die Füße gepinkelt?»

«Er schien mir diese Ehrerbietung zu verdienen. Ich kenne nicht allzu viele von seiner Sorte. Was willst du mir denn anvertrauen?»

«Ich hab da heute beim Billard mit Absicht verloren.»

«Hey», entfuhr es Martin. «Wieso denn das?»

«Damit ich Berman nichts schuldig bin.»

«Ich glaube, da komm ich nicht ganz mit.»

«Morrie hat mir für meine Wette mit dem Doc 50 Piepen gepumpt. Falls ich das Match gewinne, komm ich also durch Morrie zu Geld. Kapiert? Wenn ich aber nun verliere, dann bin ich ihm nichts schuldig. Die 50 Piepen hab ich ihm gleich wieder zurückgegeben, und wir waren quitt. Und dann hilft mir dieser Kerl prompt bei 'ner Schlägerei aus der Klemme.»

«Dann wolltest du also Patsy was über ihn erzählen?»

«Ich weiß nicht.»

«Vielleicht könnte ich ihnen hinterbringen, was du mitzuteilen hast. Ich hab da nicht solche Gewissensbisse wie du.»

«Sie würden garantiert Wind davon kriegen, daß Morrie mir was gepumpt hat. Und denken, daß das der Grund ist, warum ich das Maul halte.»

«Dann erzähl es ihnen doch.»

«Aber damit mach ich mich doch völlig von denen abhängig. Patsy und Bindy begleichen meine Schulden, und sie bezahlen dich. Und dann häng ich denen genauso an der Brust wie Daddy Big. Und dieser Scheißkerl nennt *mich* einen Penner. Der würde Katzenscheiße fressen, wenn Bindy ihm sagt, iß, das sind Erdbeeren.»

Der Fremde, der zuvor behauptet hatte, Daddy Big lege es darauf an, als Leiche in einer dunklen Gasse zu landen, kam wieder zur Tür herein. «Der besoffene Heini liegt draußen und blutet die ganze Straße voll», sagte er. «Es wär vielleicht besser, jemand ruft 'n Krankenwagen.»

Martha eilte zum Telefon; Billy und Martin rannten die Straße hinunter. Daddy Big lag auf dem Rücken und stierte mit verdrehten Augen in den Nachthimmel hinauf. Sein blutverschmiertes Gesicht war angeschwollen und schon ganz blau. Zwei Schneidezähne waren nach innen geknickt, aus dem halboffenen Mund kam stoßweise ein schwaches, dünnes Pfeifen, wie von einer verschreckten Maus. Billy rollte ihn herum auf den Bauch, griff ihm mit zwei Fingern in den Mund und zog ihm sein Gebiß aus dem Oberkiefer. Er schlang ihm von hinten die Arme um die Taille und hob ihn in der Mitte an, damit das Erbrochene ungehindert herauskonnte. Dann ließ er sich an seiner Seite nieder, wuchtete sich den schweren Leib auf die Knie, zog ihn hoch und hatte Daddy Big überm Schoß liegen, das Hinterteil hochgereckt, während der Kopf vornüber auf den Boden hing. Billy klopfte ihm auf den Rücken und preßte ihm die Knie in den Magen, bis er alles herausgewürgt hatte. Schließlich wandte Daddy den Kopf und schielte zu ihm herauf.

«Besser jetzt, du Lump?»

«Oaaahh», röchelte Daddy.

«Dann sieh zu, daß du deinen Arsch hochkriegst.»

Billy ließ ihn von seinem Schoß herabrollen, stand auf und half dem besoffenen Fettwanst auf die Füße. Hinter ihnen standen ein paar Schwarze aus *Martha's Bar* und ein halbes Dutzend Passanten. Billy lehnte Daddy gegen die Wand der Eisenbahnerherberge. Als Martha ihm mit einem feuchten Handtuch das Blut vom Gesicht tupfte, kamen ein Schnitt an der Stirn und tiefe Schürfwunden auf Backen, Nase und Kinn zum Vorschein. Ein Streifenwagen fuhr vor, und die beiden Polizisten halfen Daddy Big auf den Rücksitz.

«Wo bringt ihr ihn hin?» fragte Martin.

«Nach Hause. So was kommt bei dem regelmäßig vor», sagte einer der Beamten.

«Ihr solltet ihn besser in der Unfallstation abliefern und ihn fürs erste dortlassen. Er hat möglicherweise was von dem Erbrochenen in die Luftröhre gekriegt.»

«Oaaahh», machte Daddy Big.

Der Polizist warf Martin einen abschätzigen Blick zu und setzte sich hinters Steuer.

«Der hat ja gar keine Zähne», rief Billy. Er fand das Gebiß an der Bordsteinkante neben der Kotzlache, an der ein streunender Köter stand und leckte. Billy streckte die Hand durchs Wagenfenster und schob es Daddy Big in die Hemdtasche. Während die Zuschauer sich bereits wieder in *Martha's Bar* zurückzogen, sah Martin, wie hinter dem Streifenwagen ein zweites Auto stoppte. Am Steuer saß Poop Powell.

«Hey, Phelan», rief Poop durchs Seitenfenster. Und in diesem Moment erkannten Billy und Martin den Mann auf dem Sitz neben Poop. Bindy McCall. Martin tätschelte Billy mitfühlend die Schulter.

«Billy, du hast wirklich ein erfülltes Leben.»

Von seinem Fensterplatz in *Martha's Bar* beobachtete Martin, wie Billy draußen mitten auf dem Broadway stand, mit dem Rücken zum nächtlichen Verkehr, und durchs offene Wagenfenster mit Bindy sprach. Die Neonlettern mit Marthas Namen, die spiegelverkehrt vor ihm im Fenster hingen, gaben ein leise knisterndes Summen von sich. Brennendes Gas, sicher eingeschlossen in Röhren aus Glas. Martin trank einen Schluck von seinem Bier und dachte über die Entflammbarkeit der Menschen nach. Ob Billy da draußen in seinem Auf und Ab der Gefühle wohl dafür entflammen würde, sich wie eine Nutte an Bindy zu verkaufen? Obwohl er keinen blassen Schimmer hatte, wie das ging? Man tat so etwas nicht, weil man in Not war. Es ergab sich einfach aus der Fähigkeit, sich vor denen zu prostituieren, die es sich leisten konnten, Menschen zu kaufen. Diese Fähigkeit besaß Billy nicht. In Sachen Prostitution war er so unbeleckt, daß er es fertigbrachte, sich über einen falschen Fuffziger wie Morrie Berman den Kopf zu zerbrechen.

Slopie stimmte ‹*Lullaby of Broadway*› an. Er spielte dieses verführerische Stück in einer Welt, für die er nie bestimmt gewesen zu sein schien, in einer Welt, die er sich nie auch nur hätte vorstellen können, als er noch beide Beine hatte und Bessie sich an seiner Seite unterhakte. Und doch war er hier in *Martha's Bar* gelandet, am gleichen Ort, an den es nun auch Billy und Martin verschlagen hatte. Seine Musik ließ die Szenen aus ‹*Gold Diggers*› wieder aufleben, Szenen aus längst vergangenen Zeiten. Die Erinnerung an Winnie Shaw, die einst dieses «Lullaby» gesungen und dazu getanzt hatte. Komm und tanz, riefen die Steptänzer und umschwärmten sie, und sie tanzte mit ihnen, Nacht für Nacht, bis der Morgen graute. Das Broadway-Baby tanzte, weil sie nachts sowieso kein Auge zukriegte, aber schließlich nahm sie dann doch Reißaus vor ihnen. Ach bitte, gönnt mir doch eine Ruhepause, flehte sie vom Balkon her, auf dem sie Zuflucht gesucht hatte. Dick Powell warf ihr durch die Balkontür Küsse zu, und all die Steptänzer lockten und flehten: Oh, Baby, komm rein und tanz mit uns! Sie stießen die Balkontür auf, und Baby wich zurück vor ihnen, Schritt für Schritt zurück, immer weiter zurück und – ooooh, da verlor sie den Halt, stürzte über das Geländer, fiel vom Balkon und fiel,

fiel, das arme Baby, und dann war's aus mit ihr. *Good night, Baby.*

Spud, der Zeitungsjunge, mit seiner Schirmmütze und der Brille, die er immer halb auf der Nase sitzen hatte, kam zur Tür herein, einen Stapel der druckfrischen *Times-Union* unter den rechten Arm geklemmt, und draußen auf dem Rücksitz seines Autos, das mit offener Tür und laufendem Motor hinter dem von Bindy stand, stapelten sie sich zu Hunderten.

«'ne Zeitung», rief Martin und hielt ihm einen Nickel hin. Er schlug zuerst die Kleinanzeigenseite auf und las die zweite verschlüsselte Annonce: Der erste Name lautete Footers O'Brien. Dann kam Benny Goldberg, ein hohes Tier im illegalen Lotteriegeschäft Albanys, dessen Bruder man in seinem Rasthaus oben in Schenectady niedergeschossen hatte, als er versuchte, seinen Gästen einen Satz Spielkarten mit fünf Buben unterzujubeln. In dem trüben Licht verlor Martin bald die Lust, die Namen zu dechiffrieren, und blätterte zurück zur Titelseite. Keine Meldung über Charlie Boy, aber der Vatikan sondierte, ob es möglich wäre, in den Vereinigten Staaten einen neuen Ablaßhandel aufzuziehen. Am oberen Blattrand verkündete ein Balken: *In der Sonntagsausgabe der Times-Union:* WIE WIR PINKELN – UND WARUM.

Als Billy wieder in die Bar kam, begab er sich schnurstracks zur Toilette und wusch sich den Gestank von Daddy Bigs Kotze von den Händen. Dann bestellte er einen doppelten Scotch und setzte sich zu Martin.

«Ich hab ihm also die Geschichte mit Newark erzählt.»

«Hast du? Und, war er zufrieden?»

«Er wollte, daß ich weiterhin am Ball bleibe. Aber ich hab ihm klipp und klar gesagt: Bin, ich kann das nicht länger für dich tun. Ich bin nicht aus dem Holz geschnitzt, aus dem man Spitzel macht.»

«Hat er das akzeptiert?»

«Ich glaub nicht.»

«Und wieso nicht?»

«Weil er zu mir sagte: Also gut, du Querkopf, dann sieh zu, wie du allein zurechtkommst. Und damit hat er dann sein Fenster hochgekurbelt.»

14

In aller Herrgottsfrühe kam Martin in die Redaktion. Er ging mit eingezogenem Kopf über den frisch gewachsten Boden, der neun oder zehn Stunden später schon wieder unter einer fast kniehohen Schicht zerknüllten Papiers verschwunden sein würde, und schlich dabei auf leisen Sohlen wie ein Einbrecher – in der Hoffnung, eine von den Ratten bei ihrem heimlichen Treiben zu überraschen. Nichts regte sich im Raum bis auf das Tickern der Fernschreiber, doch davon ließen sich die Ratten der *Times-Union* nicht beirren, das war ihr Schlaflied. Es waren große, eindrucksvolle Viecher, die von hinten über eine Rohrleitung hereinkamen und hoch über den Köpfen der Männer, die an ihren Schreibtischen malochten, auf den Rohrleitungen hin- und herflitzten, die unter der Decke entlangführten. Benson Hunt, der Star der Redaktion, der allen Artikeln den letzten Schliff gab, hatte seinen Schreibtisch zwei Fuß zurückgeschoben und nahm nie wieder den Hut ab, seit so ein Dreipfünder dort oben den Halt verloren hatte und ihm in den Schoß geplumpst war. Benson hatte einen Schrei ausgestoßen, war mit seinem Stuhl hintenübergekippt und hatte dabei die Halbliterflasche Gin zerbrochen, die er in der Jacke stecken hatte. Dergleichen brauchte Martin nicht zu befürchten, denn weder verlief über seinem Schreibtisch eine Rohrleitung noch schleppte er eine Ginflasche mit sich herum. Doch auch er behielt hier drin den Hut auf, damit ihm nicht der feine Bleistaub auf den Kopf regnete, der aus der Setzerei im Stockwerk drüber durch die undichte Decke gerieselt kam.

Martin blieb am Tisch des Sportredakteurs stehen, auf dem er die letzte Ausgabe mit der Story über den Stromausfall liegen sah. Wohl eine Art Sabotageakt, lautete eine der Theorien; obwohl weder die Elektrizitätsgesellschaft noch die Polizei einen Schuldigen vorweisen konnte. Nahezu in ganz Albany County hatte der Stromausfall Thomas E. Dewey mitten in seiner Radioansprache das Wort abgeschnitten, einer Rede, bei der es sich, aha, so war das also, zum größten Teil um eine Attacke gegen den Machtapparat der McCalls handelte. Das war ein Ding. Über den Inhalt der Rede wurde gesondert berichtet. Die politische Monopolstellung in Albany. Im Schatten des Capitols ein übler Sumpf von Korruption. Auswüchse, die man im Radio gar nicht zur Sprache bringen konnte. Politik, die sich am Profit orientierte. Geschworene gemäß ihrer Linientreue ausgewählt. Steuerveranlagungen dazu mißbraucht, Feinde und Gegenspieler zu bestrafen. Wahlbetrug nahm überhand. Erst heute mehrere Männer festgenommen; einer von ihnen hatte sich 21mal zur Wahl registrieren lassen.

Martin knipste die Hängelampe über seinem Schreibtisch an und machte sich daran, seine Kolumne für die Sonntagsausgabe zu schreiben, seine erste seit der Entführung. In den Tagen nach Charlie Boys Verschwinden hatte er sich ausschließlich damit beschäftigt, all das, was er über den Vorfall in Erfahrung brachte, chronologisch festzuhalten zum späteren Gebrauch, wenn die Story dann zur Veröffentlichung kam. Den Platz, der in der Zeitung für seine tägliche Kolumne reserviert war, hatte er mit Fertigware ausgefüllt, die er extra für bewegte Zeiten wie diese in Reserve hielt.

Nun schrieb er über das Bowlingmatch, bei dem Billy 299 Pins abgeräumt hatte und Scotty Streck tot umgefallen war. Ohne Gehässigkeit gegenüber Scotty berichtete er von der Magie des Spiels und darüber, wie Billy darauf reagiert hatte. Er schilderte Billy als einen, der mit beiden Beinen im Leben stand und Schicksalsdingen gegenüber unbeeindruckt blieb, ein Spieler, der die Regeln akzeptierte und sich an sie hielt, aber gleichzeitig über ihnen stand. Er schrieb, daß Billy das Geld geringschätzte; daß er ein Mann der Vernunft war ohne Sinn für falsche Vorspiegelungen oder Mystizismus, ein ernsthafter Bursche, der dem Spiel seinen angemessenen Stellenwert einräumte: ein Bedürfnis des Menschen neben Atemluft und Nahrung.

Im Vergleich dazu, schrieb Martin, stehe ich als verlegener Eklektiker da ein Narr, der an Glück, Schicksal, an Zauberer und an göttliche Tiergestalten glaubt. Es geschähe mir recht, wenn ich nach meinem Tod in den Himmel käme und feststellen müßte, daß er nichts weiter ist als eine von ungarischen Handlesern betriebene Scheinfirma. In der Zwischenzeit, so schloß er, strebe ich eine Kondition wie die von Billy Phelan an und will versuchen, Schluß damit zu machen, meine privaten Schreckgespenster zu verhätscheln.

Er brauchte eine halbe Stunde, dann war er mit seiner Kolumne fertig. Er schob sie in die Mappe, die in einem Schubfach im Schreibtisch des Lokalredakteurs bereit lag für all das, was über Nacht einging, und die um die Mittagszeit dann von Matt Viglucci einer kritischen Prüfung unterzogen wurde.

In seinem Postfach fand Martin einen handgeschriebenen Brief mit dem Briefkopf des Ten Eyck Hotel: *Liebster Martin, ich hab Dich nach der Vorstellung vermißt. Bitte, komm doch und sieh mal rein. Wir haben uns soviel zu erzählen, und ich hab ein «Geschenk» für Dich. Immer Dein, Melissa.*

Ein Geschenk? Au ja. Einen neuen Fahrschein ins Land des süßen Nichtstuns? Oder verbarg sich hinter diesen Anführungszeichen ein rätselhaftes Geheimnis? Was ist das für ein Sohn, der den Leib seines Vaters im Schoß seiner Mutter ißt? Der Priester natürlich, der in der heiligen Kirche die Hostie verschlingt. Aber was für ein Sohn ist das, der die Essenz väterlicher Sünde im Schoß der väterlichen Mätresse nascht? Die Antwort liegt doch auf der Hand: Derjenige, der ohne Skrupel und Hemmung seiner Genußsucht den vollkommenen Ablaß erteilt.

Während Martin jetzt im einschläfernden Geticker der Fernschreiber stand, hörte er hinter sich Papier rascheln. Er drehte sich lautlos um und sah eine große, behäbige Ratte über das Durcheinander aus Andrucken der Morgenausgabe und alten Telexmeldungen laufen, das noch von der Spätschicht auf dem Schreibtisch des Korrektors lag. An dem Leimtopf, der auf dem Tisch stand, hielt die Ratte an und knabberte an der hartgewordenen Kruste, die sich rings um den Rand gebildet hatte. Der Pott rutschte ein Stück weg, die Ratte folgte ihm auf dem Fuße. Dann hob sie die Vorderfüße, schob geschickt den Schmierpinsel ein Stück beiseite und steckte die Schnauze in den Pott, mitten hinein in die kühle und frische, weiche und herrlich klebrige Paste.

Frühstück.

Martin zählte die achtzehn Stufen hinunter zum Ausgang und winkte draußen dem Sportredakteur Rory Walsh zu, ein Football-Spezialist schon als Schuljunge, der stets zu den ersten gehörte, die sich morgens in der Redaktion einfanden, und gerade aus Steve Whites Bar kam, die rund um die Uhr aufhatte. Der alte Ridley stand vor seinem Zeitungsladen und machte im Rinnstein ein Feuerchen mit den Lottoscheinen von gestern. An den Fensterplätzen im Restaurant des *Capitol Hotel*, im allgemeinen dem Volk von der *Times-Union* vorbehalten, saß noch kein Mensch. Martin knurrte der Magen, als er an die Hummerschwänze Spezial dachte, drei Stück zu 55 Cents. Er schaute kurz bei Green's Schreibwarenladen rein und kaufte Geschenkpapier, Band und ein Kärtchen, denn er hatte vor, wie du mir, so ich dir, Melissa ein Geschenk mitzubringen. Das Wettbüro, das sich im ersten Stock über dem Schreibwarenladen befand, hatte bereits seine Schalter geöffnet. Auf der Straßenseite gegenüber lockte wie immer *Keeler's Restaurant*, und wieder rumpelte es in Martins Magen. Er hatte schlecht geschlafen in der letzten Nacht, und er war aus dem Haus gegangen, ohne Mary zu wecken oder einen Bissen zu essen. Sollte er seinen Gelüsten nachgeben? Er tat es.

Vielleicht war der Entschluß gefärbt von der Erinnerung daran, daß er 1928 hier mit Melissa hergekommen war, zweimal zum Frühstück und einmal zum Dinner. Nur um sich hier bei *Keeler's* mit dem zu stärken, was für Martin den erlesensten Speisen der Welt gleichkam, hatten sie während jener drei Tage kurz ihr Hotelzimmer verlassen; hier gaben sie dem Körper Aufbaunahrung für die Rückkehr zur Bettstatt dieses Konkubinats der zweiten Generation.

Jetzt bestellte er Eier Benedict, knusprige Brötchen und Salzstangen, Butterröllchen und Marmelade, Schokoladenkuchen und dampfenden Kaffee in einer silbernen Kanne. Der mürrisch dreinschauende jüdische Kellner kam auf seinen Plattfüßen angewatschelt und servierte alles mit tadelloser Perfektion. 2 Dollar 35 plus Trinkgeld. Einfach prächtig. Martin kam sich stilvoll vor, ermuntert und beschwingt in seiner Nostalgie. Nun war er bereit fürs Rendezvous.

Sie bewohnte eine Suite im zwölften Stock, das erfuhr Martin an der Rezeption, und als er über den Teppichboden des Flurs auf ihre Tür zuschritt, war er sich sicher, daß er sie aus dem Schlaf reißen würde. Er klopfte laut und vernehmlich viermal an die Tür, und das Geräusch hallte wie eine Explosion durch den stillen Flur.

«Ich komme mein Geschenk abholen», sagte er, als sie dann vor ihm stand.

«Du närrischer Kerl. Wieso hast du nicht angerufen? Denkst du kein bißchen daran, in welcher Verfassung sich eine Dame um diese Zeit befindet?»

«Deine Verfassung erscheint mir hinreißend normal. Du bist fürs Bett angezogen.»

«Ich muß ja fürchterlich aussehen.»

Sie ließ die Tür offenstehen, durchquerte in ihrem weißen, schenkellangen Negligé den Salon ihrer Suite und verschwand im Badezimmer.

Martin trat ein, die Tür fiel hinter ihm ins Schloß. Er legte seinen Hut auf dem Couchtisch ab und nahm auf dem kleinen Zweiersofa Platz. An einer Wand sah er die Radierung eines holländischen Giebelhauses hängen, an einer anderen einen Druck von Maxfield Parrish – ein Bild mit dem Titel ‹*Tagesanbruch*›, das sich vor fünfzehn Jahren großer Verbreitung und allgemeiner Beliebtheit erfreut hatte. Eine nackte Nymphe beugte sich darauf über eine hingestreckte Schönheit, die gerade aus dem Schlaf erwachte; die beiden wurden eingerahmt von einem Bergsee und den Bäumen Arkadiens, die ersten Sonnenstrahlen besprenkelten die fernen Gipfel mit Licht und beleuchteten den Auftakt dieser entzückenden Begegnung. Darunter, auf dem Sideboard, sah Martin das Notizbuch seines Vaters liegen. Eine solide, in Leinen gebundene Kladde von 45

Zentimetern Höhe, die auf der Vorderseite ihres Ledereinbands in schwarzer Tusche den Datumsvermerk seines Vaters trug.

Hier offenbarte sich der Kontrast zwischen vulgärer und hoher Kunst an zwei Meistern ihres Fachs: Parrish legte es ganz darauf an, den Geschmack des Volkes zu treffen, während Edward Daugherty sich unter entsetzlichen Seelenqualen abkämpfte, ein Stück entstehen zu lassen, das seine erhabene und absolute Unabhängigkeit von der Masse zum Thema hatte. Die Kladde beinhaltete die Entstehungsgeschichte eines Meisterwerks und enthüllte zugleich eine stadtbekannte Schande. Die dynamische Symmetrie des Parrish-Bildes weckte in Martin den Wunsch, diesen Kerl zu erdrosseln, weil er mit seinem Bild Millionen von Menschen weiszumachen suchte, alles im Leben sei eitel Glück und Sonnenschein. Die Anspielung auf die lesbische Liebe in diesem Bild dagegen war hier an der Wand von Melissas Suite durchaus am rechten Platz, wie sowohl Daugherty senior als auch Daugherty junior wußten.

Während Martin zu der Kladde hinübersah, kam ihm der Gedanke, sie einfach unter den Arm zu klemmen und damit zu verschwinden; des öfteren hatte er sich schon überlegt, daß er selbst vor einem Einbruch nicht zurückschrecken würde, um sich dieses Ding zurückzuholen. Er nahm seinen Blick erst von der Kladde, als Melissa in einem babyblauen Morgenmantel aus Satin ins Zimmer trat, an den Füßen zierliche Pantoffeln von gleicher Farbe, mit flauschigen Pompons vornedran. Sie hatte das kastanienbraune Haar mit seinen ersten Silbersträhnen ausgebürstet und gekämmt, die Morgenblässe auf den Wangen mit einem Tupfer Rouge belebt, mit blaßgrünem Lidschatten die Schläfrigkeit um die Augen herum vertrieben und mit der Puderquaste auch den schimmernden Glanz auf der Stirn beseitigt. Trotz kosmetischer Hilfsmittel war es ein wahres Wunder, wie schön diese Frau mit ihren neunundvierzig Jahren war – vor allem, wenn man den Alptraum der persönlichen und professionellen Vergessenheit bedachte, mit dem sie die letzten zehn Jahre hatte leben müssen. Selbst die Fältchen standen ihr jetzt zu Gesicht, denn sie erlaubten ihr, endlich diese mädchenhafte Schönheit aufzugeben, mit der sie viel zu lange gelebt hatte, die sie zwar immer wieder auf das Titelbild von *Photoplay* gebracht, doch all ihre Bemühungen zunichte gemacht hatte, eine ernsthafte Schauspielerin zu werden.

Wer hätte auch vermutet, daß sich hinter einem Antlitz, das so elegant und stolz auf sich selbst war wie das von Melissa, eine kummervolle Seele verbergen könnte? Kein Mensch hätte das je gedacht, bis sie nun mit ihrer Rolle der einsamen, in sich zurückgezogenen Marina (Katrina) in ‹*The Flaming Corsage*› die Kritiker zu einer Neubewertung ihres Talents zwang: Hier ist eine völlig neue Melissa Spencer ... spielt, als sei sie für die Theaterbühne geboren ... widerlegt sämtliche Kritiker, die je behaupteten, beim Tonfilm würde ihre Stimme durchfallen ... größte sprachliche Ausdruckskraft von allen Darstellerinnen in sämtlichen Broadway-Inszenierungen dieser Saison etc.

Melissa ging schnurstracks zum Telefon und bestellte ein Frühstück für zwei Personen: Melone, Croissants, Camembert – und selbstverständlich Champagner. Dann ließ sie sich Martin gegenüber auf einen Sessel sinken und saß vor ihm, eingerahmt von dem Parrish-Bild und einer Kristallvase mit weißen Rosen, die sich an diesem Morgen mit der strahlenden Erhabenheit der allerletzten Blüte öffneten, in dem Wissen, daß ihr Dasein nur noch Stunden währen würde.

«Geht es dir gut?» fragte sie.

«Kann sein, daß ich mich wieder erhole, aber sicher bin ich mir da nicht.»

«Hört sich ja scheußlich an. Als kämst du grad aus einem dieser gräßlichen Sanatorien.»

«Gar nicht mal so verkehrt. Ich hab mich jahrelang mit so einer Art von spirituellem Rausch herumgequält, und das hat sich verschlimmert in den letzten Tagen.»

«Hat es was mit deinem Vater zu tun? Wie geht es ihm denn?»

«Es mag schon was mit ihm zu tun haben, aber andere Dinge spielen auch eine Rolle. Nun, mein Vater ist recht tattrig geworden, ansonsten aber wohlauf. Es hängt auch damit zusammen, daß mein Sohn von zu Hause fortgezogen ist und Priester werden will und daß so ein paar Gangster gerade einen Freund von mir entführt haben.»

«Eine Entführung! Wie faszinierend!»

«O Jessas, Melissa.»

«Was denn? Ist so was denn nicht faszinierend?»

«Nicht alles auf dieser Welt ist faszinierend. Es gibt auch ernste Dinge.»

«Ach, puuuh.»

«Erzähl mir von dir. Ich nehme an, dir geht's gut. Ich hab deine Kritiken gelesen.»

«Zur Zeit läuft's ganz hübsch.»

«Du siehst fit aus. Zu allem bereit.»

«Nicht voreilig sein, Schätzchen. *Dazu* ist es viel zu früh.»

«Dabei kenn ich dich als eine, die ganz und gar nicht nach der Uhr schaut.»

«Ich? Du scheinst mich wohl mit einer deiner gelegentlichen Liebschaften zu verwechseln.»

«Ich hätte schwören können, daß du es bist. Die Woche damals, als die Tabus von ihrem Sockel kippten. War das nicht im *Hampton*?»

«Jetzt sei kein Ekel. Hör schon auf. Mich schauert's regelrecht, wenn ich dich davon so reden höre. Erzähl mir von dem Stück. Hat dir die Aufführung gefallen?»

«Du warst zauberhaft. Aber zauberhaft bist du ja immer schon gewesen. Und ich fand, daß dir die Perücke gut stand.»

«Meinst du, ich sah ihr ähnlich? Ich hab mir jedenfalls Mühe gegeben.»

«Hin und wieder schon. Aber sie strahlte nie ganz diese sinnliche Lebendigkeit aus, wie du sie zum Ausdruck brachtest.»

«Sie muß doch ihre Sternstunden gehabt haben.»

«Ich glaube», begann Martin und sah wieder seine Mutter vor sich, wie sie nackt die Hintertreppe herabkam und mit der Einkaufstasche in der Hand und nichts am Leib außer dem breitkrempigen Hut und ihren weißen Schuhen an der kleinen Mülltonne vorbeispazierte, und hörte sich sagen: «Ich glaube, alles was es je für sie gegeben hat, war Verdrängung.» War sie in die wartenden Arme von Francis Phelan gelaufen? Ob die zwei nach dieser Intimität je miteinander geschlafen hatten?

«Wie traurig», sagte Melissa.

«Sehr traurig. Aber solche Probleme hast du ja nicht, soviel ich weiß.»

«Ich hab nie einen Sinn darin gesehen, mir irgend etwas vorzuenthalten. Warum sollte ich das auch.»

«Es gibt nichts, was du nicht gemacht hast.»

«Ich würde nicht soweit gehen, das von mir zu behaupten, Schätzchen.»

«Aber es muß schwer sein, dich noch mit irgendwas zu überraschen.» Martin mißfiel es, daß sie immerzu «Schätzchen» zu ihm sagte. Es hörte sich ein bißchen zu verzärtelt an und erschien ihm nicht intim genug für das, was sie beide miteinander erlebt hatten.

«Überraschungen sind mir jederzeit willkommen», entgegnete sie, «aber das sind bloß die Zinsen, und am liebsten ist mir das Kapital.»

«Ich hab eine kleine Überraschung für dich», bekannte Martin.

«Wie köstlich. Und wann krieg ich die?»

«Nicht voreilig sein.»

Als das Frühstück kam, bestand sie darauf, daß er wie damals im *Hampton* auf dem Sofa saß und sie ihm Melonenstückchen in den Mund schob, eine Szene, dachte Martin, die sie wohl in einem Film mit Gilbert oder Valentino gesehen haben mußte. Sie hielt ihm das Champagnerglas an die Lippen, fütterte ihn mit waffeldünnen Scheiben von Croissants und Camembert und flößte ihm immer mehr Champagner ein. Er hatte angenommen, sich bei Keelers sattgegessen zu haben, aber auch Sättigung hat ihre Grenzen, und so aß und trank er, was sie ihm darbot.

Er küßte sie, als sie beide den Mund vollhatten, und teilte den Champagner mit ihr. Als sie heruntergeschluckt hatten, küßte er sie erneut und streichelte ihr dabei sanft vorn über den Morgenmantel. Dann ließ er von ihr ab und lehnte sich zurück.

«Was hast du denn für ein Geschenk für mich?» fragte er.

«Errätst du es denn nicht?»

«Ein oder zwei Dinge könnte ich mir schon vorstellen.»

«Hoffentlich hast du's noch nicht gesehen», sagte sie, stand vom Sofa auf und ging hinüber ans Sideboard. Sie hielt die

Kladde hoch, und jetzt konnte Martin auch das Datum lesen, mit dem sein Vater seine Kladden stets zu versehen pflegte: Februar 1908 bis April 1909.

«Normalerweise hätte ich das hier nicht offen rumliegen lassen, aber dein Besuch kam ja ganz unverhofft. Du hast es vorher nicht gesehen, oder?»

«Nein, hab ich nicht. Soll das heißen, du willst es mir zurückgeben?»

«Es gehört dir», sagte sie und kam mit dem Buch auf ihn zu. «Ich hab mir alles rausgeschrieben, was ich für meine Memoiren brauche.»

«Ich dachte, du bräuchtest es für den Film.»

«Das ist zur Zeit nicht nötig. Wenn sie den wirklich drehen wollen, haben sie an dem Stück mehr Stoff als genug. Und auf mehr haben sie nun wirklich keinen Anspruch. Es gehört dir.»

«Dann muß ich dir dein Geld wiedergeben.»

«Mußt du natürlich nicht. Das darfst du sogar nicht.»

Er hatte ihr 800 Dollar abgeknöpft für die Kladde, ein x-beliebiger Betrag, der völlig aus der Luft gegriffen war; wie hätte er je für ein Notizbuch seines Vaters einen Geldwert festsetzen können? Wie er ausgerechnet auf 800 Dollar gekommen war, konnte er ebensowenig erklären wie seinen Traum mit den geometrischen Figuren. Eine absonderliche Zahl, hatte Melissa damals bemerkt. Das Absonderliche, hatte er geantwortet, ist mein Arbeitsfeld.

Bei diesem Gespräch hatten sie auf der Dachterrasse des *Hampton* gesessen, in dem Melissa sich damals eine Suite genommen hatte – während sie darauf sann, wie sie diese Kladde am besten in ihren Besitz bringen konnte, jenes Buch, bei dem sie so manches Mal selbst zugeschaut hatte, wie seine liniierten Seiten beschrieben wurden. Der tiefblaue Nachthimmel Albanys war von Millionen Sternen übersät gewesen, das silbrige Licht des Mondes glitzerte auf den Wellen des Hudson und auf den Dächern drüben am Ufer von Rensselaer. An der Stelle, an der Martin und Melissa saßen, wurde der Blick auf den Yachtclub, die Dunn Bridge und einen Großteil des unteren Broadway von einem hohen, geisterhaften Bau versperrt, in dem leere Fensterhöhlen ohne Scheiben gähnten; es fehlte auch das Dach auf diesem Haus, das letzte Stockwerk war unvollendet. Dies war das «Spite Building»; sein Bauherr ein verbitterter Kleriker, der sich vom Hotel *Hampton* betrogen wähnte. Als das *Hampton* sein Dachcafé aufmachte, das von Anfang an stets gut besucht war, hatte er aus Rache diesen unbewohnbaren Turm emporgezogen. Seine Vorderfront ging auf die Beaver Street hinaus, die Hinterseite grenzte direkt an die Rückwand des Hotels, und er überragte das bezaubernde Café, versperrte die Aussicht und beleidigte die vornehmen Gäste mit seinem rohen, häßlichen Backsteingemäuer und den grotesken schwarzen Fensterlöchern, auf deren Simsen sich Scharen von widerwärtigen Tauben zum Schlafen niederhockten.

Martin und Melissa hatten miteinander diniert, getanzt und getrunken, und schließlich hatten sie das Dachcafé verlassen und sich in Melissas Suite zurückgezogen, um ein bißchen unter sich zu sein. Und als der Morgen gekommen war, ging Martin zur Redaktion, die nur ein paar Blocks entfernt lag, zog die Kladde aus der untersten Schublade seines Schreibtischs, wo er sie tags zuvor deponiert hatte, und nahm sie mit zu Melissa. Als Gegenleistung akzeptierte er die mysteriösen 800 Dollar und noch zwei weitere Tage lang die lasziven Reichtümer dieses berechnenden, korrupten und wollüstigen Weibes, das zum Inbegriff seines spirituellen Niedergangs wurde.

Jetzt legte ihm Melissa die Kladde auf den Schoß und setzte sich neben ihn. Er öffnete das Buch, schlug einen Eintrag aus dem Jahre 1908 auf und las die steile, aufrechte Handschrift seines Vaters, die aussah wie ein Kornfeld an einem windstillen Tag.

Der Held wird kein Schriftsteller sein. Den Beruf offen lassen? Nein. Der irisch-amerikanische Besitzer einer Eisengießerei, der seine Aufstiegsmöglichkeiten wahrgenommen und sich von der Pieke auf emporgearbeitet hat, ein gebildeter Mann aus einer Familie, deren gesellschaftlicher Dünkel durch den Zustrom anno 49 zunichte gemacht wurde. Heiratet Tochter aus holländisch-englischer Aristokratenfamilie (jegliche autobiographischen Daten sind nur in abgewandelter Form zu übernehmen); es wird enthüllt, daß die oberflächlich intakte Ehe gescheitert ist. Streben der Ehefrau nach Geld und gesellschaftlicher Position nicht um ihrer selbst willen, sondern aus einer Sehnsucht nach Abgeschiedenheit tritt deutlich zutage; diesen ist durch nichts beizukommen, sie führen zum Wahnsinn. Sexuell pflichtbewußt, doch ihre Verletzung beim Brand im Hotel *Delavan* macht auch dies zunichte; frühe Traumata nur angedeutet, doch zweifellos vorhanden. Schließlich isoliert sie sich, die Ehe zerbröckelt.

Martin blätterte weiter, schlug mit Bedacht Seite um Seite um, hielt dann inne und las laut vor: «Clarissa. Tal der Verehrung. Grotte feiner Nuancen. Dschungel ihres Dreiecks. Schlupfwinkel der Schlange. Grab des Pirschgängers.» Er schwieg und sah sie an.

«Die Seite kenn ich auswendig», sagte sie.

«Grab des Pirschgängers», wiederholte er. «Er konnte wirklich albern sein. Erzähl doch mal, hast du es mit ihm früher auch drei Tage lang rund um die Uhr getrieben wie mit mir?»

«Das ist eine äußerst unverschämte Frage. Glaubst du wirklich, daß ich dir darauf eine Antwort gebe?»

«Ich dachte, eines Tages würdest du uns vielleicht ohnehin in deinen Memoiren miteinander vergleichen. In meiner Phantasie hab ich mir deine Antwort schon ausgemalt.»

«Und natürlich gewinnst du diesen Wettkampf.»

«Ich seh das nicht als Wettkampf. Mehr als einen Kontrast vom Stil her.»

«Laß mich eines sagen, und damit ist das Thema abgeschlossen: der Überschwang liegt euch im Blut.»

«Auf den Überschwang», sagte Martin und trank seinen Champagner aus.

Sie schenkte ihm das Glas wieder voll und hob ihres.

«Und nun», sagte sie, «ein Toast auf meine Gaben.»

«Die in der Tat verblüffend sind und ungewöhnlich. Auf deine herrlichen Gaben.»

«Ich meine eigentlich meine Geschenke für dich.»

«Deine Geschenke? Heißt das, es gibt noch mehr als dieses eine?» Martin tippte auf die Kladde.

«Noch eins.»

«Und was ist das für eins?»

«Ein ganz Besonderes», sagte sie und erhob sich, stand vor ihm und schlug ihren Morgenmantel zurück. Ihr Negligé war verschwunden, da war nur dieser unauslöschbar in Erinnerung gebliebene Leib. Das leicht angegraute Dschungeldreieck hatte sie mit größter Sorgfalt an den Rändern rasiert und zu einer Herzform gestutzt.

«Der Valentinstag ist zwar schon lange vorbei», sagte sie, «aber hier ist dein Geschenk.»

Martin löste die Schnalle seines Gürtels, öffnete den Hosenschlitz, dann die drei Knöpfe der Unterhose, die er heute morgen frisch angezogen hatte, und präsentierte ihr den Pirschgänger der zweiten Generation, nun zu voller Größe angewachsen, in Seidenpapier verpackt und mit einem grünen Bändchen verschnürt, und einem kleinen Kärtchen dran, auf dem stand: Wir gratulieren zum Jubiläum.

Während er mit Melissa schlief, betrachtete er eingehend die Partie zwischen ihrem Hals und der Brust, die Stelle, an der bei seiner Mutter die Narbe von der Spitze jener brennenden Holzstange gewesen war, die damals bei dem Brand, in dessen Flammen fünfzehn Menschen, meist irische Zimmermädchen, den Tod gefunden hatten, auf sie heruntergefallen war. Melissa trug keine solchen Male. Ihr Mal war ihr Gesicht, und er überschüttete es mit Küssen, während er sich und sie zugleich verabscheute, liebte sie voller Leidenschaft und Bestürzung und bemitleidete sie um die Gabe eines solchen Gesichts, denn darunter hatte sie gelitten. Welcher Mann konnte sich je einbilden, daß eine so extravagante und berühmte Schönheit ihm allein gehören könne? Wer konnte sich anmaßen, Botticellis Primavera zu besitzen?

Die Narbe seiner Mutter war ein weißes Oval gewesen mit einer gezackten Wulst ringsum, die von den Einstichen herrührte, mit denen man die Wunde genäht hatte. Er schloß die Augen, während er Melissa küßte, und hinter ihm schwebte dieses weiße, ovale Mal frei im Raum und war Zeuge bei seinem Liebesakt. Die Narbe schwoll an, und Martin mußte an den

Knäuel Werg denken, der Henry James gebrandmarkt hatte, als er einst im Academy Park spielte; in der Elk Street, die an diesen Park grenzte, hatte Katrinas Elternhaus gestanden. Der junge James, damals gerade dreizehn Jahre alt, hatte Heißluftballons fliegen lassen, die abhoben und himmelwärts schwebten, wenn man ein Bündel brennenden Werg unter ihre Öffnung hängte. Als sich bei einem dieser Ballons der brennende Werg löste und zu Boden fiel, hatte ihn jemand fortgekickt, und er war in hohem Bogen davongeflogen und im Heuboden eines Mietstalls gelandet, der gegenüber an der Washington Avenue stand. Der gewissenhafte James rannte hinüber zu dem Mietstall, um das Feuer auszutreten, vergaß dabei völlig, daß er sich beim Tränken des Wergs Terpentin übers Hosenbein geschüttet hatte, und an seinem Hosenbein schoß eine Stichflamme empor wie der Schweif eines Kometen. Die Verbrennungen führten dazu, daß sein Bein amputiert werden mußte, machten einen Menschen, der sich mit Vorliebe in freier Natur aufhielt, zum Mystiker und Philosophen, und veränderten damit die Zukunft der amerikanischen Kultur. Die Gabe, durch Zufall Unerwartetes zu entdecken, fand sich bei Edward und Melissa, bei Henry James und bei Martin. Flammend hell leuchtende Menschen im Rundtanz eines Lebens, dessen Zufälle die Welt veränderten.

Die Narbe hinter Martin wurde größer und nahm in der Mitte eine blendendweiße Farbe an. Martin achtete darauf, daß der Junge in Tiergestalt in typischer Zuschauerpose auf dem Stuhl neben dem Hotelbett saß.

Der mit dem Tierkopf beobachtete den läuternden Ansturm aufs Tabu, ohne sich gewahr zu sein, daß die mütterliche Flamme blind mit seiner Erscheinung flirtete. Zu spät bemerkte die göttliche Gestalt, wie sich die Flammenarme der Liebe zur Umarmung schlossen, entzündete sich, und eine grelle, prasselnde und knisternde Flamme schoß empor. Er wollte schreien, doch der Schrei blieb ihm in der körperlosen Kehle stecken, und im Nu war er zu Asche geworden, nur mehr eine Handvoll rußschwarzer Flocken, die aufwärts wirbelten. Zum Himmel? In die Hölle?

Martin kam es wie ein segensreiches Dankgebet.

Weil er merkte, daß Melissa bei diesem bedeutungsvollen Augenblick zu kurz gekommen war, rückte ihr Martin energisch und unnachgiebig mit der Hand zuleibe, bis sie sich in milder Ekstase auf dem Laken wand. Dies, so gestand sie bekümmert, war alles, was ihr geblieben war nach der Hysterektomie, der sie sich vor vier Jahren hatte unterziehen müssen. Mit den Eierstöcken, die sie ihr herausgenommen hatten, war auch etwas anderes verschwunden. Oh, sie konnte auf den Höhepunkt zutreiben, sie erreichte fast den Gipfel. Aber es gab einen Punkt, über den sie nichts mehr hinausbringen konnte. Sie hatte es versucht. Ach, und wie sie es versucht hatte. Arme Kleine. Und so gab sie nun, was ihr verblieben war zu geben, und nahm, was sie sich nehmen mußte. In Martins Ohren hatten ihre Erklärungen etwas entfernt Biblisches an sich, als würde sie jedesmal voller Hoffnung den heiligen Augustin lesen, wenn es in ihrer Grotte feucht wurde.

Und doch konnte sich Martin des Eindrucks nicht erwehren, daß seine Präsenz an diesem Altar müden Fleisches, das man ihm so bereitwillig darbot, in gewisser Hinsicht etwas Therapeutisches an sich hatte, daß hier von ihm erwartet wurde, Melissa wieder die rauschenden Schwingen leidenschaftlicher Ekstase anzulegen – daß sich jene Tage, die sie vor einem Jahrzehnt miteinander verbracht hatten, für sie als ebenso maliziös erweisen sollten wie für ihn und daß sie in seiner Asche, in der noch Flammen züngelten, nach Ersatz für das eigene verlorengegangene Feuerwerk suchte. Diese Raketen können doch nicht *alle* abgebrannt sein, Daddy, oder?

Martin rubbelte und massierte; er tat, was er konnte. Und Melissa gab sich redlich Mühe, sie bemühte sich nach Kräften.

Doch als sie explodierte, war es nur die Atemlosigkeit der Erschöpfung, die Ermattung ihres ausgepumpten Herzens, die sie zur Aufgabe zwang.

Sie kleideten sich an, legten eine Ruhepause ein und schenkten sich Champagner nach. Melissa stand vor ihm und kaute auf einer Melonenscheibe, während Martin auf dem Sofa saß und versuchte, den Sinn dessen zu begreifen, was er soeben erlebt hatte. Er fragte sich, was es wohl bedeuten mochte, daß plötzlich so viele Menschen in denselben kleinen Kreis von Ereignissen hineinverwoben waren. Zufall? Den tat er als geistlose Erklärung ab, die sich für alles mögliche heranziehen ließ. Oder lag es einfach daran, daß er jetzt Gesetzmäßigkeiten entdeckte, die es immer schon gegeben, die er freilich in seiner Selbstversunkenheit nie registriert hatte? Aber wie war so etwas denn möglich? Er war doch ein Mensch, der sich einiges an Scharfblick zugute halten konnte. Mehr als das, er hatte die Gabe, in die Zukunft sehen zu können. Ja, selbst in diesem Augenblick spürte er einen unergründlichen Impuls, als müsse er unbedingt in der Redaktion anrufen, ohne zu wissen weshalb. Emory würde noch nicht da sein, und er hatte keinerlei Anlaß, mit sonst jemanden dort zu reden.

Er ging hinüber in Melissas Schlafzimmer, setzte sich auf den Rand des zerwühlten Bettes, das noch feucht war von ihrer Liebe zuvor, die er nicht ohne Abscheu genossen hatte, nahm den Hörer ab und bat die Hotelvermittlung, ihn mit der *Times-Union* zu verbinden. Als die Stimme der alten Madge an sein Ohr drang, fiel ihm nichts weiter ein als die notorische Frage, ob ihm jemand eine Nachricht hinterlassen hätte. «Ja», gab Madge zur Antwort, «da hat so 'n Bursche namens Franny Phelan angerufen. Er sitzt im Kittchen und will, daß du für ihn Kaution stellst.»

Martin kehrte wieder zurück in den Salon.

«Hast du meinen Vater jemals was davon erwähnen hören, daß er die Gabe hätte, in die Zukunft zu schauen, oder etwas Derartiges?» fragte er Melissa.

«Ich weiß bloß, daß er abergläubisch war», sagte sie. «Wenn er ein paar Salzkörner verschüttete, warf er noch mehr Salz über seine Schulter. Und er besaß eine Hose, von der er immer behauptet hat, die würde ihm Glück bringen. So eine grüne mit kleinen Karos, die seh ich jetzt noch vor mir. Die hat er so gut wie nie getragen, außer wenn er knapp bei Kasse war. Er schwor darauf, daß er bloß die Hose anziehen mußte, und es begänne zu klingeln in der Kasse. Eines Nachmittags standen wir gerade auf der Fourteenth Street, er hatte seinen blauen Anzug an und nicht mehr genug Geld, um mich bei *Luchow's* zum Lunch einzuladen. ‹Niemand weiß, daß ich Geld brauche›, sagte er. ‹Aber wie sollten die Leute auch? Ich hab ja gar nicht meine grüne Hose an.› Also gingen wir in sein Zimmer, er schlüpfte in seine grüne Hose, und am nächsten Tag kriegte er mit der Post von irgendeinem Produzenten einen Scheck über 1100 Dollar.»

Martin spürte, wie ihn beim Anblick dieses goldenen Paradiesvogels erneut ein träger Taumel der Begeisterung erfaßte. Und doch verübelte er ihr die Intimität, die sie in dieser Geschichte anklingen ließ; den Schmerz, den seine Mutter dabei noch im Grab empfunden haben mußte. Es war das erste Mal, daß Martin etwas von hellseherischen Fähigkeiten bei einem anderen Familienmitglied hörte. Doch kam er sogleich zu dem Schluß, daß sein Vater höchstens durch Gedankenübertragung von dem Produzenten erfahren haben konnte, daß Geld unterwegs war und daraufhin seine grüne Hose angezogen hatte, um dem ganzen einen Anstrich von Magie zu geben, ohne das freilich ganz ernst zu meinen. Nein, das war mit der Gabe, die er hatte, nicht zu vergleichen.

«Du willst gehen, hab ich recht?» fragte Melissa.

«Bei der Redaktion hat jemand eine Nachricht für mich hinterlassen. Ein ehemaliger Nachbar von mir ist eingebuchtet worden und möchte gern, daß ich ihm da aus der Klemme helfe.»

«Das hab ich dir am Gesicht angesehen, daß du mich verlassen willst.»

«Was ist denn? Möchtest du, daß wir uns noch ein bißchen unterhalten? Ich muß ja nicht gleich Hals über Kopf aufbrechen.»

«Zehn Jahre lang krieg ich dich nicht zu Gesicht, und dann kommst du in aller Herrgottsfrühe hier hereingepoltert und benutzt mich wie eine Hure.»

«Ich dich benutzen? Wie eine Hure?» Seine Finger waren jetzt noch taub von dem hingebungsvollen Gereibe.

«Du säufst meinen Champagner, ißt von meinem Frühstück, hältst dich an meinem Körper schadlos, und dann läßt du mich einfach hier hocken mit meiner aufgestauten Energie. Du benutzt mich!» Sie warf ein Croissant nach ihm. Es flog an ihm vorbei und traf einen Lampenschirm.

«Du verrücktes Aas!» sagte er. «Du bist ja genauso verrückt wie meine Mutter!»

Er drückte ihr die Arme zur Seite und zog ihr den Morgenmantel von den Schultern. Dann zerrte er sie herunter auf den Boden und knöpfte sich die Hose auf.

In welcher Form benutze ich dich? Laß es mich aufzählen. Als ein heiliges Gefäß, das es zu entweihen gilt. Als Diebin der Heiligen Schrift. Als transzendente Dreieinigkeit Melissa–Katrina–Marina, die mein Vater erfunden und geliebt hat und die ich nun liebe. So wie mein Vater sie alle drei unsterblich machte wie Figuren auf einer griechischen Vase, so begreife ich nun dies Dreigestirn in seinem flackernden Wahn. Jetzt, da ich durch die Augen meines Vaters blicke und erkenne, wie er zum Opfer seines Ruhms und seiner Selbstversunkenheit wurde, vergebe ich ihm seine überzogenen Erwartungen, seine Gleichgültigkeit und seine Abwesenheit. Und habe ich meinem Vater dies vergeben, so ist es nur ein kleiner Schritt, mir selbst zu vergeben, daß es mir in meinem Leben nicht gelungen ist, in eine so leidenschaftliche Vielfalt einzudringen, wie er es konnte. Und indem ich mir selbst vergebe, kann ich nun auch wieder anfangen, mich selbst zu lieben. All dies wird mir zuteil dank der Tatsache, daß ich die schöne Melissa benutze.

Und während er hineinstieß in das sterbende Feuer, bemerkte Martin, daß seine Eltern anwesend waren, doch erschienen sie nicht in Flammen gehüllt wie die brennenden Wergknäuel zuvor, sondern als ein glücklich vereintes Paar, das sich bei der Hand hielt und ihm zuschaute, wie er Melissa da auf dem Boden pimperte, so wie er einst vor ihnen auf seinem Töpfchen gesessen und stolz sein Pipi gemacht hatte. Ganz offensichtlich erkannten sie in ihm den Erlöser, der all das Mißgeschick in ihrer Ehe wiedergutmachte, den Bezwinger des Unvereinbaren, den Geist der Synthese in dieser chaotischen, zerrissenen Familie. Als Mensch von ihrem Fleisch und Blut war er für sie das Bindeglied zwischen vergangener und zukünftiger Liebe, war er die Gestalt, in der sich die Generationen vereinigten, der Vater eines Sohnes, der auf dem Weg war zur Priesterweihe, und zugleich der fürsorgliche Vater des greisen Edward.

Und, mehr noch, er war hier offenbar zu seinem eigenen Vater geworden. Er war Edward, der Sohn des Emmett Daugherty, Vater von Martin und Großvater von Peter Daugherty, und der Ahne jener Daugherty-Linie, deren Stammbaum die Zukunft schreiben würde. Er, der verlorene Sohn eines verlorenen Vaters, war nun zur Inkarnation der Vaterschaft selbst geworden.

Im gleichen Augenblick, als ihm dies zu Bewußtsein kam, gab er sich hin und verströmte sich in Melissas tiefer Schlucht der Purifikation.

«Du bist mein Schnuckelchen», sagte sie zu ihm, völlig geschafft, die Mundwinkel herabgezogen von unsichtbaren Kräften im Mittelpunkt der Erde. Sie fuhr mit dem Mittelfinger durch das Naß zwischen ihren Schenkeln, schleckte es ab und rief damit bei Martin eine zehn Jahre alte Erinnerung wach: im *Hampton* damals hatte sie das gleiche gemacht. Tief bewegt von dieser Geste und der Erinnerung an damals, empfand er Abscheu vor sich selbst, weil er so verlogen war und diesen ganzen spiritistischen Kram vorschob, um sich selbst einzureden, es trieben ihn andere Gründe als rein sexuelle, diese allseits beliebte Triangel zum Klingeln zu bringen.

Du Heuchler!

Du Wüstling!

Mein Junge.

15

Als Billy ins Polizeipräsidium kam, saß Martin in dem engen Kabuff, das als Presseraum diente, und spielte Rommé mit Ned Curtin, dem Polizeireporter der *Times-Union*. Martin sah kurz auf und nickte ihm zu, dann klopfte er und zog eine Karte. Er legte ab, und Ned Curtin schob ihm einen Dime über den Tisch.

«Wie kommt er denn dazu, dich anzurufen?» fragte Billy, als Martin zu ihm heraustrat. Sie gingen zusammen die Treppe hinauf, und Billy hatte wieder den Fichtennadelgeruch des Desinfektionsmittel in der Nase, den er immer mit diesem Gebäude in Verbindung brachte. Er war nur ein einziges Mal hier drin gewesen, und das lag fünf Jahre zurück. Sie hatten ihn damals in der Orange Street hopsgenommen, wo er als Kartengeber arbeitete. Der Strolch, der ihn angeheuert hatte, behauptete, Bindy habe ihm die Genehmigung für seinen Zockerclub erteilt, aber das war gelogen, und so hatte die Polizei dann die ganze Runde ins Präsidium verfrachtet, sie eine Stunde lang festgehalten und die Spieler wieder laufengelassen. Den Strolch behielten sie da, der mußte berappen und verbrachte eine Nacht in der Zelle.

«Ich hab ihn letzten Donnerstag in der Bar von Spanish George getroffen», erklärte Martin, «und da hab ich zu ihm gesagt, daß er mich jederzeit anrufen soll, wenn ich ihm irgendwie behilflich sein kann.»

«Du hast mir gar nichts davon erzählt, daß du ihn getroffen hast.»

«Er wollte es nicht. Wenn du ihn siehst, wirst du wissen, warum.»

«Und weshalb hast du mich jetzt angerufen?»

«Weil heute abend, vielleicht sogar schon heute mittag, in der Zeitung steht, was er früher einmal war und was heute aus ihm geworden ist. Ich wollte, daß du vorher Bescheid weißt.»

Im Gerichtssaal war keine Menschenseele, und sie ließen sich auf einer langen Holzbank nieder. Hinter dem Richtertisch ging eine Tür auf, ein weißhaariger Mann in Hemdsärmeln kam herein, musterte sie naserümpfend und verschwand wieder.

«Hast du je erfahren, wieso er von zu Hause ausgerückt ist?» fragte Billy.

«Ich weiß bloß, was getratscht wird. Daß er gesoffen hat, und dann ist das Baby gestorben. Es kam wohl eins zum anderen.»

«Da war ich neun.»

«Erinnerst du dich noch an ihn? Wenn du damals neun warst, müßtest du dich eigentlich noch erinnern.»

«Ich weiß nicht mehr, ob ich sein Gesicht noch vom Sehen kenne oder nur von dem Bild her. Zu Hause haben wir so 'ne Schachtel mit Familienfotos, und da ist auch eins von ihm dabei, auf dem er auf der alten Vortreppe in der Colonie Street steht, anscheinend 1915 aufgenommen, ein Jahr bevor er abgehauen ist.»

«Da hatte er längst aufgehört, Baseball zu spielen. Ich weiß noch, wie er damals ausgesehen hat. Er hat sich ziemlich verändert.»

Billy hatte das Foto eingehend mit dem Vergrößerungsglas untersucht; der Pullover, den sein Vater trug, war derselbe, den er im Ruderboot angehabt hatte, und wahrscheinlich hatte er sogar dieselbe Mütze aufgehabt. Er hatte die Konturen seines Kinns studiert, den Schnitt seiner Augen und sein Lächeln mit den halb geöffneten Lippen, die sich ein wenig nach links verzogen. Ein sympathisches Lächeln, wie Billy fand, ein Lächeln, das Entschlossenheit und Stärke ausdrückte. Aber seine Mutter hatte gesagt, das ist ein Zeichen von Schwäche, uns einfach sitzenzulassen und sich bloß noch die Hucke vollzusaufen, so sehr sollte sich ein Mann niemals gehenlassen. Aber, o je, sagte sie, wie hat er geheult; was haben wir alle geheult.

«Da», sagte Martin und stupste Billy an. Durch eine offene

Tür sahen sie, wie Männer in den Flur hinterm Gerichtssaal traten. Ein Wachmann mit Polizeimütze und blauem Hemd ging vor dem Gefangenen, ein zweiter hinter ihm. Auf diesen Anblick war Billy nicht gefaßt gewesen. Es war Pete, der Tramp, ohne den Hut, ohne den stacheligen Schnurrbart, und ohne dessen komische Ausstrahlung. Wenn Tramps an die Tür klopften und um etwas zu essen baten, hatte seine Mutter ihnen immer eine Mahlzeit und einen Milchkaffee hingestellt. Jetzt verstand er warum. Billy und Martin erhoben sich und folgten der Prozession. Der Tramp hatte einen schleppenden Gang, er zog die Schultern ein und schlurfte wie ein Plattfüßiger oder wie einer, der auf Fußstümpfen daherkommt, weil ihm sämtliche Zehen abgefroren sind. Billy starrte auf die schmutzigen grauen Haare seines Vaters. Er konnte sich nicht erinnern, jemals Haare auf seinem Kopf gesehen zu haben, er kannte nur die Mütze.

Der Weißhaarige, der die Nase über sie gerümpft hatte, hob seinen Blick von dem Protokollbuch, in das er gerade schrieb. Billy fiel nun wieder ein, daß er den alten Mann erst letzten Monat in Foleys Arena in Troy gesehen hatte, wo er Patsy McCalls Kampfhähne betreute. Sein Name war Kelly, und er wußte mit den Biestern umzugehen wie selten einer.

«Was liegt an?» fragte Kelly, den Federhalter schreibbereit in seiner Hand.

«Kaution. Name: Francis Phelan», sagte der erste Wachmann.

«Ah, Sie sind das», sagte Kelly, legte den Federhalter weg und streckte Francis die Hand hin. «Gratuliere. Einundzwanzigmal, richtig?» Alle lachten.

«Wird allgemein behauptet», sagte Francis lächelnd.

Es war das Lächeln seines Vaters, Billy erkannte es daran, wie er die Lippen verzog, aber seine Schneidezähne waren braun geworden, und dahinter hatte er überhaupt keine mehr. Sein Mund klaffte wie ein schwarzes Loch. Das Lächeln wirkte leblos.

«Ist hier jemand, der das Geld für die Kaution aufbringt?» fragte Kelly.

«Hier», rief Billy und schob sich zwischen den Männern hindurch vor den Beamten. Er zählte ihm die 400 Dollar hin; Kelly nahm sie, ging damit in den Raum nebenan und legte das Geld in eine Kassette, die in einem offenen Safe stand. Billy sah seinem Vater ins Gesicht, doch der stierte nur gleichgültig vor sich hin.

«Bürgen Sie als Anwalt für ihn? Kann mich gar nicht an Sie erinnern», erkundigte sich Kelly; seine Hand mit dem Federhalter schwebte über dem Quittungsblock.

«Nein», antwortete Billy. «Familienangehöriger.»

Kelly händigte ihm die Quittung aus, und einer von den Wachleuten übergab Francis einen kleinen weißen Umschlag mit seinen Habseligkeiten. Dann verschwanden die beiden Wachleute im Flur. Billy, Martin und Francis standen da und sahen einander an, bis Martin schließlich sagte: «Los, gehn wir», und durch die Tür vorausging. Oben an der Treppe blieb er stehen.

«Danke, Martin, daß du das in die Wege geleitet hast», sagte Francis.

«Nichts zu danken. Hab dir ja gesagt, ruf an, wenn ich dir irgendwie behilflich sein kann.»

«Kennst du 'n Rechtsanwalt, der für mich in Frage käme?»

«Ja, tu ich. Marcus Gorman. Ist der beste in der Stadt. Ich hab bereits mit ihm gesprochen.»

Francis sah Billy an, nickte mit dem Kopf und sagte: «Du bist Billy, nicht wahr?»

«Ja.»

«Danke für die Kohle.»

«Gern geschehn.»

Wieder nickte Francis. «Wie isses dir ergangen?»

«Nicht schlecht», sagte Billy. «Und dir?»

«Na, ich bin jedenfalls nicht mehr im Knast.» Francis gakkerte los, zeigte seine braunen Zähne in dem schwarzen Loch und gab ein kehliges Lachen von sich, das in einen Hustenanfall überging, der seinen ganzen Körper schüttelte.

Billy offerierte ihm eine Camel.

Francis griff zu.

Sie gingen die Treppe hinunter, traten durchs Portal hinaus auf die Eagle Street, hinaus in einen goldenen Oktobernachmittag, den eine strahlendhelle Sonne mit der letzten Leidenschaft des Spätsommers wärmte. Die Männer auf der Straße kamen in Hemdsärmeln daher, und wenn man die Kleider der Frauen betrachtete, hätte man meinen können, es sei August. Unter den bauschigen flaumweißen Wolken, die am Himmel standen, wich die düstere Laune, die Billy beim ersten Blick auf seinen Vater befallen hatte, und machte einer neuen und hoffnungsvolleren Stimmung Platz.

Die Kaution hatte sein Budget nahezu erschöpft. Er hatte jetzt nur noch 62 Dollar und ein paar Zerquetschte, aber das würde reichen, um den Alten neu einzukleiden, es wäre genug für einen Anzug und ein Paar Schuhe, ein Hemd und eine Krawatte. Damit er wieder aussah, wie sich das für einen ordentlichen Amerikaner gehörte.

Als Martin ihm das mit der Kaution erzählt hatte, sagte Billy sofort: Soviel hab ich, ich werd das erledigen. Ich weiß, das es dein Geld ist, Martin, aber ich kriege die Piepen wieder rein. Ich will das Geld nicht haben, hatte Martin darauf entgegnet, vergiß, daß ich diese Wette gewonnen habe. Nein, sagte Billy, das vergeß ich nicht. Wer verliert, der bezahlt.

«Ich muß was in den Magen kriegen», sagte Francis. «Hab zwei Tage lang nix mehr gegessen.»

«Haben die dir im Knast kein Essen gegeben?» fragte Billy.

«Kam mir alles wieder hoch. Bin immer noch nicht auf dem Damm.»

«Wir können nach Hause gehn. Ich rufe Peg im Büro an, daß sie was macht. Sie kocht gut.»

«Nee», wehrte Francis ab, «nee, danke. Nee, nee.»

«Was willst du denn?»

«Knoblauchsuppe», sagte Francis. «Kennst du hier 'n italienisches Lokal? Die haben immer Knoblauch da.»

«Knoblauchsuppe?»

«*Lombardo's*», sagte Martin. «Das ist 'n erstklassiges Restaurant.»

«Ich will kein Essen, ich will bloß 'n Teller Knoblauchsuppe», beharrte Francis. «Bringt den Magen wieder in Ordnung. Hab ich in Texas von 'nem mexikanischen Tramp gelernt.»

«Bei *Lombardo's* machen sie dir alles, was du haben willst», sagte Martin. «Aber hört her, ich hab noch 'n paar Dinge zu erledigen. Ich laß euch zwei das Knoblauchproblem jetzt mal allein lösen.»

«Nein, bleib da», sagte Francis.

«Ich hab zu tun, Fran. Die Arbeit ruft!»

«Nee, nee, nee», machte Francis, ergriff Martin beim Arm und lief neben ihm her. «Nee! Bleib noch 'n bißchen da. Wird dich schon nicht umbringen, wenn man dich mit so 'nem alten Penner zusammen sieht.»

«Ein paar von meinen besten Freunden sind Penner», entgegnete Martin. «Du müßtest bloß mal bei der Redaktion reinschauen.»

«Dann bleib da, bleib da.»

Billy folgte den beiden Männern, während sie nun gemeinsam die Eagle Street hinuntergingen. Der Buckel, den sein Vater beim Gehen machte, war jetzt nicht mehr so ausgeprägt, doch sein schleppender Gang war ganz der eines Hinkebeins; er zog das linke Bein nach. Billy fiel die Bemerkung ein, die einer der Familienangehörigen über Francis gemacht hatte, als er 1935 plötzlich wieder aufgetaucht war: Francis habe gehinkt, richtig lahm sei er gewesen. Was auch immer mit dem Bein passiert sein mochte, so ganz war er's nicht losgeworden.

Sie bogen in die Hudson Avenue und näherten sich dem Italienerviertel, überquerten den Viktualienmarkt mit seinem halben Hundert Lastern und kreuz und quer verstreuten Pferdefuhrwerken, auf dem die Farmer ihre Erzeugnisse anboten. Den Markt hatte es hier schon gegeben, bevor Francis zur Welt kam; damals hatten hier nur Pferde und Fuhrwerke gestanden. Billy war vielleicht sechs oder sieben damals, und er hielt sich an der Hand seines Vaters fest, während sie hier zwischen den Tieren umherspazierten, in der Nase den Duft der frischen und manchmal auch schon leicht angegammelten Landprodukte und den Gestank von frischem und altem Pferdedung – ein vertrauter Geruch in jener Zeit –, an den sich Billy jetzt ebenso deutlich erinnerte wie an das Desinfektionsmittel im Knast. Sie kamen an einem spatkranken Pferd vorüber, das mit umgehängtem Futtersack im Geschirr stand, vor sich hinkaute und mit den Hinterbeinen in seinen Verdauungsresten herumtrat, und Billy sah auf die rechte Hand seines Vaters, auf den Handrükken mit den hervorstehenden blauen Venen und einer Narbe, an die er sich nicht erinnern konnte. Erst jetzt bemerkte er, daß am Zeigefinger zwei Glieder fehlten. Billy sah die Hand noch vor sich, wie sie um die handgenähte, mit Seife eingeriebene Naht eines Baseballs gelegen hatte, als ihn sein Vater in der Wurftechnik des *outcurve* unterwies.

«Was ist denn mit deinem Finger passiert?» fragte Billy. Sie gingen jetzt alle drei Seite an Seite, und Billy lief links neben seinem Vater.

«Welchem Finger?»

«Der, an dem kaum noch was dran ist.»

«Ach der. Da ist so ein vollgesoffener Vagabund durchgedreht und hat ihn abgehackt. Er wollte mir mit 'nem Schlachtermesser an die Beine, aber er hat bloß 'n Stück Finger erwischt.»

«Und wieso ist er auf dich losgegangen?»

«Der war hinter meinen Schuhen her. Ich hatte ein paar hübsche, elegante Schuhe an und er nicht.»

«Was hast du mit ihm gemacht?»

«Ich glaub, er ist letztendlich im Fluß gelandet. Hat mir jedenfalls hinterher jemand erzählt.»

«Wann war das?»

«Herrje, was weiß ich. Zehn, zwölf Jahre wird das her sein. War in Colorado, wenn ich mich recht entsinne. Kann auch Idaho gewesen sein.»

«Du bist ziemlich viel rumgekommen.»

«Yessir. Züge fahren überall hin.»

«Der Lunch geht auf meine Rechnung.»

«Soll mir recht sein, Bill.»

Bill. Das war ein Mißklang in Billys Ohren. Bill, so nannten ihn Leute, die ihn nicht kannten. Aber so isses nun mal. Er kennt mich ja überhaupt nicht. Und da fiel Billy ein, daß er schon seit anderthalb Tagen wußte, daß sein Vater in der Stadt war, und nichts unternommen hatte, um ihn ausfindig zu machen. Gar nichts.

«Bin hier noch nie gewesen», sagte Francis, als sie den Schankraum von Lombardos Restaurant betraten. «Wie lange gibt es das hier schon?»

«Bestimmt schon zwanzig Jahre», sagte Martin. «Du solltest nicht so lange wegbleiben.»

«Die haben sehr gutes Roastbeef nach italienischem Rezept», sagte Billy. «Das beste in der Stadt.»

«Kein Fleisch. Ich will bloß 'ne Suppe.»

Sie nahmen in einer Nische nahe der Bar Platz. Martin setzte sich als erster, und Francis rutschte auf den Platz neben ihm.

An der Bar saßen drei junge Männer mit kohlschwarzem Haar und blütendweißen Hemden und unterhielten sich mit dem Barkeeper. Der Spiegel hinterm Tresen war blitzblank, auch der weiße Fliesenboden war frisch geschrubbt. Das einzige, was dem alten Lombardo nicht ins Haus kam, war Schmutz. In seinem grauen Gabardineanzug, erst letzten Monat neu erstanden, und dem frischen Seidenhemd kam sich Billy vor wie geleckt. Sein Vater sah hier drin noch dreckiger aus als draußen auf der Straße.

Francis setzte der rundlichen Kellnerin das Rezept für seine Suppe auseinander. Zwei Knoblauchzehen fünf Minuten in Wasser kochen. Das ist alles? Ohne Salz, kein Oregano? Nee, nichts, bloß den Knoblauch.

«Möchten Sie was trinken?» fragte sie.

«Einen doppelten Scotch», orderte Billy.

«Ich nehme ein Glas Port», sagte Martin.

«Dann für mich einen Muskateller. Einen großen», sagte Francis.

Martin schrieb Francis die Telefonnummer von Marcus Gorman auf und erklärte ihm, was den prozeßerfahrensten Anwalt von Albany bewogen hatte, seinen Fall zu übernehmen. Die McCalls, durch die Attacke von Dewey in die Enge getrieben, mußten jetzt nämlich dringend ein paar Sündenböcke vorweisen, und wen scherte es schon, wenn sie dabei einen Rumtreiber reinrasseln ließen, der Frau und Kinder im Stich gelassen hatte? Und Gorman würde jeden Fall übernehmen, der ihm eine Gelegenheit bot, den McCalls am Zeug zu flicken, denn er hatte nicht vergessen, wie sie ihn damals als Kandidaten für den

Kongreß kurzerhand fallenließen, als in der Lokalpresse ein Bild von ihm erschienen war, das ihn zusammen mit Jack Diamond auf Urlaubsreise in Europa zeigte.

«Die Helfer von den McCalls schulden mir noch Geld», erzählte Francis. «Ich könnte dem Anwalt was bezahlen. Von den 105 Piepen hab ich bisher erst 50 gekriegt.»

«105 Piepen», staunte Billy, «gar nicht übel für einen Tag Arbeit als Wahlhelfer.»

«Hab nicht mal den ganzen Tag gearbeitet», entgegnete Francis.

«Ich bezweifle, daß die dir den Rest noch auszahlen», sagte Martin. «Die haben jetzt bestimmt Muffe, daß man ihnen daraus einen Strick drehen könnte.»

«Wenn sie nicht blechen, zeig ich sie an. Dann werd ich dafür sorgen, daß ein paar von diesen verdammten Gaunern mit reinrasseln.»

«Dann haben wir also beide unsere Probleme mit den McCalls», meinte Billy.

«Wieso, was hast 'n du für eins?»

«Ist dir nicht zu Ohren gekommen, daß Bindys Sohn Charlie entführt worden ist?»

«Davon hab ich im Knast was läuten hören.»

«Na ja, und da wollen Bindy und Patsy, daß ich einen Burschen beschatte, der unter Umständen was mit dieser Sache zu tun haben könnte. Ich soll hinter ihm herspionieren, ihn aushorchen und ihnen dann Bericht erstatten.»

«Was soll daran denn verkehrt sein?»

«Der Typ ist 'n Freund von mir.»

«Sicher, Bill, aber du darfst eines nicht vergessen: die McCalls haben die Macht in dieser Stadt. Und wenn man so einem Burschen einen Gefallen tut, dann kann man damit rechnen, daß er sich gelegentlich revanchiert. Deshalb glaub ich auch, daß sie mir jetzt nicht an den Karren fahren werden, nach dem, was ich für sie getan hab.»

«Ich seh das anders», sagte Billy.

«Und, ham sie dir schon Feuer unterm Hintern gemacht?» fragte Francis.

«Bis jetzt nicht. Aber ich rechne damit.»

Die Kellnerin brachte die Drinks, und Francis trank mit einem Zug das halbe Glas aus. Er gab ihr einen Wink, ihm noch eins zu bringen, und holte den weißen Umschlag aus der Tasche. Er zog eine nagelneue Fünf-Dollar-Note heraus und legte sie auf den Tisch.

«Steck deinen Schein ruhig wieder weg», sagte Billy. «Ich hab gesagt, das geht auf meine Rechnung.»

«Du hast vom Lunch gesprochen.»

«Da gehören die Drinks dazu.»

Francis hielt den Fünfer hoch. «Als die Bullen sahen, daß ich zehn von diesen Dingern in der Tasche hab, ham sie mich gefragt: Wie kommt 'n Penner wie du zu 50 Dollar in nagelneuen Scheinen? Ich sagte: Das sind alles alte, die hab ich grad in der Wäscherei vom Chinesen abgeholt, der hat sie mir frisch gewaschen und gebügelt.» Er lachte und ließ wieder das schwarze Loch sehen.

«Du hast dich mit keinem Wort nach meiner Mutter erkundigt», sagte Billy.

«Nee, hab ich nicht. Wie geht's ihr denn?»

«Gut geht's ihr.»

«Fein.»

«Nach meiner Schwester haste auch nicht gefragt.»

«Nee. Und wie geht's der?»

«Auch gut.»

«Freut mich, daß sie wohlauf sind.»

«Im Grunde sind dir die doch scheißegal, und ich genauso, hab ich recht?»

«Reiß dich zusammen, Billy», ermahnte ihn Martin.

«Ich bin nicht mehr der, den du vielleicht früher mal gekannt hast», sagte Francis. «Das ist nix gegen dich. Ich hab die Familie immer gern gehabt.»

«Deswegen hast du uns wohl auch verlassen, wie?»

«Ich bin schon als kleiner Junge immer von zu Hause durchgebrannt. Martin weiß da einiges drüber. Und ich hätt mich schon viel eher abgesetzt, wenn man mich bloß gelassen hätte. Ich hab immer nach Westen gewollt, ich wollte beim Bau der Eisenbahn arbeiten, aber Ma hat immer nur gesagt: Die Eisenbahn hat schon deinen Vater auf dem Gewissen. Der ist Vorarbeiter bei einem Trupp von Streckenarbeitern gewesen, und eines Tages hat ihn 'ne Lokomotive erwischt und 50 Fuß weit mitgeschleift. Aber, Herrgott, er hätte ja auch aufpassen können. Vielleicht war er auch schon 'n bißchen taub, ich weiß es nicht. Aber man kann schließlich nicht der Eisenbahn die Schuld geben, wenn sich einer stur auf die Gleise stellt und drauf wartet, daß 'ne Lokomotive kommt und ihm den Arsch abfährt. Aber genau das hat Ma getan, und deswegen hat sie mich auch nicht fortgelassen.»

«Hast du meine Mutter denn nicht ausstehen können?»

«Sie nicht ausstehen können? Ach was. Ich hab sie gern gehabt. War ein prächtiges Mädchen. Und wir haben schöne Zeiten zusammen verbracht, ein paar schöne Jahre. Aber ich bin einer von den Burschen, die nie im Leben heiraten sollten. Und nachdem ich dann den Kleinen fallenließ, da wußte ich, daß man mir das nie verzeihen würde. Also hab ich mich abgesetzt.»

«Du hast Gerald fallenlassen? Davon weiß ich ja gar nichts.»

«Nein?»

«Nee. Was meinst du damit, ihn fallenlassen?»

«Das hast du nicht gewußt?»

«Wenn ich's dir doch sage, nein.»

«Einer hat Bescheid gewußt.»

«Peg weiß auch nichts darüber. Keiner weiß was.»

«Es gibt jemand, der's weiß. Deine Mutter.»

«Den Teufel weiß sie.»

«Sie war dabei, als es passiert ist.»

«Sie hat es gesehn? Wenn das stimmt, hat sie uns jedenfalls nie ein Wort davon erzählt.»

«Keinem?»

«Nicht mal mir und Peg. Wenn ich's dir doch sage.»

«Irgendwem muß sie das doch erzählt haben. Ihrem Bruder oder ihren nichtsnutzigen Schwestern.»

«Die haben seit eh und je über dich geredet und tun's heute noch, aber davon hat nie jemand auch nur eine Silbe erwähnt. Und das sind keine Leute, die ein Geheimnis für sich behalten können.»

«Es ist die gottverdammte Wahrheit, was ich dir hier sage.»

Francis trank seinen Wein aus. Als die Kellnerin kam und ihm das neue Glas hinstellte, griff er sofort danach und trank es bis zur Hälfte leer. Dann starrte er auf den leeren Platz neben Billy.

«Sie hat nie was davon erzählt», sagte er, «sieh mal an.» Er setzte erneut das Glas an und ließ gluckernd den Wein in sich hineinlaufen. In seinen Augen standen Tränen. «Sie war ein prächtiges Mädchen. Ist immer ein prächtiges Mädchen gewesen.» Von seinem Kinn tropften Tränen in den Muskateller.

«Wieso kommst du nicht mal heim und besuchst sie?» fragte Billy. «Ganz egal, was du getan hast, sie hat dir längst vergeben.»

«Ich kann nicht», sagte Francis und trank sein Glas leer. «Sag ihr, ich werd eines Tages wiederkommen, wenn ich mal was für sie tun kann. Und für deine Schwester. Und für dich auch.»

«Was denn tun?»

«Weiß nicht. Irgendwas. Vielleicht schau ich mal eines sonntags rein und bring einen Truthahn mit.»

«Wer zum Teufel will denn einen Truthahn?»

«Tja», sagte Francis. «Wer will schon 'nen Truthahn.»

«Komm mit nach Hause und besuch sie, auch wenn du nicht vorhast dazubleiben. Das ist was, was du tun kannst. Den Truthahn kannste dir schenken.»

«Nee, Bill. Ich kann nicht. Du begreifst nicht, daß ich das nicht kann. Zumindest nicht jetzt. Noch nicht.»

«Je eher, desto besser. Du wirst keine Ewigkeit mehr leben; schau dich doch an.»

«Irgendwann werd ich es tun. Das versprech ich dir.»

«Wieso soll ich glauben, was du mir versprichst?»

«Eigentlich hast du dazu keinen Grund.»

Francis schob das Weinglas weg und zwängte sich aus der Nische.

«Ich muß hier raus. Sagt ihr, daß ich die Suppe nicht mehr will. Ich muß runter zu George und zusehn, daß ich den Rest von meinem Geld kriege.»

«Du gehst?» fragte Billy. «Du haust ab?»

«Ich brauch Bewegung. Meine Knochen halten das nicht aus, so lange auf einem Platz zu hocken.»

«Dann wirst du dich also selbst mit Gorman in Verbindung setzen?» fragte Martin.

«Mach ich», sagte Francis. «Ist geritzt.»

«Was das Geld für die Kaution angeht», sagte Billy, «da mach dir keine Gedanken drüber. Wenn du dich absetzen willst, dann tu es, und vergiß diese Kaution. Das Geld ist mir schnuppe.»

«Hab nicht vor, mich abzusetzen», sagte Francis. «Aber okay, danke.»

«Es wäre unvernünftig abzuhauen», klärte ihn Martin auf. «Du brauchst keine Angst davor zu haben, daß sie dich einbuchten, wenn Gorman deinen Fall übernimmt. Mit dem läßt sich nämlich keiner gern auf einen Prozeß ein. Der macht sie alle zu Witzfiguren.»

«Werd's mir hinter die Ohren schreiben. Aber jetzt muß ich los. Du kennst mich ja, Martin.»

«Ich wollte dir eigentlich 'n paar neue Kleider kaufen», sagte Billy.

«Ach Gott, die wären doch gleich wieder eingesaut, so wie ich mich in der Gegend rumtreibe. Diese hier sind gar nicht so schlecht.»

Als darauf niemand etwas erwiderte, machte Francis einen Schritt zum Ausgang hin und blieb wieder stehen. «Sag den Leutchen zu Hause, ich laß grüßen, und ich freu mich, daß sie wohlauf sind.»

«Ich werd's ihnen bestellen.»

«Ich wollte, ihr würdet mich die Drinks bezahlen lassen. Ich hab genug Piepen.» Er war halb im Begriff, wieder einen Schritt zu machen, und wußte nicht wohin mit seinen Händen, die er ungelenk vorm Bauch hielt.

Billy starrte ihn bloß an. Martin ergriff das Wort.

«Brauchst du nicht, Fran. Billy hat gesagt, die Drinks gehn auf seine Kappe.»

«Nun, es hat mich gefreut», sagte Francis. «Dann macht's mal gut.»

«Gleichfalls», sagte Billy.

Billy und Martin nippten schweigend an ihren Drinks.

«Er denkt, es sei in Ordnung, jemand zu verpfeifen», sagte Billy schließlich und starrte auf den leeren Platz.

«Ich hab gehört, was er gesagt hat.»

«Er ist kein bißchen so, wie ich ihn mir vorgestellt hab», sagte Billy.

«Wer könnte das, Billy?»

«Wie kann er mir nur dazu raten, einen Kumpel zu verpfeifen?»

«Er versteht nicht, in was für einer Lage du bist. Der hat seine eigenen Erfahrungen gemacht. Als er damals bei dem Straßenbahnerstreik in die Klemme geriet ... du weißt, was damals passiert ist?»

«Er hat einen Burschen umgebracht.»

«Das haben nur ganz wenige gewußt, und es stand auch nie ein Wort davon in der Zeitung, wer es getan hat. Drei von uns haben ihm damals an jenem Morgen geholfen, schöne, runde Steine zu sammeln. Patsy McCall, dein Onkel Chick und ich. Wir waren zwölf, vierzehn Jahre, so in dem Alter, und dein Vater war sieben oder acht Jahre älter als wir und streikte. Aber wir Jungen haben diese Streikbrecher ebenso gehaßt wie er, und jeder von uns hatte seinen eigenen Vorrat an Steinen dabei. Was dein Vater da getan hat, hätte auch jeder von uns tun können, aber dein Vater hatte eben den perfekten Wurfarm. Der konnte schneller von Third zu First Base werfen als alle anderen, die ich je gesehn hab, einschließlich Heine Groh. Wir standen unten am Broadway vor der Eisenbahnerherberge, ein Stück hinter der Menge. Die Leute hatten sich dort versammelt, weil sie dachten, gegenüber im Gebäude der Traction Company seien noch Verhandlungsgespräche im Gange. In dem Moment rückten die Streikbrecher und die Miliz an. Die Soldaten haben einen Straßenbahnwagen eskortiert und versucht, ihn mitten durch die Menge zu geleiten. Das war der größte Fehler, den sie machen konnten. Sie wurden von Hunderten von Leuten erwartet, darunter auch Frauen. Die Frauen, die haben bei diesem Streik auf der Straße gekämpft wie alte Kämpen. Nun, die Menge hat den Tramwagen zwischen zwei Feuern festgenagelt, er konnte nicht mehr vor und nicht zurück, und dann flogen die

Steine. Alle haben geworfen, und dann warf Francis. Der Stein schoß wie eine Gewehrkugel aus seiner Faust und traf den Fahrer der Tram am Kopf. Die Leute wandten sich um, um zu sehen, wer den Stein geworfen hatte, aber da war dein Vater schon am Laufen, rannte den Broadway runter und dann um die Ecke der Columbia Street, Richtung Bahngleise. Die Miliz schoß in die Menge, und ich sah, wie zwei Männer getroffen wurden. Da sind wir dann auch getürmt. Es ist uns aber keiner gefolgt, und ein Stück weiter vor uns haben wir dann schließlich Francis laufen sehen. Wir sind ihm nachgerannt, und als er uns erkannte, blieb er stehen. Wir alle waren der Meinung, daß bestimmt jemand gesehen hatte, wer den Stein geworfen hatte, also fingen wir wieder an zu rennen, und zwar bis zur Kläranlage in North Albany, das waren ungefähr drei Meilen. Dein Großvater Iron Joe Farrell war dort nämlich Hausmeister, und der hat Francis dann zwei Stunden lang in einem Raum voller Spülbecken und Reagenzgläser versteckt.

«Wir sind alle dageblieben, während Iron Joe unterdessen zum Broadway marschierte, ein Auto stoppte und sich in die Innenstadt mitnehmen ließ, um dort die Lage zu sondieren. Von einem Cop, mit dem er bekannt war, erfuhr er, daß die Milizsoldaten nach einem jungen Mann mit Mütze Ausschau hielten. Die Cops waren natürlich nicht scharf darauf, deinen Vater zu schnappen, die standen auf der Seite der Streikenden. Aber die Bosse der Traction Company machten Druck und zwangen sie dazu, auf den Täter Jagd zu machen. Und da war jedem von uns klar, daß sich dein Vater erst mal 'ne Weile lang nicht in der Colonie Street blicken lassen durfte. Chick ist also nach Hause gelaufen, hat deinem Vater einen Koffer gepackt und ihn hergebracht. Francis meinte, das beste sei, er würde sich nach Westen absetzen und versuchen, irgendwo beim Profi-Baseball unterzukommen. Wenn er dann in ein paar Monaten einen Job gefunden hatte, wollte er uns schreiben. Schließlich hat er angefangen zu weinen. Wir haben alle geheult, weil er jetzt auf diese Weise aus der Stadt mußte, besonders Chick, der deinen Vater verehrte. Sogar Patsy hat ein bißchen geheult. Ich weiß noch, wie er sich die Tränen abwischte mit so 'nem blauen Taschentuch, wie es die Eisenbahner immer hatten. Und dann ist dein Vater über die Gleise rüber und auf einen Güterzug aufgesprungen, der langsam in Richtung Troy vorbeirollte, rauf in den Norden – das war zwar die falsche Richtung, aber das hat er getan. Iron Joe nahm uns ins Gebet und sagte, keiner von uns dürfe je einem davon erzählen, und dann hat er uns nach Hause geschickt.

Unterwegs hat Chick gemeint, wir sollten mit Blut beschwören, daß wir nie etwas verraten. Patsy und ich waren einverstanden, hatten aber keine Ahnung, wo wir das Blut herkriegen sollten. Patsy wollte ein kleines Lamm von der Herde des alten Bailey stehlen, aber Chick sagte, das verstößt gegen das siebte Gebot, und schlug statt dessen die alte Katze von Bid Finnerty vor, die bloß ein Auge hatte und sowieso in der ganzen Colonie Street verhaßt war, weil jeder glaubte, sie brächte Unheil. Wir brauchten eine Stunde, um das Vieh aufzustöbern, und Patsy hat sie mit 'nem Fischkopf geködert und ihr einen Knüppel über den Schädel gehauen, damit sie keine Faxen machte. Chick hat sie aufgeschlitzt, ihr das Herz rausgezogen und jedem von uns mit Blut das Zeichen des Kreuzes auf die Handfläche gemalt. Und ich sprach den Schwur. Wir schwören beim Herzen von Bid Finnertys Katze, daß wir bis an unser Lebensende kein Wort davon erzählen, was wir über Francis Phelan wissen, und daß wir dieses Opferblut nicht von den Händen waschen, bis man uns zum Abendbrot ruft. Das Kreuz aus Blut hat keine Stunde lang gehalten, so haben wir geschwitzt an diesem Tag. Soweit ich weiß, hat keiner von uns was verraten, bis dein Vater dann ein paar Monate später, als die Baseballsaison in Dayton vorbei war, wieder von selbst nach Albany zurückkam. Er hat von Dayton aus meinen Vater angerufen und sich erkundigt, ob die Luft rein sei und er wieder heimkommen könnte. Das war der Fall, und da kam er zurück in die Colonie Street und blieb fünfzehn Jahre.»

«Tja», sagte Billy. «Er blieb, bis er wieder einen umbrachte.»

16

In der Redaktion erfuhr Martin, daß Patsy McCall seit Mittag dreimal versucht hatte, ihn zu erreichen. Martin rief umgehend zurück, und Patsy teilte ihm mit, er habe keine Lust, sich in der Nähe der Redaktion blicken zu lassen und werde ihn aus diesem Grunde in zehn Minuten an der Laderampe vom Postamt in der Dean Street abholen. Bei dem Ton, den Patsy anschlug, blieb Martin gar keine andere Wahl.

Patsy fuhr allein in seinem Packard vor. Als Martin eingestiegen war, trat er das Gaspedal durch, raste auf der Quay Street nach Norden und bog dann auf den Erie Boulevard ein, eine kaum befahrene, unbefestigte Straße, die neben dem ehemaligen, längst aufgefüllten Bett des Erie Canal herlief. Patsy sprach kein Wort. Die holprige Straße führte in Richtung der alten Kläranlage, und Martin hatte eine Vision von dem davonrennenden Francis, hörte aus weiter Ferne die Stimmen der Kanalschiffer und Holzarbeiter widerhallen, die einst das North End bevölkert hatten, und von den Booten auf dem Kanal starrten mit hoffnungslosem Blick die Einwanderer herüber, die weiter gen Westen fuhren, nachdem man ihnen aus Angst vor der grassierenden Cholera verboten hatte, die Stadt zu betreten.

An einer einsamen Stelle, nicht weit von der Albany-Papierfabrik, fuhr Patsy an den Straßenrand und hielt den Wagen an. Draußen auf dem flachen Land konnte Martin in der Ferne die windschiefen Behausungen erkennen, die sich die Hobos aus Teerpappe gebaut hatten. Ob in einer von denen wohl ein Platz für Francis reserviert sein mochte?

«Sie haben sich Berman ausgesucht als Unterhändler», sagte Patsy.

Im Laufe dieses Morgens hatte Morrie Bindy durch Lemon Lewis mitteilen lassen, daß für ihn in Nicks Konfektionsgeschäft ein Brief abgegeben worden sei. «Wir haben Charlie Boy, und wir wollen, daß Sie die Verhandlungen führen», hieß es in dem Brief. «Wenn Sie einverstanden sind, gehen Sie heute mittag um ein Uhr zur Ecke von State Street und Broadway und kaufen bei Coulson's eine Tüte Erdnüsse. Überqueren Sie die Straße, setzen Sie sich auf eine der Bänke, die auf der Plaza gegenüber vom Broadway stehen, und füttern Sie fünfzehn Minuten lang die Tauben.» Der Brief war mit «Nero» signiert, daneben stand die Unterschrift von Charlie Boy.

Fast zur gleichen Zeit fand Patsy einen Brief in seinem Postfach im Hauptpostamt am Broadway; es war der dritte seit der Entführung. «Wir wollen das Geld, aber dalli. Ihr Junge wird von uns anständig behandelt, aber das wird sich ändern, wenn Sie nicht sofort das Geld bereitstellen. Wir kennen euch Typen sehr gut und haben kein Mitleid mit Leuten von eurer Sorte, also versucht nicht, uns aufs Kreuz zu legen.» Auch dieses Schreiben trug die Signatur «Nero» und war von Charlie Boy gegengezeichnet.

«Überrascht es dich nicht, das sie Berman ausgesucht haben?» fragte Martin.

«Nicht die Spur», antwortete Patsy. «Ich hab mir von Anfang an gedacht, daß dieser Scheißkerl hier die Finger im Spiel hat.»

«Wie kommst du ausgerechnet auf ihn, bei all den anderen Verdächtigen?»

«Dieses Ding haben Burschen aus Albany gedreht, da wett ich meinen Arsch drauf, und Bindy ist der gleichen Meinung. Die kennen sich zu gut mit den örtlichen Gegebenheiten aus. Und Bermann hat schon immer mit den übelsten Ganoven zusammengesteckt, die's hier gibt – mit Maloy, den Curry-Brüdern, mit Mickey Fink und Polacken-Joe. Die kennen wir alle, und ohne Morries Mithilfe wären diese Jungs bei so einem Coup aufgeschmissen. Weil der nämlich smarter ist als sie alle zusammen.»

«Und ich, Patsy? Wieso hast du mich zu dieser Spazierfahrt mitgenommen?»

«Morrie tut ganz raffiniert. Er meint, er ließe sich zwar äußerst ungern zu so was einspannen, aber uns zuliebe will er es tun. Und er verlangt, daß ihn jemand bei der Übergabe von Charlie begleitet, damit er einen Zeugen hat, der bestätigen kann, was da im einzelnen abläuft. Er bat mich, jemand zu bestimmen, und als ich ihm vier oder fünf Namen nannte, hat er sich deinen herausgepickt. Er sagt, auf dich ist Verlaß.»

«Was soll ich dabei tun?»

«Ihn begleiten. Du tust, was er dir sagt und was die von euch verlangen. Wenn er auf deren Seite steht, dann bist du eben unser Mann. Außerdem sollst du Charlie unter die Fittiche nehmen, sobald ihr an ihn rankommt.»

«Wann soll die Sache losgehen?»

«Jetzt gleich. Morrie erwartet mich in dem Pavillon am See im Washington Park. Meinst du, du kannst das machen?»

«Du müßtest es Mary schonend beibringen, damit sie sich nicht unnötig Sorgen macht. Und auch Emory irgendwie einweihen.»

«Hier sind 'n paar Hunderter für Spesen. Und steck auch den hier mit ein.» Mit den gefalteten Scheinen reichte Patsy ihm einen kurzläufigen .38er.

«Ich will von keiner Waffe Gebrauch machen.»

«Einstecken kannst du ihn trotzdem.»

Dann fuhr Patsy auf dem Erie Boulevard nach Norden bis zur Erie Street und über die zurück zum Broadway, vorbei am Tramdepot, das Edward Daugherty in seinem Stück beschrieben hatte. Streikbrecher klammerten sich ans Chassis einer Tram, die mit irrwitzigem Tempo wie auf einem Spießrutenlauf durch einen Hagel von Steinen rumpelte. Jenseits des Tramdepots, auf der anderen Seite der Erie Street, hatte einst die alte, aus Holz erbaute Sacred Heart Church gestanden; sie war inzwischen längst verschwunden, und mit ihr Pater Maguire, der hoch zu Roß, die Peitsche schwingend, die streunenden Hühner und Schweine verscheucht hatte, die seine Kirche heimsuchten. Gott behüte Charlie Boy, und all die Kranken und die Einfaltspinsel, all die armen Seelen, die im Fegefeuer schmoren, und auch Mama und Papa.

Patsy passierte North Albany auf dem Broadway, lenkte seinen Packard dann auf die Lawn Avenue, vorbei an Wolfert's

Roost, wo die noblen Iren Golf zu spielen pflegten. Martin hatte eines Tages Peter mit hier hergenommen; der Junge bolzte bei einem Par drei den Ball mit einem Schlag ins Loch und bildete sich ein, damit hätte er das Geheimnis des Golfspiels begriffen. Der Packard raste über den Northern Boulevard, der in Martin einen Schwall von Erinnerungsbildern heraufbeschwor, während er zugleich in Betracht zog, daß ihn vielleicht noch an diesem oder einem kommenden, nicht allzu fernen Tag der Tod ereilen konnte. Alles, was er an Erinnerungen im Kopf trug, wäre damit schlagartig gelöscht, so wie die Erinnerung bei seinem Vater jetzt Stück für Stück verblaßte und seine Lebensgeschichte sich in nichts auflöste.

Vom Northern Boulevard bog Patsy schließlich ab in den Washington Park und rollte an den Statuen von Robert Burns und Moses vorbei zu dem kitschigen Pavillon aus gelben Klinkern. Patsy parkte den Wagen, Martin stieg aus und starrte gebannt auf das Schauspiel, das sich seinen Augen bot: ein Ahornbaum, von dem ringsherum in einem fort die gelben Blätter herabregneten und sanft zu Boden schwebten. Um den Stamm herum bildete das abgefallene Laub einen scharf umrissenen, leuchtend gelben Kreis, Hunderte von Blättern waren stets zu gleicher Zeit in der Luft; ein Akt, bei dem in wunderbarer Weise die Vergangenheit abgeworfen wurde, solange sie noch golden war. Dieser Ahornbaum war schon uralt, vielleicht so alt wie der Park selbst oder noch älter. Vor einigen Zeiten war Martin mit seinem Vater hier entlangspaziert. Junge Leute mit Rodelschlitten tollten damals im Schnee, umarmten und küßten sich hinter Sträuchern, auf deren Zweigen kristallene Eisborten glitzerten. Im Sommer fuhren junge Leute dort zu zweit in offenen Kutschen spazieren oder umrundeten händchenhaltend den imposanten Moses-Brunnen. Am Rand von Martins Visionen stand sein Vater und schaute zu. Für alte Männer ist in diesem Land kein Platz, sagte der Vater. Ich ziehe es vor, sprach Edward Daugherty, zu sein wie die Dichter: ein goldener Vogel auf einem goldenen Ast, der die Vergangenheit besingt.

Einst war dieser Park ein Friedhof gewesen. Um den Park anlegen zu können, hatte man die alten Gebeine ausgebuddelt und zu neuen Friedhöfen im Norden der Stadt gekarrt.

«Komm, laß uns gehn», rief Patsy ihm zu.

Martins Hand berührte den Revolver, den er in der Tasche trug, und er warf einen letzten Blick auf diesen gelben Blätterregen, auf die goldene Symmetrie der Sonnenscheibe unter diesem Baum. An einem Tag wie diesem hatte Gott Isaak vor dem Glauben seines Vaters gerettet.

Morrie Berman, schick herausgeputzt mit seiner grauen Fedora und dem blauen Nadelstreifenanzug, saß allein auf einer Bank im Innern des verlassenen Pavillons, hatte die Ellbogen auf die gespreizten Knie gestützt und blies Rauchringe auf den Fliesenboden. Als Patsy hereinkam, stand er auf und trat die Zigarette aus. Patsy gab ihm die Hand und sagte: «Ich hab unsern Freund mitgebracht.» Dann streckte auch Martin die Hand zum Gruß aus, was sein Begriffsvermögen in Sachen Doppelzüngigkeit um einen Quantensprung bereicherte.

«Das mit den 20 Mille haben sie grad entschieden abgelehnt», sagte Morrie zu Patsy. «Die Nachricht hab ich eben erst erhalten, kurz bevor ich herkam.»

«Und was haben sie sonst noch mitgeteilt?»

«Daß sie glauben, du würdest versuchen, sie zu verscheißern. Sie haben dich als Gauner bezeichnet und wollen mindestens 75.»

«Hier drin hab ich alles, was die Familie zusammenkratzen kann», sagte Patsy und klopfte dabei auf den schwarzen Kunstlederbezug des kleinen Koffers, den er in der Linken trug. «Matt ist vorhin erst mit den letzten 5 aus New York zurückgekommen, damit haben wir jetzt also 40. Und das ist alles, was wir haben, Morrie, mehr ist nicht rauszuholen. Ich hab nicht mal mehr das Geld für 'ne Rasur. Morrie, du weißt, daß wir keinen verscheißern, wenn das Leben von Charlie auf dem Spiel steht. Das mußt du denen klarmachen.»

«Ich werd mein möglichstes tun, Patsy.»

«Weiß ich, Morrie. Du bist einer der ganz wenigen, die bereit sind, so etwas für uns zu tun.»

Patsy reichte ihm den Koffer. «Zähl es nach und überzeug dich selbst.»

Morrie ließ den Koffer aufschnappen und fächerte die gebündelten Zehner und Zwanziger an den Rändern flüchtig auf, ohne sie zu zählen. Dann klappte er den Koffer wieder zu.

«Was ist mit deren Briefen?»

Patsy zog einen weißen Umschlag aus dem Jackett und gab ihn Morrie in die Hand.

«Noch was. Wie soll ich erklären, wie ich zu diesem Haufen Geld komme, falls mich unterwegs die Polente aufhält?»

Patsy nahm ihm den Umschlag wieder aus der Hand und schrieb vorn drauf: «An alle, die es angeht: Morris Berman befördert dieses Geld für mich in geschäftlichem Auftrag. Zur Bestätigung erreichen Sie mich per R-Gespräch unter einer dieser Nummern.» Darunter notierte er seine Telefonnummer und die von seinem Ferienhaus in den Helderberg Mountains und unterschrieb das Ganze. Patrick Joseph McCall.

«Gibt es noch etwas Besonderes, was ich wissen müßte?» fragte Martin.

«Morrie wird dich über alles aufklären», sagte Patsy. «Tu einfach das, was nötig ist.»

«Es hat ihnen nicht behagt, daß du von der Presse bist», erzählte Morrie, «aber ich hab sie überzeugt, daß du okay bist.»

«Brauchen wir mein Auto?» fragte Martin.

«Wir nehmen meins», sagte Morrie.

«Sag ihnen, wir wollen unseren Jungen gesund wiederhaben!»

Morrie lächelte, und Patsy umarmte ihn.

«Die merken's übrigens sicher, wenn mir jemand folgt», sagte Morrie.

«Es wird euch keiner folgen.»

Die drei Männer verließen den Pavillon und gingen einer hinter dem anderen – wie die Indianer. Über das gleiche Fleckchen Land sind einst die grausamen Mohawks gepirscht. Sie waren so gefürchtet, daß ein einziger tapferer Mohawk genügte, um ein ganzes Dutzend Indianer eines anderen Stammes in Schach zu halten. Als sich damals die sechs Stämme trafen, um über eine Transaktion zu reden, bei der Gebiete auf Long Island im Austausch gegen Gewehre und Wampum an den weißen Mann abgetreten worden waren, erkundigte sich der einzige Delegierte, den die Mohawks entsandt hatten, wessen Entscheidung es gewesen sei, dieses Land herzugeben. Der Häuptling von Long Island bekannte, er habe das entschieden. Da erhob sich der Mohawk von seinem Platz in der Versammlungsrunde, skalpierte den Häuptling und verließ das Palaver. Eine Geste, die die Verbindlichkeit dieser Transaktion einigermaßen in Zweifel zog.

Bei einem Spaziergang, den Martin und sein Vater im Jahre 1921 in diesem Park unternommen hatten, hatten sie über Martins ersten Roman gesprochen, an dem er gerade arbeitete. Martin war vor kurzem aus Europa zurückgekehrt; er hatte dort Artikel über den Krieg geschrieben, die vor allem von Martin H. Glynn in der Lokalpresse Albanys veröffentlicht wurden. Einige seiner längeren Reportagen waren in *The Atlantic*, in *Scribner's* und im *North American Review* erschienen, der schon die Texte seines Vaters abgedruckt hatte. Einige Redakteure fanden, Martin habe bemerkenswertes Talent, was die Schriftstellerei beträfe, und ermunterten ihn, dieses Talent auf die Probe zu stellen. Demgemäß hatte Martin jetzt zwei Drittel eines Romans fertig, bei dem es um Seelenwanderung ging.

Er ging darin der Geschichte von der Seele jenes römischen Legionärs nach, der einst um den Mantel von Jesus gewürfelt hatte; diese Seele lebte in der Folgezeit weiter in einer alexandrinischen Fischhändlerin; einem Küfer in Konstantinopel; einer umherstreifenden Zigeunerkönigin; einem französischen Zahnarzt; dem Erfinder einer Feder, die im späten 17. Jahrhundert unter Schweizer Uhrmachern allgemein Verwendung fand; einem in Ungnade gefallenen Mönch in Britannien, einem Gerichtsdiener in Chiswick; einem irischen Seemann, der in der amerikanischen Fenier-Bewegung aktiv war; und schließlich in einer Mexikanerschlampe aus dem 20. Jahrhundert, die in die High Society von Watervliet einheiratete.

«Du verfügst über eine hervorragende sprachliche Ausdruckskraft», stellte Daugherty senior fest, «aber der Inhalt deines Romans ist nichts als Spinnerei, und man wird ihn als Werk eines lächerlichen, törichten Dilettanten betrachten. Ich rate dir, schmeiß dein Manuskript weg und laß die Finger von der Schreiberei, bis du wirklich etwas zu sagen hast. Ein Roman, Martin, ist keine Witzsammlung.»

Als Gegenargument hatte Martin seinem Vater von einem ehemaligen Schulkameraden erzählt, von Howie McMahon, der vom Schicksal des Maschinisten in Cranes Rettungsboot besessen gewesen war. Über dieses Thema pflegte Howie vor seinen Studenten am Albany State Teachers College zu dozieren, darüber schrieb er so manche Zeile, und darüber redete er sehr oft in Gesprächen mit Martin. All mein Streben, sagte Howie, hat so wenig Sinn wie das Leben dieses an den Strand gespülten Maschinisten, dessen lebloser Kopf von den Wellen der Brandung hin und her geworfen wird; nach einem so zähen und verbissenen Kampf ums Überleben. Dieser Maschinist lebte und starb, um mir den Sinn seines Lebens zu enthüllen: daß das Leben nämlich keinen Sinn hat. Und eines Sonntagmorgens, schloß Martin, hat sich Howie McMahon dann, während die Familie zur Messe war, an einem Haken in der Decke des Kohlenkellers erhängt.

«Meine Antwort auf die Delirien eines Geisteskranken wie dein Freund einer war», sagte Edward Daugherty, «kann nur lauten: ob er das nun weiß oder nicht, sein Leben hat einen Sinn, denn es hat etwas Belehrendes, und sei es nur dadurch, daß es die Unerforschlichkeit von Gottes Willen erhellt. Nichts auf dieser Welt geschieht ohne Zweck.»

Martin hatte ein karmesinrot gefärbtes Blatt von einem Ahornbaum gepflückt und es in immer kleinere Stücke zerrissen.

«Dieses Blatt da», sagte der ältere der beiden Schreiber, «wurde erschaffen, um mein Argument zu unterstreichen.»

17

Bis zum späten Samstagnachmittag hatten die Redaktionschefs der Zeitungen und Nachrichtenagenturen entschieden, daß man die Kidnapping-Story nicht länger vor der Welt geheimhalten konnte, und sie teilten Patsy diesen Entschluß mit. Patsy meinte, er habe dafür Verständnis, werde zu der Sache jedoch keinen Kommentar abgeben. Am Samstagabend um sieben, 63 Stunden nach Charlies Entführung, wurde zum erstenmal darüber berichtet. So fette, vor Erregung geradezu fiebernde Schlagzeilen wie diese hatte es wohl seit dem überwältigenden Wahlsieg Roosevelts nicht mehr gegeben.

Die Presse der gesamten Nation entsandte ihre Wortgewaltigen nach Albany, damit sie dieser Story nachgingen: Unter anderem kamen Jack Lait, Meyer Berger, James Kilgallen und Damon Runyon – ihre Präsenz drängte einen Vergleich mit der Ermordung von Jack Diamond auf, dessen Tod in einer Pension in Albany im Jahre 1931 den faszinierten Blick Amerikas schon einmal auf die Schattenseiten im Leben dieser Stadt gelenkt hatte.

Kurz nach halb zehn an diesem Samstagabend erstand Billy in der Union Station eins von den letzten Extrablättern der *Times-Union*, die es noch am Kiosk gab; es war eine Vornummer der Sonntagsausgabe. *Von Martin Daugherty*, hieß es unter dem Aufmacher der Entführungsstory, und im Artikel selbst entdeckte Billy auch seinen eigenen Namen. Daß man sich auf einen Unterhändler geeinigt hatte wurde nicht erwähnt; kein Mitglied der McCall-Familie war bereit gewesen, vor der Presse eine Stellungnahme abzugeben.

Die Quelle, die sämtliche Informationen bestätigt hatte, war

Bezirksanwalt Dick Maloney, der sich beklagte, weder er noch die Polizei hätten die McCalls dazu bewegen können, bei den behördlichen Nachforschungen zu kooperieren. Gouverneur Herbert Lehman bot an, eine Belohnung für die Ergreifung der Kidnapper auszusetzen, doch Patsy hatte sich jegliche Einmischung verbeten. Diese Angelegenheit, sagte er, machen wir mit denen ganz allein aus.

Billy faltete die Zeitung zusammen und steckte sie in seine Jackentasche, überquerte den Broadway und ging in *Becker's Bar*. Am Tresen herrschte reger Andrang, doch er fand ein freies Plätzchen und machte Red Tom mit den Augen auf sich aufmerksam. Der nickte ihm nur kurz zu, machte aber keinerlei Anstalten, ihn zu bedienen. «Ein Bier, Tom», rief Billy ihm dann schließlich zu, und wieder nickte Red Tom, zapfte wortlos ein Glas Bier und stellte es vor Billy hin.

«Nur dies eine, Billy.»

«Was meinst du damit, nur dies eine?» fragte Billy.

Red Tom hob die Hände, kehrte die Handflächen nach außen und sah ihn wortlos an. Ein Fremder an der Bar äugte neugierig zu Billy herüber, und Red Tom entfernte sich wieder. Billy trank von seinem Bier und wartete auf eine Erklärung. Als der Fremde neben ihm gegangen war, kehrte Red Tom zurück und raunte: «Gus sagt, du seist hier unerwünscht.»

«Wieso unerwünscht?»

«Keine Ahnung. Was hast du ihm getan?»

«Gar nichts. Ich hab Gus seit Wochen kaum gesehn, geschweige denn mit ihm gesprochen. Und ich steh auch nicht bei ihm in der Kreide.»

«‹Sag Billy Phelan, er ist hier unerwünscht›, genau das hat er gesagt», erzählte Red Tom. «Ich hab Gus gefragt: ‹Wieso denn das?› Und er sagte: ‹Weil er 'ne miese Type ist.› Ich sagte: ‹Moment mal, Billy ist ein guter Freund von mir, der ist in Ordnung.› – ‹Okay›, sagte Gus, ‹dann mach deine eigene Pinte auf und bedien ihn dort. Hier drin wird er jedenfalls nicht mehr bedient, hast du kapiert?› Ich hab kapiert. Ich darf dir keinen Drink einschenken, Billy, und ich weiß nicht mal warum. Weißt du es?»

«Kann sein, daß ich es weiß», erwiderte Billy.

«Wir sind Freunde, Billy. Aber ich kann's mir nicht leisten, den Job hier zu verlieren.»

«Ist mir klar. Ich sag ja gar nichts gegen dich.»

«Wenn der Laden hier mir gehören würde, würd dir keiner verbieten, in diese Bar zu kommen.»

Billy entrang sich ein müdes Lächeln und trank sein Glas leer. «Hast du Martin heut abend schon gesehn?»

«Bisher nicht. Der klemmt sich wohl hinter die Story.»

«Dann bis irgendwann, Tommy.»

Billy ging hinaus, und als er die Außentür der Bar hinter sich zuschnappen hörte, war ihm, als sei eine Tür hinter seinem Leben ins Schloß gefallen. Er blieb stehen und sah sich auf dem Broadway um, der so hell erstrahlte wie an jedem Samstagabend zu dieser Stunde, wenn sich auf der Straße die Autos drängten und auf den Gehsteigen die Menschen, wenn sich zu der üblichen Meute die Nachtschwärmer gesellten, die ins Kino, zu einer Show oder in die Nachtclubs unterwegs waren.

Lokalverbot in *Becker's Bar*? Das war gerade so, als wollte man ein Baseballmatch ohne *home plate* machen.

Billy schlenderte ein Stück den Broadway hinunter und stieg die Stufen hinauf, die ins *Monte Carlo* führten. Das Wettbüro war geschlossen, aber in der Bude nebenan, in der man sich mit einem Flittchen amüsieren konnte, war noch Licht. Am Crap-Tisch wurde noch gewürfelt, zwei Roulette-Räder drehten sich, und im Hintergrund sah Billy auch noch Licht im Kartenzimmer. Er trat an den Crap-Tisch, an dem Martin Mitchell als Croupier zugange war. Neben ihm stand Bill Shea, der Geschäftsführer des *Monte Carlo* und Strohmann von Bindy, und überwachte das Spiel. Den Mann, der gerade am Würfeln war und versuchte, eine Sechs auf den Tisch zu bringen, kannte Billy nicht. Der Mann warf seine Sechs, und beim nächsten Wurf hatte er die Elf. Er verdoppelte seinen Einsatz auf 40 Dollar und würfelte eine Sieben. «Fünf Treffer nacheinander», hörte Billy jemand flüstern, und er zog seine 62 Dollar aus der Tasche und legte einen Zwanzig-Dollar-Schein auf die Linie.

«Dieser Zwanziger ist gestorben», sagte Bill Shea, und das Spiel wurde unterbrochen.

«Stimmt mit dem irgendwas nicht?» wollte Billy wissen, als

der Croupier den Zwanziger mit seinem Rechen von der Linie wieder vor ihn hinschob.

«Gar nichts ist mit dem», sagte Shea. «Nur daß dein Geld nichts taugt, Phelan.»

«Seit wann denn das?»

«Seit eben. Und du bist unerwünscht in diesem Haus.»

«Geschieht das auf Anordnung von Bindy?»

«Davon ist mir nichts bekannt. Und jetzt sei so nett, steck dein Geld ein und geh.»

Billy rollte den Zwanziger um seine übrigen Scheine, drehte sich unter den stummen Blicken der Spieler um und entfernte sich. Als er durch die Tüt schritt, hörte er, wie hinter ihm das Spiel weiterging und der Croupier sagte: «Wieder die Sieben.» Langsam, Stufe um Stufe, stieg Billy die Treppe hinab zur Straße.

In drei weiteren Bars am Broadway erlebte er das gleiche, ebenso in Louie's Pool-Room und bei der Zockerrunde in Nicks Keller. Wie zuvor Red Tom, so entschuldigte sich auch Nick Levine, doch keiner nannte Billy einen Grund für die Zurückweisung. Schließlich setzte er sich bei Martha an den Tresen. Sie schenkte ihm einen doppelten Scotch ein, und dann eröffnete sie ihm, daß man die Losung ausgegeben hatte: *Billy Phelan stinkt*.

«Da steckt Bindy dahinter, soviel steht jedenfalls mal fest», sagte er. «Wann hast du das erfahren?»

«Heut nachmittag.»

«Und wie?»

«Mulligan, unser Bezirksvorsteher, rief an. Er sagte, du wärst möglicherweise in diese Entführung verwickelt, und ich sollte dir die ‹Behandlung› verpassen. Ich sagte, wieso denn, ich hab keinen Knatsch mit Billy, und da meinte er: Wenn du nicht tust, was ich dir sage, dann gehn deine Steuern rauf bis durchs Dach. Also komm, Honey, trink aus und such dir eine andere Kneipe.»

«Das mit der Entführung ist gelogen. Die haben von mir verlangt, daß ich jemand bespitzeln soll, und ich hab ihnen gesagt, das mach ich nicht. *Das* ist der Grund.»

«Egal was der Grund ist, für mich ändert das nichts an der

Sachlage. Mit den Steuern steht und fällt die Existenz dieses ganzen Ladens hier. Wenn die nämlich ihre Drohung wahrmachen, dann steht Martha wieder auf der Straße. Und um auf der Straße anzuschaffen, ist Martha zu alt.»

«Keine Sorge, Martha. Wegen mir wirst du nicht auf der Straße landen.»

«Hast du das mit Louie schon gehört?»

«Louie?»

«Louie Dugan. Er ist heut mittag gegen zwei gestorben. Der Cop, der ihn gestern abend ins Krankenhaus kutschiert hat, kam vorbei und nahm 'ne Aussage auf. Ich hab ihn gemocht, diesen verrückten alten Kerl. Er war frech wie Rotz, aber ich hab ihn gemocht.»

«An was ist er denn gestorben?»

«Hat sich verschluckt und irgendwas in die Lunge gekriegt, sagte der Cop. Und jetzt halt dich ran an deinen Whiskey, Billy, und mach mir hier keinen Ärger.»

«Ich seh dich dann später, Martha.»

«Erst wenn diese Sache vorbei ist. Dann kannst du hier rumtanzen, soviel du willst.»

Billy rief Angie im *Kenmore* an, und während er darauf wartete, zu ihrem Zimmer durchgestellt zu werden, malte er sich aus, mit welchem Spruch er sie gleich begrüßen würde: Hast du Lust, ein paar Fingerabdrücke auf deine Arschbacken zu bekommen? Aber eigentlich wollte Billy nur mit ihr reden. Auf das Läuten in ihrem Zimmer wartete er jedoch vergebens. Die Vermittlung meldete sich wieder und erklärte, Angie sei aus dem Hotel ausgezogen und habe keine Nachricht hinterlassen. Billy machte sich trotzdem auf den Weg zum *Kenmore*. Dort angekommen, erfuhr er, daß er an dieser Bar nicht bedient wurde. Wally Stanton, einer der Barkeeper, erzählte ihm, er habe die Order von Poop Powell erhalten, nicht von Mulligan. Bindy hatte also gleich ein richtiges Team losgeschickt, um dafür zu sorgen, daß Billy nirgendwo mehr reinkam. Erst am Broadway, und nun war auch die Pearl Street dicht.

Er schlenderte die Pearl Street hinauf Richtung Clinton Avenue, und blieb unterwegs vor Moe Cohens ehemaligem Juweliergeschäft stehen. Nun war hier ein Fleischer drin, und mit dem alten Moe hatte es so blutig geendet wie mit der Ware, die jetzt über die Theke ging: Er hatte drei Strolche angeheuert, die ihn ins Jenseits befördern sollten; er gab ihnen dafür Diamanten im Wert von 5000 Dollar und versprach noch 200 in bar. Sie jagten ihm eine Kugel in den Kopf, aber davon kriegte Moe bloß Kopfschmerzen, und er flehte sie an, sich was Besseres einfallen zu lassen, und zwar schnell; er hätte eh nicht mehr lange zu leben und wolle nicht an seinem Krebs und seinem kranken Herz zugrunde gehen. Darauf schossen sie ihm eine Kugel in die Hand, eine in die Schulter, und feuerten insgesamt sieben Schüsse auf den Mann ab, bis sie endlich einen Kopfschuß durchs Auge anbrachten, mit dem sie ihm seinen Wunsch erfüllten. Als sie dem alten Moe die Hosentaschen umdrehten und nach den versprochenen 200 Dollar suchten, fanden sie bloß 28 Cents und fluchten: Der Lump hat uns ausgetrickst. Alle drei wanderten ins Gefängnis, aber kein Mensch in Albany kapierte jemals, wieso der alte Moe unbedingt hatte sterben wollen. Denn er hatte weder Krebs noch was am Herz, den plagte etwas anderes.

Meinen Vater, überlegte Billy, den plagt auch etwas anderes.

Er stellte sich den blutüberströmten Moe vor, machte kehrt und schlenderte wieder in die Richtung, aus der er gekommen war, zurück zur South Pearl. Die Clinton dort oben hatte Bindy sicher schon dichtgemacht, aber die State Street und die South Pearl ließ er wahrscheinlich unbehelligt, die lagen außerhalb von Billys Revier. In der Green Street bestand vielleicht sogar noch die Möglichkeit, irgendwo ein Spiel zu machen. Für die Dealer, die dort an den Spieltischen saßen, war Billy kein allzu bekanntes Gesicht. Aber die Green Street wurde von den Cronins kontrolliert, die hier in Bindys Auftrag abkassierten, und die kannten Billy und würden früher oder später dafür sorgen, daß sich Bindys Bannspruch auch hier rumspräche: Kennt hier jemand Billy Phelan? Okay, dann schmeißt den Penner raus, wenn er hier auftaucht. Das würde dann regelrecht zu einem Quiz werden, ob man ihn in so einem Schuppen erkannte oder nicht. Und letzten Endes lief es darauf hinaus, daß Billy sich nur noch dort blicken lassen konnte, wo ihn keiner kannte und er nie zuvor gewesen war. Oder er konnte den Koffer packen und aus der Stadt verschwinden. Oder sich ein paar Jungs anheuern wie der alte Moe. Oder vom Hawk Street-Viadukt springen wie der versyphte Georgie.

Nein.

Sein ganzes Leben lang hatte Billy sich in Schwierigkeiten gebracht, um sich anschließend an den Haaren aus dem Sumpf zu ziehen. Auf seine Unabhängigkeit hatte er immer große Stücke gehalten. Und jetzt? Jetzt bist du so unabhängig, du Blödmann, daß du nicht mal irgendwo reingehen kannst, um dich ein bißchen aufzuwärmen. Und allmählich wird es kühl. Man spürt die Nachtluft wie bei den letzten Spielen am Ende der Baseballsaison, wenn man dort oben auf der Tribüne im Hawkins Stadium hockt und plötzlich eine frische Brise durch die Sitzreihen pfeift; als man herkam, war's noch richtig warm, und jetzt friert man sich den Arsch ab, und dabei ist das Spiel noch lange nicht vorbei.

Billy überlegte. Tommy Dykes *Club Petite*? Nein. Bob Parrs *Club Eagle*? Nein. Packy Delaneys *Parody Club*? Nein. Mal bei Big Charlie reinschauen? Nein. In der Pinte von Ames O'Brien? Nein.

Billy wollte nicht einsam durch die Nacht stolpern und vor sich hin grübeln. Er brauchte Leben um sich und wollte was zum Anschauen haben, wenn er über seine Probleme nachdachte.

In den *University Club*? Da rückten einem gleich die dämlichen Animiermiezen auf den Hals. In den *Club Frolics*? Der Conferencier war nicht zum Aushalten.

Hey – das *Tally Ho* in der Hudson Avenue! Dort kannte Billy die Hawaiitänzerin. Sie war Jüdin. Und als Komiker trat dort Moonlight Brady auf. Mit dem war Billy einst in die St. Joseph's School gegangen. Er bog von der Pearl Street in die Hudson ein und steuerte das *Tally Ho* an.

Billy orderte einen dreifachen Scotch und behielt den Hut auf. Es war gerammelt voll, am Tresen hockten sie wie die Sardinen aufeinander. Während vorn die Tanzgirls ihre Adagio-Nummer abzogen, herrschte gedämpftes Licht. Als es hell wurde, betrachtete Billy das Wandgemälde hinter der Bar mit der halbnackten Lady zwischen den Champagnerkelchen, aus denen lauter prickelnde Perlen aufstiegen. Unterdessen gab irgendeine Sängerin ein Potpourri irischer Songs zum besten, aber was sollte das denn? Heut war doch nicht St. Patrick's Day. Auf dem Broadway sprießt der grüne Klee. O je. Und der Hudson, der sieht ganz aus wie der Shannon. Genau. Und er stellte fest, Betty Rubin, die Hawaiitänzerin, hatte Fett angesetzt seit dem letztenmal, und weil Billy mehr auf schlanke Mädchen steht, wird er bei der heut abend auf Distanz halten und lieber mal die Spitzentänzerin beschnuppern.

Während der letzten Stunde hatte er eine Zigarette nach der anderen geraucht, und seine Zungenspitze meldete Protest an. Er wollte sich für seine Unabhängigkeit bestrafen. Nun, er könnte zur Strafe zu Bindy gehen und ihn um Vergebung bitten. Einen Kniefall machen. Ihm die Füße küssen. Es war bereits Strafe genug gewesen, daß er das Pool-Match an den Doc verloren hatte.

Jetzt betrat Moonlight Brady die Bühne. Er erzählte einen Witz über Kelly: wie der im Suff in ein frisch ausgehobenes Grab hineingestolpert war, nach einer Weile wieder zu sich kam, hinaufschaute und glaubte, nun sei der Tag des Jüngsten Gerichts angebrochen, und der erste, der von den Toten auferstand, wäre ein Ire. Er stimmte ein Lied an: Wirf deinem Vater keinen Backstein nach, sonst wirst du's eines Tages noch bereuen.

Billy merkte, wie ihm der Scotch zu Kopf stieg. Der Alkohol brachte sein Hirn auf Touren, es fing an zu schlingern wie ein Auto, das aus der Spur brach. Nach seiner Show begab sich Moonlight Brady nach vorn an die Bar. Er war ein untersetzter Mann mit einer Statur wie ein Feuerhydrant und einer Visage wie 'ne Fleischpastete – viel Rüssel und jede Menge Ohr, damit ihn keiner übersah, diesen kurzen Dicken, und Billy lud ihn zu einem Drink ein, weil er jemand brauchte, mit dem er sich unterhalten konnte. Er würde jedenfalls nicht vor Bindy zu Kreuze kriechen, das hatte er beschlossen; wie es darüber hinaus weitergehen sollte, war ihm noch unklar.

«Ich hab deine Story in der Zeitung gelesen», sagte Moonlight.

«War für 'ne Story denn?»

Moonlight erzählte ihm von Martins Artikel über das Bowlingmatch, das mit den 299 Pins und der gehässigen Zwischenbemerkung, mit der man ihm sein Glück vermasseln wollte. Billy zog die Zeitung aus der Jackentasche, faltete sie auseinander und schlug die Seite mit der Kolumne auf. Er versuchte zu lesen, aber bei dem schlechten Licht konnte man nichts entziffern.

«Vor ungefähr sechs Jahren hab ich selber mal nacheinander 299 und 297 abgeräumt», erzählte Moonlight.

«Ist das wahr?»

«So wahr ich hier stehe. Da war ich unten in Baltimore und einfach *blendend* in Form.»

Billy grinste und spendierte Moonlight noch einen Drink. Moonlight war der größte Lügenbeutel, den er kannte. Dem könnte man nicht mal trauen, wenn er soeben frisch geläutert aus dem Fegefeuer käme. Der sprang in den Lake George und fand prompt zwei Wasserleichen. Er band sich ein Seil um die Brust, schwamm über den Crooked Lake und zog dabei drei Girls im Ruderboot hinter sich her. Er hatte an dem Abend bei Texas Guinan und Billy Rose am Tisch gesessen, als Rose den Text zu ‹*Happy Days and Lonely Nights*› schrieb. Er machte Clara Bow die alte Trompete von Bix Beiderbecke zum Geschenk, und sie war so eine glühende Verehrerin von Bix, daß sie mit Moonlight im Herrenklo verschwand, sich aufs Waschbecken hockte und sich von ihm pimpern ließ. In Miami betätigte er sich als Aufreißer für John Barrymore und brachte ihm zwei Weiber an und einen Hund. Für den Alkoholschmuggler Big Bill Dwyer hatte er einen ganzen Stall voll Polo-Ponies betreut. Was Billy von diesem Moonlight hielt? Nun, es gab Burschen, die hatten einfach nichts abbekommen, als der liebe Gott die Ehrlichkeit verteilte.

Zu der Sorte gehörte wahrscheinlich auch Morrie Berman. Und wenn er nun doch mit den Kidnappern unter einer Decke steckte? Die hatten Charlie Boy brutal aus seiner Welt herausgerissen und schreckten vielleicht nicht mal davor zurück, ihn umzubringen. Damals, als Billys Vater schon ein ganzes Jahr lang nicht mehr aufgetaucht war, hatte ihn sein Onkel Chick beseite genommen und ihm eröffnet, daß sein Vater möglicherweise überhaupt nicht mehr wiederkäme und daß Billy ihn schon recht bald vergessen und dafür alle möglichen Surrogate auftun würde, denn so war das nun mal im Leben. Chick hatte versucht, Billy einen gutgemeinten Rat zu geben. Chick war nicht so ein Widerling wie all die anderen in der Familie. Ob Billy dann anderswo Ersatz fand für seinen Vater? Nun, er lernte, wie man zockt. Der Broadway wurde ihm zur zweiten Heimat.

Er verspürte das Bedürfnis, seinen Vater zu sehen und ihn noch einmal zu bitten, wenigstens zu Besuch nach Hause zu kommen.

Falls in irgendeinem Tingeltangel heute abend noch eine Vorstellung lief, würde er hingehen.

Er sah Betty Rubin zu, und je länger er sie betrachtete, desto besser gefiel sie ihm.

Billy haßte sie, diese Scheißkerle, die ihm die ganze Stadt vor der Nase dichtmachten, und dich ebenso, Red Tom, du Arsch. Wieso schreist du ihnen nicht ins Gesicht, daß es nicht recht ist, was sie da tun?

Er hatte plötzlich keine Lust mehr, sich noch in anderen Kneipen umzusehen. Billy hatte es sich anders überlegt.

Beinhart war das.

Mußt du dir mal überlegen, Junge: und *du* hast Schiß gehabt, die Bande gibt dir einen Tritt, wenn du dich zum *Spitzel* machst.

«Ach ja, das hab ich ganz vergessen», ließ sich Moonlight Brady neben ihm vernehmen. «Über deinen Vater steht auch was in der Zeitung! Wegen dieser Wahlgeschichte. Einfach zum Schiebeln, wie der die an der Nase rumgeführt hat.»

«Das steht auch drin?»

«In der gleichen Zeitung. Die erwähnen da seine Vergangenheit als Baseballspieler, und da wußte ich, das kann bloß dein Vater sein.»

«Wo ist eigentlich *dein* Vater jetzt, Moonlight?»

«Mein Vater ist vor zehn Jahren gestorben. Hat mir 'ne Viertelmillion hinterlassen, die er durch Börsenspekulationen verdient hatte. Ich hab das innerhalb von achtzehn Monaten durchgebracht. Bis auf den letzten Cent. Aber diese achtzehn Monate, die waren Zucker, da blieb kein Auge trocken. Tja, mein Alter, das war ein toller Bursche.»

Billy fing schallend an zu lachen: das war so bodenlos und dreist gelogen, daß es ihm zwar kein Mensch abnahm, aber es traf genau ins Schwarze. Billy konnte sich gar nicht mehr halten vor Lachen. Sein Gelächter schwoll zu orkanartigen Dimensionen an und trieb ihm die Tränen in die Augen. Er mußte husten, schlug mit der Hand auf den Tresen, um zu unterstreichen, wie ungeheuer erheiternd er das alles fand, zog sein Taschentuch heraus und wischte sich die Augen.

«Was bringt ihn denn so außer Fassung?» wollte der Barkeeper wissen.

«Ich», sagte Moonlight, «aber ich weiß gar nicht womit.» Moonlight gab sich alle Mühe, sein Lächeln zu bewahren. «Wenn das so ulkig war», wandte er sich an Billy, «dann muß ich das in meine Nummer einbauen.»

«Unbedingt, Moonlight, unbedingt», erwiderte Billy. «Das mußt du einbauen. Unbedingt.»

Billy schlenderte die Green Street entlang und ließ einen Blick über die Bordellhäuser schweifen; man erkannte sie an den Markisen, das war ihr Aushängeschild. Einst hatten in diesen Häusern irische Familien gewohnt wie die seine. Nun hatten sich Chinesen in der Straße angesiedelt, es gab Trödler, die gebrauchte Klamotten verhökerten, und hier war auch der Lebensmittelladen, wo George im Obergeschoß seine Lotteriekunden empfing. Dazwischen lagen ein paar wüste Kaschemmen; dann gab es die Billardsalons, in denen sich die Itacker rumtrieben, und bei den Knoblauchfahnen, die die Typen hatten, rutschte einem der Queue aus der Hand. Hier in der Green Street wohnte auch Bill Shea, dieser Scheißkerl. Den hatte Billy eines Nachts mal stockbesoffen in *Becker's Bar* aufgelesen und mit dem Taxi nach Hause gebracht – und jetzt tut er so, als hätte er das völlig vergessen und sagt zu mir, dein Zwanziger da ist gestorben, Phelan, steck ihn wieder ein.

Billy prallte gegen einen Telegrafenmast.

Jetzt war er wirklich mittendrin im Itackerviertel. Zwei Jahre lang ist Billy mal mit einer Italienerin gegangen, Teresa hieß sie. Die tolle Teresa. Trat in Nachtklubs auf und sang sentimentale Schnulzen. Und wenn sie Billy irgendwo im Publikum entdeckte, sang sie jedesmal ‹*Along Came Billy*›. Auch die hatte ihn damals heiraten wollen.

Angie, wo steckst du bloß, du Aas, jetzt, wo ich dich brauche?

Ob Billy denn vorhatte, Angie zu heiraten? ‹*Frivolous Sal*› – die Süße hat ihren ganz eigenen Drall.

Gewiß, seit Angie ihn aufs Heiraten angespitzt hat, geht ihm das immer wieder durch den Kopf. Er denkt an Peg und George, an das Haus, das sie haben, und an Danny. Sein eigenes Haus konnten sie einem nicht verbieten. Keiner konnte einen von seinem Sohn fernhalten.

Sein Vater hatte sich damals selber von Zuhause ausgeschlossen, weil er dachte, sie seien drauf und dran, *ihn* auszuschließen.

Aus einer Wohnung im zweiten Stock hört Billy eine Mandoline erklingen, und sofort hat er wieder den Chiantigeschmack auf der Zunge: wie damals, als er sich zusammen mit Red, dem Friseur, bei Mandolinenklängen hemmungslos mit Chianti volllaufen lassen hatte und plötzlich weggewesen war, als hätte jemand eine Kerze in seinem Schädel ausgepustet. Am nächsten Tag war er dann zu sich gekommen, hatte sich eine Zigarette angesteckt und war im nächsten Augenblick wieder genauso besoffen wie am Abend vorher. Seitdem rührt er keinen Chianti mehr an.

Als er die Madison Avenue überquert hatte, begegneten ihm immer mehr von diesen zerlumpten Pennergestalten. Es ging jetzt auf elf Uhr zu, und Billy bog in die Bleecker Street ein; sein Ziel war die Bar von Spanish George. Hallo, Bill.

Ein säuerlicher Gestank schlug Billy ins Gesicht, als er die Bar betrat; die gläserne Eingangstür war auf beiden Seiten vergittert. Ein Dutzend verlotterte Pennerfiguren hockte zusammengekauert an den fünf runden Holztischen, darunter auch eine Frau. Drei der Männer waren im Schlaf vornübergesackt und hingen überm Tisch wie tot. Der Gestank ihres Atems und ihres Drecks, die Ausdünstungen der verschissenen Unterhosen und der angetrockneten Kotze, die ihnen vorn auf der Jacke oder am Hemd hing, stiegen Billy in die Nase wie die Fäulnisgase einer Kloake.

Spanish George saß mit seinem breiten Sombrero hinterm Tresen und hatte seinen Stuhl an die Wand gekippt. Billy bestellte einen Scotch, den George ihm in einem Schnapsglas hinstellte. Billy trank ihn in einem Zug aus und ließ sich einen zweiten kommen.

«Kennst du einen, der Francis Phelan heißt?» fragte er George. Der musterte ihn mit mißtrauischem Blick und legte die Rechte auf den Griff seines Sechsschüssers.

«Ein Bulle bist du nicht. Die erkenn ich schon von weitem. Was bist du dann für einer?»

«Ich bin ein Verwandter. Der Mann ist mein Vater.»

«Wie heißt der Kerl, den du suchst?»

«Francis Phelan.»

«Kenn niemanden, der so heißt.»

Billy orderte noch einen Scotch und nahm das Glas mit an den einzigen Tisch, an dem niemand saß. Das Holz der Dielen, über die er schritt, war zerschrammt und gekerbt von den Pferdehufen und den Wagenrädern aus alten Tagen. Der Boden unter seinen Füßen sah aus wie die ramponierten Visagen der alten Männer ringsum. Auch über diese Gesichter waren sie gerollt, die Wagenräder vergangener Jahre, immer und immer wieder. Die meisten waren offenbar übers mittlere Alter hinaus, obwohl einer von ihnen, der einen sauber getrimmten Schnurrbart trug, eher aussah wie Mitte Dreißig. Aber er war ein Penner, und wenn er sich noch soviel Mühe gab mit seinem Bart. Er hatte den Blick eines Gestrandeten, und sein Aufzug sprach für sich. Er hockte am Nachbartisch und stank nach altem Schweiß wie Billys Spind in der Turnhalle der Kolumbusritter. Eines Abends hatte Billy mal im *Waldorf* gesessen, und ein alter Mann quasselte im Suff vor sich hin, gab seine Lebenserfahrungen zum besten, ob es die Leute hören wollten oder nicht. Kein Penner, der Alte hatte lediglich einen über den Durst getrunken und machte ansonsten einen adretten Eindruck. Als Billy ihm einen aufmerksamen Blick schenkte, wurde er von dem Alten belehrt: Junge, du brauchst bloß anzukommen und nach Schweiß zu riechen, und sie werden dich nie wieder vergessen.

Der Gestank hier gehörte zu der Sorte, die man sobald nicht mehr vergaß. Die Luft in dieser Bude sollte man in Flaschen abfüllen und als Stinkbomben verkaufen.

Der Mann mit dem getrimmten Bart bemerkte, wie Billy zu ihm herschaute.

«Wenn du dich mit mir anlegst», lallte er, «mach ich dich 'n Kopp kürzer.» Er war kaum noch imstande, sein Glas zu heben. Billy fing lauthals an zu lachen, jetzt wurden auch die anderen Männer auf ihn aufmerksam. Von denen nahm er es mit vieren zugleich auf. Aber wenn sie es fertigbrächten, ihn auch nur einmal zu Boden zu werfen, dann würde die ganze Meute über ihn herfallen und ihn gnadenlos zu Tode trampeln. Aber Billy stellte fest, daß sie lediglich aufblickten, weil er so laut lachte, ansonsten hatten sie keinerlei Interesse an ihm.

Die Frau ein paar Tische weiter hatte ein Bier vor sich stehen, saß aufrecht und erweckte den Eindruck, als sei sie am nüchternsten von allen, nüchterner noch als Billy. Eine alte Krähe mit einem Schmerbauch und spindeldürren Beinen, aber ihr Gesicht sah gar nicht mal so schlecht aus. Sie trug eine Baskenmütze, die ihr schräg auf dem Kopf saß, rauchte eine Zigarette und starrte zum Straßenfenster hinaus. Auch dieses Fenster war vergittert. Fensterscheiben übten eine sonderbare Anziehungskraft auf diebische Pennerhände aus. Und auf ihre vollgesoffenen Schädel.

Der Mann, der neben der Frau saß, lag mit dem Gesicht auf dem Tisch. Er bewegte den Arm, und da erkannte Billy den Twillstoff wieder. Er stand auf, ging hinüber an den Tisch, stellte sich neben die Frau und blickte auf seinen Vater herab. Sein Mund war offen, die Lippen zur Seite hin verschoben, so daß Billy ein Stück weit in die schwarze Höhle hineinsehen konnte, in der einst das strahlendste aller Lächeln aufgeblitzt hatte.

«Ich will nichts davon hören», sagte die Alte.

«Wovon denn?» fragte Billy.

«Ganz egal, was Sie mich fragen wollen.»

«Conalee Street.»

«Kann mir gestohlen bleiben.»

«Mir auch.»

«Verschwinden Sie. Lassen Sie mich in Ruh. Ich will nichts hören.»

«Fehlt ihm was?»

«Verschwinden Sie.»

«Fehlt ihm was? Ich hab 'ne höfliche Frage gestellt.»

«Dem fehlt nichts, wenn er nicht abgekratzt ist.»

Billy ergriff mit einer Hand ein Stück Stoff von Mantel und Bluse der Frau und zog sie halb vom Stuhl hoch.

«Heilige Mutter Gottes, Sie sind wohl nicht ganz dicht.»

«Ist er verletzt?»

«Nee, er ist bloß weggesackt. Und er wird auch die nächsten paar Stunden nicht zu sich kommen.»

«Woher wollen Sie das wissen?»

«Weil er Whiskey gesoffen hat. Er hatte Geld, und er hat gesoffen, bis er auf'n Tisch fiel. Wer zum Teufel sind Sie überhaupt?»

«Ein Verwandter von ihm. Und Sie?»

«Ich bin seine Frau.»

«Seine Frau?»

«Sie haben schon richtig gehört.»

«Seine Frau?»

«Seit neun Jahren.»

Billy ließ ihren Mantel los und sackte auf einen leeren Stuhl neben ihr.

Als Billy seiner Mutter davon erzählte, daß er ihn getroffen hatte, sorgte er dafür, daß Peg dabei war. Zu dritt saßen sie dann in der Frühstücksecke; George war noch geschäftlich unterwegs. Billy starrte hinaus zu dem Hund draußen im Hinterhof und erzählte ihnen, was sich alles zugetragen hatte, und daß der Alte es strikt abgelehnt hatte, nach Hause zu kommen. Die Reaktion der beiden Frauen verblüffte ihn. Seine Mutter nickte lächelnd vor sich hin. Peg preßte die Lippen fest zusammen, wie sie es immer tat, wenn sie in Rage war. Kommentarlos lauschten sie seinem Bericht. Über Gerald hatte er bisher keinen Ton gesagt, er hatte ihnen lediglich die Geschichte mit der Kaution geschildert, das mit dem Truthahn und dem Geld, das er bei sich trug, und wie er heute aussah und sich seit der Zeit, in der das Foto entstanden war, das Billy von ihm kannte, verändert hatte. Ich bin heilfroh, daß du ihn nicht mitgebracht hast, sagte Peg dann. Ich will ihn nie wieder sehen. Laß ihn dort, wo er ist, von mir aus kann er da verschimmeln. Und Ma sagte: Nein, der arme Mann, der bedauernswerte arme Mann, was hat er für ein furchtbares Leben gehabt. Was für ein schönes Leben hätte er hier bei uns haben können, und wie schlimm muß das für ihn gewesen sein, immerzu als Tramp herumzuziehen, ohne ein Dach über dem Kopf. Aber keine der beiden Frauen sagte, es täte ihr leid, daß er nicht nach Hause kam. Sie taten geradeso, als ginge es um einen heimatlosen Streuner aus der Nachbarschaft, mit dem sie nicht das geringste zu tun hatten.

Deshalb erzählte Billy ihnen schließlich von Gerald. Peg konnte es gar nicht fassen und wollte einfach nicht glauben, daß Ma nie ein Wort davon erzählt hatte, und darüber fing Ma dann an zu weinen. Euer Vater hat es doch nicht mit Absicht getan, schluchzte sie, und wie hat er mich angefleht, ihm zu vergeben. Ma hatte seine Entschuldigung akzeptiert, aber sie war wie betäubt gewesen damals nach diesem Unglück, und das hatte er falsch ausgelegt und geglaubt, sie würde ihn hassen, und da war er gegangen. Aber sie konnte wegen dieses Unfalls doch einem so herzensguten Mann wie Francis keine Vorwürfe machen, einem Mann, der seine Kinder über alles liebte und eben nur ein bißchen schwach war, denn seine Schwäche, die mag man wohl verurteilen, aber doch nicht diesen Mann. Ach je, unsere Schwächen haben wir doch alle, jeder von uns, und keiner will, daß man ihn deshalb verachtet oder zu Tode quält. Er hat Schlimmeres erdulden müssen als der kleine Gerald, der überhaupt nicht leiden mußte, zumindest nicht mehr als die unschuldig gemordeten Kinder in Betlehem und unser Herr Christus am Kreuz. Euer Vater war doch nur ein Mann, der sich nicht zu helfen wußte und keinen Ausweg sah. Ich hab euch Kindern nie etwas davon erzählt, weil ich nicht wollte, daß ihr ihn noch mehr verachtet. Wie solltet ihr denn begreifen, wie es damals war, und daß er Gerald ebenso geliebt hat wie euch! Auf den Arm hat er ihn nehmen wollen, wie er das schon tausendmal mit euch gemacht hat. Nur war die Windel diesmal nicht richtig festgesteckt, das war meine Schuld – Gerald ist herausgerutscht, und euer Vater stand da mit der leeren Windel in der Hand. Da war Gerald schon tot, er muß sich beim Aufprall das Genick gebrochen haben, da bin ich mir ganz sicher, so wie er da auf dem Boden lag mit seinem verdrehten Köpfchen. Ich bin sicher, daß er nur einen ganz kurzen Schmerz gespürt hat und in den Himmel gekommen ist, denn er war getauft, dafür hab ich Gott im gleichen Augenblick gedankt, als ich merkte, daß er tot war. Euer Vater hat sich über ihn gekniet und versucht, ihn ganz vorsichtig aufzuheben, aber ich sagte, nein, tu's lieber nicht, vielleicht hat sein Rückgrat was abgekriegt, wir sollten ihn ganz still liegen lassen. Wir lagen beide auf den Knien und wollten sehen, ob er noch atmet, bis wir dann merkten, daß ihm kein Hauch mehr über die Lippen kam. Euer Vater hat sich neben ihm auf den Boden geworfen und geheult wie ein Schloßhund, ach, wie hat der Mann geheult. Und ich habe ebenso um ihn geweint wie um Gerald, denn ich wußte, darüber kommt er sein Leben lang nicht hinweg. Der kleine Gerald war tot, aber euer Vater, der würde damit leben müssen. Wir standen einen Moment lang da und hielten uns in den Armen, und dann hab ich den Kleinen zugedeckt, und bin die Straße rauf und hab Doktor Lynch geholt. Ich sagte ihm, ich hätt den Kleinen auf den Tisch gelegt und die Windeln wechseln wollen, da hätt er gestrampelt und sei heruntergerollt, und wie sollte ich denn ahnen, daß er schon so kräftig strampeln kann? Der Doktor hat mir geglaubt. Auf den Totenschein hat er als Todesursache «Unfall» eingetragen, und es war ja auch ein Unfall. Auch wenn euer Vater was getrunken hatte an dem Abend – ich weiß, das ist der Grund, weshalb er dann fortgegangen ist. Aber er war nicht betrunken wie in späteren Zeiten, als er keine nüchterne Minute mehr hatte. Er kam an dem Abend von der Arbeit im Tramdepot nach Hause, hatte unterwegs in der Kneipe ein Glas Bier getrunken und benahm sich nicht anders als sonst auch. Aber nachdem das geschehen war, wurde plötzlich alles anders, da ist er innerlich gestorben. Sich selbst muß der Mann endlich vergeben, und nicht mir, nicht uns. Ich wußte, ihr würdet ihm das nie verzeihen, weil ihr das nicht begreifen könnt und gar keine Ahnung habt, wie sehr er euch und Gerald liebte, und auf seine Weise auch mich, eine sonderbare Weise, das geb ich zu, weil er ja stets den Sommer über fortging, um Baseball zu spielen. Aber sobald die Saison vorüber war, kam er stets zurück. Als er diesmal fortging, da sagte ich mir: Der wird nie wieder einen Fuß in dieses Haus setzen. Und ich hatte recht. Als wir dann hier in die North Pearl Street gezogen sind, dachte ich stets: Wenn er jetzt auf einmal wiederkommt, wird er in die Colonie Street gehen und uns vielleicht nie wiederfinden. Aber dann sagte ich mir, wenn er will und uns braucht, dann findet er uns auch.

Bei Gott, ich hätte nie gedacht, daß er zurückkommt und euch zwei damit plagt, und deswegen erzähl ich euch jetzt, wie es war. Denn wenn ein guter Mensch stirbt, dann ist das ein Grund zum Weinen, und euer Vater ist an jenem Tag gestorben, und wir haben beide bitterlich geweint. Dann ist er fortgegangen und hat sich selbst begraben, er ist tot jetzt, und nichts vermag ihn wieder zum Leben zu erwecken. Also verachtet euren Vater nicht, und quält ihn nicht deswegen. Versucht zu begreifen, daß wir nicht für alles, was in dieser Welt passiert, eine Erklärung im Gebetbuch finden. Nicht einmal die Priester wissen auf so etwas eine Antwort. Es bleibt ein Rätsel, das wir ebensowenig ergründen können wie die Frage, warum all die vielen Sterne dort oben am Himmel stehen. Laßt den Mann in Frieden, um der reinen Liebe unseres unschuldigen Jesuskindes willen, laßt ihm seinen Frieden.

Billy starrte die Frau auf dem Stuhl neben sich an und lächelte.

«Wie heißt du?»

«Helen.»

«Hast du denn Geld, Helen?»

«Ein paar Dollar von dem, was er hatte, sind noch da. Es ist genug, daß wir uns ein Zimmer nehmen können, wenn er wieder zu sich kommt.»

Billy zog hervor, was er in der Tasche hatte. Es waren 75 Dollar, und die drückte er Helen in die Hand.

«Dafür kriegt ihr zwei entweder ein ordentliches Zimmer, oder du kannst dich genauso sinnlos besaufen wie er, wenn du das willst. Sag ihm, Billy war da und läßt grüßen.»

Er warf die zusammengefaltete Zeitung auf den Tisch.

«Und sag ihm, hier drin kann er alles über uns beide nachlesen, alles über mich und ihn. Hier in dieser Zeitung.»

«Wer sind Sie?»

«Ich hab's dir doch gesagt. Ich bin Billy.»

«Billy. Dann bist du der Junge.»

«Junge? Von wegen Junge. Ein menschenfressender Tiger bin ich.»

Billy stand auf und strich ihr über die Baskenmütze.

«Gute Nacht, Helen», sagte er dann. «Laßt's euch gutgehn.»

«Gott segne dich für deine Großzügigkeit.»

«Die Großzügigkeit, die kann von mir aus draußen gegen die Regenrinne schiffen», erwiderte Billy und fing an zu lachen. Wieder packte ihn dieses unbändige Gelächter, bis ihm vor Heiterkeit die Tränen in den Augen standen. Er schlenderte zum Ausgang und rief den alten Pennern, die ihm mürrisch nachschauten, immer noch lachend zu: «Die Großzügigkeit kann von mir aus auch gern zweimal gegen die Regenrinne schiffen, wenn sie das nötig hat, verdammt noch mal.»

Im Türeingang blieb er stehen.

«Oder ist hier etwa jemand anderer Meinung?»

«Wenn du dich mit mir anlegst», kam es von dem Penner mit dem akkurat getrimmten Schnurrbart, «mach ich dich 'n Kopp kürzer.»

«So ist's richtig», sagte Billy. «Gib's ihm! Gib's ihm!»

18

Jetzt konnte Billy hingehen, wo er wollte, nun hatte er in der ganzen Stadt die gleiche Chance: er war geputzt und pleite, er war restlos blank.

Er fing an zu rennen, setzte in leichten Sprüngen quer über ein leeres Grundstück, auf dem ein Mann am Boden hockte und sich an einem Feuerchen wärmte. Es war kälter geworden. Und der Bursche dort hatte nichts, wo er unterschlupfen konnte.

Ein paar Piepen aufreißen, das konnte Billy jederzeit. Die Frage war jetzt nur: Wo?

Er trabte die Madison Avenue hinunter zum Broadway, an der Autowerkstatt von Tommy Kane vorbei, in der George immer seinen Wagen reparieren ließ. Er stieß an der Auffahrt zur Dunn Bridge auf den Broadway, bog im Trab um die Ecke und brachte Distanz zwischen sich und die Schnapsleichen bei Spanish George. Als er die Plaza und das Verwaltungsgebäude der Delaware & Hudson erreichte, war er nicht einmal außer Atem. Bei Coulson's bremste er dann seinen Lauf, betrat den Laden und kaufte sich die neueste Ausgabe der *Times-Union*. Die Titelseite hatte sich ein bißchen verändert, aber die Kidnapping-Story war die gleiche. Er schlug Martins Kolumne auf und las, was da über ihn geschrieben stand. Ein Spieler, der die Regeln akzeptiert und sich an sie hält, aber gleichzeitig über ihnen steht. Geld ist Billy unwichtig. Ein Mann der Vernunft, ohne Sinn für falsche Vorspiegelungen und Mystizismus.

Wovon zum Teufel redete dieser Martin hier eigentlich? Wessen Regeln meinte der? Und was zum Teufel sollte dieser Quatsch mit dem Geld? Wie kann denn jemand das Geld egal sein? Wer kommt denn schon ohne Moneten aus? Dieser Martin hat 'n Dachschaden, der tickt nicht ganz richtig. Und was soll das mit dem Mystizismus? Ich glaube nach wie vor an Gott. Und geh auch noch jedesmal nach vorn zum Abendmahl.

Billy faltete die Zeitung zusammen und ging aus dem Laden. Er überquerte die State Street und marschierte den Broadway hinauf nach Norden, an dem Möbelladen von Van Heusen Charles vorbei. Der erinnerte ihn jedesmal an das gottverdammte Haus in der Colonie Street: hier hatten die nämlich ihren ganzen Plunder gekauft. Dann vorüber an den Schaufensterpuppen bei Cottrell & Leonard, dieses Fenster war eines Nachts von zwei Pennern in Scherben gelegt worden, die eine Überdosis *Zodiac Juice* erwischt hatten – das waren die zusammengeschütteten Reste, welche die Gäste bei dem alten Lumberg in den Bier-, Wein- und Whiskeygläsern zurückließen; der Alte sammelte sie in einem Kanister, füllte diesen Sud dann in Flaschen ab und verkaufte die für 6 Dollar die Gallone an die Penner, die sich nichts Besseres leisten konnten. Als die Cops eingetroffen waren, lag einer der Penner tot auf der Straße und der andere pimperte gerade eine Schaufensterpuppe, der er zwischen den Beinen ein Loch in den Rumpf geschnitten hatte.

Ein Stück weiter hatte der Schuhputzer Jimmy-Joe seinen Stand. Jimmy-Joe erzählte seinen Kunden stets, daß er mal Al Smith die Schuhe gewienert hatte und daß sogar Jack Dempsey hier auf diesem Sitz gesessen hatte. Alle werfen sie gern mit großen Namen um sich, die Arschkriecher. Bindy McCall. Ich hab Bindy McCall die Füße geküßt. Eine einzige Arschleckerei.

Gegen eins wurde es ruhiger am Broadway. Bis auf den Montreal Limited waren sämtliche Züge eingelaufen, auf der Straße war so gut wie kein Verkehr mehr, die Menschenmassen aus den Kinos und den Shows hatten sich verlaufen. *Bill's Magic Shop* war dunkel. Billy schwitzte ein bißchen, er atmete tief ein und aus, das brachte Sauerstoff ins Blut und machte den Brummschädel ein bißchen klarer. Er hatte noch immer ziemlich einen in der Krone und torkelte dementsprechend vor sich hin. Hoppla. 'tschuldigung.

«Keine Augen im Kopf, wie?» schnauzte ihn Mike der Itakker an, der gerade aus *Brockley's Bar* herauskam.

«Hey, Mike.»

«Du, Billy?»

«Ja.»

«Na so was. Ich hab gehört, du hast dich unbeliebt gemacht.»

«Was hast du gehört?»

«Daß du dich unbeliebt gemacht hast und keiner mehr was mit dir zu tun haben will.»

«Da kommen sie schon wieder drüber weg.»

«Hat sich aber nicht so angehört.»

«Hör mal, kannst du mir einen Zwanziger pumpen? Ich brauch Piepen für 'ne Tasse Kaffee und fürs Taxi.»

«20 Piepen?»

«Hast du Angst, du kriegst sie nicht wieder?»

«Du bist plötzlich 'n riskanter Kunde geworden, Billy. Du stehst ganz allein da. Du kriegst ja nicht mal mehr einen Drink in dieser Straße.»

Mike holte sein Geldbündel aus der Tasche, zupfte einen Zwanziger heraus, knüllte ihn zu einem Ball zusammen und warf ihn in Billys Richtung in die Luft. Billy grapschte ungeschickt danach, der Zwanziger fiel auf den Gehsteig. Er bückte sich und hob ihn wortlos auf. Mike gab ein Grunzen von sich, trottete den Broadway hinunter und verschwand in *Becker's Bar*. Billy ging in Richtung Clinton Avenue und überlegte, ob er sich im *Grand Lunch* ein Rühreisandwich genehmigen sollte. Gegenüber, auf der anderen Staßenseite, ging die Tür von *Martha's Bar* auf, und Slopie Dodds kam mit seiner Prothese herausgehumpelt. Er sah Billy und überquerte die Straße.

«Hey, wie läuft's denn bei dir, Mann?»

«Ich laß es locker angehen heute abend, Slope.»

«Du hast ein bißchen Kummer, hab ich gehört.»

«Ein bißchen, ja.»

«Kommst du klar? Brauchst du was?»

«Einen Drink könnt ich gebrauchen.»

«Die will dich da drüben nicht sehn in ihrem Laden.»

«Ich weiß, ich weiß. Und sie ist nicht die einzige.»

«Mit dieser Entführung, damit hast du doch nix zu tun, Billy. Das stimmt doch einfach nicht.»

«Reiner Blödsinn, Slope, was die verbreiten.»

«Hab ich mir gleich gedacht.»

«Sag mal, kannst du mir 'n Zwanziger pumpen?»

«Klar kann ich das. Ich kann dir auch 50 geben, wenn's sein muß.»

«Na gut, dann 25. Damit komm ich aus.»

Slopie zählte ihm 25 Dollar ab.

«Wo wohnt dein Schnapsbrenner?» fragte ihn Billy.

«Spencer Street. Willst du gleich 'ne ganze Pulle, Billy?»

«Ja. Muß bloß noch kurz wo reinschauen, und dann machen wir uns auf die Socken.»

«Soll mir recht sein. Klavier hab ich genug gespielt für heute.»

Sie schlenderten zurück in Richtung Bahnhof, und Billy ging in *Becker's Bar*. Red Tom sah hinter dem vollbesetzten Tresen zu ihm rüber und schüttelte bedauernd den Kopf. Oh, Billy. Aber Billy war nicht gekommen, um zu betteln. Er entdeckte Mike den Itacker an der Bar und hielt auf ihn zu. Er warf ihm den Zwanziger, der noch zerknüllt war wie zuvor, auf die Theke und sagte: «Wir sind quitt.»

«Du begleichst deine Schulden aber fix», sagte Mike.

«Bei Typen wie dir immer», erwiderte Billy, machte auf dem Absatz kehrt und marschierte wieder hinaus. Dann machte er sich mit Slopie auf den Weg in die Spencer Street.

Das letzte Mal, daß Billy sich bei einem Bootlegger hatte eindecken müssen, war während der Prohibition gewesen, und bei einem Nigger-Bootlegger hatte er noch nie gekauft. Auch George hatte sich damals drei Wochen lang als Schwarzbrenner betätigt. Den Roggenwhiskey, den er in dem Waschtrog der Küche zusammenpanschte, brachte Billy für 8 Dollar pro Liter an den Mann, und 4 davon gingen in seine Tasche. Dann gelang es George, bei den Niggern im Lotteriegeschäft einzusteigen, und er hängte das Schnapsbrennen an den Nagel. War auch besser so, denn sein Whiskey schmeckte wie Elchpisse.

Der Bootlegger wohnte in einem der letzten Häuser am Ende der Straße; hinter einem Fenster im Obergeschoß brannte eine trübe Funzel. Es war ein alter Opa mit wolligem Haar, dem vor Müdigkeit die Augen zufielen. Die Literflasche kostete 5 Dollar, die halbe 3, ein guter Preis für diese Uhrzeit. Bevor der Alkohol wieder legal wurde, hatte er wahrscheinlich ein Vermögen gemacht, aber jetzt setzten die Flaschen Staub an. Der Alte schlurfte in die Küche und holte Billy eine Flasche von seinem Johnnie Walker. Billy machte sie auf, setzte sie an die Lippen und reichte sie dann Slopie.

«Trinken könnt ihr draußen», murrte der Alte. «Hier ist keine Kneipe.»

Sie stiegen die Vortreppe hinab, und auf dem Gehsteig blieben sie unschlüssig stehen.

«Wo willst du hin, Billy?»

«Mir irgendwo ein Plätzchen suchen und 'n Feuer machen.»

«Ein Feuer? Hast du sie nicht mehr alle?»

«Es wird kalt, Slope. Muß mich ein bißchen aufwärmen, deshalb.»

«Komm mit zu mir in meine Bude, wenn dir kalt ist. Dort gibt's auch ordentliche Stühle. Warum zum Teufel willst du denn 'n Feuer machen?»

«Ich will im Freien sitzen. Kommst du mit?»

«Na ja, ich kann dir ja 'n bißchen Gesellschaft leisten. Solange mir nicht die morschen Knochen einfrieren.»

«So kalt isses nun auch wieder nicht. Hier, nimm 'n Schluck.» Billy hielt ihm die Flasche hin.

«Hast es wohl verdammt eilig heut abend, aus den Latschen zu kippen, Billy.»

«Ich hab auch 'n hohles Bein, Slope.»

«Das wirst du brauchen.»

Slopie nahm einen Schluck aus der Flasche, und sie schlugen den Weg zum Hudson ein. Sie stapften über die Bahngleise der Delaware & Hudson und marschierten auf der anderen Seite einen Feldweg entlang, der neben den Schienen zum Bahnhof führte. Am Himmel stand der hellste Mond, den Billy jemals gesehen hatte. Unterwegs hielt er nach Brennholz Ausschau, fand aber nur ein paar mickrige Äste, die bestenfalls zum Anmachen reichten. Sie kamen an dem Nebengleis vorüber, an dem die Ringling Brothers jedes Jahr ihren Zirkus ausluden. Vor zwei Jahren war Billy morgens um vier mit Danny hierher gegangen, und sie hatten zugesehen, wie ein Elefant aus einem der Waggons bugsiert wurde und zum Broadway hinauftrottete.

«Mir ist ein bißchen kühl, Billy. Ich weiß nicht, ob das hier das Richtige für mich ist.»

«Wir gehn runter an den Fluß. Am Ufer finden wir bestimmt auch Holz.»

Sie näherten sich der Brücke an der Quay Street, und jetzt hatten sie den Hudson vor sich. Genau wie der Shannon. So weit runter war Billy nie geschwommen, doch im Winter war er manchmal auf den Schlittschuhen bis hierher gekommen, wenn das Eis nicht zu holprig oder zugeschneit war.

«Bist du schon mal hier auf dem Fluß Schlittschuh gelaufen, Slope?»

«Schlittschuhe? So was hab ich nie besessen.»

Am Ufer fand Billy eine Lattenkiste, die jemand weggeworfen hatte. Er brach sie entzwei und schichtete die Holzstücke auf dem ebenen Boden der Uferböschung aufeinander. Er holte die *Times-Union* aus der Tasche, riß eine Seite nach der anderen ab, rollte sie zusammen und steckte die Papierknäuel zwischen die Scheite. Im Licht des Mondes erkannte er die Seite mit Martins Kolumne und knüllte sie ebenfalls zusammen. Doch dann glättete er sie wieder, faltete das Blatt säuberlich und verstaute es in der Innentasche seines Jacketts. Er steckte das Papier in Brand, und dann setzten sie sich auf die zwei Seitenwände der Kiste und sahen zu, wie die hell auflodernden Flammen dem weißen Mondlicht den Rang abliefen.

«Ich hab gehört, daß Daddy Big den Löffel abgegeben hat», sagte Billy.

«Hab ich auch gehört.»

«Daß der so ein Ende nehmen mußte.»

«Du hast getan, was du konntest, Billy. Wenn du nicht gewesen wärst, dann wäre er schon in der Gosse draufgegangen.»

«Dabei hab ich den Bastard nie ausstehen können.»

«Eine bedauernswerte Gestalt. Hat nie kapiert, daß er immer das Gegenteil von dem tat, was er erreichen wollte. Der hat dir ins Auge gespuckt und gemeint, damit macht er dir ein Kompliment.»

«Er wußte, wie man Billard spielt.»

«Mit Billardspielen kommt einer nicht weit, das ist kein Ziel im Leben.»

«Kein Ziel? Wie sieht denn dein Ziel aus, Slope?»

«Nach Hause gehen, mich ein bißchen aufs Ohr hauen, morgen aufwachen, mir was brutzeln, meine Alte besuchen und mich 'n bißchen ans Klavier setzen.»

«Und? Hast du damit nun erreicht, was du dir von Anfang an vorgenommen hattest?»

«Ich hab mir nie was aus der Zukunft gemacht. Ich bin mein Leben lang immer auf Trebe gewesen, hab mal hier in die Tasten gegriffen und mal dort, bis ich in der Stadt hier hängengeblieben bin. Ist so übel nicht, diese Stadt.»

«Wie ist das, Slope, wenn man 'n Nigger ist?»

«Irgendwie gefällt's mir.»

«Gute Sache, das.»

«Was, 'n Nigger zu sein?»

«Nee, daß es dir gefällt.»

Billy hielt ihm die Pulle hin. Sie hockten da, nahmen hin und wieder einen Schluck und hielten das Feuer am Brennen, bis ein Streifenwagen in der Nähe hielt und sich ein Suchscheinwerfer auf sie richtete.

«Alles in Ordnung bei euch da drüben, Mädchen?» hörte man einen Cop rufen.

«Mit wem redest du hier eigentlich, du Knalltüte?» rief Billy. Er wollte sich aufrappeln, doch Slopie packte seinen Arm und hielt ihn zurück. Die Cops sahen sich die Szene eine Weile an, dann fuhren sie weiter. Das Feuer und der Mond erhellten die Nacht, und Billy genehmigte sich wieder einen Zug aus der Flasche.

Als er zu sich kam, war ihm sterbenselend. Slopie war fort. Billy erinnerte sich dunkel, daß Slopie versucht hatte, ihn zu überreden, mit ihm in die Stadt zurückzukehren. Aber Billy hatte einfach den Rest der Holzkiste aufs Feuer gelegt, damit es nicht ausging, und zugesehen, wie es von neuem aufloderte und dann allmählich herunterbrannte. Er erinnerte sich, wie die Kälte an ihm hochgekrochen war, als sich wieder die Nacht auf ihn herabsenkte und sogar das Licht ihn frösteln machte. Die

Düsternis unter dem eisigen Mond hüllte ihn ein, und er ließ sich ins Gras zurücksinken und sah hinauf zum Himmel, hinauf zu all den gottverdammten Sternen. Was ihm im Leben jetzt noch von Bedeutung war, entzog sich seiner Kenntnis. Er wußte lediglich, daß ihm Slopie ebenso wichtig geworden war wie seine Mutter oder Toddie. Aber Slopie war nicht mehr bei ihm, und während ihm nun dämmerte, daß ihn nichts und niemand vor der Kälte des Oktobermondes und diesem Fluß retten würde, fühlte Billy sich zum erstenmal in seinem Leben vollkommen allein.

Er hörte ein Geflüster vom Wasser her und sagte sich, daß dies die Geister von all den armen Schluckern sein mochten, die sich von der Brücke heruntergestürzt hatten und ihn nun lockten, es ihnen gleichzutun. Er bekam es mit der Angst zu tun, horchte genauer auf die Stimmen und versuchte zu verstehen, was sie sprachen, doch es blieb ein verschwommenes Gewisper, von dem auf diese Entfernung kein Mensch ein Wort verstehen konnte – deutlich zu verstehen war das bloß draußen auf dem Wasser. Er schob sich ein Stück weiter die Uferböschung hinauf, weg von den Stimmen, und stärkte sich mit einem Schluck aus der Pulle. Er war immer noch betrunken und hatte Kopfschmerzen. Etwas hatte sich verschoben, er stand nicht mehr im Brennpunkt seiner Welt, und doch erschien es ihm, als sei er jetzt mehr mit sich selbst im Einklang als zu Beginn dieser ganzen lausigen Geschichte. Er wußte sehr genau, wie man ihn vor der Entführung behandelt hatte, und wie sich das schlagartig geändert hatte, und es war ihm scheißegal. Dachte etwa jemand, Billy Phelan schert sich um Arschkriecher und unsichere Kantonisten, die ihr Fähnchen nach dem Wind hängen? Vielleicht wollten sie, daß er den Schwanz einkniff und davonlief. Die dachten wohl, wenn man ihn aus einer Pinte wie *Becker's Bar* aussperrte, würde er sein Bündel schnüren und auf den nächstbesten Güterzug springen. So was hatte sein Vater gemacht – und Billy hatte sich lediglich einen angesoffen.

Das Feuer war aus; demnach mußte er eine Weile geschlafen haben. Er befühlte ein Stück verbranntes Holz. Es war kalt. Möglich, daß er eine ganze Stunde lang gepennt hatte.

Mit dem, was ich mir am Billardtisch beigebracht hab, ist

kein Blumentopf mehr zu gewinnen. Genausowenig, wie Daddy Big noch irgendwas mit dem anfangen kann, was er übers Billardspielen wußte.

Billy trank einen Schluck und warf einen Blick auf die Flasche: sie war noch halb voll. Er holte aus und schleuderte sie in den Fluß.

Er sah einen Zug die Überführung an der Maiden Lane überqueren und schaute zu, wie die Lichterkette vorüberrollte. Er stand auf und bemerkte in der Ferne die Postlaster, die im Schein der Lampen an der Laderampe des Postamts in der Dean Street vorfuhren. Oben auf dem Hügel sah er ein paar erleuchtete Fenster in dem Gebäude, das nach Al Smith benannt war, und drüben am anderen Ufer des Hudson die Straßenlampen von Rensselaer, die sich im Wasser spiegelten. Überall in der Stadt lagen die Leute jetzt allein im Bett. Was zum Teufel sollte also dabei sein, allein im Dunkeln zu hocken? Was war denn schon dabei, allein zu sein?

Billy sah den Elefanten zum Broadway hinauftrotten. Ein Mann ging nebenher, eine lange Stange in der Hand, die oben einen Metallhaken hatte, mit dem er ihn am Ohr hielt.

Billy klopfte sich den von der kalten Erde feucht gewordenen Hosenboden ab. Er griff an seine Hutkrempe und stellte fest, daß er gar keinen Hut mehr aufhatte. Er sah sich um, aber der Hut war verschwunden. Den hatten sich die verdammten Flußgeister unter den Nagel gerissen. Was wollen die bloß mit meinem Hut? Egal. Meinetwegen behaltet ihn. Das ist auch alles, was ihr von mir kriegt, ihr toten Bastarde.

Billy merkte, daß es nicht mehr lange dauern würde, bis er kotzen mußte. Er lief weiter, blieb dann nach einer Weile stehen und erbrach sich. Nun war ihm besser. Er putzte sich mit dem Taschentuch den Mund ab, wischte sich die Augen und zog seine Krawatte gerade. Er klopfte sich das Gras von den Ärmeln, zog sein Jackett aus, bürstete den Rücken ab und schlüpfte wieder hinein. Schließlich bückte er sich und zog sich die seidenen Socken hoch.

Er stapfte hinauf zum Broadway.

Ohne Piepen.

Ohne Hut.

Ohne Freunde.

Im Schein der Straßenlampen lag der Broadway nahezu verlassen da, hier und da sah man noch vereinzelt Licht, einige wenige Autos waren noch unterwegs. An der Haltestelle vor dem Bahnhof standen zwei Eisenbahner und warteten mit dem Henkelmann in der Hand auf den Bus.

Links und rechts war alles dicht am Broadway. Und jetzt nicht nur für Billy.

Billy wußte, er hatte etwas verloren, dessen Ausmaß er noch gar nicht ganz begriff, doch die Verheißung des Unbekannten erregte ihn, genau wie neulich, als er am Billardtisch gestanden und beschlossen hatte, das Match gegen den Doc zu verlieren. Es war die schlichte Neugier darauf, was dabei herauskommen mochte.

Es bahnte sich etwas Neues an. Ein anderer Broadway.

Er betrat die Bahnhofshalle und begab sich in die Toilette. Dort wusch er sich Gesicht und Hände und kämmte seine Haare. Die Krawatte saß tadellos. Er inspizierte seinen Anzug, den bernsteingelben mit dem Karomuster, nach Spuren von Gras oder Erde und polierte sich dann mit Klopapier die Schuhspitzen blank. Er hockte sich hin, pinkelte und schiß, spuckte hinterher und verließ die Toilette. Von seinem letzten halben Dollar kaufte er sich die New Yorker *News* und den *Mirror*. 40 Cents, das war alles, was er jetzt noch auf der Welt besaß. Er warf einen Blick auf die Zeitungen – beide hatten ein Foto von Charlie Boy auf der Titelseite. Die Nachricht des Tages hieß Charlie Boy McCall. Ein freundlich lächelnder Junge, aufgezogen wie eine Treibhausblüte. Billy faltete die Zeitung zusammen und schob sie in die Jackentasche. Morgen früh würde er dann die Kolumnen von Winchell und Sullivan lesen, und die Comicseite mit Dan Parker, Nick Kenny und Moon Mullins.

Er würde seinen Geschmacksnerven etwas Gutes tun und sich eine Orange zum Frühstück gönnen.

Er stieg in ein Taxi, daß am Stand vorm Bahnhof parkte, und ließ sich hinauf nach North Albany zu Jack Foys *Blackout* an der Ecke Broadway und Erie Street fahren. Er bat den Fahrer, einen Augenblick zu warten, borgte sich bei Jack Foy, der von der ganzen Sache noch nichts wußte, einen Heiermann, mit dem er den Taxifahrer bezahlte, und kühlte anschließend das Brennen in der Kehle mit zwei schnellen Gläsern Bier. Er kannte Jack schon zeit seines Lebens und mochte ihn. Sobald freilich die Order von Pop O'Rourke käme, würde auch Jack ihn nicht mehr hereinlassen.

Dann wäre die Erie Street hier oben genauso gestorben wie der Broadway drunten in der Innenstadt.

Einer Kneipe nach der anderen würde man Bescheid geben, immer weiter würde sich das ausbreiten: bis man ihn in der ganzen Stadt nirgendwo mehr hereinließ.

Nach dem zweiten Bier trollte er sich dann über den Broadway, durchquerte auf der anderen Seite den Sacred Heart Park und kam auf der North Pearl Street heraus, die jetzt um vier Uhr morgens wie ausgestorben vor ihm lag.

Er schlenderte die Pearl hinauf. Bei Joe Keefe war alles dunkel, desgleichen bei Pop O'Rourke. Henny Hart lag ebenso in tiefem Schlaf wie Babe McClay.

Er war gerade vor seinem Haus angelangt, da passierte es. Erst hörte er ein leises, trockenes Plopp, und fast im selben Augenblick zerplatzte die Straßenlaterne hinter ihm in tausend Splitter. Wie eine aufgescheuchte Antilope sprang er auf die Veranda zu und hetzte die Vortreppe hinauf.

Er kauerte sich hinter das massive Geländer der Veranda und horchte, ob noch mehr Schüsse kamen, aber auf der Straße war es wieder so totenstill wie zuvor. Immer noch geduckt, machte er dann einen Satz zur Tür, die ins Vestibül führte, öffnete mit dem Schlüssel, den er schon in der Hand hielt, flugs die Innentür und krabbelte auf allen vieren ins Wohnzimmer. Er schloß die Tür hinter sich ab, peilte erst über das Radio hinweg durchs Vorderfenster, dann, ohne die Gardinen zu berühren, zum Eßzimmerfenster hinaus und durchs Küchenfenster, aber draußen war nichts zu sehen. Er hörte, wie sich im Obergeschoß etwas bewegte, und schlich die Treppe hinauf.

Die Tür vor der Stiege, die zur Dachkammer führte, stand einen Spalt auf.

Peg schlief, aber George war nicht da. Danny lag ebenfalls in seinem Bett.

Billy ging zurück zu der angelehnten Tür und stieg die Treppe zum Dachboden hinauf. Die Tür zum Dachboden war ebenfalls angelehnt. Er drückte sie ganz auf.

«Hallo», sagte er ins Dunkel hinein. Doch zu wem nur, zum Teufel?

Es roch nach Staub, nach alten Kleidern und Mottenkugeln. Er horchte, ob sich drinnen etwas rührte, und als alles still blieb, trat er ein, zog an der Schnur der Deckenleuchte und stand inmitten des Familientrödels. Das meiste davon gehörte dem Kind: Boxhandschuhe und ein Punchingball, ein Feuerwehrauto und eine Lokomotive, ein Stapel Spiele, Tierfiguren. Ein Paar Ski, zwei Rodelschlitten, eine Kollektion von bunten Streichholzbriefen, ein hoher Stoß Comichefte und ein kleinerer mit Schundromanen: ‹*Doc Savage*›, ‹*The Shadow*› und ‹*The Spider*›. An einem Kleiderständer hingen, verpackt in durchsichtigen Plastikhüllen, Georges Uniform aus dem Weltkrieg, sein Smoking mit den satinbesetzten Aufschlägen, ein Dutzend abgelegte Anzüge und, unverhüllt, ein blauer Wollbademantel voller Mottenlöcher. Pegs alte Victrola mit der Kurbel stand da, daneben lehnte ein eingestaubter Stoß Schallplatten, von denen Billy die Hälfte entweder selbst gekauft oder ihr als äußerst hörenswert empfohlen hatte. Ein Dutzend Hutschachteln von Peg stapelten sich übereinander, der in ein Leintuch gewickelte, künstliche Weihnachtsbaum wurde hier aufbewahrt und die Pappkartons mit dem Baumbehang.

Das Fenster zur Straße stand etwa zwei Fingerbreit offen. Darunter sah Billy eine Taschenlampe liegen und ein Heftchen mit dem Titel ‹*The Spider Strikes*›. Das hatte er sich vor fünf Jahren mal selber gekauft. Richard Wentworth, der nach außen hin als polospielender Playboy auftritt, macht sich in der Maske des Spider zum Rächer des Unrechts in der Welt. Gründlicher als die Polizeiorgane, gefährlicher als die Unterwelt, von beiden Seiten gleichermaßen gehaßt, verfolgt und gefürchtet. Ganz auf sich gestellt, führt er einen verzweifelten Ein-Mann-Krieg gegen den Superverbrecher, der plant, mit seinem von langer Hand vorbereiteten Vernichtungsschlag das Leben von tausend Menschen auszulöschen! Wird es dem Spider gelingen, das Abschlachten der Unschuldigen zu verhindern?

Als er das Heft wieder auf den Boden legte, fiel sein Blick auf eine leere Pappschachtel. Bleimunition für Luftpistolen.

Er löschte das Licht, stieg die Treppe hinab und traf auf Peg, die, mit dem rechten Arm gerade in den Bademantel schlüpfend, aus dem Schlafzimmer kam.

«Was war das? Ich hab oben Schritte gehört.»

«Davor hast du nichts gehört?»

«Was denn?»

«Jemand hat die Straßenlampe draußen vorm Haus ausgeschossen.»

«Ausgeschossen?»

Billy zeigte ihr die leere Schachtel.

«Der Spider hat die stärkste Luftpistole der Welt.»

«Oh», sagte Peg.

Sie öffneten die Tür zum Zimmer von Daniel Quinn, Billys Hand fuhr zum Lichtschalter, und die zwei Birnen in der Dekkenfassung flammten auf. Der Junge zog sich die Bettdecke vom Gesicht und schaute die beiden an. Billy hielt die Munitionsschachtel hoch.

«Hast du die Straßenlampe ausgeschossen?» fragte Peg.

Der Junge im Bett nickte.

«Warum denn das?»

«Ich wollte, daß es draußen dunkel ist. Damit die Polizei Billy nicht sehen kann. Ich hab nicht gewußt, daß du das bist, Billy. Ich dachte, du hättest deinen Hut auf.»

«Die Polizei war gestern abend hier», erklärte Peg. «Das hat ihn gewaltig beeindruckt.»

«Was wollten die?»

«Ich weiß es nicht. Reingekommen sind sie nicht, sie haben bloß draußen gehalten und mit dem Suchscheinwerfer zum Fenster reingeleuchtet. Wir hatten alle Lichter aus, weil George telefonisch gewarnt wurde, daß sie ihm einen Besuch abstatten wollten.»

«Ihm? Was zum Teufel wollen die von George?»

«Kein Mensch weiß es.»

«Haben sie mich auch gesucht?»

«Soviel ich mitbekommen hab, waren sie nur hinter George her. Aber sie kamen nicht an die Tür.»

«Wo steckt George?»

«Der ist kurzfristig verreist.» Sie wandte ihr Gesicht zur Seite, damit ihr Sohn nicht sah, wie sie Billy zublinzelte.

Billy trat neben Dannys Bett und steckte ihm den Zeigefinger ins Ohr. «Danke, daß du mich beschützt hast, mein Junge. Aber du hast mir einen ganz schönen Schrecken eingejagt. Ich dachte, ich werd aus dem Hinterhalt abgeknallt.»

Daniel Quinn quittierte diese Bemerkung mit einem Lächeln.

«Du kannst verdammt gut zielen mit dem Ding. Das sind doch mindestens zehn Meter.»

«Ich mußte 32mal draufballern, bis das verdammte Glas endlich kaputtging.»

«Wenn du so 'n scharfes Auge hast, wirst du beim Dart später mal große Klasse werden.»

Auch das quittierte Daniel mit einem Lächeln.

Nachdem Billy in der Küche ein Glas Milch getrunken hatte, legte er sich schlafen. Von Peg hatte er erfahren, daß George sich in Troy im *Hendrick Hudson Hotel* unter dem Namen Martin Dwyer eingemietet hatte und dort ausharren wollte, bis ihm jemand telefonisch Bescheid gab, daß er wieder nach Hause kommen konnte. Billy zog sich die Bettdecke über die Ohren und dachte sich, wenn dem so war, konnte es unter Umständen ratsam sein, eine Reise nach Miami oder New York zu unternehmen. Aber woher das Geld nehmen? Das Bankkonto des Jungen plündern? Der sparte fleißig, seit er zur Schule ging. 50 Dollar hatte er bestimmt beisammen. Sollte er die Golfschläger von George versetzen und davon die Zugkarte kaufen?

Billy hatte eine Vision von einem breiten Strom von Weizenkörnern, der sich in ein Getreidesilo ergoß.

Er sah Angie im Bett, mit seinen Zwillingen im Arm.

Als kleiner Junge hatte Billy nie eine Dachkammer gehabt, keinen Berg von Spielzeug und keine Abenteuerheftchen. Fürs Lesen hatte er damals nichts übrig, er spielte lieber auf der Straße. Doch jetzt hat Billy hier oben eine Truhe stehen, mit seinen alten Spikes drin, seinem Baseballhandschuh, ein paar alten Hemden und Fotos, auf denen er in der Badehose zu sehen ist; die hatte Teresa draußen am Crystal Lake aufgenommen. Weiß Gott: da hat er nun seine Dachkammer.

Der Junge wollte sich und seine Mutter beschützen. George war verreist, und Billy war noch nicht zu Hause. Der Junge mußte gemerkt haben, daß er der einzige Mann im Haus war.

Billy dachte an den Karton voller Thunfischdosen, den Toddy mal bei einer Tombola der Kirchengemeinde gewonnen hatte, und wie er dann mit dem Taxi vorbeigekommen war und den Karton mit dem Thunfisch vor Billys Haustür deponiert hatte, denn Toddy machte sich nichts aus Fisch.

Billy dachte an all die Gelegenheiten, bei denen man ihn übers Ohr gehauen hatte. Die Blonde in der High-School, die sagte, sie würde, und es dann doch nicht machte, nachdem er sich zwei Tage lang die Hacken abgelaufen hatte, bis ihm endlich jemand Gummis verkaufte. Daß ihn irgendwelche Penner bei Pferdewetten um den Einsatz betrogen, war nichts Ungewöhnliches; aber dann kam ausgerechnet Pope McNally, seit Jahren Billys Freund, und behumste ihm um die 50 Dollar, die er per Telefon gesetzt hatte, indem er einfach rundweg abstritt, diesen Anruf gemacht zu haben. Oder die ganze Blase in der Colonie Street. Geschenke zu Weihnachten und Geburtstag, und dazwischen hatten sie nicht mal ein Glas Wasser übrig für einen. Man glaubte, diese Leute zu kennen, aber das Gegenteil war der Fall. Billy hatte auch geglaubt, er würde den Broadway kennen.

Er lauschte in die Nacht hinaus und hörte einen vorwitzigen Vogel, der zum Leben erwachte. Am Himmel zeichnete sich der erste Schimmer des Sonntagmorgens ab, knapp überm Fensterbrett wurde das Schwarz zu einem dunklen Blau. Im Haus war alles still, und für einen Augenblick kehrte in Billys Gedanken ein flüchtiger Frieden ein. Er begann von hoch aufragenden Gebäuden zu träumen, sah Tausende von Würfeln rollen, dann Kayo und Moon Mullins, wie sie mit ihrem Uncle Willie in der Krone einer Palme hockten, ein Bild, das dem geschlauchten Mann in seinem Bett von tiefer Bedeutung zu sein schien, aber während er sie zu erhaschen versuchte, entzog sie sich ihm und schwebte davon in Sphären, in denen eindeutige Antworten Seltenheitswert besitzen.

Und dann war Billy eingeschlafen.

19

Gebt den Kindern ihre Freiheit. Diese Devise beherrschte Martins Denken mit einer Eindringlichkeit, wie man sie von Schlagworten aus der Kriegspropaganda kennt. Stoppt die Faschisten.

Charlie McCall war das Kind, an das er hier zu allererst dachte. Dazwischen freilich spukten ihm immer wieder Bilder von Peter im Kopf herum. Peter als Priester, in einer langen schwarzen Soutane, wie er der ganzen Welt seinen Segen erteilte. Dabei würde er sich gut machen. Laß Peter seine Freiheit. Laß ihn jeden segnen, den er will.

Es war Montagmorgen, drei Uhr, und Martin saß, Patsys geladenen Revolver in der rechten Jackentasche, einsam und allein in Morries DeSoto, der auf einem leeren Grundstück an der Hudson Street im Greenwich Village parkte. Die Straße war menschenleer, und in den vierzig Minuten, seit er hier saß, waren nur zwei Autos vorbeigefahren.

Das war nun das Finale. Zumindest sah es danach aus.

Von Albany aus war er mit Morrie hinunter nach Red Hook gefahren, und von dort auf den Taconic Parkway. An der zweiten Tankstelle auf dem Highway hielten sie dann an und warteten eine halbe Stunde neben dem Münzfernsprecher, bis der Anruf kam. Der Anrufer gab ihnen die Weisung, nach Manhattan zu fahren, im Hotel *Harding* Ecke Broadway und 54th Street ein Zimmer zu nehmen, und dort auf den nächsten Anruf zu warten. Das taten sie dann. Sie hörten sich im Radio eine Folge von ‹*The Shadow*› an, dann gab es Tanzmusik von Richard Himber und seinem Orchester, und sie ließen sich Kaffee und Sandwiches aufs Zimmer bringen. Sie spielten Blackjack, mit

Einsätzen von 5 Cents, und Martin machte 4 Dollar Gewinn. Jimmie Fiddler unterhielt sie gerade mit seinen Nachrichten aus Hollywood, als das Telefon läutete und Morrie eine umwegreiche Route beschrieben wurde, auf der er das Lösegeld überbringen sollte. Zweimal unterwegs das Taxi wechseln, umsteigen in den Bus, danach wieder zwei Taxis, an der und der Stelle aussteigen und warten, bis man ihn abholte. Morrie blieb zwei Stunden weg und kam mit dem Geld wieder.

«Die haben es mir vor die Füße geschmissen», sagte er. «Sie haben bloß einen Blick drauf geworfen und sofort gesehn, daß die Scheine markiert sind.»

Martin versuchte Patsy zu erreichen, und es dauerte zwei Stunden, bis dieser dann zurückrief: Fahrt am Sonntagmorgen zu einer Bank in der Wall Street, dort wird euch der Manager neue, unmarkierte Scheine geben. Martin und Morrie legten sich aufs Ohr und fuhren am nächsten Morgen zu der angegebenen Bank. Sie wurden beobachtet, von New Yorker Detektiven, wie sie später erfahren sollten, und auch von den Kidnappern, deren Auto Morrie wiedererkannte. Mit dem neuen Geld begab sich Morrie dann erneut auf den Weg, die Route hatte man ihm bei einem weiteren Anruf durchgegeben. Um die Mittagszeit war er zurück und sagte, sie hätten das Geld genommen und wollten dann telefonisch den Weg dorthin beschreiben, wo Charlie abzuholen sei.

Martin und Morrie ließen sich das Mittagessen im Zimmer servieren, hielten ein Nickerchen, spielten Karten, bis sie alle Kartenspiele leid wurden, und irgendwann hatte ihnen auch das Radioprogramm nichts mehr zu bieten. Martin ließ eine Flasche Sherry kommen, aber Morrie wollte nichts davon. Martin nippte am Glas und wurde ein bißchen naseweis.

«Warum haben sie dich ausgewählt, Morrie?»

«Die kennen meinen Ruf.»

«Kennst du die Burschen denn?»

«Nie zuvor gesehen.»

«Was hast du denn für einen Ruf?»

«Vor ein paar Jahren hab ich mich mal mit Jungs von deren Sorte rumgetrieben. Mit harten Jungs, die nicht im Bett starben. Ich hab auch mal 'ne Weile gesessen, weil ich mich damals während der Prohibition als Beamter der Bundespolizei ausgegeben hab. Mit dem Trick hab ich sogar Jack Diamond reingelegt. Unsere Jungs hatten den Laster schon halb vollgeladen mit seinem Schnaps, als er plötzlich kapierte, was da gespielt wurde.»

«Und wie hat er reagiert?»

«Er hat mir gratuliert, mit der Kanone in der Hand. Später hab ich ihn in 'ner Bar wiedergetroffen, und er gab mir einen aus.»

«Du hast dich wohl schon als Junge gern auf der Straße rumgetrieben?»

«Tja. Mein Alter wollte, daß ich Politikwissenschaft studiere. Aber mir war schon immer klar, Politik ist was für Hornochsen, die sich irgendwelchen Illusionen hingeben.»

«Die McCalls leben nicht schlecht damit.»

«Was die machen ist keine Politik.»

«Als was würdest du es denn bezeichnen?»

«Die haben ein gottverdammtes Imperium, wie im alten Rom. Die haben alle Leute in der Hand. Die Kirche tanzt nach ihrer Pfeife, und sogar die meisten Juden in der Stadt sind gekauft.»

«Dein Vater hat sich nicht kaufen lassen.»

«Nee, der nicht. Was hat er denn gesagt, als du mit ihm gesprochen hast?»

«Das hab ich dir doch schon erzählt. Er meinte, mit deinen Schwestern käme er wunderbar aus, aber mit dir gar nicht.»

«Nach dem Tod meiner Mutter haben die sich abgerackert wie die Sklaven und für den die ganze Hausarbeit gemacht. Als ich klein war, da war der Alte nie zu Hause. Er hatte zwei Jobs gleichzeitig, war den ganzen Tag am Malochen, und abends besuchte er die Abendschule. Da mußte ich selber zusehen, wie ich mich amüsierte.»

«Glaubst du an Glück, Morrie?»

«Hast du schon mal einen Spieler gesehn, der nicht dran glaubte?»

«Wie steht es denn mit deinem Glück?»

«Ich lasse es drauf ankommen.»

«Und wie ist es um Charlies Glück bestellt?»

«Dem geht's gut.»
«Hast du ihn zu Gesicht bekommen?»
«Sie haben's mir gesagt.»
«Und du glaubst ihnen?»
«Die würden nicht lügen.»

Um den Kindern ihre Freiheit zu geben, ist es unumgänglich, daß man die Verschwörung gegen sie zerschlägt. Wir alle haben uns gegen die Kinder verschworen. Väter, Mütter, Lehrer, Priester, Bankiers, Politiker, Götter und Propheten. Für Abraham mit seinem erhobenen Messer, den Prototyp des faschistoiden Vaters, war Isaak nichts weiter als ein Werkzeug, um seinen Status als Gläubiger zu erhöhen. Verpiß dich, Abe, und steck dir dein verdammtes Messer in den Hintern.

Im Alter von acht Jahren hatte Martin miterlebt, wie seine Mutter hinten am Wohnzimmerfenster stand und Brother William beobachtete, der die Angewohnheit hatte, seine Viertkläßler mit dem Lineal zu züchtigen. Zwei Tage lang sah sie zu, dann riß sie ihr Fenster auf und schrie hinüber zum offenen Fenster der Brothers School: Wenn du noch eines von diesen Kindern schlägst, komm ich rüber, und dann setzt's was. Brother William schloß das Fenster des Klassenzimmers und fuhr mit der Züchtigung fort.

Seine Mutter lief zur Tür hinaus, und Martin folgte ihr. Sie eilte die Vortreppe hinunter, hinüber zum Schulhaus, die Stufen hinauf und den Flur entlang, der zu dem Klassenzimmer führte, das vor dem Wohnzimmerfenster der Daughertys lag. Sie stürmte hinein, lief auf Brother William zu, riß ihm das Lineal aus der Hand und schlug es ihm auf den kahlen Schädel. Mit der Linken versetzte sie ihm schallende Ohrfeigen, während sie ihm mit dem Lineal in der Rechten auf Schulter und Arm hieb. Er wich zurück, aber sie folgte ihm, und da nahm er Reißaus. Sie rannte ihm nach, bis sie ihn vor einer Tür wieder einholte, und drosch ihm auf die Glatze, daß es blutete. Brother William riß die Tür zur Kapelle auf, rannte am Altar vorbei und entkam. Katrina Daugherty kehrte ins Klassenzimmer zurück und sagte zu den Knaben: Geht nach Hause und erzählt euren Eltern, was sich hier zugetragen hat. Der Schüler, den sie mit ihrem Eingreifen vor weiteren Schlägen gerettet hatte, blieb stehen und bedankte sich bei ihr. Danke, Mutter, sagte er und machte einen Diener.

Als Martin das letzte Mal zur Feier am St. Patrick's Day in die Hibernian Hall gegangen war, tanzte dort eine Frau eine ganze Stunde lang mit ihrem mongoloiden Sohn, der einen grünen Filzhut auf seinem Wasserkopf sitzen hatte. Als die Musik aufhörte, fing der Junge an zu bellen wie ein Hund.

Um Mitternacht kam der Anruf wegen Charlie. Fahr mit deinem Freund zur Hudson Street und park den Wagen auf dem leeren Grundstück neben dem Fleischmarkt. Dein Freund wartet im Auto. Du gehst zu Fuß bis zur Kreuzung 14th Street und 6th Avenue, nimmst dir ein Taxi und fährst da und da hin. Bis in 'ner Stunde etwa wirst du mit dem Wertgegenstand wieder zurück sein.

Martin spürte das Bedürfnis, sich die Beine zu vertreten. Er stieg aus dem Wagen und lief ein bißchen über das leere Grundstück. Er schaute hinüber zu einem Auto, das am Straßenrand parkte, und bemerkte, wie hinten das Seitenfenster heruntergekurbelt wurde. Auf der Oberkante der Scheibe lag der Doppellauf einer Schrotflinte. Martin spürte das sinnlose Gewicht von Patsys Revolver in seiner Jackentasche, machte kehrt und schlenderte zurück zu Morries DeSoto.

Um Viertel nach vier tauchte ein Taxi auf und hielt neben dem Grundstück an. Als zwei Männer aus dem Fond des Taxis stiegen, fuhr der andere Wagen mit quietschenden Reifen davon und verschwand in Richtung Battery. Martin machte die hintere Tür des DeSoto auf, half Charlie Boy auf den Rücksitz und stützte ihn, bis er bequem saß. Er knipste die Innenbeleuchtung an und sah, daß sein Gesicht übersät war von Insektenstichen. Um den Mund herum hatte er rote Flecken, ein Ausschlag, der von dem Heftpflaster herrührte. Er hatte eine Whiskeyfahne, und Morrie erzählte, die Kidnapper hätten ihm den eingeflößt, um seine Lebensgeister zu wecken und ihn aus der stumpfen Lethargie herauszureißen, in der er versunken war.

«Bist du irgendwo verletzt?» fragte Martin. «Charlie, ich bin Martin Daugherty. Haben sie dir irgendwas getan?»

«Martin! Nee, sie haben mich anständig behandelt.»

«Hungrig ist er», sagte Morrie. «Er will 'n Corned beef-Sandwich. Er sagt, er träumt schon drei Tage von einem Corned beef-Sandwich.»

«Ist mein Vater auch hier, Martin?»

«Der wartet zu Hause in Albany auf dich. Deine Mutter auch. Und Patsy. Deine ganze Familie.»

«Tut gut, euch zwei wiederzusehen.»

«Charlie, die ganze Welt wartet darauf, daß du wieder nach Hause kommst.»

«Sie haben mir eins auf den Schädel gegeben, und dann haben sie mich an ein Bett gefesselt.»

«Ist dein Kopf wieder in Ordnung?»

«Einer von ihnen hat mir Eiswürfel auf die Beule getan. Ich würd gern mal zu Hause anrufen.»

«Waren sie grob zu dir?» erkundigte sich Morrie.

«Sie gaben mir zu essen, und einer ging sogar raus und hat mir ein paar Flaschen Bier geholt. Aber wenn ich fertig war mit essen, haben sie mich gleich wieder festgebunden. Meine Beine machen nicht ganz mit.»

Hin und wieder geschah es, daß Martin sein Leben mies und elend fand. Dann ergab sich eine neue Wendung, und er stellte fest, daß es eigentlich gar nicht mies und elend war, sondern ihm nur vorübergehend in seiner Phantasie so vorgekommen war. Das Problem, entschied er daraufhin, bestand darin, sich von der Omnipotenz des Denkens zu befreien. Meine Befreiung könnte sehr wohl zu erreichen sein, indem ich meine Logik über Bord werfe. Erst als Charlie Boy entführt worden war, waren Patsy und Bindy auf die Idee gekommen, die Fenster an ihrem Haus mit einer elektrischen Alarmanlage zu sichern. In Anbetracht der friedfertigen Atmosphäre, die im allgemeinen in den Abendstunden in der Colonie Street herrschte, erschien es durchaus logisch, ohne Alarmanlage an den Fenstern zu leben. Aber das war natürlich eine schiefe Logik, die leicht gefährlich werden konnte.

«Wird Zeit, daß wir aufbrechen», sagte Martin, machte die Innenbeleuchtung aus und setzte sich zu Charlie Boy auf den Rücksitz. Morrie übernahm das Steuer, lenkte den DeSoto aus der zwielichtigen Gegend heraus und bog auf den West Side

Highway ein. Nun hatte es den Anschein, als seien sie alle in Sicherheit, als müsse keiner mehr Angst um sein Leben haben. Das Rad der Geschichte drehte sich weiter.

«Halt an, wenn es irgendwo so aussieht, als gäbe es ein Telefon», sagte Martin, der auf dem Rückweg die Leitung ihrer Expedition übernahm.

Es geht den Henry Hudson Park hinauf nach Norden.

Wenn wir die Kinder befreien, ertränken wir auch Narziß in seinem Teich.

Ein Tag nach Charlie Boys Heimkehr wurde Honey Curry in Newark bei einer Schießerei mit der Polizei getötet, und Hubert Maloy wurde schwer verwundet. In den Taschen der beiden fand man 10000 Dollar von dem Lösegeld, sie wurden an Hand der Seriennummern identifiziert, die man bei der Bank in der Wall Street registriert hatte.

Als sie Charlie Boy in Patsy McCalls Ferienhaus in den Helderberg Mountains abgeliefert hatten, wurden Morrie Berman und Martin Daugherty schlagartig zu berühmten Persönlichkeiten. Die Reporter folgten ihnen auf Schritt und Tritt, und sogar Damon Runyon suchte Martin auf, um ihn über jene kritischen Momente in der Hudson Street auszufragen.

«Martin Daugherty steigt aus dem DeSoto», so beschrieb es Runyon dann, «in der Absicht, sich ein bißchen die steifgewordenen Beine zu vertreten. Aber sehr weit kommt er nicht damit, denn er wird schon ein paar Schritte weiter von dem doppelläufigen Hallo einer abgesägten Schrotflinte begrüßt, die aus dem Fenster eines parkenden Wagens herausschaut. Weil er vor doppelläufigen Begrüßungen dieses Kalibers einigen Respekt hat, verkrümelt sich Martin wieder dorthin, wo er hergekommen ist, und grübelt darüber nach, auf welch sonderbare Ideen Kidnapper kommen, wenn es darum geht, ihre Investitionsgüter gebührend zu versichern.»

Acht Stunden nach der Rückkehr von Charlie Boy verhaftete die Polizei von Albany Morrie Berman am Fahrkartenschalter der Union Station, wo er soeben eine Fahrkarte nach Providence, Rhode Island, gekauft hatte. Er wurde zum Verhör ins Lager der McCalls geschafft, und wie Martin später erfuhr, in

Patsys neuem Swimmingpool, den man eigens zu diesem Zweck halb mit Wasser gefüllt hatte, so lange untergetaucht, bis er die Namen der Kidnapper preisgab. Er nannte die Namen von Curry und Maloy, des weiteren die Spitznamen von vier Ganoven aus New Jersey und Rhode Island.

Wie sich jedoch zeigte, waren es nicht die Einlassungen Morries, die zu der Schießerei in Newark führten. Denn auch wenn man ihn noch so oft untertauchte, konnte man ihn damit nicht zwingen, einen Sachverhalt zu verraten, der ihm gänzlich unbekannt war. Denn Morrie Berman war im Glauben, Maloy und Curry seien hinauf nach Providence gefahren. Als man den verwundeten Maloy verhörte, der sich irrtümlicherweise auf seinem Totenbett wähnte, gab er an, seine Flucht mit Curry aus Greenwich Village hinüber nach Newark sei auf seine eigene Entscheidung hin geschehen. Er war an diesem Morgen zu müde gewesen und wollte nicht den weiten Weg bis hinauf nach Providence fahren.

Keiner der Kidnapper hatte sich vor oder während der Entführung in Newark aufgehalten. Keiner konnte etwas davon wissen, daß die Lokale, die zu den bevorzugten Treffpunkten der Unterwelt Newarks gehörten, seit einigen Tagen mit größter Sorgfalt observiert wurden.

Als Martin erfuhr, daß Billy am Broadway als Paria behandelt wurde, schrieb er darüber einen Artikel. Er erzählte die ganze Geschichte, verschwieg dabei auch nicht, wie Berman Billy das Leben gerettet hatte, und fragte: «Hätte Billy sich also bei Berman damit bedanken sollen, daß er ihn ohne Skrupel verriet?» Martin argumentierte, daß nur Billys Hinweis auf Newark, und er allein, dazu geführt hatte, daß Maloy und Curry dingfest gemacht wurden und die McCalls immerhin 10000 Dollar zurückerstattet bekamen. Doch selbst dieser Hinweis Billys war kein Verrat an Berman, denn Berman hatte Billy ja die Wahrheit gesagt: daß Maloy sich weder in Newark aufhielt noch dort hinwollte.

«Auch wenn ich bezweifle, daß er mir das glaubt», schrieb Martin, «wußte Billy, daß Maloy zu irgendeinem Zeitpunkt nach Newark fahren würde. Er wußte dies intuitiv, wobei sein

Wissen in diesem Fall ebenso an Magie oder spiritistische Einsicht in zukünftige Ereignisse grenzt wie all die Äußerungen der biblischen Propheten, die sich erst im Laufe der Zeit als richtig herausstellten. Billy Phelan ist nicht nur der wahre Held dieser ganzen greulichen Geschichte, er ist obendrein ein ontologischer Held.

Ist das nun die Politik der Gebrüder McCall, daß sie diejenigen, die ihnen wohlgesinnt sind, dafür mit Strafmaßnahmen und Ächtung belohnen? Entspricht das der Art und Weise, wie die legendären McCalls in dieser Stadt der Kirchen an die Macht gelangten und sie siebzehn Jahre lang behielten? Ist es so weit gekommen, daß ihre exaltierte Omnipotenz jetzt in dieser Stadt ohne Rücksicht auf die Werte, um die so viele Männer in diesem Land so lange gekämpft haben, ein Eigenleben führt? Wenn die McCalls wirklich die aufrichtigen Männer sind, als die ich sie seit jeher kenne, dann werden sie zugeben, daß die Art, wie hier mit Billy Phelan umgesprungen wird, nicht nur eine ungeheuerliche Willkür einem Individuum gegenüber darstellt, sondern eine Überheblichkeit demonstriert, die zum Himmel stinkt wie ein Sack sehr kleiner und sehr fauler Kartoffeln.»

Emory Jones weigerte sich, den Artikel zu drucken.

«Wenn du glaubst, ich riskier Kopf und Kragen und leg mich wegen einem billigen kleinen Abstauber aus dem Billardsalon mit den McCalls an», erklärte er, «dann bist du nicht mehr zurechnungsfähig.»

Martin überlegte sich, welche Alternativen er hatte.

Er könnte empört den Kram hinschmeißen und kündigen, wie Heywood Broun es wegen der Affäre mit Sacco und Vanzetti bei der *World* getan hatte. Aber das paßte nicht zu Martin, und er hing an seinem Job.

Er konnte den Artikel in einen Briefumschlag stecken und an Patsy und Bindy schicken, oder er konnte ihn eigenhändig überbringen und den Fall persönlich mit ihnen diskutieren. Durchaus möglich.

Er konnte das Manuskript in die Schublade legen, es vergessen und zugeben, daß sich die Kinder selbst befreien müssen. Da war schon was dran. Aber das kam nicht in Frage.

Der Zustand der Ohnmacht, in dem er sich hier als ein irischstämmiger Bürger Albanys wiederfand, fraß Löcher in seinen Seelenfrieden. Wie ein schnöder kleiner Märtyrer stand er da angesichts dieser Kultur von Ausbeutern und Schmarotzern, vor all den katzbuckelnden Händeschüttlern, den Priestern, die zu allem ja und amen sagten, die Cops, die die Nigger mit Füßen traten, den satten und wohlhabenden Spießbürgern und den blutsaugenden Bankiers, die das Leben in seiner Stadt unerträglich machten. Wo kommst du her, aus Albany? Wie hältst du's da bloß aus, Mensch? Ich bin da mal gewesen, und ich sag dir eins: das ist das Arschloch des Nordostens. Gehört zu den zehn verkommensten Drecknestern der Welt.

Gab es keine Möglichkeit, den Klischees zu entrinnen, und wieder stolz darauf zu sein, daß man ein Ire aus Albany war?

Eines Morgens wachte Martin auf, später als sonst, hatte einen verkaterten Brummschädel, sah auf die Uhr und stellte fest, daß er fast einen Termin beim Arzt verschlafen hatte. Er fuhr hastig in die Kleider und machte sich auf den Weg. Als er sich dann bei dem Arzt, einem fremden, den er nicht kannte, für die Untersuchung freimachte, roch er, wie sein Unterhemd stank. Er hatte den sehnlichen Wunsch, ein Wort der Entschuldigung vorzubringen, wollte dem Arzt zu verstehen geben, daß er keiner von den Dreckspatzen war, die sich nie waschen. Tut mir leid, daß ich so stinke, Doc, aber ich hatte keine Zeit, die Unterwäsche zu wechseln. Ich hab verpennt, weil ich mir gestern abend einen angesoffen hab. Soso, aha.

Das Bestreben, sich selbst zu lieben, ist nicht nur ein moralisches, sondern auch ein absurdes Unterfangen.

Martin rief Patsy an und klärte ihn darüber auf, daß er mit dem, was er Billy da antat, einen schweren Fehler beging.

«Den Teufel mache ich», schnauzte Patsy und legte den Hörer auf.

Mary Daugherty war mit Patsy McCall einer Meinung.

Sie saß mit der Abendzeitung im Wohnzimmer der Daughertys und las gerade die letzte Meldung über die festgenommenen Kidnapper. Als Martin in höflichem Konversationston das Thema Billy Phelan zur Sprache brachte, ließ sie entgeistert die

Zeitung in den Schoß sinken und funkelte ihn durch die oberen Gläser ihrer Zweistärkenbrille an. Ein Blick, der ihn als Propagandisten des Antichrist entlarvte.

«Dieser junge Mann ist böse», sagte sie. «Nur ein böser und schlechter Mensch würde seine Mithilfe verweigern, wenn es darum geht, den jungen Charles aus den Klauen von Dämonen zu befreien.»

«Aber Billy hat ihnen die Information geliefert, die zur Festnahme dieser Dämonen führte», erwiderte Martin.

«Er wußte nicht, daß er das tat.»

«Natürlich wußte er das. Er wußte, daß er jemand denunzierte; deshalb hat er sich ja geweigert, weiter Informationen zu liefern.»

«Zur Hölle soll er fahren, mitsamt seinen verderbten Freunden.»

«Von Nächstenliebe merkt man da aber wenig.»

«Nächstenliebe, die beginnt zu Hause», erwiderte Mary. «Mein Mitgefühl gehört zu allererst dem jungen Charles, denn wir sind vom gleichen Fleisch und Blut, und seinem Vater und seinen Onkeln. Bessere Männer als sie haben nie das Licht der Welt erblickt.»

Im stillen stellte sich Martin lebhaft vor, wie seine Frau sich von Melissa unterschied: Wie Michelangelo von Hieronymus Bosch. Wie die heilige Theresa von Sally Rand. In ihrer lieblichen Reinheit, auf der sie in letzter Zeit mit der abgestumpften Sturheit eines Rindviechs zu beharren schien, umgab sich Mary Daugherty mit frommen Wonnen und einer Vorstellung von Unbeflecktheit, als wollte sie der Jungfrau Maria Konkurrenz machen. Und wenn man bei so wunderbaren und himmlischen Dingen Zuflucht fand, warum sollte man sich dann seine Visionen mit Schmutz besudeln lassen? Das Leben ist sauber, wenn man es sauber hält. Heuert die Priester an zum Großreinemachen, und alle Krankheiten werden ausgerottet. Wie Jeanne d'Arc und Joan Crawford. Eine fanatische Jungfrau konnte schlimmer sein als alle Furien der Hölle.

«Was gibt's denn zum Abendessen?» erkundigte sich Martin.

Martin hatte das letzte Edikt von Hearst in Sachen Runyon noch gut im Gedächtnis, und so faßte er dann den Entschluß, seine Kolumne an Damon Runyon zu schicken. Runyon war jetzt das Banner der Hearst-Presse, trotzdem kürzten und kappten ihm die Chefredakteure überall im Land immer noch seine Kolumne. «Runyon ohne jede Kürzung drucken», hatte der *Chief* dann an sämtliche Chefredakteure getickert, als er von dieser Unsitte erfuhr.

«Solltest du eine Möglichkeit finden, diesen Text zur Veröffentlichung zu bringen», schrieb Martin in seinem Brief an Runyon, «dann will ich Gnade vor Recht ergehen lassen und dir jene vier Verlierertips vergeben, die du mir im August in Saratoga untergejubelt hast.»

Und so erschien Martins Rechtfertigung von Billy eine Woche nach ihrer Niederschrift eines Morgens ungekürzt in Runyons Kolumne. In einer kurzen Einleitung rief Runyon seinen Lesern ins Gedächtnis, wer Martin war, und ließ durchblicken, daß Martin, hätte er beim Spiel eine ebenso glückliche Hand wie beim Schreiben, Nick the Greek schon bald dastehen lassen würde wie einen zweitklassigen Würstchenverkäufer.

Am selben Tag, als sie in der *Times-Union* stand, erging Weisung am Broadway: Billy Phelan ist sauber. Macht dem Burschen keinen Kummer mehr.

Red Tom rief sofort bei Billy an und erzählte ihm die Neuigkeit. Und Billy telefonierte nach Troy, ließ sich im *Hendrick Hudson Hotel* mit George Quinn verbinden und sagte ihm, er solle auf dem schnellsten Weg nach Hause kommen.

Und Martin Daugherty kaufte sich sechs neue Garnituren Unterwäsche.

Am Nachmittag desselben Tages besuchte Martin seinen Vater im Pflegeheim, um dem alten Herrn einen Brief von Peter vorzulesen. Als Martin ins Zimmer kam, saß sein Vater in einem Rollstuhl mit hochgeklapptem Seitentisch und war gerade beim Mittagessen. Seine Haare waren sauber gekämmt, aber er hatte eine Rasur nötig. Die weißen Barthaare standen aus der Haut wie ausgebleichtes Gras, das auf den schneeweißen Rasenmäher wartet.

«Papa! Wie geht es dir?» begrüßte ihn Martin.

«Mumpf», erwiderte der alte Mann. Er hatte den Mund voll Kartoffeln.

An seinem Blick, an der Art und Weise, wie seine Hände mit dem Brot umgingen, und an der Sicherheit, mit der er die Gabel zum Mund führte, erkannte Martin, daß der Alte völlig klar im Kopf war – so klarsichtig, wie er überhaupt nur sein konnte.

«Hab ich dir schon erzählt, daß ich mal mit Henry James Mittagessen gegangen bin?» fragte der alte Mann, als er seine Kartoffeln hinuntergeschluckt hatte.

«Nein, Papa. Wann war denn das?»

«Anno null drei, glaub ich. James und ich, wir hatten nämlich beide gerade etwas im *North American Review* veröffentlicht, und nun sandte mir der Herausgeber eine Nachricht, daß James nach Amerika käme und sich gern mal mit mir getroffen hätte. Er interessierte sich für die Elk Street. Dort hatte früher seine Tante gewohnt, ehe sie den Sohn von Martin Van Buren heiratete, und außerdem wollte er wissen, was aus den Coopers geworden war, den Pruyns und anderen. Ich hätte nämlich über das Leben in der Elk Street geschrieben, und er erinnerte sich gern und liebevoll an diese Straße zurück, auch wenn er sonst für Albany nichts übrig hatte. Zum Lunch gingen wir ins *Delmonico's*. James bestellte Schildkrötensuppe. Er redete von nichts anderem als seinen Krampfadern. Ein exzentrischer Mann.»

«Mary und ich haben einen Brief von Peter bekommen», sagte Martin.

«Peter?»

«Dein Enkel.»

«Oh, aber ja.»

«Er ist zu Hause ausgezogen und will Priester werden.»

«Wirklich?»

«Ihm gefällt die Vorstellung, ein frommer und gütiger Mensch zu sein.»

«So etwas findet man aber nicht alle Tage.»

«Nein. Sein Vorbild ist der heilige Franziskus.»

«Der heilige Franziskus. Ein edler Mensch, aber vom Erscheinungsbild her recht schäbig.»

«Jedenfalls ist mir der Junge aus den Händen genommen. Von jetzt an werden ihn andere formen.»

«Ich hoffe, es sind nicht die Christian Brothers. Denen ist deine Mutter immer mit dem größten Mißtrauen begegnet.»

«Es sind die Franziskaner.»

«Nun, die sind grotesk, haben aber den Vorteil, daß sie keine kriegerischen Naturen sind.»

«Wie schmeckt dir denn das Essen hier in letzter Zeit, Papa?»

«Gut. Aber ich würd gern mal wieder Ente essen. Deine Mutter hat immer sehr von Ente *à l'orange* geschwärmt. Richtig hingekriegt hat sie die freilich nie. Beim Kochen gelang ihr so gut wie gar nichts.»

«Melissa war diese Woche in der Stadt.»

«Melissa war hier in der Stadt?»

«Sie trat in deinem Stück auf.»

«In welchem Stück?»

«‹*The Flaming Corsage*›.»

«Melissa ist in ‹*The Flaming Corsage*› aufgetreten?»

«In der Harmanus Bleecker Hall. Die Aufführung war ein ziemlicher Erfolg. Gut besucht, lobende Kritiken und eine Produktion, die sich sehen lassen konnte. Ich bin natürlich hingegangen.»

«Wie hieß Melissa gleich mit Nachnamen?»

«Spencer.»

«Ah ja, Melissa Spencer. Ein recht hübsches Mädchen. Wohlproportioniert. Sie konnte eine ganze Dinnertafel in ihren Bann schlagen.»

«Sie hat nach dir gefragt.»

«Hat sie das?»

«Sie schreibt ihre Memoiren. Ich vermute, in denen wirst du auch auftauchen.»

«Ich? Wieso denn das?»

«Keine Ahnung. Ich bring dir das Buch, sobald es erschienen ist.»

«Ich entsinne mich an ihr Profil. Sie hatte eine Nase wie Madame Albani. Genau wie Madame Albani. Darauf hab ich sie immer wieder hingewiesen. Ich war dabei an dem Abend, als die Albani nach Albany kam und ein Konzert in der Music

Hall an der South Pearl Street gab. Das war anno 83, und die Music Hall war so voll wie nie zuvor. Hast du gewußt, daß sie eine Zeitlang in Arbor Hill wohnte? Sie hat die Orgel in der St. Joseph's Church gespielt. Sie hat stets bestritten, daß sich ihr Name von Albany herleitete. Aber sie hätte nicht diesen Namen geführt, wenn sie nicht eine gewisse Neigung für diese Stadt gehegt hätte.»

«Papa, heute steckst du wieder voller Geschichten.»

«Tu ich das? Ist mir gar nicht aufgefallen.»

«Soll ich dir den Brief von Peter vorlesen?»

«Welchem Peter?»

«Deinem Enkel.»

«Oh, aber gewiß doch.»

«Ich les nicht alles vor, er ist voller banaler Einzelheiten über die Hinfahrt, aber am Ende heißt es dann: ‹Bitte, sagt Großvater, daß ich ihn bereits jetzt vermisse und daß ich täglich für seine Gesundheit beten werde. Ich freue mich auf den Tag, wenn ich soweit bin und meine gesalbten Hände auf seinen Kopf legen, ihm den priesterlichen Segen erteilen und durch meine Berufung etwas auf seinen Weg mitgeben kann. Ich weiß, Papa, du und Großvater, ihr seid weltliche Männer. Aber ich für meinen Teil habe mich dem Weg des Kreuzes verpflichtet. Lebe in der Welt, aber sei nicht Teil von ihr, so hat man mich gelehrt, und ich will von ganzem Herzen und ganzer Seele versuchen, dieser Richtschnur zu folgen. Ich liebe dich und Mutter, ich segne euch alle und sehne mich schon jetzt nach dem Tag, an dem wir uns wieder sehen. Euer euch liebender Sohn, Peter.›»

«Wer hat das geschrieben?» fragte der Alte.

«Peter.»

«Welcher Peter?»

«Peter Daugherty.»

«Der steckt ja voll von mittelalterlichem Blödsinn.»

«Ich fürchte, da hast du nicht mal unrecht.»

«Aber trotzdem, ein netter Brief.»

«Die innigen Gefühle, die er da zu Papier bringt, sind jedenfalls echt.»

«Wie war der Name gleich?»

«Peter Daugherty.»

«Daugherty? Der heißt ja genauso wie ich.»

«Stimmt, du hast recht. So ein Zufall.»

«Die Iren haben schon immer gute Briefe geschrieben. Sofern sie schreiben konnten.»

Nach dem Besuch bei seinem Vater sah Martin die Dinge folgendermaßen: Alle Söhne sind wie Isaak und alle Väter wie Abraham, und wenn sie lange genug darauf hinarbeiten, werden alle Isaaks zu Abrahams.

Er kam zu dem Schluß: Unsere Möglichkeiten sind uns vorgegeben von dem, was uns gestern passierte. Und wir alle verändern uns auf unserem Weg.

20

Am frühen Abend trat Billy Phelan in *Becker's Bar*; er trug einen neuen Hut und einen grauen Zweireiher. Ehe die Pendeltür wieder zuschnappte, hörte man einen Augenblick lang den Herbstwind draußen auf dem Broadway heulen. Billy ging bis zur Mitte des Tresens und stellte sich zwischen Footers O'Brien und Martin Daugherty.

«Der Magier ist unter uns», sagte Martin.

«Den Spruch hättest du dir wirklich schenken können, Martin», kommentierte Billy.

«Magie ist nun mal Magie», erwiderte Martin. «Wir wollen die Dinge ruhig beim Namen nennen.»

«Was willst 'n trinken, Billy?» fragte Red Tom.

«Gibt es noch Scotch in dieser Bar?»

«Im allgemeinen schon.»

«Dann gib mir 'n kleinen, mit Wasser.»

«Geht auf Rechnung des Hauses», sagte Red Tom, als er den Drink vor Billy hinstellte.

«Aha, die Zeiten ändern sich», stellte Billy fest.

«Hey, Billy», sagte Footers, «oben im Pool-Room ist einer, der sucht 'n Partner, dem er ein paar Piepen rausleiern kann. Willst du ihm mal zeigen, was 'ne Harke ist?»

«Ich erhol mich grad 'n bißchen», beschied ihm Billy. «Zuviel Stress auf einmal, das geht an die Substanz. Wer führt jetzt eigentlich die Poolhalle?»

«Das ist noch nicht raus», erklärte Footers. «Vorerst erledigen das Daddys Helfer. Schon gehört? Sie mußten sammeln, um den Leichenbestatter zu bezahlen. Bindy kam zwar für den Sarg auf, aber es blieben immer noch 110 Dollar offen.

Und alles, was bei der Kollekte zusammenkam, waren 75 Piepen.»

«Wer hat 'n den Hut rumgehn lassen?» fragte Billy.

«Gus und Lemon. Ich selbst hab auch 'n paar Kröten zusammengekratzt für den alten Bastard. Das sollte uns allen eine Lehre sein: Wer sein Leben lang an der Titte hängt, der wird auch an der Titte verrecken.»

Gus Becker kam aus der Küche und erblickte Billy.

«Der abtrünnige Held ist also wieder da.»

«Die Tür war auf. Da dachte ich, schaust du mal rein.»

«Gib dem Mann einen Drink auf Kosten des Hauses, Tom», sagte Gus.

«Hab ich bereits getan.»

«Dann gib ihm noch einen.»

«Ich brauch keine Gratisdrinks, Gus. Ich kann meinen Whiskey selbst bezahlen.»

«Nimm uns das nicht krumm, Bill», sagte Gus. «Du weißt doch, wenn der Befehl von oben kommt, dann muß man sich dran halten.»

«Sicher, Gus. Du mußt schließlich an dein Geschäft denken. An deine Frau und die Kinder. Und an deine Versicherungspolicen.»

«Jetzt werd nicht grantig, Bill. Mir blieb doch gar nichts anderes übrig.»

«Ich versteh's ja, Gus. Wirklich, ich kann das jetzt sehr gut verstehen.»

«Ist das 'n neuer Hut, Billy?» fragte ihn Red Tom. «Sieht mir ganz nach einem neuen Hut aus.»

«Stimmt, er ist neu. Meinen alten haben mir die Flußgeister geklaut.»

«Die Flußgeister?» fragte Martin erstaunt.

«Jetzt hat's ihn endgültig erwischt», sagte Footers. «Das hast du ihm eingebrockt, Martin.»

«Willst du uns das nicht näher erklären, Billy?» hakte Martin nach.

«Nee.»

«Nun denn», sagte Martin. «Schon gehört, daß Jake Berman 2000 Dollar aufgebracht hat, damit Marcus Gorman die Verteidigung von Morrie übernimmt? Steht heut abend in der Zeitung. Die Summe wird natürlich nicht genannt.»

«Ich dachte, der alte Jake kann Morrie nicht ausstehn.»

«Kann er auch nicht.»

«Tja. Was 'n das für 'n Stern dort oben?» fragte Billy. «Der in der hintersten Reihe. Der ist doch neu.»

«Das ist Curry», sagte Red Tom.

«Curry? Wußte gar nicht, daß der mit drauf ist. Ich hab mir das Bild mindestens schon tausendmal angesehen, aber den hab ich noch nie darauf entdeckt.»

«Doch, das isser. Der hat seinerzeit häufig hier rumgehangen.»

«Dieser Curry war ein echter Verrückter», sagte Footers. «Ich hab ihn eines Abends mal beobachtet, wie er und noch ein Bursche im Bahnhof einem Cop, der da schlafend an der Wand lehnte, den Gummiknüppel klauten. Aber der Gummiknüppel war ihnen anscheinend noch nicht genug. Schließlich haben sie ihm auch noch die Hose geklaut und den armen Kerl mitten im Bahnhof in seiner langen Unterhose stehen lassen.»

«Und Daddy hat jetzt ebenfalls seinen Stern weg», bemerkte Billy. «Das macht drei innerhalb von zwei Wochen.»

«Sie sterben weg wie die Fliegen», sagte Red Tom.

Billy sah auf das Bild und dachte an die drei Toten. Jeder dieser Männer war gestorben, weil er das einzige getan hatte, was ihm in seiner jeweiligen Situation zu tun geblieben war. Und Billy selbst hätte sich in jener Nacht am Hudson durch einen Sprung von der Brücke seinen Stern verdienen können. Aber das mußte er nicht. Denn für ihn gab es noch andere Dinge zu tun. Zum Beispiel, die Zähne zusammenzubeißen und diese Sache durchzustehen. Hätte Billy in jener Nacht aufgegeben, wäre er als Armleuchter gestorben. Aber nun ist der Armleuchter um eine Erfahrung reicher, und er ist noch lange, lange nicht im Himmel. Jetzt halten sie dich hier mit Drinks aus, Billy, weil du plötzlich wieder dazugehörst. Aber sie werden es dir nicht vergessen, daß auf dich kein Verlaß ist. Du bist ein Abtrünniger für die, Gus hat es selbst gesagt. Damit bist du jetzt für alle Zeit gezeichnet, Billy.

Die Tür ging auf, und Lemon Lewis kam herein. Er hatte rote Backen, was ihn so kerngesund aussehen ließ wie nie zuvor.

«Arschkalt da draußen», sagte er. «Kalt wie Hexentitten.»

«Bleib uns weg mit deinen Hexen», entgegnete Footers. «Der Magier höchstpersönlich ist da.»

«Welcher Magier denn?»

«Liest du eigentlich nie die Zeitung, Lemon?»

«Oh, du meinst Phelan. Aaaah, dann lassen sie dich also wieder rein, du alter Tausendsassa, hm?»

«Tun sie bloß, weil sie wissen, wie sehr ich dir gefehlt hab, Lemon», gab Billy zurück.

«Hey, Phelan, neulich bei dem Pokerspiel bei Nick, als der Bursche mit der Knarre reinkam – hast du da nun eigentlich dieses As gehabt oder nicht?»

Billy lachte bloß leise in sich hinein.

«Das wirst du wohl nie erfahren, was, Lemon?»

«Kannst du noch einen vertragen, Billy?» fragte ihn Red Tom. «Du hast noch einen Drink von Gus gut.»

«Sag ihm, er soll ihn den hungernden Armeniern spenden. Hey, Footers, wie war das noch mal mit dem Burschen im Pool-Room, der einen sucht, mit dem er um ein paar Scheinchen spielen kann? Mit dem würd ich's gern mal aufnehmen, wenn du mir für den Anfang ein bißchen unter die Arme greifst. Sagen wir, 50 Piepen?»

«Würden es auch 25 tun?»

«Zur Not nehme ich auch 25.»

Billy trank seinen Scotch aus und meinte: «Komm doch mit, Martin. Vielleicht schaffen wir's doch noch, miteinander quitt zu werden.»

Mit Footers O'Brien an seiner Seite und dem amüsiert grinsenden Martin Daugherty im Schlepptau steuerte Billy dem Ausgang zu, trat hinaus in die eisige Kälte des ersten frühen Frostes, der sich über den Broadway senkte, bog ein paar Schritte weiter dann nach rechts ab und stieg, wieder im Warmen, den Treppenaufgang hinauf, der in Louie's Pool-Room führte – ein Ort, den selbst ernsthafte Männer mitunter aufsuchen, um den Sinn hinter dem Flechtwerk der Magie, den symbolträchtigen Münzen, den goldenen Vögeln und all den anderen Artefakten zu ergründen, die der einzige Kosmos in der Stadt zu bieten hat.

Anmerkung des Autors

Weil die Stadt Albany in der realen Welt existiert, mag der Leser zu dem Glauben neigen, es handle sich daher bei den Figuren, die das Albany in diesem Buch bevölkern, um real existierende Personen. Doch es gibt keine authentischen Personen auf diesen Seiten. Manche Persönlichkeiten von lokaler oder landesweiter Berühmtheit sind so unauslöschlich verbunden mit der Ära, in der diese Geschichte spielt, daß es töricht gewesen wäre, sie nicht unter ihrem wirklichen Namen auftreten zu lassen. Wo immer jedoch hier eine Figur auftritt, und sei ihre Rolle auch noch so nebensächlich, sind sowohl ihr Name wie ihre Handlung frei erfunden. Jeder Schein von Wirklichkeit, der irgendeiner der Figuren anhaften mag, entspringt der Phantasie des Autors oder seiner persönlichen Interpretation historischer Abläufe. Dies gilt nicht nur für Martin Daugherty und Billy Phelan, für die Politiker, Zeitungsleute und Spieler von Albany, sondern auch für Franklin D. Roosevelt, Thomas E. Dewey, Henry James, Damon Runyon, William Randolph Hearst und alle übrigen Schöpfungen der amerikanischen Vorstellungswelt.

William Kennedy